FELIX WEBER ist das Pseudonym des preisgekrönten niederländischen Thriller-Autors Gauke Andriesse. Für *Staub zu Staub* erhielt er bereits zum zweiten Mal den Gouden Strop, die bedeutendste niederländische Auszeichnung für Kriminalliteratur. Als Weber einen Artikel über mysteriöse Todesfälle innerhalb der katholischen Kirche las, wusste er sofort, dass dies das Thema seines neuen Romans werden sollte.

Besuchen Sie uns auf www.penguin-verlag.de und Facebook.

Felix Weber

Staub zu Staub

Kriminalroman

Aus dem Niederländischen
von Simone Schroth

Die niederländische Originalausgabe erschien 2016
unter dem Titel *Tot Stof* bei Meulenhoff Boekerij bv, Amsterdam.

Sollte diese Publikation Links auf Webseiten Dritter enthalten, so übernehmen
wir für deren Inhalte keine Haftung, da wir uns diese nicht zu eigen machen, sondern
lediglich auf deren Stand zum Zeitpunkt der Erstveröffentlichung verweisen.

Verlagsgruppe Random House FSC® N001967

PENGUIN und das Penguin Logo sind Markenzeichen
von Penguin Books Limited und werden
hier unter Lizenz benutzt.

1. Auflage 2020
Copyright © 2016 by Felix Weber im Verlag Meulenhoff Boekerij bv, Amsterdam
Published by special arrangement with Meulenhoff Boekerij bv in conjunction
with their duly appointed agent 2 Seas Literary Agency
Copyright © der deutschsprachigen Ausgabe 2020 by Penguin Verlag, München,
in der Verlagsgruppe Random House GmbH,
Neumarkter Straße 28, 81673 München
Umschlag: bürosüd, München
Redaktion: Heike Baryga
Satz: Buch-Werkstatt GmbH, Bad Aibling
Druck und Bindung: CPI books GmbH, Leck
Printed in Germany
ISBN 978-3-328-10499-5
www.penguin-verlag.de

 Dieses Buch ist auch als E-Book erhältlich.

Für Marijke, Laure, Jip und Roos

Wer jetzt kein Haus hat, baut sich keines mehr.
Wer jetzt allein ist, wird es lange bleiben,
wird wachen, lesen, lange Briefe schreiben
und wird in den Alleen hin und her
unruhig wandern, wenn die Blätter treiben.

Rainer Maria Rilke, *Herbsttag*

I

Nacht vom 15. auf den 16. Oktober 1946

Der Regen, der früher an diesem Abend so heftig auf das Holzdeck geprasselt war, dass Coburg kurz befürchtet hatte, der Lärm werde das Radio übertönen, hatte aufgehört. Übrig blieb nur ein Trommeln, mit immer größeren Zwischenpausen; die Tropfen fielen auf das Stahlbrett vor dem geöffneten Bullauge. Anfangs hatte das Radio noch geknistert, aber nach Mitternacht drang die Stimme des BBC-Berichterstatters so deutlich zu ihm durch, dass gleich bestimmt jedes Geräusch zu hören sein würde. Er hatte den Apparat vom Regal genommen und vor sich auf den Tisch gestellt. Bis auf das phosphorgrüne Licht hinter dem Sendersuchlauf war es dunkel in der Kajüte. Während er auf das wartete, was nun kommen würde, rauchte er eine Zigarette nach der anderen. Dank der Beschreibung des Berichterstatters sah er den Raum vor sich, in dem sich der letzte Akt abspielen würde: eine Turnhalle von etwa zehn mal dreißig Metern, hoch genug, dass die Geräusche einen Hall erzeugen würden. Drei schwarze Schafotte, der untere Teil mit Holz verkleidet, damit die baumelnden Körper den Blicken der Zuschauer entzogen wären, und auf der Rückseite ein Vorhang, hinter dem sie abgenommen werden konnten. Die Treppe mit ihren dreizehn Stufen, den Galgen, auch schwarz, die Schlinge über der Falltür. Gegenüber die Sitzplätze für Zeugen und Berichterstatter. Von den Galgen würden immer zwei im Wechsel gebraucht werden, der dritte diente als Reserve. Gleich auf dem Schafott die Verurteilten, der Henker und sein Gehilfe. Er kannte die Namen der Männer, die sterben würden, nicht aber die Reihenfolge ihrer Hinrichtung.

Göring würde nicht dabei sein, denn er hatte ein paar Stunden zuvor Selbstmord begangen.

Das Knistern und Rauschen verstummte, und die Stimme des Reporters sank in der Tonlage, als er beschrieb, wie der erste Mann erschien: von Ribbentrop, die Hände auf den Rücken gefesselt, zu beiden Seiten einen Bewacher. Er wurde aufgefordert, seinen Namen zu nennen, und danach bestieg er das Schafott. Seine letzten Worte, die Schlinge, die man ihm um den Hals legte, die schwarze Kapuze über seinem Kopf, die Fessel um seine Knöchel. Als es endlich so weit war, beugte sich Coburg noch näher zum Radio hin, die Augen geschlossen. Er hörte, wie die Luke aufklappte und gegen die Seitenwand schlug, wie das Seil ein Krachen und Knarren von sich gab, als die größtmögliche Spannung erreicht war. Eine tiefe Stille, danach Stimmengewirr, Hüsteln, Schritte: Keitel betrat den Raum. Dieselbe Abfolge, dieselben Geräusche. Als beide Männer hingen, gab es eine Pause. Mehr Lärm als zuvor, jemand erkundigte sich, ob geraucht werden dürfe. Danach erklärte man von Ribbentrop für tot. Das Seil wurde unmittelbar über seinem Kopf durchtrennt – für jeden Verurteilten eine neue Schlinge – und der Körper weggebracht.

Coburg hatte weder eine Wanduhr noch eine Armbanduhr, schätzte jedoch, dass all das etwa eine halbe Stunde gedauert hatte. Als Nächster war Kaltenbrunner an der Reihe. Nachdem man ihn aufgehängt hatte, wurde Keitel für tot erklärt und weggebracht, nach ihm Rosenberg, dann Hans Frank, Wilhelm Frank, Frick und Streicher. Beim letzten Mann ging es schief. Nachdem er durch die Luke gefallen war, folgte keine Stille, sondern ein ersticktes Rumoren und das Schlagen des Körpers gegen die Wand. Nach einem kurzen Augenblick der Unentschlossenheit eilte der Henker nach unten, verschwand hinter dem Vorhang, und unmittelbar darauf war es still. Coburg stellte sich vor, wie sich der Henker an den Körper gehängt hatte, um Streicher wie vorgesehen ersticken zu lassen.

»Verdammt noch mal«, fluchte er, als der Empfang unterbrochen wurde. Er drehte am Knopf, doch es war nichts mehr zu hören. »Verdammt noch mal, nicht jetzt.« Frustriert schlug er mit der flachen Hand auf die Schiffswand. Er versuchte es immer weiter, und nach einer gefühlten Ewigkeit hatte er wieder Empfang. Er wusste nicht, ob man Seyß-Inquart* inzwischen gehängt hatte, also blieb ihm nichts anderes übrig als zu warten und zu hoffen. Der nächste Kandidat war Jodl, und zum Schluss kam Seyß-Inquart, der Mann, der Rosas Tod befohlen hatte. Nun war er endlich an der Reihe. Noch angespannter lauschte Coburg jedem Geräusch, das Seyß-Inquart in seinem Todeskampf von sich geben würde. Der Mann wankte, sein Klumpfuß bereitete ihm Schwierigkeiten; er, der stets in kerzengerader, aufrechter Haltung zu seinen Zuhörern gesprochen hatte, musste gestützt werden, als er das Schafott bestieg. Coburg achtete kaum auf seine letzten Worte. Umso deutlicher hörte er das Aufklappen der sich öffnenden Luke, das sich spannende Seil, woraufhin dieselbe Stille folgte wie nach den anderen Hinrichtungen. Danach setzte das Stimmengewirr wieder ein, noch lauter diesmal, weil alles vorbei war. Der Reporter berichtete, wie Görings Leichnam auf einer Bahre hereingebracht und vor den Schafotten abgestellt wurde. Damit waren die Exekutionen vorüber. Die Zeugen und Berichterstatter verließen den Raum.

Coburg stellte das Radio aus und saß minutenlang bewegungslos im Dunkeln. Schließlich stand er auf, stieg die Stufen hinauf, schob die Luke beiseite und setzte sich auf die oberste Stufe. So saß er da, genauso bewegungslos wie die Nacht, die so dunkel war, dass er nicht hätte sagen können, wo Wasser und Himmel ineinander übergingen.

2

3. Februar 1949

Sie hatte ihren Bruder bisher ein einziges Mal hier besucht, im Sommer. An jenem Tag war es so warm gewesen, dass sie geschwommen waren. Nackt, wie in ihrer Kindheit, weil sie wussten, dass sie frei waren und niemand ihnen zusah. Sie war auf dem Deck eingeschlafen. Ein Geruch nach Holz und Teer hing in der Luft, als sie aufwachte, und irgendwo weit in der Ferne hatte eine Kirchenglocke geläutet. Am Abend hatte die untergehende Sonne den See rot gefärbt. Als sie sich aufmachte, fühlte sich der Sandweg unter ihren bloßen Fußsohlen warm an. Er hatte es zugelassen, dass sie ihn umarmte, war jedoch schon verschwunden, als sie sich zum Winken umdrehte.

Nun schob sie mit einer Hand ihr Fahrrad und kämpfte sich über denselben Weg. An einigen Stellen sank sie so tief ein, dass der Schnee den Schaft ihrer Stiefel erreichte. Die Augen hatte sie wegen des gleißenden Lichts und der glitzernden Eiskristalle zusammengekniffen, und im Gehen seufzte sie innerlich, weil er sich einen so abgelegenen Ort ausgesucht hatte: ein Boot, ohne Elektrizität und fließendes Wasser, und so schwierig zu erreichen. In einem Winter wie diesem war das einfach nur unverantwortlich. Hinter einem Wäldchen sah sie das Boot am Ende des Weges auftauchen. Auf den Bohlen lag eine so dicke Schneeschicht, dass die Bullaugen darunter verschwunden waren. Drinnen musste es stockdunkel sein. Aus dem Ofenrohr stieg kein Rauch auf, und sie fürchtete schon, umsonst gekommen zu sein. Abgesehen von einigen Vogelspuren wirkte der Schneeteppich auf der Laufplanke und dem Deck unberührt. Als auf ihr Klopfen und Rufen keine Reaktion erfolgte, betrat sie das Eis und ging zur anderen Seite des Bootes. Die Sonne hatte dort einen Teil des Schnees wegschmelzen lassen, und die Bullaugen lagen frei. Eines stand einen Spalt breit offen; sie drückte es weiter auf und rief: »Siem!«

Nachdem sie ein paarmal gerufen hatte, spürte sie, wie das Boot leicht bebte, und wenige Sekunden später erschien ihr Bruder. Das Sonnenlicht schien ihm ins Gesicht. Sie erschrak über seinen Anblick.

Er schirmte mit einer Hand die Augen ab. »Maria?«

Ihre Sorge wegen seines verwahrlosten Aussehens wich einem Gefühl des Schmerzes, als sie sah, wie wenig sie willkommen war.

Ungefähr zu der Zeit, als Maria auf die andere Bootsseite gegangen war, hatte er die Luke geöffnet. Sie kletterte nach drinnen und zog ihn an sich. Sein Bart musste unbedingt gestutzt werden, sein Haar war lang und fettig, und er roch nach Schweiß und Zigaretten. In der Kajüte fror es, aber sobald er den Ofen angezündet hatte, erwärmte sich der kleine Raum schnell. Sie bewegte den Kanister auf der schmalen Anrichte hin und her. Der Inhalt war zu einem Eisblock gefroren. Er kletterte nach draußen und stellte kurz darauf in einem kleinen Topf ein Stück Eis auf den Kocher. Mit einem Puffen entzündete sich das Gas.

»Ist alles eingefroren?«, fragte sie.

»Ja.«

»Auch die Toilette?«

»Ja, natürlich.«

»Also musst du deine Notdurft draußen verrichten?«

»Ja.«

Sie schüttelte den Kopf. »Du siehst heruntergekommen aus, Siem. Und so riechst du auch. So kannst du doch nicht leben. Wann hast du denn zum letzten Mal etwas Warmes gegessen?«

Sie hob den Deckel von einem großen verrußten Topf. In einer fest gewordenen Fettschicht lagen dunkle Fleischstücke. »Was ist das?«

»Kaninchen.«

»Und die fängst du selbst?«

»Ja. Ich weiß nicht, was du hier willst, aber du brauchst dir keine Sorgen um mich zu machen. Ich habe genug zu essen. Kartoffeln, Kohl, Eier, Milch. Frisch vom Bauern.«

»Das gibt er dir einfach?«

»Ich sorge dafür, dass das Wild von seinem Land verschwindet.«

Sie hatte sich auf den Rand seines Bettes gesetzt. Während sie sprach, stand er an der Anrichte, nahm zwei Tassen und goss das dampfende Wasser hinein. Kaffeeduft breitete sich im Raum aus, als er sich umwandte. »Einen Kaffee bekommst du, aber danach musst du gehen.«

»Um Himmels willen, Siem. Ich bin deine Schwester, die einzige Angehörige, die du noch hast.«

Ihr Annäherungsversuch wurde mit Schweigen beantwortet, und sie sah zu, wie er ein wenig Tabak aus einer Blechbüchse holte und sich eine Zigarette drehte. Sie deutete auf das Radio auf dem Regal über der Anrichte und erkundigte sich: »Verfolgst du den Prozess oder interessiert dich nicht einmal der mehr? Die Königin hat sein Gnadengesuch abgelehnt. Bald ist es wirklich vorbei.«

»Warum bist du gekommen?«

Verärgert wedelte sie den Rauch weg, der sich im Strahl des Sonnenlichts kräuselte. »Sagt dir der Name Tammens noch etwas?«

Zum ersten Mal seit ihrer Ankunft schenkte er ihr seine volle Aufmerksamkeit.

»Ja, und das weißt du verdammt genau.«

»Nun, der alte Herr war gestern bei mir. Er sucht dich. Inzwischen sitzt er im Rollstuhl, sonst wäre er selbst zu dir gekommen.«

»Was will er von mir?«

»Das klingt nicht besonders freundlich, Siem. Wenn du jemandem etwas schuldest, dann ihm.«

»Was will er von mir?«

»Das will er dir selbst sagen, aber es ist sicher wichtig. Du hättest ihn sehen müssen, einfach schrecklich für so einen Mann, wenn er nichts mehr allein kann.«

Sie stellte die Tasse auf dem Holzboden ab, nahm eine von Siems Händen und streichelte sie sanft. In den Poren hatte sich Schmutz festgesetzt, unter den langen Nägeln befanden sich Trauerränder, und seine Finger waren gelbbraun vom Nikotin.

»Komm erst zu uns, bevor du ihn besuchst. So darfst du dich nicht bei Tammens sehen lassen. Bram kann dir sogar einen anständigen Anzug leihen. Und vielleicht bedeutet dir das ja nichts, aber du hast einen Neffen und eine Nichte, die dich sehr gern sehen wollen.«

3

Am nächsten Morgen machte er sich auf den Weg. Wegen des heftigen Schneefalls fuhren die Busse gar nicht oder nur mit großer Verspätung, und er kam erst am Nachmittag in Utrecht an. Es dämmerte schon, als er ein Badehaus fand. Nachdem er sich abgeduscht hatte, wies man ihm eine weißgeflieste Zelle zu. Auf der Innenseite der Tür gab es drei Kleiderhaken, im Raum einen Hocker, eine Wanne auf Füßen und eine Deckenlampe aus geriffeltem Mattglas, die ein gelbliches Licht verbreitete. Während er in der Wanne lag, sah er durch das kleine Fenster oben in der Wand, wie es dunkel wurde. Heute Abend weiterzufahren war unmöglich. Er war die Wärme nicht mehr gewohnt und nickte immer wieder ein, um dann durch den von draußen hereinhallenden Lärm geweckt zu werden.

Danach suchte er sich einen Friseur. Der Laden war leer, aber als Reaktion auf das Glockenläuten wurde drinnen ein Vorhang zur Seite geschoben. Mit dem Mann, der erschien, verbreiteten sich Essensgeruch und Radioklänge. Er musterte Coburg kurz, bat ihn, einen Augenblick zu warten, und zog den Vorhang wieder hinter sich zu. Während Coburg im Friseurstuhl saß, erhaschte er außer den gedämpften Tönen klassischer Musik auch Gesprächsfetzen und über Teller kratzendes Besteck. Er betrachtete sich selbst im Spiegel und schaute sich dann um. An den Wänden hingen Schwarz-Weiß-Aufnahmen von Utrecht, doch sein Blick wurde fast sofort von einem Gemälde in der Zimmerecke angezogen. Durch ein Fenster schaute man auf eine Stadt. Auf einer ansonsten leeren Fensterbank stand ein Glas Wasser mit etwas darin, das einem Gebiss ähnelte, in dem einige Zähne fehlten, daneben lag ein Stück Seil mit einer Schlinge am anderen Ende. Von der Stadt erblickte man die Häuserfassaden und Dächer, eine Kirche mit einem runden Säulentürmchen darauf und rechts einem stumpfen viereckigen Turm. Kein Mensch war zu sehen, und ein dunkler, unheilverkündender Himmel hing über der Stadt. Eine surrealistische Malerei mit ungewöhnlich starker Aussagekraft. Er betrachtete sie lange.

Als der Friseur wieder erschien, bedankte er sich bei Coburg, weil er gewartet hatte, zog sich einen kurzen weißen Kittel an, schüttelte einen Umhang aus und knotete ihn seinem Kunden um den Hals. Zuletzt zündete er sich eine Zigarre an, nahm einige Züge, bis sich ein Aschekegel bildete, und legte die Zigarre im Aschenbecher unter dem Spiegel ab. Die Haare schneiden, den Bart stutzen, er nickte zustimmend, ließ einen Kamm durch das lange Haar gleiten und sagte: »Seit Ihrem letzten Schnitt ist schon eine ganze Weile vergangen. Wissen Sie, für mich und meine Kollegen sind die Zeiten immer noch nicht gut. Nicht so wie vor dem Krieg. Obwohl ich merke, dass es etwas besser wird, haben die Leute immer noch wenig Geld. Sie kommen nicht von hier, habe ich recht?«

»Ja.«

»Sehen Sie, das dachte ich mir schon. Wie gefällt Ihnen denn unsere Stadt? Sie müssen unbedingt um den Dom und dann an den Grachten entlang. Mit dem ganzen Schnee ist es noch schöner, wie auf einem Gemälde von Anton Pieck.«

Coburg nickte, aber als der Friseur merkte, dass er umsonst versuchte, ein Gespräch anzuknüpfen, schwieg er ebenfalls und arbeitete ruhig weiter, wobei er zwischendurch immer wieder seine Zigarre zur Hand nahm. Mit geschlossenen Augen lauschte Coburg dem Klappern der Schere. Als er sie wieder öffnete, sah er durch den Zigarrenrauch, der sich vor dem Spiegel nach oben kräuselte, wie sich der Friseur langsam vorarbeitete. Durch den Vorhang erklang noch immer Musik, und manchmal summte der Friseur mit. Als er den Stuhl nach hinten kippte, um sich den Bart vorzunehmen, und Coburg die Augen aufschlug, fiel sein Blick wieder auf das Gemälde.

»Ein schönes Bild haben Sie da.«

»Gefällt es Ihnen auch? Ich muss sagen, dass nicht alle meine Kunden so darüber denken, aber ich bin völlig Ihrer Meinung. Mit Kunst kenne ich mich nicht aus, aber es hat etwas, das mich anspricht. Und es stammt auch noch von einem Maler, der fast hier um die Ecke wohnt: von unserem guten Joop Moesman. Es ist sehr beeindruckend, wenn man sich überlegt, dass er sich alles selbst beigebracht hat, ohne Ausbildung. Er lebt am Neude-Platz, sein Vater hat dort eine Lithografiedruckerei. Und der Verrückte Jopie hat sein Atelier auf dem Dachboden.«

»Der Verrückte Jopie?«

»So wird er hier genannt. Er ist ziemlich eigen, exzentrisch. Tagsüber arbeitet er bei der Eisenbahn. Ein belangloser Beruf, das sagt er selbst, und abends malt er, aber wenn man ihn danach fragt, wird man meistens ausgeschimpft: weil man es wagt, ihn anzusprechen. Er malt vor allem nackte Damen, aber die kann ich hier nicht aufhängen. Das würden gewisse Kunden anstößig finden.«

Er hielt kurz im Schneiden inne, schaute Coburg über den Spiegel an und meinte: »Und meine Frau würde es auch nicht erlauben.« Er zwinkerte ihm zu.

»*Das Gebiss*, so nenne ich das Bild, aber Jopie wurde richtig wütend, als ich das sagte. Er meint, es muss anders heißen, aber er weiß noch nicht, wie. Es ist eine Leihgabe. Solange es hier hängt, schneide ich ihm umsonst die Haare, und seinem Vater übrigens auch.« Mit Selbstspott fügte er hinzu: »Auf diese Weise trägt ein gewöhnlicher Friseur doch etwas zum Unterhalt eines Künstlers bei.«

Coburg hörte ihm noch eine Weile zu. Nachdem der Umhang entfernt worden war und der Friseur ihm die letzten Härchen aus dem Nacken gebürstet und mit einem Zerstäuber Haarwasser über seiner Frisur verteilt hatte, stand er auf. Als er im Spiegel seine nun anständige Erscheinung begutachtete, schoss ihm durch den Kopf, dass Maria das Ganze sicher als Neubeginn betrachten würde.

Er nahm sich ein Zimmer in einem Hotel an einer der Grachten und aß in einem Gasthaus, in dem er der einzige Gast war, einen Teller Erbsensuppe mit Speck und Roggenbrot. Er ging zum Dom, umrundete den massiven Bau einmal und musste den Kopf weit in den Nacken legen, um die Spitze sehen zu können. Schneeflocken tanzten aus dem Dunkel herab und landeten auf seinem Gesicht. Er lief an einem Kramladen mit Kachelgemälden voller Darstellungen des Lebens in den Kolonien vorbei und entdeckte nach einigem Suchen Moesmans Lithografiedruckerei. Im Schaufenster waren schwach die Werke zu erkennen, die aber in keiner Weise dem Gemälde beim Friseur glichen. Beim Aufschauen stellte er fest, dass hinter keinem der Fenster Licht brannte. Auf der Straße war es still, und wie einer Eingebung folgend trat er von der Uferbefestigung aufs Eis. In die dicke Schneeschicht, die auch hier lag, hatten Schlitten ihre Spuren gezogen. Er ging, bis er eine Brücke erreichte, hockte sich darunter, lehnte sich mit dem Rücken gegen das runde Gewölbe und drehte sich eine Zigarette. Als sich seine Augen an das Dunkel gewöhnt hatten, sah er die Reste verlassener Vogelnester auf den verrosteten Stahlträgern. Er wischte eine dünne Schicht Pulverschnee weg und schaute auf das schwarze Eis unter sich. Über ihm und vom Ufer aus erklangen hin und wieder Stimmen. Als er den Zigarettenstummel weggeworfen hatte, schlang er die Arme um die Beine und zog sie noch dichter an den Körper.

Moesmans Vater hatte ein eigenes Geschäft, interessierte sich jedoch auch für Kunst und sammelte Drucke. Genau wie Coburgs

Vater. Und dem Friseur zufolge war Moesmans Mutter gelinde gesagt seelisch ziemlich labil gewesen. Wenn man sie wieder einmal einige Zeit nicht sah, bedeutete das, dass sie erneut in eine Anstalt eingewiesen worden war. Im Krieg hatte sie Selbstmord begangen. Vor einigen Stunden, in der Wanne in der sterilen Zelle, hatte die Umgebung zwangsläufig ein fast identisches Bild in ihm wachgerufen. Maria und er hatten ihre eigene Mutter einmal so angetroffen: Man hatte ihr Dauerbäder verordnet, weil man hoffte, so würde ihr Geist zur Ruhe kommen. Und dann die kolonialen Darstellungen im Schaufenster. Die Dinge drängen sich mir auf, dachte er, und mit einer Mischung aus Widerstand und Unglauben schüttelte er langsam den Kopf.

4

Es dämmerte, und am Horizont färbte sich das Grau dunkler. Sehr bald würde es wieder schneien. Der Bus hatte ihn am Anfang der langen, schnurgeraden Auffahrt abgesetzt; die Bäume zu beiden Seiten ragten wenn möglich noch gerader in den Himmel. An der Windseite hatten sich auf den dunklen Stämmen und kahlen Ästen Eis und Schnee festgesetzt. Am Ende des Weges lag der Bauernhof, umgeben von schier endlosen Feldern. Was man inzwischen dort anbaute, wusste Coburg nicht; damals waren es Kartoffeln und Zuckerrüben gewesen. Er hatte die Landschaft verflucht, die offene Fläche, in der er schon von Weitem zu erkennen war. Als er durch die Felder darauf zurannte, war ihm der Bauernhof wie der einzige sichere Zufluchtsort erschienen. Gleichzeitig hatte er begriffen, dass er nirgendwohin würde entkommen können, wenn man ihn dort suchte. Alles war an diesem Morgen schiefgegangen. Er war blutüberströmt, und seine Verfolger hatten Hunde eingesetzt.

Er schüttelte die Erinnerung ab und ging die Auffahrt hinauf. In den Wipfeln der Kopfweiden vor dem imposanten Vorderhaus hatte sich der Schnee angehäuft. Als er das Gebäude fast erreicht hatte, meinte er hinter einem der dunklen Fenster eine Gestalt zu erkennen. Die Tür wurde ihm von derselben Haushälterin geöffnet, die ihm damals zusammen mit der Familie atemlos zugehört hatte. Vor ihm ging sie in die Stube.

»Guten Tag, Siem. Du bist gekommen, das ist gut.« Tammens saß in einem Rollstuhl, der zu klein war für seine stattliche Gestalt. Es schien, als hätte man ihn hineingequetscht; seine Oberschenkel drückten gegen die Seitenteile, und die Rückenlehne reichte ihm kaum bis zur Taille. »Fährt der Bus noch oder bist du gelaufen?«

»Der Bus fuhr noch.«

»Sie sitzen ja im Dunklen«, sagte die Haushälterin. Sie schaltete das Licht an, schob Tammens zum Esstisch und schloss die Vorhänge. »Ich mache Kaffee.«

»Gut, und stellen Sie bitte das Radio aus?«

Tammens musterte Siem Coburg und sagte: »Du hast einen Bart und wirkst magerer, aber vielleicht erinnere ich mich auch einfach nicht mehr so deutlich. Wie ist es dir in den letzten Jahren ergangen?« Als er nur ein »Gut« zur Antwort erhielt, fuhr er fort: »Du verfolgst den Prozess gegen Ashoff natürlich auch. Unsere neue Königin hat richtig gehandelt. Sie kann sich sicher sein, die Bibel auf ihrer Seite zu haben: ›Wer Menschenblut vergießt, dessen Blut soll auch durch Menschen vergossen werden; denn Gott hat den Menschen zu seinem Bilde gemacht.‹ Dieser Mann hat so viel Schuld auf sich geladen – Gnade ist hier nicht angebracht.«

Das Wohnzimmer war noch so, wie es Coburg in Erinnerung hatte: mit der hohen verzierten Decke, dem Kronleuchter, dem Teakholzbüfett mit den großen unbenutzten Kerzen darauf, den beiden Sesseln und dazwischen der Stehlampe mit ihrer Spitzenbordüre, dem Tischchen mit dem ovalen Bakelitradio in der Form eines der Länge nach durchgeschnittenen Eis, dem persischen Läufer, der nach den Mahlzeiten auf den Tisch gelegt wurde. Mit dem großen Kohlenofen vor dem gekachelten Schornstein. Ein Feuer brannte darin, dessen orangegelbe Glut durch die Sichtfenster auf den blank geputzten Fußboden fiel. Alles, was sich säubern ließ, glänzte, und genau wie früher roch es nach Bohnerwachs. Hier war die Zeit stehen geblieben. Doch diesmal saßen sie nur zu zweit an dem großen Esstisch.

Vier Jahre zuvor waren alle Stühle besetzt gewesen. Tammens

hatte am Kopfende des Tisches gesessen, seine Frau ihm genau gegenüber. Zwischen ihnen die beiden ältesten Söhne, die einzige Tochter, mit seinem Enkel auf dem Schoß, und daneben ihr Mann. Sie hörten Coburg zu, als Tammens' jüngstes Kind aufgeregt ins Zimmer gerannt kam.

»Sie haben Beertema totgeschossen, auf dem Markt in Delfzijl.« Als das Kind den unbekannten Gast am Tisch sitzen sah, mit dem Arm in der Schlinge und den dunklen Flecken auf den Wangen, schaute es kurz erstaunt drein. Dann erschien ein Grinsen auf seinem Gesicht. »Haben Sie das NSB-Schwein* erschossen? Und seine Frau?«

»Halt den Mund, Geert«, befahl ihm seine Mutter.

Die Haushälterin brachte den Kaffee und stocherte mit dem Schürhaken in der Glut herum, bevor sie die beiden Männer allein ließ. Coburg erfuhr, dass die Familie Tammens in den letzten Jahren einiges Leid hatte durchstehen müssen: Erst war die Tochter an Krebs gestorben, kurz darauf Tammens' Frau im Schlaf von ihm gegangen. Nur die Männer waren übrig geblieben.

»Die Jungs haben ihren eigenen Hof. Den hier wollten sie nicht übernehmen. Für meine Frau und mich war er groß genug, aber in den Augen meiner Söhne bin ich ein Kleinbauer.« Mit geöffneten Händen schaute er sich um und sagte: »Als hätte uns der Herr nicht längst genug Reichtum geschenkt. Aber nein, alles muss anders werden, und größer. Maschinen her, weg mit den Kühen, und nur noch Getreide. Mein Nachbar will sich vergrößern und das Land kaufen. Nicht mehr lange, und ich bin ein Bauer ohne Land, aber mich werden sie mit den Füßen zuerst hier heraustragen müssen. Hier bin ich geboren, und hier will ich auch sterben.«

Mit seinen riesigen Pranken umfasste er die Armlehnen des Rollstuhls und sagte: »Seit einem halben Jahr bin ich nun dazu verurteilt, in diesem Ding zu sitzen. Eine Blutung im Rückenmark.

Ich warte auf mein Ende und bete darum, dass es schnell kommt. Meine Jungs brauchen mich nicht mehr, und jetzt, wo auch Siebold tot ist, sehne ich mich danach, wieder mit meiner Frau und meiner Tochter vereint zu werden.«

Als er den Namen hörte, sah Coburg das Kind wieder vor sich, das ihm das Leben gerettet hatte, ohne sich dessen bewusst zu sein.

Coburg wachte mitten in der Nacht auf. Er stand auf und setzte sich an den schmalen Tisch am Fenster. Mondlicht fiel auf die Waschschüssel und die Kanne aus Email; auf der Wasseroberfläche hatte sich eine dünne Eisschicht gebildet. Der Mond schien so hell, dass sich die Schatten der Bäume messerscharf auf den beschneiten Feldern abzeichneten. Es herrschte völlige Stille, und nichts bewegte sich.

Es kam ihm wie eine Ewigkeit vor, seit er über den Hof gerannt war. Tammens hatte ihn nicht weggeschickt, und wenige Worte hatten ausgereicht. Allerdings erschrak er sichtlich, als auch er die Hunde hörte, und er war Coburg in ein Zimmer vorausgegangen, in das kaum Licht durch die kleinen Fenster fiel. Er zog in einer der Bettnischen die Matratze zur Seite, hob den Holzboden an, wartete, bis Coburg in den Raum darunter gekrochen war, und schloss das Bett wieder über ihm.

Coburg lag im Stockdunklen, die Hände in einer dicken Staubschicht und so dicht unter den Brettern, dass er sich nicht umdrehen und nur mit Mühe seine verwundete Schulter abtasten konnte. Er verlor immer noch Blut. Es war so eng, dass er kaum atmen konnte. Er roch Holz und Stroh und atmete den aufgewirbelten Staub ein, doch alles wurde von dem Gestank nach Kot und Urin überdeckt, der aus der Matratze über ihm drang. Er musste würgen, hörte ein Poltern, und das Bett über ihm erzitterte.

»Bleib hier, Junge. Ich bin gleich wieder da«, erklang die gedämpfte Stimme des Bauern.

Das Hundegebell kam näher, und kurz darauf war ein Schreien und Fluchen zu hören. Coburg verstärkte den Griff um seine Pistole und überlegte, ob er sich den Weg nach draußen freischießen sollte. Wenn es dann also hier enden musste, würde er wenigstens so viele Deutsche wie möglich mitnehmen. Der Boden bebte unter den Soldatenstiefeln und Holzschuhen, und durch das Geschrei der Deutschen hindurch hörte er die Proteste des Bauern. Dann ganz nah das überlaute Bellen und Knurren der Hunde. Er drückte die Hand noch fester auf seine verletzte Schulter und hoffte, der Geruch nach Scheiße und Pisse wäre stärker als der seines Blutes.

Im selben Augenblick setzte über ihm das Kreischen ein. Langgestreckte Laute, ohne Unterbrechung, ohne Worte und so schrill, dass es einem durch Mark und Bein ging. Aus dem Bellen der Hunde wurde ein Jaulen, umsonst erschallten Kommandos. Neben der wütenden Stimme des Bauern erhob sich nun das Schreien einer Frau. Das Chaos war vollkommen. Durch das Kreischen hörte er Flüche und Befehle. Das Kreischen verstummte erst, als es schon lange keine anderen Geräusche mehr gab.

Er lag noch eine Zeit lang in seinem Versteck, bevor die Luke geöffnet wurde. Tammens half ihm hoch und ging vor ihm in die Stube. Auf den Knien einer jungen Frau saß ein Kind mit einem eiförmigen, an den Schläfen eingedrückten Schädel, dessen wildes, strähniges Haar Teile seines Kopfes unbedeckt ließ. Als die großen Augen mit ihrem schielenden Blick Coburg entdeckten, ging das Kreischen wieder los, und der Mund verzog sich noch schiefer. Tammens hob das Kind hoch, wischte ihm mit dem Handteller den Speichel aus dem Mundwinkel und sagte: »Keine Angst, Siebold. Das hier ist ein guter Mann.«

Er packte Coburg an seiner unverletzten Schulter und sagte: »Du verdankst dein Leben diesem Jungen hier.« Dann, zu der jungen Frau gewandt: »Weil er so ist, wie er ist, hat dein Sohn einem

Menschen das Leben gerettet. Ist das nicht ein weiterer Beweis dafür, dass die Wege des Herrn unergründlich sind?«

Coburg stand auf, zog sich die Hose an und ging über den Flur. Der Holzfußboden knarrte unter seinem Gewicht. Unten schob er die Füße in ein paar Holzschuhe und ging nach draußen. Er lief zum Rand des Hofes, bückte sich, nahm ein wenig Schnee und fuhr sich damit übers Gesicht. Die Kälte fühlte sich angenehm an. Er drehte sich eine Zigarette und warf das brennende Streichholz in den Schnee.

Als er wieder im Bett lag, konnte er immer noch nicht schlafen. An der Wand hing ein gestickter Bibeltext. Tammens' Frau war tief gläubig gewesen, und solche Handarbeiten befanden sich überall im Haus.

Herr, mein Herz ist nicht hoffärtig,
und meine Augen sind nicht stolz;
ich wandle nicht in großen Dingen,
die mir zu hoch sind.
Ja, ich habe meine Seele gesetzt und gestillt;
so ist meine Seele in mir
wie ein entwöhntes Kind bei seiner Mutter.

Hatte er das getan? War er in großen Dingen gewandelt, die ihm zu hoch waren? War ihm das zum Verhängnis geworden? Er weigerte sich, das zu glauben.

Im Halbschlaf sah Coburg noch einmal vor sich, wie Tammens' Sohn ins Zimmer stürmte. *Man hat Beertema totgeschossen. Haben Sie das NSB-Schwein erschossen? Und seine Frau?*

Coburg nahm Beifall und Bewunderung in der Stimme des Jungen wahr: Die Vaterlandsverräter hatten ihren verdienten Lohn erhalten, aber was wusste das Kind schon davon? Er hatte Beertema tatsächlich umgebracht, einen Mann, von dem er bis zu diesem Tag nie gehört hatte. Einen Vaterlandsverräter, der sich ganz einfach zum falschen Zeitpunkt am falschen Ort aufhielt, Coburg erkannt hatte und beim Gedanken an die von den Deutschen auf dessen Kopf ausgesetzte Belohnung der festen Überzeugung gewesen war, es sei sein Glückstag. Beertemas Frau, diese Hexe, hatte Coburg mit einem Messer verletzt, ihm die Klinge ins Gesicht gerammt. Und er hatte auch sie aus nächster Nähe niedergeschossen. Bis zu diesem Tag hatte er Menschen liquidiert – in diesem Augenblick hatte er gemordet. Und nichts hätte ihn kälter lassen können. Bei seiner Jagd auf Ashoff war er bereit, jeden zu ermorden, der ihm im Weg stand. Er wollte sie beiseitefegen wie lästigen Dreck. Das Einzige, was ihm bewusst wurde, war die Tatsache, dass seine Handlungen den Tod Unschuldiger zur Folge haben konnten. Doch diesmal blieb eine blutige Vergeltung der Deutschen aus. Die Reste des geschlagenen deutschen Heeres zogen während der letzten Kriegswochen durch die Umgebung von Groningen nach Hause. Ihre Gedanken galten allein der Frage, wie die Menschen sie dort empfangen, was sie dort vorfinden würden, nicht dem Tod eines unbedeutenden NSBlers.

5

Da er ohnehin in der Gegend war, beschloss Coburg, seine lange Reise aus dem hohen Norden nach Den Haag zu unterbrechen. Die letzten Kilometer musste er zu Fuß zurücklegen, in einem Schneesturm, der so heftig war, dass er kaum die Hand vor Augen sehen konnte. Hier war er erst ein einziges Mal zuvor gewesen, und die Orientierung bereitete ihm Schwierigkeiten. Sein schwerer Atem bildete Wölkchen vor seinem Gesicht, während er sich mühsam fortbewegte. Als es aufklarte und die Sonne zaghaft durch die Wolkendecke brach, blieb er stehen. Kein Geräusch war zu hören, und auf dem Weg vor ihm und in dem ihn umgebenden Birkenwald bewegte sich auch nichts. Kein Wind, keine Geräusche, kein Vogel am Himmel. Und doch gab es auch hier Leben: die Feldmäuse, Füchse und Kaninchen in ihren Höhlen unter dem Schnee, die Vögel in den Bäumen und Sträuchern. Er verließ den Weg und arbeitete sich langsam zwischen den Bäumen vorwärts, während er mit dem Blick die Stämme absuchte. Ein einziges Mal sank er so tief in den Schnee ein, dass er Halt suchte. Er wich den dichten Brombeersträuchern aus, und als er schon ein ganzes Stück in den Wald vorgedrungen war, fand er den ersten Baum mit abgenagter und abgeschabter Rinde. Er hockte sich hin, zog die Handschuhe aus und strich über die Kratzer und Bisse. Es waren frische Narben, höchstens einige Tage alt, und sie befanden sich kaum einen halben Meter über dem Boden; es handelte sich also um ein kleines Tier. Kurz darauf fand er weitere Bäume, an denen sie sich gütlich getan hatten. Höher waren die Rillen diesmal, und sie gingen tiefer. Mindestens zwei Nager also. Er suchte kurz nach nach Spuren, doch der Neuschnee hatte alle zugedeckt. Auf dem Rückweg entdeckte er die frischen Abdrücke von Kaninchenpfoten.

Als er den Wald verließ, erstreckte sich vor ihm die gefrorene Fläche des Zuidlaarder Meers. Die in einem Halbkreis aufgestellten Sommerhäuschen befanden sich in einem fortgeschrittenen Zustand des Verfalls. Die Dächer waren eingesackt, die Türen hingen krumm und schief in den Scharnieren, es gab kein einziges Fenster mit ganzen Scheiben, und wo Brandstifter am Werk gewesen waren, sah man rußgeschwärzte Wände. Den Stegen fehlten so viele Bretter, dass man sie nicht mehr betreten konnte.

Er ging zu einem der Häuschen. Auf die Fassade hatte man ein Holzbrett geschraubt, auf dem in Schnörkelschrift der Name SUNDAY HOME stand. Das spitze Reetdach, die Sonnenterrasse und der kleine Garten hatten im April 1945 für ihn die Anmutung eines Miniaturlandhauses. Ursprünglich waren die Häuschen für die wohlhabenden Bürger der Stadt Groningen gedacht gewesen, doch im Chaos der letzten Kriegsmonate wurden sie von einer zusammengewürfelten Gruppe Menschen bewohnt, die aus den verschiedensten Gründen ein Versteck brauchten: von NSBlern, Verrätern, Untergetauchten, die sich dem Arbeitseinsatz entzogen, Kommunisten, Widerständlern, Juden. In dieser abgelegenen, geschlossenen Gemeinschaft herrschte die stillschweigende Übereinkunft, sich nicht gegenseitig zu fragen, was der andere hier tat. Alles war aufs Überleben ausgerichtet, die Rechnungen würde man später begleichen.

Coburg hatte einen Hinweis erhalten, dass sich Ashoff in einem der Häuschen aufhielt. Es hatte ihn viel Zeit gekostet, dorthin zu kommen. Überall herrschte Chaos, Menschen befanden sich auf der Flucht. Es wimmelte nur so von NSBlern, er hatte sich niemandem anvertrauen wollen und so gut es ging die Wege vermieden, auf denen er Kontrollen vermutete: So wie Ashoffs Bild in dem Informationsblatt abgedruckt war, das vom Widerstand unter den illegalen Gruppen verbreitet wurde, so war sein eigenes auf den Pamphleten der Deutschen zu sehen, und er fürchtete jeden Augenblick, jemand könnte ihn erkennen.

Er erreichte das Ufer und trat aufs Eis hinaus. Im Schilf lag halb versenkt ein kleines Segelboot. An diesem Tag war er zu spät gekommen, wenige Stunden zu spät. Es sollte Jahre dauern, ehe er wieder von Ashoff hörte, aber zu diesem Zeitpunkt wurde der so gut bewacht, dass sich keine Chance mehr ergab, ihn eigenhändig umzubringen.

Bei einigen Gelegenheiten, die sich ihm geboten hatten, als er sich in Ashoffs Nähe befand, war er sich vage eines unbehaglichen Gefühls bewusst gewesen, das er nicht einordnen konnte und das er zunächst der neuen, ihm unbekannten Situation zuschrieb, in der er gelandet war. Später machte er die Gefahren dafür verantwortlich, denen sie ausgesetzt waren. Stellte das eine ausreichende Entschuldigung für die Tatsache dar, dass nicht nur er, sondern auch die anderen Ashoff nie als denjenigen erkannt hatten, der er wirklich war? Coburg hatte keine Ahnung gehabt, in welche Sache er hineingeraten würde, als man ihn fragte, ob er mit seiner Erfahrung als Berichterstatter für den *Haarlemsche Courant* kurze Texte für ein Widerstandsblatt schreiben wolle. Er hatte das als Ehre empfunden; bei der Zeitung war er der jüngste Journalist, noch in der Ausbildung und zu Handlangerdiensten für seine älteren Kollegen abgestellt; allerhöchstens ließ man ihn manchmal Texte über unwichtige lokale Themen schreiben. Jetzt durfte er plötzlich über Dinge berichten, die wirklich von Bedeutung waren: über den Widerstand gegen die Besatzer! Er half bei der Drucklegung, beschaffte heimlich Papier und wurde langsam aber sicher in die Widerstandsgruppe um den katholischen Lehrer Josef Fambach aufgenommen.

In dieser ersten Zeit glaubte man noch, die Repressalien der

Deutschen würden nicht so schlimm, deswegen war es in Heemstede auch kein Geheimnis gewesen, dass Fambach Radiosender baute und Informationen über Flughäfen und An- und Abfahrtsrouten nach London in die Welt hinausschickte. Weitere Mitglieder von Fambachs Gruppe waren Henk Maaswinkel, ein Funker aus Haarlem, Ad Loggers, der Betreiber eines Radiokabelnetzes, Cornelis Erends, der Lagepläne für die Batterieaufstellungen in der Provinz Haarlemmermeer und von den Flughäfen Schiphol und Valkenburg zeichnete, und Han Tempelman. Letzterer war für das Attentat auf einen Angehörigen der deutschen Wehrmacht verantwortlich.

Eine bunte Gesellschaft von Leuten, mit denen Coburg im gewöhnlichen Leben niemals in Berührung gekommen wäre. Er war der Jüngste, und wenn die anderen manchmal heftig diskutierten, hörte er vor allem zu. Sie kamen im Bruderhaus St. Jean Baptist de la Salle zusammen und glaubten sich dort sicher. Und dort machte ihnen Ashoff zum ersten Mal seine Aufwartung. Er kannte sich mit Radioapparaten aus, hatte angeblich Kontakte zum englischen Geheimdienst und verfügte über Mittel, Illegalen über die Nordsee zu helfen. Diesmal sprach man in der Gruppe unter anderem über die Möglichkeit, Tempelman, auf dessen Kopf die Deutschen eine Belohnung ausgesetzt hatten, nach England zu bekommen. Ashoff bot seine Hilfe an und sprach mit einer Autorität, die die anderen Männer beeindruckte.

Bei ihrer zweiten Begegnung klingelte Ashoff an Coburgs Tür, im Bloemendaalseweg in Overveen. Ashoff befand sich damals in einem Zustand großer Aufregung: Er war Zeuge geworden, wie der Sicherheitsdienst* ins Bruderhaus eindrang, und hatte nur durch einen Zufall entkommen können. Als Erstes hatte er Coburg aufgesucht, um ihn zu warnen, er solle sofort untertauchen. Ashoff war an diesem Abend nicht nur aufgeregt, sondern fast rasend. Er sagte, er habe Fambach mehrfach dringend gebeten, doch bitte vorsichtiger vorzugehen; Ashoffs Überzeugung nach war der Überfall die Folge von Fambachs Geschwätzigkeit, und er hatte sie alle in Gefahr gebracht. Coburg tauchte noch in derselben Nacht unter, im Elternhaus eines Studienfreundes in Heemstede-Aerdenhout. Keinen der Männer hatte er je wiedergesehen; sie alle waren von den Deutschen ermordet worden. Nur er und Ashoff waren übrig geblieben.

Schon während des Krieges hatte es Gerüchte gegeben, und als die Befreiung einmal gekommen war, geriet Coburg in eine Isolation. Alle überlebenden Widerstandskämpfer fragten sich dasselbe: Wie konnte es sein, dass er, Coburg, noch lebte, trotz seines engen Kontakts zu Ashoff, zu dem Mann, der jeden in seiner Umgebung verraten und eine Spur von Tod und Verderben hinter sich gelassen hatte?

6

Es war bereits dunkel, als Coburg das Hotelzimmer in der van Alkemadelaan betrat. Ein Verschlag mit gerade genug Platz für ein Bett, einen Stuhl und einen Waschtisch, aber es war warm, und das reichte. Er lag auf dem Bett und rauchte eine Zigarette nach der anderen. Hin und wieder schob sich das Licht eines vorbeifahrenden Autos über die Tapete. Um vier Uhr verließ er das Hotel. Er schob sich über Eis und festgetretenen Schnee und bewegte sich durch stille und dunkle Straßen hin zu den Dünen. Am Tag zuvor hatte er die Umgebung erkundet: Wenn man das Gebiet abriegelte, hatte er über diese Seite die besten Chancen, unbeobachtet zu bleiben. Das Meer war fast unbewegt, das Wasser schwappte träge auf den Strand. Coburg lief die hart gefrorene Düne hinauf. Niemand war zu sehen, und er fand einen Platz am Rand eines Wäldchens, schaufelte den Schnee weg, bis er auf die Schicht Kiefernnadeln stieß, legte eine Zeitung unter und setzte sich. Noch gut drei Stunden Warten.

Zuletzt hatte er Ashoff in Velsen gesehen, im Haus von Heijbroek, genau genommen in dessen Flur. Coburg war dort gewesen, weil es ihm darum ging, wie man Rosa behandelt hatte. Auf Anweisung der niederländischen Exilregierung in London* waren die verschiedenen Widerstandsgruppen gezwungen, sich zu den Inländischen Streitkräften* zusammenzuschließen. Man sollte stärker zusammenarbeiten; in die einzelnen Aktionen musste jetzt, wo die Ankunft der Alliierten unmittelbar bevorstand, System gebracht werden. Gefallen hatte ihm das nicht: zu viele Gesichter, zu viel Geschwätz, zu wenig Geheimhaltung und Befehle von Menschen, die er nicht kannte. Sein Misstrauen war noch gewachsen, als sich herausstellte, dass ein Teil der neuen Anführer, die in ihrer Region Order aus London erhielten, aus dem Velsener Polizeiapparat stammte. Heijbroek war ein solcher Beamter, der während der deutschen Besatzung seine Funktion behalten hatte und nun zwischen der Kollaboration mit den Deutschen und der Zusammenarbeit mit dem Widerstand lavierte. Als Erstes war Rosa bei der Liquidierung von Kick Tas eingesetzt worden. Sie hatte zwar nicht selbst geschossen, aber Wache stehen müssen. Der Automechaniker Tas bewegte sich in der Grauzone zwischen Schwarzhandel, Kriminalität und Widerstand. Er galt als Kollaborateur, aber später waren Coburg andere Geschichten zu Ohren gekommen: Angeblich hatte Tas Geld von Kofschoten veruntreut, einem Unternehmer, der mit dem Bau von Bunkern für die Deutschen Millionen verdient hatte, jedoch zur eigenen Absicherung auch große Summen an den Widerstand zahlte. Ein Teil dieses Geldes verschwand in den Taschen von Beamten wie Heijbroek. Als Tas meinte, da sollte doch auch für ihn etwas abfallen, musste man ihn aus dem Weg räumen. Coburg hatte das vor Rosa verheimlicht, weil er wusste, dass sie sich schuldig gefühlt hätte, aber er hatte sie noch einmal gewarnt. Vor allem, als er auch noch erfuhr, dass der Velsener Polizeiapparat für seine antikommunistische Einstellung bekannt war. Rosa hörte ihm zwar zu, fand ihn aber zu misstrauisch; schließlich konnte er nicht alles selbst erledigen.

Regelmäßig ließ sie sich für Kurierdienste einspannen. Bis sie einmal eines der Päckchen öffnete, die sie nach Den Haag bringen musste, und sah, dass der Inhalt aus ein paar goldenen Uhren und Tabak bestand. Setzte sie dafür ihr Leben aufs Spiel? Bei Coburg waren sämtliche Sicherungen durchgebrannt, als sie ihm, noch zitternd vor Empörung, erzählte, wie man sie behandelt hatte, als sie einen Brief bei Heijbroek abgab. Er hatte sie, tropfnass und vor Kälte zitternd wie sie war, im Flur warten lassen, war mit einem Viertelgulden und vier Zigaretten zurückgekommen und hatte ihr mitgeteilt, sie werde benachrichtigt, wenn man ihre Dienste wieder benötigte.

Als Coburg dort geklingelt und ihm Heijbroek – wohlgemerkt mit einer Zigarre in der Hand – geöffnet hatte, hatte er den Mann nach drinnen gestoßen und ihm heftig ins Gesicht geschlagen. Blut war aus Heijbroeks Nase gespritzt, als sie brach, aber das hatte nicht ausgereicht, um Coburgs Wut zu lindern. Heijbroek war hintenübergefallen, und Coburg schlug auf ihn ein, wo er ihn nur erwischte. Ein Ohr wurde abgerissen und blutete heftig. Coburg glitt in dem Blut aus, das sich über die schwarzen und weißen Fliesen verteilte, fand sein Gleichgewicht wieder und trat unzählige Male auf die Uniform ein, in der sich Heijbroek so gern zeigte. Mit jedem Stoß wuchs seine Wut auf den Mann, der seine Freundin so missbraucht und erniedrigt hatte. Als er die glimmende Zigarre sah, hatte er sie Heijbroek in den halb offenen Mund gedrückt. Dann kniete er sich neben ihn und drohte: »Wenn du es wagst, Rosa Barto noch einmal für deine schmutzigen Geschäfte einzusetzen, bringe ich dich um. Hast du das verstanden?« Als er keine unmittelbare Antwort bekam, zog er Heijbroeks Kopf an den Haaren hoch und schlug ihn hart auf den Boden. »Ob du mich verstanden hast, verdammt noch mal?« Erst als Heijbroek reagierte, war seine Raserei abgeebbt.

Und als er nach Atem ringend und mit vor Aufregung wild klopfendem Herzen aufstand, öffnete sich die Tür zur Stube, und Ashoff erschien. Er hatte Coburg entsetzt angeschaut. »Was machst du denn da, Mann? Das ist doch einer von uns.« Coburg war kurz erstaunt gewesen, Ashoff anzutreffen, weil er gehört hatte, der hätte sich nach London abgesetzt. Aber das passte gut zu ihm: Er tauchte überall auf, oft unerwartet, und schien jeden zu kennen. Viele waren von ihm beeindruckt, aber Coburg fand ihn zu glatt: autoritär und selbstsicher, wenn er meinte, die Oberhand zu haben, und unterwürfig, wenn er bei jemandem Eindruck schinden wollte. Ein Mann mit zu vielen Gesichtern.

Coburg war auf Ashoff zugegangen, von Heijbroeks Blut beschmutzt und schwer atmend, aber die schlimmste Raserei war vorüber. In einer abwehrenden Geste hatte Ashoff die Hände gehoben: »Beruhige dich doch.« Coburg spürte, wie die Wut erneut in ihm aufstieg, als er den Geruch wahrnahm, der Ashoff umgab: Die beiden hatten geraucht und getrunken, während seine Rosa unterwegs gewesen war. In Ashoffs Gesicht erblickte er einen Ausdruck der Unsicherheit, aber Coburg hatte sich beherrschen können und ohne ein weiteres Wort das Haus verlassen.

Die abwehrende Geste sah er immer noch vor sich. Als Strafe, dachte er zuweilen: Das Letzte, was ich von Ashoff gesehen habe, waren diese Hände. Schon damals habe ich ihm so sehr misstraut, dass ich nichts mit ihm zu tun haben wollte, aber das reichte mir nicht als Grund, ihn zusammenzuschlagen, geschweige denn, ihn umzubringen. Wie bitter war dieses Wissen jetzt.

7

Um kurz vor acht hörte er das Brummen eines Motors. Es wurde schon heller: Die Sonne konnte jeden Augenblick aufgehen, gleichzeitig stand der Mond noch hoch oben am Himmel. Er drückte seine Zigarette im Schnee aus, lehnte sich gegen einen Baumstamm, ging in die Hocke, zog einen Handschuh aus, packte eine Handvoll Schnee und rieb sich damit das Gesicht ab. Ihm durfte nichts entgehen.

Langsam erschien die kleine Kolonne der Armeefahrzeuge mit dem Gefängniswagen in der Mitte auf den sich windenden Sandpfaden. Der Abstand war zu groß, als dass Coburg das Gesicht des aussteigenden Mannes hätte sehen können, aber er erkannte ihn an seiner Haltung und seinen Bewegungen. Das Erschießungskommando formierte sich: zwölf Männer, daneben ein Kommandant. Ein wenig abseits standen noch einige Leute. Einer von ihnen musste der Staatsanwalt sein, Ashoffs Begleiter ein Geistlicher. Sie sprachen kurz miteinander. Der Geistliche entfernte sich. Ashoff blieb stehen, die Augenbinde lehnte er ab. Das Erschießungskommando stand keine fünf Meter von ihm entfernt. Befehle erklangen, Gewehre wurden geschultert und gleichzeitig abgefeuert. Coburg sah, wie Ashoff nach hinten auf seine gefesselten Hände fiel. Überall flogen Vögel aus den Sträuchern empor. Keine zwei Minuten später hatte man die Leiche in den Wagen geladen, und die Kolonne entfernte sich wieder.

Als er aufstand – so steif, dass er schwankte – und aus der Deckung der Bäume zum Vorschein kam, fielen die ersten Sonnenstrahlen auf sein Gesicht. Er lief die Düne hinab, die Augen auf den dunklen Fleck im Schnee gerichtet, blieb dort stehen, wo man Ashoff soeben exekutiert hatte, und fegte mit der Schuhsohle über den Schnee, in dem das Blut versickert war. Dann entdeckte er den gelben Fleck und hoffte, dass sich Ashoff nicht erst nach, sondern vor seinem Tod in die Hose gepinkelt hatte, aus Verzweiflung über sein unvermeidliches Ende und voller Angst, dass es damit nicht vorbei wäre, sondern er ewig in der Hölle schmoren würde.

In der voll besetzten Bahnhofsgaststätte rief jemand »Ruhe!«, als die Zehnuhrnachrichten aus dem Radio erklangen: »Heute Morgen um acht Uhr wurde Willem Ashoff in der Waalsdorper Senke hingerichtet. Damit endete das Leben des berüchtigtsten Landesverräters der Niederlande.«

Dann folgte eine kurze Schilderung von Ashoffs Untaten, und wie schon während des Prozesses löste dies unter den Zuhörern heftige Emotionen aus. Coburg lauschte den Leuten um sich herum und nickte, als eine junge Frau fragte, ob sie sich zu ihm an den Tisch setzen dürfe.

»Du lieber Himmel, was bin ich froh, dass ich mich aufwärmen kann. Hat Ihr Zug auch Verspätung?«

Er nickte wieder.

»Ich muss bis nach Vlissingen. Und Sie?«

»Noch weiter.«

»Nun, dann machen wir es uns am besten erst mal hier gemütlich.« Sie lächelte, nahm die Strickmütze ab, fuhr sich mit den Händen durch das volle dunkle Haar und trank einen Schluck Kaffee, wobei auf dem Rand ihrer Tasse Lippenstiftspuren zurückblieben. Sie steckte sich eine Zigarette an. Coburg roch ihr Parfüm, und sein Blick ruhte kurz auf ihren langen, schlanken Fingern mit den rot lackierten Nägeln.

Erneut hörte er konzentriert zu, als man um elf Uhr dieselben Nachrichten verlas.

»Heute Morgen um acht Uhr wurde Willem Ashoff in der Waalsdorper Senke hingerichtet. Damit endete das Leben des berüchtigtsten Landesverräters der Niederlande.«

Also war er wirklich tot. Coburg hatte mit eigenen Augen sein Blut und seine Pisse im Schnee gesehen. Es war kein Zweifel möglich.

Die Frau wandte sich ihm wieder zu: »Gut, dass es vorbei ist – jetzt kann sich die Presse endlich mit anderen Dingen beschäftigen. Der Krieg ist schon fast fünf Jahre zu Ende, dieses Land muss den Blick in die Zukunft richten.«

Coburg schaute sie an, antwortete jedoch nicht. Er stand auf, als über den Lautsprecher die Ankunft seines Zuges angekündigt wurde.

Er setzte sich einem alten Ehepaar gegenüber, und der Mann versuchte ein Gespräch mit ihm anzufangen – vergeblich. Es war kalt, und die beiden saßen eng aneinandergeschmiegt unter einer Pferdedecke, die sie sich um die Beine geschlagen hatten. Hin und wieder schauten sie scheu in seine Richtung. Durch die Ritzen im Holzboden drangen Pulverschnee und das Knarren der Gleise unter den Eisenrädern zu ihnen nach drinnen. Die gleichmäßige Bewegung ließ Coburg hin und wieder einnicken. Er sah die Frau im Warteraum vor sich und empfand erneut die heftige Abneigung und Geringschätzung, die er verspürte, als sie sich so über den Krieg geäußert hatte. Das Parfüm, der rote Lippenstift und Nagellack, das nonchalante Auflockern ihrer Frisur, die Selbstsicherheit, mit der sie sich im Bewusstsein ihrer Weiblichkeit an ihn gewandt hatte: All das hatte ihn nicht unberührt gelassen, aber der Gedanke, mit ihr zu schlafen, stieß ihn ab. Die Menschen mussten nach vorne schauen, diese Zeiten hinter sich lassen. Das konnte nur aus dem Mund von jemandem kommen, der nicht wirklich am Geschehen beteiligt gewesen war, sich abseits gehalten, geschickt und ohne unnötige Risiken durch die Jahre manövriert hatte. Von jemandem, der keinen Schaden genommen hatte.

Coburgs erste Begegnung mit Rosa Barto hatte auch im Wartesaal eines Bahnhofs stattgefunden. Sie hatten im selben Zug gesessen, und er hatte sie aus einer gewissen Entfernung so unauffällig wie möglich beobachtet. Sie trug die Uniform einer Führerin des Nationalen Jugendsturms*, war zu dick angezogen für diesen ersten warmen Frühlingstag im Jahr, und unter der orangefarbenen Persianakappe, die ihre dunklen Haare bedeckte, musste ihr warm sein. Die gefalteten Hände lagen über einem grünen Lacktäschchen in ihrem Schoß, auf dem dunkelblauen Mantel. Darunter trug sie einen dunkelbraunen Rock bis über die Knie, schwarze Strümpfe und flache schwarze Schnürschuhe, die ihre besten Zeiten schon hinter sich hatten.

Das Abteil war voll, und obwohl einige Leute stehen mussten, blieb der Platz auf der hellgelb gestrichenen Holzbank neben ihr leer. Ihre Mitreisenden musterten sie geringschätzig, einige taten das ganz unverhohlen. Der Mann neben Coburg höhnte: »Da will ich nicht sitzen, und wenn man mir Geld dafür anbieten würde.« Ein Junge ihr gegenüber blies den Rauch einer Zigarette absichtlich in ihre Richtung und entlockte damit dem Gesicht einer Frau im Gang ein Lächeln. Das Objekt ihrer Aufmerksamkeit vermied Blickkontakt und schaute abwechselnd aus dem Fenster oder auf einen Punkt vor sich auf dem Boden. Einmal bemerkte Coburg, wie die junge Frau die Fensterscheibe als Spiegel benutzte, aber als ihre Blicke sich mit seinen kreuzten, wandte sie den Kopf wieder ab. Ihre blasse Haut wirkte durch die vielen winzigen Sommersprossen auf ihrem schmalen Gesicht und ihren Handrücken leicht gerötet.

Die Fahrt dauerte länger als eine Stunde, und während dieser Zeit war sein Blick immer wieder zu ihr zurückgekehrt. Wenn sie neben ihm stehen würde, wäre sie etwas kleiner als er, vielleicht einen Zentimeter, und ihr Körperbau war zart. Aus ihren Ärmeln schauten schmale Handgelenke hervor. So steif und in sich gekehrt, wie sie da saß, erschien sie ihm zu verletzlich für die Aufgabe, die man ihr zugeteilt hatte. Was konnte er von ihr erwarten? Würde sie den Druck aushalten? Ob sie wohl dieselbe Spannung empfand und sich auch wünschte, es wäre schnell vorbei? An ihrem nach innen gewandten Blick ließ sich nichts ablesen.

Als sie in Amersfoort den Zug verließ, ging er ihr in vorsichtigem Abstand nach, folgte ihr in den Wartesaal und setzte sich ihr gegenüber auf die Holzbank. Außer ihnen war fast niemand hier, und die wenigen Wartenden ließen sie in Ruhe und achteten genauso wenig auf ihn. Sie holte ein Exemplar von *Volk en Vaderland** hervor und legte es sich in den Schoß. Die aufgeschlagene Seite enthielt einen Artikel mit der farblich hervorgehobenen Schlagzeile »Ein Sieg der Alliierten bedeutet die Rückkehr der Juden«. Als er seine Zeitung, in der derselbe Artikel markiert war, hervorholte und aufschlug, schaute sie ihn kurz an, stand auf und verließ den Wartesaal.

Einige Hundert Meter vom Bahnhof entfernt beschleunigte er seine Schritte, bis er sie eingeholt hatte.

Ohne stehen zu bleiben, sagte sie: »Du hast im selben Zug gesessen wie ich. Bist du mir gefolgt?« Ihr Ton klang selbstsicher, sogar gebieterisch, und unterschied sich so stark von dem Bild, das er sich von ihr gemacht hatte, dass er kurz aus der Fassung geriet.

»Nein, natürlich nicht. Mir wurde nur gesagt, ich soll im Wartesaal Kontakt aufnehmen. Das mit dem Zug war Zufall.«

Sie wirkte nicht überzeugt, und das Misstrauen stand ihr ins Gesicht geschrieben. Kurz glaubte er, sie werde die ganze Aktion abblasen, aber da verkündete sie: »Ich bringe dich zu dem Ort, wo es passieren muss. Ich werde Wache stehen. Wenn da andere Leute sind, tun wir es nicht. Danach muss die Leiche verschwinden. Das weißt du?«

»Ja.«

»Gut, dann gib mir deinen Arm. Versuch, entspannt zu wirken, schließlich sind wir ein Paar.«

Wieder war er überrascht von der Selbstverständlichkeit, mit der sie die Initiative ergriff. Wie oft hatte sie so etwas schon getan?

Am Anfang gingen sie durch eine gepflegte Gegend mit großen frei stehenden Villen auf beiden Straßenseiten, danach durch eintönige Stadtteile mit langen Reihen von immergleichen Häusern, und schließlich kamen sie an einen Waldrand. Die ganze Zeit waren sie untergehakt gegangen, hatten aber kaum ein Wort gewechselt. Jetzt machte sich Rosa von ihm los, sprang über einen Graben und lief vor ihm in den Wald hinein. Ohne Zögern ging Rosa zu der Stelle, an der die Waffe versteckt war. Sie befand sich in einem Jutesack, und nachdem er den geöffnet hatte, faltete Coburg eine Wolldecke auseinander und ließ das Gewehr auf beiden Handtellern ruhen. Er begutachtete den Schalldämpfer aus schwarzem Metall, den Abzug und die Struktur mit dem offenen Kolben, die Einfachheit und Funktionalität. Es war eine prächtige Waffe, und Coburg spürte, wie die Spannung von ihm abfiel.

Das Gewehr erschien ihm sauber und trocken, doch trotzdem fragte er: »Wie lange liegt das hier schon?«

»Seit gestern. Warum?«

»Ich werde es ausprobieren müssen.«

»Dann jetzt sofort. Wenn alles in Ordnung ist, nehme ich meine Position ein. Wir haben noch etwa eine Stunde Zeit.«

Sie sah zu, wie er die Waffe auseinandernahm und wieder zusammensetzte, anlegte, zielte und einige Schüsse abfeuerte. Eine Kugel nach der anderen schlug in der Rinde eines Baumstamms ein.

»Und?«

»Alles in Ordnung.«

»Gut. Ich muss dir noch etwas zeigen.«

Einige Dutzend Meter entfernt blieb sie am Rand einer langen Grube von weniger als einem halben Meter Tiefe stehen. Auf dem Boden lag eine Schaufel.

»Da muss er rein.«

Sie fasste Coburg am Handgelenk, und er hörte die Anspannung in ihrer Stimme, als sie sagte: »Sorge dafür, dass alles gut geht.«

Nachdem sie wieder den Wegrand erreicht hatten, sah er sie einige Hundert Meter hinter sich im Wald verschwinden.

Er legte die Waffe auf die Decke und sich selbst daneben auf den Boden. Es hatte schon lange nicht mehr geregnet, und er roch die trockene Erde. Über ihm sangen Vögel, und der Wind rauschte durch die Bäume, aber er konnte das alles unmöglich genießen; es ließ ihm die Situation, in der er sich befand, noch unwirklicher erscheinen. Die Alliierten hatten inzwischen die bessere Position, und alle glaubten, der Krieg könne nicht mehr lange dauern, aber wie oft würde man vor dem Sieg noch an ihn herantreten? Oder war das hier das letzte Mal?

Mehrere Autos kamen vorbei, und die beiden Male, als am Anfang der Straße ein Fahrradfahrer erschien, schlug sein Herz schneller. Nummer drei war der Richtige: Coburg sah, wie sie hinter ihm aus dem Gebüsch trat, sich auf die Straße stellte und einen Arm hob. Huethorst radelte in der Spur, die das Gewicht der Autos in das Ziegelpflaster gedrückt hatte, er hielt mit beiden Händen den Lenker fest, über dem eine dicke schwarze Lederjacke lag. Als er ein paar Dutzend Meter von Coburg entfernt war, erhob der sich, sprang über den Graben und zielte. Der Metallkolben zitterte an seiner Schulter, als er wieder und wieder abdrückte. Nach jedem Schuss ließ er den Finger kurz am Abzug ruhen, um die Bewegung dann zu wiederholen. Er hörte die gedämpften Schüsse und sah, wie jede Kugel ihr Ziel traf. Huethorst fiel sofort vom Fahrrad und rutschte auf dem Rücken in den Graben. Coburg lief auf ihn zu, um ihm den Gnadenschuss zu verpassen, stellte jedoch zu seiner Erleichterung fest, dass das nicht mehr nötig war. Er sah auf, die Straße lag immer noch verlassen da. Das Mädchen war inzwischen ganz in der Nähe und las Huethorsts Jacke und Hut von der Straße auf. Während er die Leiche aus dem Graben zerrte, rief er ihr zu: »Reich mir sein Fahrrad rüber.«

Als sie das Rad auf der anderen Seite des Grabens wieder übernommen hatte, schleifte er die Leiche rückwärts zwischen den Bäumen hindurch. Er befahl Rosa, die Spur zu verwischen, die die Absätze des toten Mannes im Waldboden hinterließen, rollte die Leiche in das Grab und fluchte laut, weil der Tote nicht ganz hineinpasste, sondern mit dem Kopf halb über den Rand ragte. Er stieg in die Grube, zog die Leiche nach unten und nahm sich die Schaufel.

Das Mädchen legte Jacke und Hut dazu und sagte: »Gib her. Ich fange an.«

Ihre Stimme zitterte, und als er sie ansah, stellte er fest, dass auch sie von dem Geschehen nicht unberührt geblieben war: Ihr Gesicht war noch blasser als zuvor, und die Hände, mit denen sie die Kappe abnahm und den Mantel auszog, waren so unruhig, dass sie Mühe mit den Knöpfen hatte. Sie strich sich nervös die halblangen Locken hinter die Ohren und stieß die Schaufel in einen Haufen loser Erde.

Erst als er an einem Baumstamm lehnte und die Augen schloss, verspürte Coburg eine gewisse Erleichterung. Zwar zitterten ihm noch die Hände, doch das Schlimmste hatte er hinter sich. Ruhig und wohlüberlegt, ohne jedes Zögern, hatte er wieder getan, was getan werden musste. Es herrschte Krieg, und der Auftrag war erledigt.

Er öffnete die Augen, wollte die Arbeit von ihr übernehmen und sah zu seinem Schrecken, dass man Huethorsts Kopf noch immer erkennen konnte.

»Verdammt noch mal, zuerst sein Gesicht!«

Sie erschrak so sehr über seine Reaktion, dass sie fast das Gleichgewicht verlor, aber bevor sie etwas erwidern konnte, hatte er sich bereits erhoben, nahm ihr mit einer heftigen Bewegung die Schaufel aus der Hand, warf eine volle Ladung Erde über das Gesicht des Toten und streckte den Rücken erst wieder, als die Leiche ganz und gar verschwunden war.

Sie hatte schweigend zugesehen, doch nun fragte sie: »Alles in Ordnung?«

»Nein, es ist nicht alles in Ordnung, und mit dir ganz offensichtlich auch nicht. Alles in Ordnung, alles in Ordnung, was soll die Frage, verdammt noch mal?« Mit geballter Anspannung und Frustration rammte er den Spaten in die Erde. »Lass uns gehen. Was machen wir mit der Schaufel und dem Gewehr?«

Wenig später radelten sie nach Soest. Rosa saß seitlich auf dem Gepäckträger und hatte ihm die Arme um die Taille geschlungen. Die Gefahr war vorüber, niemand achtete auf sie. Als er sich entspannte, spürte er, wie trocken seine Kehle war und wie groß sein Durst. Ein Liebespärchen – wenn sie das gewesen wären, hätten sie an der erstbesten Gaststätte anhalten können, um ein Glas kalte Limonade oder Bier zu bestellen. Und dann hätten sie sorglos mit ihren Getränken in der Sonne gesessen.

Stattdessen dachte er an Huethorst. Es war nicht seine erste Liquidierung gewesen, aber die Tatsache, dass sie den Mann selbst an einem Ort begraben hatten, an dem er hoffentlich nie gefunden werden würde, gefiel ihm nicht. Bei Huethorst handelte es sich um einen der wichtigsten V-Männer von Seymens Ratingen, und weil schwere Repressalien zu erwarten waren, hätte es nicht ausgereicht, ihn zu töten: Er musste auch verschwinden, ohne eine Spur zu hinterlassen. Hatte Huethorst Familie? Würden seine Angehörigen, wenn das hier vorbei war, nicht erfahren müssen, wo sie die Leiche ihres Mannes und Vaters finden konnten? Er war kurz davor, das Mädchen auf dem Gepäckträger zu fragen, hielt sich jedoch zurück.

Nachdem sie eine Zeit lang schweigend weitergefahren waren, sagte sie: »Ich bin erleichtert, dass es vorbei ist. Es musste nun einmal erledigt werden, das weiß ich, aber es ist jedes Mal wieder schrecklich. Und gleichzeitig so unwirklich: dass wir gerade so etwas getan haben.«

Er wusste nicht, was er darauf antworten sollte. Dass es nun einmal erledigt werden musste – diese Worte brachte er nicht über die Lippen. Die Sache hatte sich für ihn ergeben, durch Zufall; dieser Begriff passte da besser, aber eine solche Bemerkung hätte nur Fragen aufgeworfen. Stattdessen erkundigte er sich: »Ist Rosa dein richtiger Name?«

»Ja. Ich heiße wegen Rosa Luxemburg so, das war die Heldin meiner Eltern. Zu Hause hing, so lang ich denken kann, ein großes Foto von ihr, so sehr bewundern sie sie.«

»Sie ist doch ermordet worden?«

»Ja, beim Spartakusaufstand 1919, vom Freikorps, dem Vorläufer der SA. Ich kenne ihre letzten Worte auswendig, die hingen auch bei uns daheim an der Wand: ›Ordnung herrscht in Berlin. Ihr stumpfen Schergen! Eure Ordnung ist auf Sand gebaut. Die Revolution wird sich morgen schon rasselnd wieder in die Höh' richten und zu eurem Schrecken mit Posaunenklang verkünden: Ich war, ich bin, ich werde sein!‹ Vor allem über die auf Sand gebaute Ordnung spricht mein Vater immer. Die gefestigte Ordnung hier bei uns in den Niederlanden sieht zwar aus, als hätte sie ein gutes Fundament, aber das ist nur Schein.«

»Klingt ganz so, als wären deine Eltern überzeugte Kommunisten. Bist du auch Kommunistin?«

»Aus vollem Herzen. Und was ist mit dir?«

»Ich nicht.«

Sie schwieg kurz, als erwarte sie eine Art Rechtfertigung, aber zu der war er nicht bereit.

»Das hat mir mein Vater schon gesagt. Er hat es nicht verstanden; dazu muss man allerdings auch sagen, dass er niemanden begreift, der kein Kommunist ist. Aber dir kann man bedenkenlos vertrauen – was das betrifft, da hat er nicht den geringsten Zweifel.«

Abrupt hielt Coburg an, stellte die Füße auf den Boden und drehte sich zu ihr um, die Fahrradstange noch zwischen den Beinen. Auf seinem Gesicht kämpften Unglauben und Ärger um die Oberhand: »Sprichst du etwa von Marinus Barto, vom Widerstandsrat*? Bist du seine Tochter?«

»Ja.«

»Warum hast du das nicht sofort gesagt?«

Statt sich von seinem wütenden Tonfall abschrecken zu lassen, lächelte sie. »Wann denn? Als ich wusste, dass du es warst, der mich im Zug so ungeniert gemustert hat? Was hast du da wohl gedacht: Hält sie das überhaupt durch? Musst du vielleicht noch lernen, dich nicht von Äußerlichkeiten täuschen zu lassen? Dann hast du das mit all den Moffen* gemeinsam, die mich bei ihren Kontrollen einfach durchwinken.«

Bevor er noch einmal seine Überraschung äußern konnte, löste ihr Lächeln etwas ganz tief in ihm aus, machte seiner Wut ein Ende und brachte ihn aus der Fassung.

»Warum schaust du mich so an?«

Er spürte, dass er rot anlief, wandte sich abrupt um, nahm den Lenker fest in beide Hände und sagte: »Wir müssen weiter.«

Während der nächsten Kilometer sprachen sie ungehemmter miteinander, und er meinte zu spüren, dass die Arme um seine Taille ihn erst jetzt wirklich fest umklammerten. Bevor sie die ersten Häuser von Hilversum erreichten, warf er das Rad in einen Wassergraben. Zu Fuß gingen sie weiter.

Zum Abschied drückte sie ihm unerwarteterweise einen Kuss auf die Wange. »Ich bin froh, dich kennengelernt zu haben, Siem Coburg, sogar unter diesen Umständen.«

Er nickte etwas unbeholfen und sagte: »Grüß deinen Vater von mir.«

Noch als sie sich entfernte, taten ihm seine letzten Worte leid. »Ja, ich auch« – mehr hätte er nicht zu sagen brauchen. Er war kurz davor, es ihr nachzurufen, aber irgendetwas hielt ihn davon ab.

8

Auf den Heizkörpern lagen Handtücher, und darunter standen Schuhe aufgereiht in kleinen Pfützen aus geschmolzenem Schnee. Fake war lange und voller Konzentration bei der Arbeit gewesen, bis ihn die Anordnung zufriedenstellte: Braun zu Braun, Schwarz zu Schwarz, in aufsteigender Größe von links nach rechts. Ein Stück abseits von den anderen stand ein schwarzes Paar mit einem Klumpschuh.

Der eiskalte Wind, der frontal gegen die großen Fenster des Holzpavillons stieß und durch die Ritzen heulte, hatte die verdorrten Eichenblätter von ihrem so sorgfältig ausgewählten Platz auf der Fensterbank geblasen und über den Linoleumboden unter die Betten geweht. So waren Lücken auf dem übervollen Brett entstanden, das als Ausstellungsfläche für das diente, was die nicht bettlägerigen Kinder, die noch manchmal nach draußen kamen, über die Jahre angesammelt hatten: leere Zigarettenschachteln, eine verrostete Handlampe, eine runde, bis zum Rand mit Kastanien gefüllte Birnensirupdose, den ausgebleichten Schädel eines Kaninchens, viele Federn und Knochen, eine alte Pfeife, Kiefernzapfen, eine Streichholzschachtel mit vertrockneten Insekten. Eine Reihe aufrecht stehender Munition und Patronenhülsen wand sich wie eine meterlange Schlange zwischen allen Gegenständen hindurch.

Die Heizkörper schafften es nicht mehr, den Raum ausreichend zu erwärmen. Auf den eisernen Bettgestellen, die dem Fenster am nächsten standen, glitzerten Eiskristalle, und eine Eisschicht auf der Scheibe nahm einem die Sicht nach draußen. Die Kinder wurden unruhig davon, und auch Bruder Anselmus fühlte sich mehr denn je eingesperrt. Erschrocken hatte er einen Jungen, der mit der Zunge das Eis berührte, unnötig fest geschlagen und ins Bett gescheucht. Andere machten mit den Händen Abdrücke, leckten sich das Eis von den Fingern, versuchten sich damit zu bemalen oder wischten es an anderen ab. Fake war auf ein Bett geklettert, um an das Eis zu gelangen, das sich außerhalb der Reichweite der anderen befand. Der Junge ging völlig in dem auf, was er tat, und malte mit äußerster Konzentration seine Figuren. Anselmus konnte nichts erkennen; der Streifenwirrwarr war genauso chaotisch wie der zurückgebliebene Geist des Jungen. Als Fake auf die Fensterbank steigen wollte, um noch höher zu kommen, befahl ihm Anselmus, in sein eigenes Bett zurückzukehren. Die Sammlung auf dem Brett trug dazu bei, ein ohnehin empfindliches Gleichgewicht zu erhalten, und Anselmus duldete nicht, dass sich auch nur etwas verschob. Fake gehorchte erst beim Anblick von Anselmus' erhobener Hand.

Antoon Beekhuis erkundigte sich mit zitternder Stimme, wo denn die Rehe seien. Anselmus wischte einen Teil der Fensterscheibe ab, damit der Junge sehen konnte, wie sich die Tiere in einem Teil der Umzäunung zusammendrängten, wo der Wind nicht ganz so heftig wehte. »Sind sie tot? Sind sie tot?«, wollte Antoon immer wieder voller Unruhe wissen. Als Anselmus die aufsteigende Hysterie in seiner Stimme erkannte, eilte er nach draußen, rüttelte so lange am Tor, bis sich alle Rehe in Bewegung setzten, und schaute wütend auf das erleichterte Gesicht hinter dem Glas, während der Wind an seinem Habit zerrte und sein dünnes Haar in alle Richtungen wehen ließ. »Siehst du, siehst du sie jetzt? Ist es so genug? Sie leben noch, ja!«, schrie er.

Um neun Uhr abends hob er den kleinen Walter Smeets aus seinem Bett. Der Junge war schon seit Tagen krank, aß und trank kaum noch, war immer apathischer geworden, und jetzt hatte die Krankheit auch noch auf die Lunge übergegriffen. Was vor einigen Stunden als Hüsteln begonnen hatte, war inzwischen zu einem so starken Husten geworden, dass die anderen nicht schlafen konnten. Der Husten verursachte einen Krampf, der den ganzen kleinen Körper durchschüttelte und ihn noch weiter entstellte. Wenn der Anfall vorüber war, folgte ein tiefer Seufzer des Schmerzes und der Verzweiflung. Nicht nur den Kindern, auch Anselmus setzte das immer mehr zu.

Er erschrak, als er feststellte, wie wenig der Junge noch wog, und er spürte, wie ihm die Knochen in dem mageren Leib gegen die Brust stießen. Er legte das Kind in das kleine Zimmer neben dem Schlafsaal und ging dann selbst zu Bett. Weil er zu müde war, um seine Kleidung auszuziehen, löste er nur die Kordel um seine Mitte, legte sie auf seine Schuhe und schlief sofort ein.

Er wurde von einem Weinen geweckt, das durch die Holzwand kaum gedämpft wurde. »Bruder Anselmus, Bruder Anselmus?«

Als er das Zimmer betrat, sah er in dem schwachen Licht, dass Walter die Decken von sich geworfen hatte und so gut wie nackt dalag. Sein Schlafanzug und die Laken waren kotverschmiert. Er hatte alles unter sich laufen lassen und sich im Schlaf darin gewälzt. Bruder Anselmus überwand seinen Widerwillen und beugte sich über das Kind. Während er die Decken ganz zurückschlug, strich er an Walters Arm entlang und schreckte wegen der unerwarteten Hitze zurück: Der Junge hatte hohes Fieber.

Walter hatte seine Anwesenheit bemerkt und krallte sich mit vor Schweiß klammen Händen an ihm fest. »Komme ich jetzt in den Himmel?«

Widerwillig gab Anselmus zurück: »Das weiß allein der Herr.«

Das Kind stöhnte, und ein Zittern durchlief seinen Körper. War es sich gerade noch der Anwesenheit des Mönchs bewusst gewesen, so erstarrte sein Blick nun, und es schaute durch Anselmus hindurch.

»Ich verbrenne. Der Teufel kommt mich holen. Rettet mich vor dem Feuer. Lasst nicht zu, dass er mich mitnimmt.«

Die Angst in der Stimme des Kindes verursachte Unbehagen in Anselmus. Hatte der Teufel wirklich Besitz von diesem Jungen ergriffen, trieb sich das Tier hier herum? Der Knabe war schon beinahe verloren, aber als Anselmus sich seinem Griff zu entziehen versuchte, verstärkte sich dieser mit unerwarteter Kraft. Der Mönch riss sich mit einem Ruck los, geriet aus dem Gleichgewicht und fiel rücklings zu Boden.

Als er wieder hochkam, sich erschrocken um Haltung bemühte, schaute ihn Walter aus weit aufgerissenen Augen an. Nichts war mehr übrig von der Kraft, die soeben noch in ihn gefahren war; er wirkte verletzlicher denn je.

»Glauben Sie, ich komme jetzt in den Himmel?«

Anselmus zögerte. Was sollte er antworten? Wer konnte schon mit Sicherheit sagen, wer da an diesen dem Untergang geweihten Kindern zog? Er überwand seine Zweifel und erwiderte: »Ja, mein Junge. Gott erwartet dich.«

Walter lächelte, und es schien, als wäre seine Angst der Ruhe gewichen, vielleicht sogar etwas wie Sehnsucht.

9

Doktor van Waesberghe erschien erst am späten Vormittag. Auf dem Pelzkragen seines langen Mantels und auf seinem Hut hatten sich weiße Schichten abgesetzt, und er stampfte kräftig auf, um den Schnee aus dem starken Profil seiner Schaftstiefel zu bekommen. Noch deutlicher als sonst überragte er Bruder Anselmus und würdigte ihn kaum eines Blickes.

»Ich kann nicht lange bleiben. Es ist, als würden zurzeit alle krank, verdammt noch mal.« Er legte Mantel und Hut über einen Stuhl, nahm seine Arzttasche zur Hand und erkundigte sich: »Wo ist der Junge?«

Anselmus öffnete die Tür zu dem kleinen Zimmer und trat beiseite, um Doktor van Waesberghe den Vortritt zu lassen. Anselmus hatte Walter eigenhändig gewaschen, ihm mit Pomade einen anständigen Scheitel gezogen und ein Kreuz auf den eingefallenen Brustkorb gelegt, über dem er dann die toten Hände gefaltet hatte. Das Kind trug die kurzen Hosen und die bis unter die Knie reichenden Strümpfe, in denen es einmal hier aufgenommen worden war, und Fake hatte Walters schwarze Schuhe geputzt, bis sie glänzten. Um den Jungen hing noch der säuerliche Geruch seiner Ausscheidungen. Obwohl seine Augen geschlossen waren, bot er keinen friedlichen Anblick. Sein Gesichtsausdruck und die leichenblasse Haut wirkten schrecklich leer. An Walters Leiden war ein Ende gekommen, aber es gab nichts, woran man hätte ablesen können, dass der Junge durch seinen Tod in das ewige Leben hineingeboren worden war und nun an Gottes Thron saß.

Der Arzt fluchte kaum hörbar und hockte sich zu dem Kind.

»Wann ist er gestorben?«

»Heute Nacht, etwa um drei Uhr.«

»Sie waren dabei?«

»Ja, ich wurde wach, weil er so weinte und hustete. Er hatte hohes Fieber.«

»Da war es schon zu spät.« Es klang missbilligend.

Anselmus antwortete nicht, spürte jedoch, wie Schwindel und Kopfschmerzen zunahmen. Am liebsten wäre ihm gewesen, der Arzt wäre direkt wieder aufgebrochen, damit er sich hinlegen konnte, bis er sich besser fühlte. Doktor van Waesberghe hatte noch nie auch nur ein einziges Wort der Wertschätzung für die schwere, erschöpfende Arbeit geäußert, die Anselmus verrichtete. Mit jedem Besuch verhielt er sich unfreundlicher und ungeduldiger, was zur Folge hatte, dass Anselmus diese Treffen immer mehr fürchtete. Hat man Sie zu spät gerufen, dann liegt das an Ihrer Haltung, und es ist Ihre Schuld, nicht meine, dachte er.

Als der Arzt Walter untersuchte, fiel mit einem lauten Klacken etwas aus der Hosentasche des Jungen auf den Boden.

Van Waesberghe hob es auf. »Was ist denn das für ein Unfug?«

Anselmus betrachtete die Kugel und spürte, wie er rot anlief. »Die stammt wahrscheinlich aus der Sammlung von Fake Heemstra. Er muss sie in Walters Hosentasche gesteckt haben; die beiden waren befreundet. Ich habe Fake heute Morgen kurz zu Walter gelassen, damit er sich verabschieden konnte.«

Während Anselmus mit Walter beschäftigt gewesen war, hatte er hin und wieder aus den Augenwinkeln zu Fake hinübergeschaut. Der saß in einer Zimmerecke auf dem Boden, im Schneidersitz, mit den Schuhen seines Freundes im Schoß. Immer wieder hatte er sie geputzt, und währenddessen hatte sich sein Oberkörper unaufhörlich vor und zurück bewegt. Als der Augenblick gekommen war, Walter die Schuhe anzuziehen, weigerte sich Fake, sie herzugeben. Der Junge war stärker und einen Kopf größer als Anselmus, doch der Mönch zögerte nicht, sich Gehorsam zu verschaffen, und gab dem Kind eine Ohrfeige. Ich schlage dich, weil es nicht anders geht, Fake, dachte er. Wenn ich auf irgendeine andere Art und Weise dafür sorgen könnte, dass du auf mich hörst, würde ich es so machen, aber ich kann nicht anders, und der Herr ist mein Zeuge.

»Damit er sich verabschieden konnte? Du liebe Güte, ein Glück, dass ich jetzt gekommen bin und niemand sonst. Was glauben Sie denn, was für ein Eindruck da entstehen würde?« Van Waesberghe schüttelte missbilligend den Kopf, erhob sich und sagte: »Ein Mangel an Widerstandskraft. Das Kind ist der allgemeinen Erschöpfung zum Opfer gefallen. Ich werde die Papiere in Ordnung bringen. Leben seine Eltern noch?«

»Ja, sie wohnen in Friesland.«

»In Friesland? Na, dann werden sie bei dem Wetter sicher nicht herkommen. Sind sie überhaupt jemals hier gewesen?«

»Nein.«

»Nun, nehmen Sie auf alle Fälle Verbindung zu den Leuten auf. Er kann begraben werden. Gibt es noch mehr Kranke? Ich schaue mal eben.«

Anselmus hatte die Betten so angeordnet, dass in der Mitte der langen Baracke ein Durchgang verlief, der breit genug für die Rollstühle war. Auf der linken Seite, gleichmäßig vor den Fenstern verteilt, standen die der Bettlägerigen; so hatten die Kinder die beste Aussicht nach draußen. Sechs Betten hintereinander, Kopf- und Fußenden zusammengeschlossen, drei Bettenreihen. Alle achtzehn der einfachen Krankenhausbetten mit ihren Eisengestellen waren belegt. Rechts vom Gang hatte Anselmus die Geisteskranken, die aber noch aufstehen konnten, auf dieselbe Weise angeordnet. Auch sämtliche dieser Betten waren in Gebrauch, allerdings liefen oder krochen einige dieser Kinder durch die Gegend. Die Betten standen so dicht nebeneinander, dass es nur möglich war, sich seitwärts daran vorbeizubewegen. Um zu vermeiden, dass die Kinder einander mit den Köpfen zugewandt lagen, war die Reihe daneben umgekehrt ausgerichtet. So verhinderte Anselmus, dass die Kinder aneinander herumfummelten und sich gegenseitig wachhielten, und es womöglich noch mehr Unruhe gab. Die unruhigen Jungen hatte er so weit möglich an die Außenseiten gelegt, und in den Betten direkt daneben befanden sich Kinder, die auf gar nichts mehr reagierten. Nach diesen Kriterien teilte er jedem Neuankömmling auf seiner Abteilung einen Platz zu. Anfangs bekam er nur die Bettlägerigen, doch als im Hauptgebäude alles belegt war, schickte man ihm auch mobile Kinder. Schon das an sich missfiel ihm, aber er hatte darüber hinaus den Verdacht, dass seine Mitbrüder die Fälle bei ihm abluden, die sie selbst loswerden wollten: die Unruhigen, die nicht zu Bändigenden, die Unberechenbaren. Es war so schlimm, dass er sich beim Tod eines Kindes voller Sorge fragte, wer nun dessen Platz einnehmen würde. Nur Fake hatte sich als Ausnahme erwiesen.

Doktor van Waesberghe schritt an den Betten entlang; hin und wieder blieb er für eine kurze Inspektion stehen. Er drehte eines der Kinder auf die Seite, zupfte an einem Verband auf seinem Steißbein und zog die Nase hoch. »Ich nehme an, Sie können das auch riechen?«

»Ja, und ich habe den Verband gewechselt, aber es wird einfach nicht besser.«

»Das ist auch nicht verwunderlich. Sie haben den Verband viel zu fest angelegt. Deswegen ist mit der Zeit ein ordentliches Liegegeschwür entstanden.« Ärgerlich fügte der Arzt hinzu: »Sie tun diese Dinge ganz ohne Zweifel mit den besten Absichten, aber diesen Kindern wäre mit einem Krankenpfleger besser gedient. Ich habe das Ihrem Abt schon mehrmals mitgeteilt, leider jedoch vergeblich. Der Mann weigert sich einfach, meinen Rat zu befolgen, und nimmt stattdessen lieber mich in Anspruch. Es muss ihm doch klar sein, dass ich ja wohl schlecht die Sorge für mehr als vierhundert solcher Kinder übernehmen kann. Ich weiß nicht, welche Last man Ihnen auf die Schultern gelegt hat, aber ich verweigere mich ihr.« Unwillig schüttelte er den Kopf und erklärte: »Dieses Kind muss ins Krankenhaus. Ich werde veranlassen, dass man den Jungen abholt. Bis dahin muss er so viel wie möglich auf dem Bauch liegen. Notfalls geben Sie ihm Luminal. Haben Sie davon noch?«

»Ja.«

»Gut. Wenn das nicht hilft, müssen Sie ihn festbinden. Es ist zu seinem eigenen Besten.«

Eines der Kinder umfasste den Arzt von hinten, der drehte sich um und sagte: »Loslassen.« Als das nicht sofort geschah, erklang das »Loslassen« in noch drohenderem Tonfall. Das Lachen auf dem Gesicht des Schwachsinnigen wich der Angst, und das Kind verkroch sich unter seiner Decke.

Van Waesberghe blieb an einem Bett unter dem Fenster stehen und erkundigte sich: »Gehört der hier zur Familie Severens?«

»Ja, das ist Jan.«

»Sehen Sie. Das habe ich am Gesicht erkannt. Er hat gerade einen kleinen Bruder bekommen. Ein gesundes Kind. Zwölf Jungen und Mädchen, und dieser darunter. Wie alt ist er jetzt?«

»Acht Jahre.«

»Acht schon.«

Van Waesberghe hatte die sechzig bereits ein ganzes Stück überschritten und in seinem Leben viele Geburten begleitet. Auch die einiger Kinder, die hier lagen. Mitgefühl habe ich bei ihm noch nie bemerkt, dachte Anselmus. Dieselbe Abneigung, die er in meiner Gegenwart empfindet, verspürt er auch, wenn er an den Betten dieser Kinder entlanggeht, und diese Abneigung lässt sich beinahe mit den Händen greifen. Als ob er ihnen ihre Unvollkommenheit zum Vorwurf macht.

Am Ende der Reihe wischte Doktor van Waesberghe mit dem Ärmel über die Fensterscheibe und meinte: »Hört das denn gar nicht mehr auf? Ich hatte schon Schwierigkeiten, überhaupt herzukommen; nicht mehr lange, und man schafft es gar nicht. Ich muss gehen.« Er hatte die Kinder auf der anderen Seite des Ganges nicht begutachtet, aber statt sich dafür zu entschuldigen, zog er hastig seinen Mantel an, setzte den Hut auf und machte sich auf den Weg.

Es schneite so heftig, dass seine Fußabdrücke von vor einer halben Stunde bereits wieder verschwunden waren, und der Arzt beeilte sich, die schützenden Mauern des Hauptgebäudes zu erreichen.

Eines der Rehe war aufgestanden und auf Anselmus zugekommen. Mit dem Zaun zwischen sich starrten sie einander kurz an. Unbeeindruckt von Schnee und Wind ließ das Tier seinen Blick auf dem Mönch ruhen, bis dieser die Tür hinter sich schloss.

10

Mit einem Ruck wurde Anselmus wach und fühlte sich einen Augenblick lang desorientiert, bis das Summen aus dem Schlafsaal zu ihm durchdrang. Draußen war es bereits hell; er musste Stunden geschlafen haben. Ohne Unterbrechung, und tief – das ging nur, wenn Bruder Felix die Wache für ihn übernahm.

Die Verzweiflung trat kurz in den Hintergrund. Felix kam hin und wieder vorbei, und obwohl seine Aufmerksamkeit dann vor allem den Kindern galt, verhielt er sich weniger distanziert als die anderen Ordensbrüder. Vielleicht kann sich zwischen uns eine Freundschaft entwickeln, dachte Anselmus. Bekam er einmal Besuch, gab es dafür immer einen Grund: die jährliche Kontrolle durch die Inspektion für das Schwachsinnigenwesen, Doktor van Waesberghe, die Laienbrüder, die das Essen brachten oder das schmutzige Bettzeug abholten. Nur Bruder Felix kam einfach so. Anselmus blieb kurz auf dem Bettrand sitzen; ihm war immer noch schwindlig, aber er hatte keine Kopfschmerzen mehr. Dann zog er sich an, wusch sich zitternd das Gesicht mit dem kalten Wasser und strich sich mit nassen Händen durch das weiße, seidige Haar, das sich sogar kurz geschnitten schlapp und dünn anfühlte. Der Spiegel über dem Waschtisch war fast blind, zeigte ihm jedoch noch genug von seinem Gesicht, um ihn daran zu erinnern, warum gerade er sich hier so sehr am richtigen Ort befand. Seine kleine Nase, der ausdruckslose horizontale Strich seines Mundes mit den dünnen Lippen, seine zusammengekniffenen, nur zu einem lauernden Blick fähigen Augen. Dann seine weißen Augenbrauen und die blasse Haut, wie bei einem Albino, die weichen Wangen, die er nie zu rasieren brauchte. Als hätte mein Gesicht keine Knochenstruktur, dachte er. Nachgiebig und durchscheinend wie die Quallen, die er als Kind am Strand mit der Schippe in Stücke gehackt hatte.

Die Kinder, die sich in seiner Obhut befanden, waren seinen Anblick gewohnt, aber außerhalb der Klostermauern sah er das Unbehagen und die Unsicherheit in den Augen normaler Kinder. Manche zeigten sogar ganz offen ihre Angst vor ihm und drückten sich an ihre Eltern, wenn er vorbeiging, und die Erwachsenen versuchten ihre Kinder nicht zu beschwichtigen, sondern schienen ihre Furcht vielmehr zu begreifen.

Bruder Felix saß mit einem Kissen unter den Knien auf der einen Seite eines leeren Bettes, auf der anderen Fake. Umringt von anderen Kindern machten sie Armdrücken, und der Blick in den Augen der beiden zeugte von äußerster Konzentration. Felix nickte, als er Anselmus bemerkte, und ließ seinen Arm erst langsam nach unten sinken, um dann wieder ein Stück gutzumachen, als gelinge ihm noch eine letzte äußerste Kraftanstrengung, um sich dann mit einem Stöhnen geschlagen zu geben.

Fake stand auf, vollführte mit seinen spastischen Gliedmaßen etwas, das wohl ein Luftsprung sein sollte, und schüttelte den Kopf so heftig, dass es aussah, als wolle er ihn sich vom Hals schleudern. Die Kinder um ihn herum schauten mit offenen Mündern zu und wirkten zunächst verängstigt, aber als sie merkten, dass keine Gefahr drohte, zogen sie Felix am Habit, weil nun sie an der Reihe waren. Einer der Jungen riss so heftig an Felix' Haar, dass er kurz das Gesicht schmerzhaft verzog. Mühsam stand er auf, streckte sich, stemmte die Hände in die Seiten und erklärte: »Später, später. Ich bin nicht mehr jung wie ihr. Das reicht für heute.«

Felix begrüßte Anselmus. »Du siehst ein wenig besser aus als gestern.«

»Ich danke Ihnen. Ich habe gut geschlafen, aber dadurch haben Sie den Gottesdienst versäumt.«

»Mach dir keine Sorgen, Anselmus. Ich habe dich natürlich ausschlafen lassen. Meinst du denn wirklich, dass der Herr es uns nicht verzeiht, wenn wir einmal nicht zu einer Messe erscheinen? Oder machst du dir Gedanken wegen Podocarpus?«

Anselmus lächelte nervös. Er fühlte sich noch immer unbehaglich, wenn über den Abt gesprochen wurde, als wäre er einer von ihnen. »Wie haben die Jungen sich denn benommen? Haben Sie selbst auch ein wenig schlafen können?«

»Schlafen? Lieber Himmel, das ist hier doch ein ganz schönes Abenteuer. Ich wurde mitten in der Nacht von Willie geweckt. Er stand über mich gebeugt, in ein Laken gehüllt und mit einer Maske aus Zeitungspapier vor dem Gesicht; nur seine Schieleaugen waren zu sehen. Mir ist fast das Herz stehen geblieben. Weißt du, was er gesagt hat? ›Ich sehe es wieder, ich jage es schnell weg.‹ Hast du eine Ahnung, was er damit meint?«

»Nein. Ganz gleich, was ich tue, er hört einfach nicht auf damit. Ich weiß nicht einmal, wie er an eine Zeitung kommt; ich dachte, ich hätte alles weggetan, was er benutzen könnte.«

Noch im Reden ging Anselmus zum Bett von Willie Dorst. Nach den nächtlichen Eskapaden lag der Junge da und schlief. Der Mönch hob vorsichtig das Kissen an und fand die Zeitung. In dem Augenblick, als er sie behutsam herausziehen wollte, fragte Felix: »Warum nimmst du sie ihm weg, Anselmus?«

»Weil er anderen Kindern damit Angst macht.« Anselmus schämte sich für die fehlende Überzeugungskraft in seiner eigenen Stimme.

»Vielleicht musst du ihn einfach gewähren lassen. Gib ihm etwas Luminal, wenn er nachts herumgeistert, aber belasse es dabei. Soll er doch tagsüber herumspuken, dann tut er niemandem etwas Böses, und eine Beschäftigung hat er auch noch. Gönne doch dem Jungen seinen Ausflug in eine andere Welt. Dort ist es für ihn sicher schöner als hier. Ich kenne deine Jungs nicht so gut wie du, aber bestimmt die Hälfte von ihnen verhält sich ganz ruhig. Warum können wir die anderen dann nicht auch einfach so lassen, wie sie sind? Daran ist doch nichts Schlimmes.«

Anselmus schaute sich in seiner übervollen Baracke um. Sechsunddreißig Kinder. Einige guckten ihn aus ihren Betten mit einem Blick an, dem man entnehmen konnte, dass sie etwas mitbekamen. Andere starrten ins Leere. Ein paar Jungen waren zueinander ins Bett gekrochen; das erlaubte er nie, Bruder Felix hingegen hatte es gestattet. Aber man musste doch auf Disziplin bestehen? Sonst würde hier das Chaos herrschen. Unter seiner Leitung ordneten jeden Morgen einige Jungen, die noch ein paar Dinge hinbekamen, so gut wie möglich die Laken und die dunkelgrünen Decken aus grober Wolle, von denen inzwischen wegen der Kälte zwei auf jedem Bett lagen. Die Bettnässer versuchte er so rasch wie möglich zu säubern. Wenn es sehr schlimm war, musste auch der Matratzenschoner mit Seifenwasser gereinigt und über dem Zaun des Wildgeheges zum Trocknen ausgebreitet werden. Diese Aufgabe konnte er inzwischen Fake überlassen, aber es gab Tage, an denen ihm alles über den Kopf wuchs. Trotzdem war das hier sein eigener Bereich, der einzige, der ihm geblieben war, und obwohl er Felix gegenüber Dankbarkeit für dessen Hilfe empfand, hätte er seinem Mitbruder gern gesagt, dass hier seine Regeln galten.

»Komm einmal mit«, forderte ihn Felix auf.

Anselmus folgte ihm zum Bett von Hero Spoormaker: blind, taub und größtenteils gelähmt. Von allen hier ging es ihm womöglich am schlechtesten. Der Junge musste Happen für Happen gefüttert werden und reagierte mit unverständlichem Schreien, wenn man ihn berührte. Was er damit meinte oder welche Emotionen er zum Ausdruck brachte, hätte Anselmus in keiner Weise sagen können.

»Ist das eine Strafe Gottes? Wie viele Menschen denken so darüber, sogar hier, innerhalb dieser Mauern? Weißt du, was sich die Witwen von Putten* von der Kanzel aus anhören mussten? ›Kein Gejammer, kein Murren und Klagen, sondern Stille und Duldsamkeit wie beim entwöhnten Kind; ja, die Rute wohlwollend empfangen, mit der der Herr euch gezüchtigt hat.‹ Was sind das für Worte des Trostes für Frauen, deren Männer unter den erbärmlichsten Umständen in deutschen Lagern krepiert sind?«

Er legte eine Hand auf den Ärmel von Anselmus' Kutte und sagte: »Ich habe lange damit gerungen, aber das hier ist keine Strafe Gottes. Wir müssen akzeptieren, dass es für diese Art des Leidens keine Erklärung gibt – nichts als reine Willkür. Es ist grausam, ohne dass wir einen Schuldigen identifizieren können. Was sollte Gott mit einem so sinnlosen Leiden zu tun haben? Mein Gott jedenfalls nichts. Und deiner, Anselmus?«

Bruder Anselmus schwieg. Er fragt mich zwar, dachte er, aber Felix erwartet keine Antwort. Nicht von mir. Er spricht mit sich selbst, das kenne ich von ihm nur zu gut.

Bruder Felix beugte sich zu dem Jungen hinab, strich ihm mit einer Hand übers Haar und drückte ihm die Lippen auf die bleiche Stirn. »Streichle ihn nur, gib ihm einen Kuss, sprich mit ihm und bete zu Gott, dass sein Leidensweg auf dieser Erde nicht zu lange dauern wird, und dass es einen Ort gibt, an dem er von diesem Körper befreit ist. Unser Gott ist einer der Sorge und der Erlösung, und wir sind seine Werkzeuge.«

Das laute Geräusch, mit dem die Tür ins Freie zugeschlagen wurde, unterbrach die beiden. Zusammen mit einem Schwall kalter Luft erschien die massige Gestalt von Bruder Damianus im Turrahmen des Schlafsaals.

»Hier steckst du also«, sagte er verärgert zu Felix. »Erst erscheinst du nicht zur Messe, dann lässt du in der Küche auf dich warten. Weißt du, es gibt hier Menschen, die verlassen sich auf dich.«

Felix zeigte sich von den Vorwürfen unbeeindruckt. »Ich komme gleich.«

Damianus schien Anselmus erst jetzt zu bemerken und wandte sich an ihn: »Schaffst du es nicht allein, Geerbex?«

»Sein Name ist Anselmus«, gab Felix zurück.

»Ach, tatsächlich? Nun, *Bruder* Felix, weißt du, wie ich darüber denke? Kein Krieg, kein Bruder Anselmus. Und solange ich das denke, nenne ich ihn Geerbex.« Er betrachtete Anselmus und erkundigte sich spöttisch: »Oder ist dir das vielleicht nicht recht?«

»Bitte nicht.«

»Bitte nicht«, äffte Damianus ihn nach. »Du müsstest dich einmal selbst hören: wie ein Kastrat. Du hast deine wahre Berufung verfehlt.«

Er ließ den Blick über die Betten um sich herum schweifen und wandte sich dann an Bruder Felix. »Dass du ausschlafen willst, ist eine Sache, aber wer von denen da muss arbeiten? Du wirst sie jetzt drüben abliefern, sofort.«

Ohne eine Reaktion abzuwarten, wandte er sich um, und wenige Sekunden später schloss sich die Tür wiederum mit einem lauten Schlag.

Felix war kurz still und schüttelte dann langsam den Kopf. »Macht er dir Angst, Anselmus? Du musst lernen, dich gegen ihn zu wehren, sonst wird er sich immer weiter so aufführen.« Er nickte in Richtung des Fensters und meinte: »Aber recht hat er. Wer muss heute Morgen mithelfen? Ich bringe sie schon hin.«

Aus Anselmus' Gruppe konnten etwa fünf Jungen noch irgendwelche Hilfsdienste ausführen. Oft stellte das nur wenig vor, aber so waren sie zumindest kurz fort und beschäftigt. Er sah, wie sie vor Felix ins Freie traten. Dort warteten sie, mit hochgezogenen Schultern und gesenktem Blick, voller Unbehagen, denn sie fühlten sich in Schnee und Wind nicht wohl.

Anselmus spürte einen leichten Stich der Eifersucht, als er sah, wie gierig Fake Bruder Felix' Hand fest in seine nahm. Er schaute der Gruppe nach, bis sie nicht mehr zu sehen war, und ging wieder hinein zu den Jungen. Er musste lernen, sich zu wehren, aber das war leichter gesagt als getan. Er war nicht der Einzige, der Bruder Damianus' Hang zur Gewalt kannte, und auch nicht der Einzige, der ihm lieber aus dem Weg ging. Er hasste den Mann wegen seiner Grobheit, doch noch mehr, weil er wusste, dass Damianus laut und schonungslos verkündete, er, Harrie Geerbex, habe gar keinen echten Ruf gehört und sei nur in den Orden eingetreten, um vor dem nahenden Krieg zu flüchten. Und damit hatte er recht: Anselmus hatte sich in den Anstaltsmauern versteckt, aber das hätten ihm Damianus, der Abt und die anderen noch vergeben können.

Sie machen mir zum Vorwurf, dass jemand wie ich gar kein Mönch sein dürfte. Damianus und die anderen verachten mich wegen meines Aussehens und meiner Stimme.

II

Ernst Gielen war sechs Jahre zuvor aus der Beziehung zwischen einer niederländischen Frau und einem deutschen Soldaten entstanden. Bruder Anselmus hatte keines der beiden Elternteile jemals zu Gesicht bekommen, wusste jedoch, dass der Vater nach Deutschland zurückgekehrt war, ohne das Kind anerkannt zu haben. Auch nach dem Krieg gab es im Land der Übermenschen wahrscheinlich noch weniger Platz für Mongoloide als hier.

Als die Krankenpfleger an Ernsts Bett erschienen, hatte der Junge sie ängstlich angeschaut und sich an den eisernen Gitterstäben festgeklammert. Er wollte einfach nicht loslassen und hatte sich so sehr gewehrt, dass sich die eiternden Wunden auf Steißbein und Gesäß seines gelähmten Körpers noch weiter öffneten. Ein unerträglicher Gestank breitete sich aus und ließ die anfängliche Geduld der Krankenpfleger in Wut umschlagen. Ernst kreischte vor Angst und Schmerzen und beruhigte sich erst, als man ihm eine Dosis Luminal verabreichte. Darauf reagierte er so stark, dass man ihn ein paar Minuten später auf die Trage heben konnte. Die Pfleger bewegten sich mit großer Mühe zwischen den Betten hindurch, und als einer von ihnen das Gleichgewicht verlor, konnten sie gerade noch verhindern, dass die Trage kippte und das Kind auf den Boden fiel.

Während der Minuten, in denen sie darauf warteten, dass der Junge in einen tiefen Schlaf versank, hatten sie sich mit Anselmus unterhalten. Sie waren schon einmal hier gewesen, und was sie zur Sprache brachten, war nicht neu: viel zu viele Betten in einem zu kleinen Raum, unzureichende Pflege für die Kinder und zu wenig gut ausgebildetes Personal. Sie waren zu höflich, um Anselmus deswegen direkt anzugreifen, wirkten jedoch sichtlich erleichtert, als sie wieder draußen standen.

Es ist nicht immer so gewesen, dachte Anselmus. Jetzt roch es nur in seinem eigenen Zimmer noch vage nach Holz, aber es hatte Zeiten gegeben, da war das in der ganzen Baracke so. Man hatte das Gebäude im Sommer des ersten Kriegsjahres errichtet, und als die Arbeiter am Ende des Tages gegangen waren, kam er, um die Fortschritte zu bewundern. Damals roch es nach frisch verwendetem Zement und gesägtem Holz, und er fuhr mit den Fingern über die abgehobelten Bretter. Anders als im dunklen Hauptgebäude hatte man hier Fenster in die Vorderseite des Hauses integriert, sodass viel Licht nach drinnen strömte, und die Außenfassade erstrahlte in einem frischen Sandgelb. Die Baracke befand sich abseits von den anderen Gebäuden; rechts gab es riesige Eichen und auf der Rückseite eine Reihe Kiefern, die den Komplex den Blicken entzogen.

Er hatte in dem Zimmer gestanden, das für den Aufsicht führenden Mönch vorgesehen war, und sich vorgestellt, er wäre das. Dort herrschte Stille, und er würde den Gesang der Vögel genießen können. Der Raum war deutlich größer als seine Zelle, hatte einen eigenen Waschtisch, und er konnte nach draußen gehen, ohne erst einige Stufen hinunter zu müssen. Er würde sich ein Radio kaufen und darauf die Sender einstellen, die er hören wollte. Und vor allem würde er sich bewegen können, ohne dass ihn die anderen Brüder ständig beobachteten.

Als die Bauarbeiten abgeschlossen waren, hatte er sich eines Abends versteckt. Er hatte sich auf der Gebäuderückseite hingelegt, unter das Fenster des Zimmers, das er als seines betrachtete, und war auf der dicken Schicht Kiefernnadeln eingeschlafen. Als er in der Nacht aufwachte, war es noch warm. Er roch das umgepflügte

Erdreich auf der anderen Seite der Mauer, die Kiefern und das Harz, das aus den Brettern tropfte. Durch die Zweige erblickte er einen Mond, der ihm noch nie so nah erschienen war. Die Verzweiflung, die sich so häufig seiner bemächtigte, war verschwunden, und stattdessen erfüllte ihn Hoffnung. Hoffnung auf etwas, das er nicht hätte benennen können, das jedoch die Aussichtslosigkeit für kurze Zeit verdrängte.

Inzwischen wusste er wie kein anderer, dass die Ausstrahlung des Gebäudes trügerisch gewesen war. Das hier war kein Kurort, an dem Kinder genesen konnten und gestärkt in die Welt zurückkehrten. Es war die Endstation für die schwersten Fälle von Sint Norbertus, und er, Bruder Anselmus, trug die Verantwortung für sie. Das habe ich mir selbst zuzuschreiben, dachte er. Ich bin in den Orden eingetreten, um dem Krieg zu entkommen, und als ob das nicht genug gewesen wäre, bin ich innerhalb dieser Mauern noch weiter geflüchtet. Ich habe die falschen Entscheidungen getroffen, und das hier ist meine Strafe.

12

Nach dem Tod von Tammens' Tochter wollte ihr Mann Siebold in einem Heim unterbringen. Das lehnte Tammens strikt ab, und gemeinsam mit seiner Frau übernahm er die Pflege für den Enkelsohn. Als seine Frau starb, sah sich der alte Bauer dazu nicht mehr in der Lage. Der Junge ließ sich immer schwieriger in Zaum halten, und man konnte ihn keinen Moment aus den Augen lassen: Er schmutzte sich ein, aß seine eigenen Exkremente, beschmierte alles damit, onanierte und brach immer wieder plötzlich in lautes Kreischen aus. Als er begann, Menschen anzufallen, wurde alles noch schwieriger. Der Junge war so stark, dass es sich nur noch um eine Frage der Zeit handelte, bis auch Tammens seiner nicht mehr würde Herr werden können. Nachdem Siebold ein Feuer verursacht hatte, ließ sich der alte Mann vom Pfarrer überreden: In der Nähe von Venlo gab es ein Heim der Mönche von Sint Norbertus, wo man Schwachsinnige aus dem ganzen Land aufnahm und pflegte. Zwar handelte es sich um eine katholische Einrichtung, doch sie hatte einen guten Ruf, und auch Kinder anderer Glaubensrichtungen fanden dort Aufnahme.

Tammens hatte sich das Ganze angesehen und nach einigem Zögern seine anfänglichen Bedenken, weil sich dort Katholiken um die Kinder kümmerten, hinter sich gelassen. Den Anblick anderer Kinder wie Siebold empfand er als tröstlich; er hoffte, sein Enkel werde sich im Heim nicht nur zu Hause fühlen, sondern vielleicht sogar Freundschaften schließen.

Es entging Coburg nicht, dass diese Entscheidung dem alten

Mann trotzdem schwergefallen war. Die Reise aus dem hohen Norden in den Süden des Landes war lang; er konnte das Kind nur selten besuchen. Letzteres wurde noch schwieriger, als er wahrnahm, wie sich sein Enkel veränderte. Von seiner überschwänglichen und unkontrollierten, zuweilen wilden Begeisterung war kaum etwas übrig geblieben. Siebold machte einen in sich gekehrten, verängstigten Eindruck, und weil es ihm an Bewegung und frischer Luft fehlte, war er so blass und dick geworden, dass er seinen früher vor Energie strotzenden Körper nun wie eine Last mit sich schleppte.

Nachdem bei Tammens die Lähmung eingesetzt hatte, war der alte Bauer noch ein einziges Mal im Heim zu Besuch gewesen; das lag inzwischen drei Monate zurück. Als er seinen Großvater in einem Rollstuhl sitzen sah, war der Junge völlig außer sich geraten, und weil Siebold noch immer stark war wie ein Ochse, hatten ihn drei Mönche zugleich zu Boden drücken müssen; hilflos und voller Entsetzen musste Tammens mitansehen, mit welcher Gewalt das einherging. Einer der Mönche, noch immer außer Atem und aufgewühlt wegen des Vorfalls, hatte dem alten Mann in barschem Ton bedeutet, es wäre vielleicht besser, wenn er auf weitere Besuche verzichte.

Das Dorf Wercke bestand aus etwa zwanzig Häusern sowie einer Wirtschaft, einer kleinen Kapelle, einem Bäcker, einem im Vorhaus eines Bauernhofs ansässigen Kramladen und einem verrußten Schuppen, in dem landwirtschaftliche Geräte repariert und Benzin, Heizöl und Diesel verkauft wurden. Die einzige asphaltierte Straße teilte das Dorf in zwei Hälften und führte ans Maasufer hinunter, wo eine kleine Fähre die Niederlande und das hinter einem schmalen Grenzstreifen gelegene Deutschland miteinander verband. Hinter den Häusern erstreckte sich das Land der Bauern. An der Nordseite lag das Heim von Sint Norbertus. Mit seinem imposanten, mächtigen Hauptgebäude mit den Treppengiebeln und dem steilen Dach voller schmaler Gaubenfenster warf der von einer Mauer umgebene Komplex seinen Schatten über das Dorf.

Die Wirtin, bei der Tammens immer eine Bleibe gefunden hatte, bevor er noch nicht an den Rollstuhl gefesselt war, stieg vor Coburg eine schmale, steile Treppe in den ersten Stock hinauf. Ihr Schlafzimmer lag an der Vorderseite des Hauses; wenn sie einen Gast hatte, zog der in ein Zimmer im hinteren Teil, und ihre Töchter schliefen eine Zeit lang auf dem Dachboden. Durch sein Zimmerfenster konnte Coburg auf den schmalen, sich lang erstreckenden Garten mit einem Hühnerstall im hinteren Teil herunterschauen. Man hatte einen Pfad zum Kohlenschuppen freigeschaufelt, und unter der unregelmäßigen Schneedecke vermutete Coburg einen Gemüsegarten. Dahinter lag ein Stück Brachland, über das man zum breiten Fluss gelangte. Als Coburg den Kopf aus dem Fenster steckte und nach links schaute, konnte er gerade so den am Wasser gelegenen Teil des Internats erkennen.

Sie einigten sich auf einen Preis für Vollpension: zwei Brotmahlzeiten und einmal warmes Essen. Wenn er besondere Wünsche hatte, konnten diese berücksichtigt werden, allerdings musste er in diesem Fall extra dafür bezahlen. Sie war gerade dabei, das Abendessen herzurichten, und wenn er das wollte, konnte er sich direkt mit an den Tisch setzen. Und schließlich: Da oben nicht geheizt wurde, hatte sie nichts dagegen, wenn er das Wohnzimmer mitbenutzte.

Sie hatte einen neunjährigen Sohn und zwei siebenjährige Mädchen. Vor dem Essen wurde laut gebetet, und der Junge las ein Stück aus der Bibel vor, während der Brei gegessen wurde. Danach folgte ein Dankgebet. Coburg schaute hin und wieder zu dem Zwillingspaar hin, suchte jedoch vergeblich nach einem äußerlichen Merkmal, anhand dessen er die beiden Mädchen hätte auseinanderhalten können. Er half beim Tischabräumen, warf die Essensreste in den Hühnerstall und stieg über das den hinteren Garten umgebende Zaungeflecht hinweg. Er versank tief im Schnee und rutschte einmal aus.

Das dunkle Wasser der Maas glitt träge und geräuschlos stromabwärts. Die Stille wurde durch dröhnendes Glockenläuten aus der Richtung von Sint Norbertus unterbrochen; es musste bis weithin in der Umgebung zu hören sein. Coburg rauchte eine Zigarette und schaute ans andere Ufer hinüber. Dort war es stockdunkel, und von dem dahinterliegenden Land konnte man nichts erkennen. Ein schmaler Streifen Niederlande und dann Deutschland: Ashoff hatte sich dort damals eine Zeit lang versteckt gehalten, letzten Endes vergeblich. Es gab genug Deutsche, die ihren eigenen Kriegsverbrechern eine helfende Hand hatten reichen wollen, doch auf so viel Sympathie brauchte ein niederländischer Kollaborateur nicht zu hoffen.

Als er hinter sich ein Geräusch hörte, wandte sich Coburg um. Die Silhouette seiner Wirtin zeichnete sich gegen das Licht ab, das aus der Küche nach draußen fiel. Sie hatte ein Kopftuch umgeschlagen und hielt den Kohleneimer in der Hand. Er hatte Mühe damit, ihr Alter zu schätzen. Mit ihrer grauen Gesichtsfarbe, den dunklen Ringen unter den Augen und den tiefen Furchen um den Mund sah sie älter aus, war jedoch vermutlich jünger als er selbst mit seinen einunddreißig Jahren. Das Zwillingspaar erschien im Türrahmen, und wie die beiden so dastanden, Hand in Hand, glichen sie einander selbst in ihrer Haltung aufs Haar. Sie wandten sich um, als das Pfeifen eines Kessels erklang.

Während des Essens hatte er so gut es ging ein Gespräch mit seiner Wirtin geführt. Vor fünf Jahren war ihr Mann bei einem Grubenunglück umgekommen: Kurz nach der Befreiung, mitten in all der Hoffnung auf bessere Zeiten, war sie Witwe geworden. Das Zwillingspaar wirkte zerbrechlich, vermutlich eine Folge der Unterernährung während der ersten Lebensjahre. Dass die Frau

Gäste bei sich aufnahm, geschah aus bitterer Not; sie konnte es sich nicht erlauben, zahlende Besucher abzuweisen.

Als Coburg das Haus wieder betrat, hatte sie ihm Kaffee hingestellt. Er saß allein am Esstisch und spürte die Wärme des Kohlenofens im Rücken. Neben dem Ofen befand sich ein Regal, auf dem Wäsche trocknete. Kleidchen, kleine Hemden, Socken, eine Hose des Jungen; ihre eigene Kleidung und die Unterwäsche musste die Frau irgendwo anders aufgehängt haben. Auf einem kleinen Tisch in der Zimmerecke standen eine Madonnenfigur aus dunklem Holz, ein gerahmtes Hochzeitsfoto und eine brennende Kerze. Darunter lag auf einem Regalbrett der Totenschein für ihren Mann, daneben sein Bergarbeiterhelm und die Handschuhe, fast schwarz vom Kohlengries.

»Arbeiten hier im Dorf viele Menschen unter Tage?«, wollte Coburg wissen, als die Frau das Zimmer betrat.

»Es gibt einige Männer, die in Oranje Nassau I einfahren.«

»Und dort ist Ihr Mann umgekommen?«

»Ja, ein Schacht ist eingestürzt. Damals sind acht Kumpel gestorben, aber mein Mann war der Einzige von hier. Vom Bergwerk habe ich fast nichts bekommen, weil mein Mann nicht lange dort gearbeitet hat. Er war nach dem Krieg krank aus Deutschland zurückgekommen und eigentlich zu schwach für die Arbeit unter Tage, aber etwas anderes gab es nicht.«

»Ihr Mann war während des Krieges in Deutschland?«

»Erst in einem Konzentrationslager in der Nähe von Neuengamme, und am Ende des Krieges in Ladelund, an der dänischen Grenze.«

Coburg runzelte die Stirn. »In dieses Lager hat man auch die Männer aus Putten gebracht. Wie ist denn Ihr Mann dort hingeraten?«

»Ach, mit Putten hatte er nichts zu tun, wissen Sie. Er und sein Bruder wurden verhaftet, als sie aus der Fabrik geflohen sind, in die man sie zum Arbeitsdienst gebracht hatte. Damals kamen sie beide in dieses Lager bei Neuengamme. Mein Schwager ist dort am Typhus gestorben. Mein Mann ist heimgekommen, aber es ging ihm schlecht. Und das nicht nur körperlich; er kam nicht damit zurecht, dass er seinen Bruder nicht retten konnte. Das hat er sich selbst nie verziehen. Und mir ist es einfach nicht gelungen, ihm das auszureden.«

Kurz blieb es still, und die Wirtin strich in Gedanken versunken über die Tischdecke.

»Ist das Heim hier ein wichtiger Arbeitgeber?«

»Das Heim?« Einen Augenblick lang schien sie der Themenwechsel zu verwirren. »Schon, aber vor allem für Frauen. Die meiste Männerarbeit erledigen die Mönche selbst.«

»Und Sie arbeiten auch dort?«

»Nicht mehr. Früher habe ich dort die Wäsche gemacht. Für die Mönche und für die Schwachsinnigen.«

Die mit Schwielen bedeckten Hände und die rissigen Finger, mit denen sie immer und immer wieder nicht vorhandene Falten im Tischtuch glatt strich, zeugten von der schweren Arbeit, die sie verrichtet hatte, und sie rochen noch ein wenig nach dem Essig aus dem Abwaschwasser.

»Und jetzt braucht man Ihre Arbeit nicht mehr?«

»Doch, natürlich, dort wird jeden Tag gewaschen. Denken Sie doch nur: vierhundert Kinder, und viele von ihnen lassen alles unter sich laufen. Den ganzen Tag wird dort gewaschen.«

»Aber Sie arbeiten nicht mehr dort?«

»Nein.«

Auf ihren blassen Wangen war eine gewisse Röte erschienen, doch sie wich Coburgs prüfendem Blick nicht aus, und zum ersten Mal nahm er eine gewisse Schärfe in ihrer Stimme wahr: »Ich habe meine Arbeit immer gut erledigt.«

»Aber?«

»Eines Tages bekam ich zu hören, ich bräuchte nicht mehr wiederzukommen.«

Coburg schaute sie an, und als sie nicht weiterredete, wollte er wissen: »Wie ist es da für die Kinder?«

»Für Kinder, die niemand haben will? Sie haben ein Dach über dem Kopf und bekommen besseres Essen als meine. Das werden Sie morgen schon selbst sehen.«

Nach einem kurzen Zögern fuhr sie fort: »Mir ist aufgefallen, dass Sie nicht gebetet haben. Sind Sie denn nicht gläubig?«

»Nein.«

Sie schaute ihn voller Unbehagen an, aber Coburg ging nicht weiter darauf ein und fragte: »Muss man auch katholisch sein, um im Heim arbeiten zu dürfen?«

»Natürlich, aber das sind wir hier alle. Und jeder, der auch nur irgendetwas zu sagen oder zu tun hat, muss sich nach den Wünschen des Abts richten. Den lernen Sie morgen sicher kennen.«

Der Ton, in dem sie das sagte, ließ nicht unbedingt vermuten, dass man sich darauf freuen durfte, und als Coburg sie ansah, errötete sie wieder.

13

Nach den frostigen Temperaturen draußen und der Kälte in der Vorhalle und den langen, hohen Fluren überfiel Coburg die Wärme im Zimmer des Abts. Der Mann, der sich da erhob, war auffallend mager, und sein Habit hing über die Kordel um seine Taille. Er hatte ein langes Gesicht mit einer schmalen Nase, dünnen Lippen und schütterem Haar, das gekämmt auf dem Schädel anlag. Die tiefen Falten um Nase und Mund verliehen seinem Gesicht einen Ausdruck permanenter Unzufriedenheit. Er roch nach Zigarren, Weihrauch und grober Wolle.

Der ehrwürdige Abt reichte Coburg die Hand, lud ihn jedoch nicht ein, Platz zu nehmen: »Leider kann ich Ihnen nicht selbst Rede und Antwort stehen. Ich habe eine andere, wichtigere Verabredung, aber Bruder Primus wird Sie herumführen. Ihm können Sie all Ihre Fragen stellen; Sie sind nicht der erste Besucher, der über uns schreiben will. Sogar in Belgien und Deutschland sind Berichte über uns erschienen, denn wir haben Kinder, die von dort kommen. Gottes Werk reicht über die Landesgrenzen hinaus. Uns erreichen fast täglich Anfragen wegen der Aufnahme von Kindern, die wir ablehnen müssen. Wir sind stolz auf unser Heim und würden uns gern vergrößern, doch leider fehlen uns dafür die finanziellen Mittel. Ich würde es sehr zu schätzen wissen, wenn Sie das in Ihrem Artikel erwähnen könnten. Vielleicht findet sich so ein wohltätiger Gönner. Dafür werden wir auf alle Fälle beten.«

In den darauffolgenden Stunden erhielt Coburg eine Führung durch den Gebäudekomplex. Der zentrale Teil der Klosteranlage grenzte an einen Weg, der im Sande verlief, und lag am Rande eines zehn Hektar großen, von einer Mauer umgebenen Geländes, das sich gen Norden ausdehnte. Es bestand aus einem breiten Hauptgebäude mit einem langen Flügel an der rechten Seite, der an der Maas entlang nach hinten verlief. Fast am Ende des Geländes gab es eine große Kapelle direkt am Seitenflügel, die mit ihrem spitzen Dach und dem Kreuz über alles hinausragte. Die hufeisenförmige Gebäudegruppe bildete einen offenen Hof, in dem die Kinder frische Luft schnappen und spielen konnten, wenn das Wetter es erlaubte. In der Mitte gab es eine Holzkonstruktion mit einigen Schaukeln, und am Rand standen drei Holzkarren, ein paar Roller und ein speziell angepasstes Fahrrad mit breiten Reifen, einem niedrigen Sattel und Stützrädern.

Im Hauptgebäude befanden sich im Erdgeschoss das Zimmer des Abtes, ein Empfangsraum für Besucher, das Refektorium mit einem langen Esstisch und Bänken aus dunklem Eichenholz, die Küche und die Vorratsräume, eine Kammer mit einem Friseurstuhl, das Sprechzimmer des mit der Einrichtung verbundenen Arztes, ein kleiner Laden, in dem die Kinder zu festgelegten Zeiten Süßigkeiten und Zigaretten kaufen konnten, eine Wäschekammer und der Raum, in dem Kleidungsstücke und Bettzeug gewaschen, aufgehängt, gebügelt und gefaltet wurden. Im ersten und zweiten Stock, die für die Kinder verbotenes Terrain darstellten, war die Verwaltung untergebracht, und dort hatte jeder der Mönche seine eigene Zelle, außerdem gab es einen Gemeinschaftsraum, in dem sie Karten oder Billard spielen und Radio hören konnten, und eine kleine Bibliothek.

Im Seitenflügel befanden sich die Schlafsäle der Kinder, einige offen angelegt, aber auch einige mit kleinen Räumen, die über Vorhänge vom Rest abgetrennt werden konnten; es gab eine Krankenstation, mit etwa einem Dutzend Betten, die Toiletten und Waschgelegenheiten. Auf Letzteres war der Mönch sichtlich stolz.

Während Coburgs Wirtin kein fließendes Wasser hatte, ganz zu schweigen von einer Dusche, und ihr Wasser auf dem Herd aufwärmen musste, gab es hier eine lange Reihe Waschbecken mit Warm- und Kaltwasserhähnen, ein Dutzend kleine Duschen und sogar eine Vorrichtung, mit der man die Kinder, die am ganzen Körper gelähmt waren, in die Wanne heben konnte. Auf Sauberkeit wurde großen Wert gelegt, die wöchentliche Dusche war Pflicht. Am Ende des Seitenflügels, neben dem Eingang zur Kapelle, lag ein großer Raum, in der die Arbeit für die Fabriken erledigt wurde. Um verschiedene Tische saßen Gruppen von elf Kindern. Sie hatten jeweils eine Kiste mit nagelneuen Buntstiften in einer bestimmten Farbe vor sich. Nachdem ein Kind einen Stift in ein durchsichtiges flaches Plastiketui gesteckt hatte, gab es das Ganze an das Kind neben sich weiter. Wenn das Etui mit zehn Stiften gefüllt war, klappte das elfte Kind die Lasche um, verschloss das Etui mit einem Stück Klebeband und legte es in eine Pappschachtel. Das plötzliche Erscheinen des Besuchers lenkte die Kinder ab, und sie unterbrachen kurz ihre Arbeit, aber als Bruder Primus und Coburg den Raum wieder verließen, klatschte der aufsichtführende Mönch in die Hände, und die Kinder nahmen ihre Tätigkeit wieder auf.

Zuletzt durfte Coburg den Dachboden besichtigen, der als Aufbewahrungsort und Trockenboden für Kräuter aus dem eigenen Garten diente, die das Kloster verkaufte.

Außer dem Zimmer des Abts und dem Empfangsraum für Besucher war alles spartanisch eingerichtet, und von den allgegenwärtigen Kruzifixen einmal abgesehen gab es nur Funktionales; alles war von einer Beständigkeit, die für die Ewigkeit angelegt zu sein schien. Durch die Fensterscheiben fiel nur spärliches Licht ins Gebäude, und die großen, hohen Räume, in denen selbst das geringste Erheben der Stimme ein Hallen hervorrief, schienen mit dem Ziel erbaut zu sein, dass der Mensch seiner eigenen Nichtigkeit gewahr wurde. Nie zuvor hatte Coburg einen Ort gesehen, der sich so abschottete und von der Welt abwandte.

Weiter oben auf dem Gelände liefen sie an dem Klostergut mit seinen Ställen, dem Kräuter- und Gemüsegarten vorbei, und durch einen Hain mit Obstbäumen. Zurzeit war dort kaum etwas zu tun, nur die Kühe, Schweine und Hühner mussten gefüttert werden, doch wenn der Frühling anbrach, gab es viel Arbeit auf dem Land. An der äußersten Nordseite des Geländes lagen der Friedhof, ein nicht länger genutzter Eiskeller und eine von den Kindern selbst aus kleinen und großen Steinen errichtete und behauene Lourdesgrotte. Überall auf dem Terrain standen dichte Rhododendronsträucher, einige von ihnen mehrere Meter hoch.

Voller Erstaunen bemerkte Coburg, wie groß der Friedhof war: Reihe um Reihe mit den gleichen einfachen Holzkreuzen erstreckte sich vor ihm.

»Alles Kinder, die hier verstorben sind?«

»Kinder und Mönche. Die ersten wurden schon vor mehr als hundert Jahren hier begraben. Dieser Friedhof ist genauso alt wie unser Internat«, beeilte sich der Mönch hinzuzufügen.

»Werden die Kinder denn nicht in ihrer Heimat begraben?«

»Manchmal schon, aber genauso häufig auch nicht. Manche von ihnen haben keine Eltern mehr, aber es kommt auch regelmäßig vor, dass die Eltern wünschen, das Kind solle hier bestattet werden.«

Coburg ging zu einem Kreuz, von dem man den Schnee heruntergefegt hatte, und las: WALTER SMEETS, 24. MAI 1942 – 22. JANUAR 1949.

Das Kind war noch keine drei Wochen tot, und es gab jemanden, der sich die Mühe machte, das Kreuz vom Schnee zu befreien.

»Dieser Junge hier ist noch nicht einmal sieben Jahre alt geworden. Wie ist er gestorben?«

»An der Tuberkulose, wenn ich mich richtig erinnere. Der Arzt weiß es natürlich genau.« Der Mönch fand das Thema ganz offensichtlich nicht angenehm und machte Anstalten weiterzugehen.

»Sterben hier viele Kinder?«

»Viele? Nein, natürlich nicht! Was ist denn das für eine seltsame Frage?«, lautete die erschrockene und empörte Antwort. »Aber mehr als unter gewöhnlichen Kindern, das schon. Sie müssen verstehen, dass fast alle von ihnen eine schwache Gesundheit haben. Da braucht nur eine Kleinigkeit zu geschehen, schon werden sie krank, und sie stecken sich oft gegenseitig an. Dann ist immer die Frage, ob sie sich wieder erholen. Sie haben nur sehr geringe Widerstandskräfte, und weil ihre Gehirne nicht vollständig entwickelt sind, geben sie ihnen auch keine Impulse zur Genesung. In einem strengen Winter wie diesem sind sie besonders empfindlich. Auch darum haben wir vor einiger Zeit Zentralheizung in allen Räumen einbauen lassen. Bitte folgen Sie mir, es gibt noch mehr zu sehen.«

Etwa hundert Meter weiter hockte sich Coburg hin, weil er im Schnee Spuren entdeckt hatte, betrachtete sie aufmerksam und fragte: »Gehen Ihnen manchmal Hühner verloren?«

»Wie bitte?«

»Gehen Ihnen manchmal Hühner verloren?«

»Ja, ja, wir haben hier eine Fuchsplage. Aber warum fragen Sie das? Erkennen Sie die Spuren?«

»Das hier ist ein Marder, kein Fuchs.«

»Ein Marder? Und das können Sie an den Spuren erkennen?«

»Ja.«

»Wissen Sie dann vielleicht auch, wie wir das Tier fangen können?«

»Fangen? Vielleicht den Spuren folgen, aber wenn es sich um einen Baummarder handelt, werden Sie damit wahrscheinlich keinen Erfolg haben.« Coburg deutete auf die Rhododendren und einen Streifen Gebüsch an der anderen Seite der Mauer, die das

Gelände eingegrenzte. »Fallen aufstellen ist sinnlos, selbst wenn man sie bearbeitet: Marder riechen den Menschen trotz allem. Es sind kluge Tiere, schlauer als Füchse; Sie werden Ihre Hühner besser schützen müssen, mit einer doppelten Lage Maschendraht.«

Sie wandten sich um und gingen zur westlichen Seite des Geländes, an einigen mächtigen Eichen vorbei. Die Kinder, die Coburg gesehen hatte, waren zu stark behindert, und es mangelte ihnen an Koordinationsfähigkeiten, doch das hier waren Bäume, die jedes andere Kind geradezu einluden, in sie hineinzuklettern, Häuser zu bauen und an den Ästen zu schwingen.

Ein Stück von den anderen Gebäuden entfernt gab es eine lang gestreckte Baracke aus Holz mit einem Wildtiergehege an der Vorderseite. Coburg betrachtete sie aus einer gewissen Entfernung, während Primus erzählte, dass dort die Kinder versorgt wurden, denen es am schlechtesten ging. Nur die Mönche und der dem Internat zugeteilte Arzt durften sie besuchen. Alles Unbekannte und Fremde jagte den so sehr Beeinträchtigten einen Schrecken ein und konnte sie für mehrere Tage ernsthaft aus dem Gleichgewicht bringen.

Coburg betrachtete die beschlagenen Fensterscheiben und fragte sich, ob Siebold Tammens vielleicht dort seine letzten Tage zugebracht hatte. In drängendem Tonfall erklärte er: »Mich würde es trotzdem interessieren, auch dieses Gebäude wenigstens kurz zu sehen.«

»Es ist wirklich besser, wenn wir das nicht tun.«

Der Besucher löste bei Bruder Primus ein immer größeres Unbehagen aus. Was war das denn für ein Journalist, der fast keine Fragen stellte und überhaupt nicht darum bemüht war, ein Gespräch zu führen? Und jetzt irritierte es ihn, dass er trotz seiner deutlichen Erklärung Druck auf ihn ausübte. Er machte Anstalten weiterzugehen, doch Coburg blieb stehen und fragte: »Warum gibt es dieses Wildgehege?«

Die Frage klang wie ein Vorwurf, doch das Gesicht des Besuchers blieb genauso emotionslos wie zuvor.

»Was meinen Sie damit? Die Kinder schauen sich die Tiere gern an, das beruhigt sie.«

Das ablehnende Kopfschütteln, das darauf folgte, veranlasste den Mönch, seine Besichtigungstour mit noch größerer Geschwindigkeit fortzusetzen, und nicht viel später waren die beiden Männer wieder im Eingangsbereich angekommen. Dort wies Primus den Besucher auf die eingemeißelte lateinische Inschrift im Schlussstein über dem Zugangstor hin und übersetzte: »In diesem Haus gelte das Gesetz Christi. Frieden und Liebe sollen dort wohnen.«

Während Coburg dem Mönch zuhörte, fiel sein Blick auf ein großes Porträt an der Wand gegenüber der Tür. Das bebrillte Gesicht von Papst Pius XII.; der Geistliche war ganz in Weiß gekleidet. Mit dem Käppchen, der Soutane, dem Schultergewand, dem breiten weißen Gürtel und dem weißen Pontifikalhandschuh an der zum Segen erhobenen Hand. Die dunkle Holzkette mit dem einfachen Brustkreuz hob sich auffällig davon ab. Als er sich mit diesem Schmuck und dieser ganzen Heiligkeit konfrontiert sah, erschien vor Coburgs innerem Auge das verbitterte Gesicht von Marinus Barto. Der ließ kein gutes Haar an Pius XII. und der Institution, die dieser repräsentierte. Es gab genug Beispiele für religiöse Menschen, die sich aktiv im Widerstand engagiert hatten. Einige hatten das mit dem Leben bezahlen müssen, aber dieser Papst hatte es nicht gewagt, sich öffentlich gegen die Judenverfolgung auszusprechen.

Außerdem war Barto fest davon überzeugt, dass er von der Kirche nichts zu erwarten hatte: »Für die ist der Kommunismus eine noch größere Gefahr als der Nationalsozialismus.« Nach dem Krieg war Barto desillusioniert gewesen und erkannte überall die Beweise für seine Auffassung, dass die Kommunisten mit Absicht aufs Abstellgleis befördert worden waren: »Wir haben einen mehr als ordentlichen Teil zum Widerstand gegen die Nazis und für unser Vaterland beigetragen, aber in den Niederlanden der Nachkriegszeit spielen wir keine Rolle.« Mit noch größerer Bitterkeit stellte er fest, dass selbst die im Krieg gefallenen Genossen nach ihrem Tod zu Außenseitern wurden. »Von den mehr als fünfzig Auszeichnungen für Widerstandskämpfer, die inzwischen verliehen worden sind, gingen nur drei an Kommunisten. Wie lässt sich das deiner Meinung nach erklären?«, ereiferte er sich.

Nachdem sich Coburg von Bruder Primus verabschiedet hatte, ging er langsam zur Dorfschänke, bestellte dort ein Glas Bier und setzte sich ans Fenster. Auf der Scheibe stand in einem Halbkreis aus roten Buchstaben »Zur Straßenbahn«, und darunter hatte man in Blau die einfache Silhouette eines solchen Verkehrsmittels gemalt. Er wandte sich dem Wirt zu, der in einer Ecke der ansonsten verlassenen Gaststätte große Butterblöcke in kleine Portionen schnitt, indem er einen gespannten Eisendraht in die glänzende Masse drückte.

»Warum heißt Ihre Wirtschaft Zur Straßenbahn?«

»Weil hier früher mal eine gehalten hat. Im Krieg haben die Deutschen die Schienen zu Waffen umgeschmolzen. Danach ist die Straßenbahn nicht mehr zurückgekommen.«

»Wurde hier gekämpft?«

»Ja, sicher, es gab sogar sehr heftige Kämpfe. Das Heim hat ganz schön was abgekriegt, und als eine Bombe drauffiel, sind auch einige Kinder umgekommen. Hat man Ihnen das denn nicht erzählt? Sie sind doch der Journalist, der über das Sint Norbertus schreiben wird?«

»Ach, das wissen Sie also schon?«

»Natürlich. Sie haben ein Zimmer bei der Witwe Lievens.«

»Wie steht es, sind die Menschen hier zufrieden mit den Brüdern und ihren Jungen?«

»Von mir werden Sie kein böses Wort über sie zu hören bekommen.« Der Mann deutete mit einer fettglänzenden Hand auf die Butterstücke und sagte: »Auch ich beliefere sie. Und wes Brot ich ess, des Lied ich sing. Außerdem leisten sie gute Arbeit. Diese Kinder will doch niemand haben. Ich sehe die armen Dinger regelmäßig durch die Straßen laufen, im Gänsemarsch hinter einem der Mönche her, und sie haben schreckliche Angst, ihn aus den Augen zu verlieren. Sie fürchten sich vor allem, als könnte ihnen jeden Augenblick der Himmel auf den Kopf fallen. Die Kinder, die nicht laufen können, werden in Holzwagen mitgezogen. Arme Dinger sind das, die gar nicht hätten geboren werden dürfen. Nach dem Krieg hat einer von ihnen eine Panzergranate gefunden und unter sein Bett gelegt. Die war noch nicht explodiert. Stellen Sie sich doch nur mal vor, was da möglicherweise passiert wäre! Ein Blutbad! Die Mönche machen schon einiges mit.«

»Haben die Deutschen sie denn in Ruhe gelassen?«

»Wie meinen Sie das?«

»Juden, Zigeuner, Zwerge, Behinderte, geistig Minderbemittelte – die sollten doch alle ausgerottet werden.«

Der Wirt stand auf, streckte den Rücken und wischte sich die Hände an einem Tuch ab. »Ja, davon habe ich gehört, aber so etwas ist hier nie passiert.« Er wirkte unangenehm berührt von Coburgs Äußerung und schüttelte ablehnend den Kopf.

Coburg ging nicht weiter darauf ein. »Und kommen die Eltern regelmäßig zu Besuch?«

Schnaubend erwiderte der Wirt: »Regelmäßig? Die meisten von ihnen nie. Sonst könnte ich hier ein Hotel aufmachen, aber im Moment hat ja nicht einmal Ihre Wirtin häufig Gäste. Die armen Dinger werden gebracht und dann nie wieder abgeholt. Wenn die Eltern hier etwas essen oder trinken, bevor sie wieder heimfahren, fließen natürlich Tränen. Aber ich sehe auch die Erleichterung.«

»Die Kinder sterben hier, und niemanden kümmert das.«

Coburg traf ein rascher prüfender Blick. »So wie Sie das sagen, klingt das zu verurteilend. Das wollen Sie doch nicht so schreiben? Die Mönche erbarmen sich dieser Jungen. Auf diesem Gedanken basiert auch die Gründung von Sint Norbertus.«

Coburg bestellte noch ein Glas Bier, drehte sich eine Zigarette und starrte aus dem Fenster. Über den Häusern gegenüber ragten die dunklen Gebäude des Heims empor. Eine geschlossene, nach innen gewandte Lebensgemeinschaft, die so unabhängig wie möglich zu sein versuchte, mit gut vierhundert Patienten, etwa zwanzig Ordensbrüdern und ungefähr fünfzehn Laienarbeitern. Eine Welt, so hatte es der Mönch mehrfach wiederholt, auf der Grundlage von Ordnung und Regelmaß, Klarheit und Gehorsam. Alles geschah zu festen Zeiten: Aufstehen um sieben Uhr, dann Toilettengang und Waschen, Anziehen, Frühstück, Gebet und Frühmesse. Die dazu Fähigen arbeiteten, dann gab es Tee mit einem Stück Brot, es wurde wieder gearbeitet, am Nachmittag eine warme Mahlzeit, Ausgang im Freien, Arbeit, wieder Tee, eine Pause, Arbeit, um sechs Uhr Brote, den letzten Besuch in der Kapelle für Gebet und Abendmesse, Waschen, Zähneputzen, ins Bett, und um halb neun ging das Licht aus und es wurde geschlafen. Jedenfalls bei den Kindern, die dazu imstande waren. Coburg hätte gern Zugang zu der Holzbaracke erhalten, um zu sehen, wie es den schlimmsten Fällen erging.

Überall dort, wo man Coburg herumgeführt hatte, wurden die Kinder einbezogen, so gut es nur ging, und so unbeholfen das auch manchmal aussah, leisteten sie doch ihren Beitrag zu der vielen Arbeit, die erledigt werden musste. In der Küche schälten sie Kartoffeln, schnitten Gemüse klein und kneteten den Teig für die vielen Brote, die in den hauseigenen Öfen gebacken wurden; im Keller schaufelten sie Kohle in die Öfen des Heizsystems; in den Waschräumen drehten sie die Mangeln und halfen beim Wäscheaufhängen. Immer unter dem wachsamen Blick eines Mönchs.

Was die Kinder davon hielten, sofern sie überhaupt eine Meinung dazu hatten, wusste Coburg nicht. Manche wichen scheu seinem Blick aus, andere waren auf schamlose Weise neugierig, wieder andere schauten mit leerem Blick in die Welt, und einige wenige hatten ihn anfassen wollen, wieder andere gingen völlig in der Aufgabe auf, die man ihnen übertragen hatte. Ein Junge, der beim Teigkneten half und ganz weiß war vom Mehlstaub, hatte eindeutig mit Freude seine Arbeit erledigt. Ja, Coburg hatte auch lachende Kinder gesehen.

Obwohl in seiner Gegenwart wenig gesprochen wurde, entnahm Coburg dem Ton der Mönche, dass man keinen Widerspruch duldete. In den langen Gängen liefen die Kinder an den Wänden entlang; nur die Brüder hatten das Recht, in der Mitte zu gehen. Wer herumrannte, musste sich zur Strafe eine Viertelstunde mit dem Gesicht zur Wand hinstellen. Ernsthaftere Fälle von Fehlverhalten führten dazu, dass man nicht im Hof spielen durfte, am Sonntag keinen Pudding bekam, oder, und das war die schlimmste Strafe von allen, dass man nicht rauchen durfte. Nur während des Essens war das Sprechen erlaubt; ansonsten herrschte Stille, so weit das ging.

Was sollte er davon halten? Tammens' Überzeugung stand fest: Sein Enkel war keines natürlichen Todes gestorben. Er hatte seinen Siebold in einem Sarg zurückbekommen. Auf einer Seite war das Gesicht des Jungen grün und blau gewesen. Der beigefügten medizinischen Erklärung zufolge war er unglücklich gefallen und noch in derselben Nacht verstorben, höchstwahrscheinlich als Folge einer Hirnverletzung. Der alte Bauer glaubte das nicht, ließ seinen Enkel aus dem Sarg holen und ihn ausziehen. Er brauchte kein Arzt zu sein, um aus den Striemen und Wunden auf Armen und Beinen abzuleiten, dass der Junge über längere Zeiträume festgebunden gewesen sein musste und sich dagegen gewehrt hatte. Tammens hatte sich zum nächsten Telefon bringen lassen und so lange gewartet, bis er den Arzt des Heims ans andere Ende der Leitung bekam. Der hatte nichts abgestritten, sondern zugegeben, dass ihnen leider nichts anderes übrig blieb, als die Jungen, die man sonst nicht in den Griff bekam und die sich aggressiv verhielten, zu fixieren. Die Alternative bestand aus der Gabe schwerer Beruhigungsmittel, die ernsthafte Nebenwirkungen hatten und die Patienten fast ins Koma versetzten. Es war ein unerfreuliches, unbefriedigendes Gespräch gewesen. Der Arzt zeigte kein Verständnis: Tammens hatte seinen Enkel doch weggegeben, gerade weil er so schwer in den Griff zu bekommen war. Außer diesen Mönchen wollte niemand eine solch schwere Aufgabe auf sich nehmen. Ganz und gar uneigennützig und im Geiste der römisch-katholischen Lehre taten sie, was in ihrer Macht stand, um die Kinder so gut wie möglich zu versorgen. Was wollte Tammens denn der Einrichtung vorwerfen?

Trotz der widrigen Witterungsverhältnisse hatte Tammens am Morgen nach Coburgs Ankunft darauf bestanden, dass ihn einer seiner Söhne zum Friedhof fuhr. Das Auto geriet mehrfach ins Rutschen, die wenigen Kilometer hatten sie zum größten Teil in Schrittgeschwindigkeit zurückgelegt. Auf dem Friedhof steckte der Rollstuhl mit Tammens' schwerem Körper immer wieder in Schnee und Kies fest, und Coburg und Tammens' Sohn hatten große Mühe, das Gefährt wieder freizubekommen. Vor den Kreuzen von Tammens' Frau, Tochter und Enkel machten sie Halt. Unter den Blicken des alten Bauern befreiten sein Sohn und Coburg die Gedenksteine aus glänzend schwarzem Marmor vom Schnee, so gut es ging. »SIEBOLD TAMMENS, 17. MAI 1932 – 20. JANUAR 1949« stand auf einem von ihnen. Der Junge, dem Coburg sein Leben verdankte, war noch nicht einmal siebzehn Jahre alt geworden. Auf allen drei Grabsteinen stand in goldenen Lettern derselbe Text: »IN LIEBEVOLLER ERINNERUNG«, und darunter »HIC INCIPIT VITA«.

»Was bedeutet das?«, hatte Coburg wissen wollen.

»Hier beginnt das Leben.« Mit einer seiner riesigen Hände hatte der alte Bauer Coburgs Arm umfasst. »Die Leiche von unserem Siebold war noch schlimmer zugerichtet als die des Herrn Jesus. Was für eine Pflege ist das, von der der Arzt da gesprochen hat? In bester Tradition der katholischen Kirche? Man hat meinen Jungen totgeschlagen, und ich kann erst hier zur Ruhe kommen, wenn man den Schuldigen zur Verantwortung gezogen hat.«

Dass die Worte »Hier beginnt das Leben« für den alten Bauern tatsächlich eine tiefe Bedeutung hatten, begriff Coburg, als Tammens hinzufügte, an eine Vereinigung mit seiner Frau und seiner Tochter sei nicht zu denken, bevor der Schuldige gefunden und bestraft worden sei. Was sollte er sonst zu ihnen sagen, wenn er vor ihnen stand und sie ihn zur Verantwortung zogen?

»Hier beginnt das Leben« – der alte Bauer mochte glauben, was er wollte, aber Coburg war dabei gewesen, als man ausgrub, was noch von Rosas Leiche übrig war, zusammen mit den leblosen Körpern von zwölf weiteren Widerstandskämpfern. Von wegen »Hier beginnt das Leben« – die Kugeln, die sie getötet hatten, hatten allem ein Ende bereitet. Himmel und Hölle waren hier auf Erden. Alles, was den Himmel, alles, was die Hölle ausmachen konnte: Er hatte es hier auf Erden erlebt. Er hatte lange genug in Rosas tote Augen geschaut, um zu wissen, dass es danach nichts gab. Das ewige Nichts, davor ein Leben, das man viel zu früh beendet hatte, das noch lange nicht in seiner ganzen Fülle gelebt worden war.

Auf dem Weg zurück in sein Zimmer ging Coburg beim Krämer vorbei. Eine Glocke ertönte, als er die Tür öffnete. Diesmal war er nicht der einzige Kunde. Der Krämer stand hinter der Theke und befand sich im Gespräch mit einem Mann, den Coburg bisher noch nicht gesehen hatte. Sie begrüßten ihn mit einem Blick, dem

Coburg entnehmen konnte, dass sie wussten, wer er war. Während des Wartens schaute er sich um. Für ein so kleines Dorf waren die Auslagen gut gefüllt. Als die Reihe an ihn kam, ließ er Kartoffeln, Bohnen, Mehl, Zucker, Kaffee und Tee abwiegen, deutete auf Dosen mit Corned Beef, Apfelsirup und Zwieback, und auf Marmeladengläser in den Regalbrettern hinter der Theke, ließ sich ein ordentliches Stück Käse abschneiden und wählte zwei Würste. Kurz erwog er, auch Eier zu kaufen, doch dann fielen ihm die Hühner ein. Zum Schluss bat er um losen Tabak, ein Dutzend Schokoriegel, ein paar Rollen Kekse, und dann ließ er eine spitze Papiertüte mit Karamellbonbons und Lakritze füllen. Als er mit seiner Bestellung fertig war, standen neben der Theke zwei bis zum Rand gefüllte Kartons, und Coburg legte das in Papier verpackte Stück Butter darauf, das er im Gasthaus erworben hatte. Der Krämer wusste tatsächlich bereits, wo er untergekommen war, und versprach, die Waren noch am selben Nachmittag vorbeibringen zu lassen.

Während Coburg bezahlte, öffnete sich hinter ihm die Tür, und er hörte außer dem Läuten der Glocke ein Geräusch, das er aus Tausenden wiedererkannte und zu fürchten gelernt hatte. Ihm stellten sich die Nackenhaare auf, seine Muskeln spannten sich an, doch als er sich umwandte, stellte sich heraus, dass hier keine deutschen Soldatenstiefel den Boden hatten erbeben lassen, sondern englische. Im Türrahmen stand ein Mann mit der fast vollständigen Uniform eines englischen Piloten: der Ledermütze mit Ohrenklappen, dem Pelzkragen auf einer kurzen Jacke, deren dunkelbraunes Leder an einigen Stellen brüchig und stumpf geworden war, den Fellstiefeln mit Reißverschluss an der Vorderseite. Aus dem Profil der dicken schwarzen Sohlen hatte gerade jemand den Schnee gestampft. Auch die Handschuhe, aus denen der Rand des aus Wolle gestrickten Innenteils hervorlugte, bestanden aus dem gleichen Leder. Doch die Kleidung darunter war eine andere: ein ausgewaschener blauer Bauernoverall. Der Mann war genauso groß wie Coburg und hatte breite Schultern. Ein Großteil seines Gesichts wurde von dicken Koteletten verborgen, die in einen langen, ungepflegten Bart übergingen, und was man davon sah, wirkte wettergegerbt, wie bei jemandem, der sich viel draußen aufhält. Aus seinen lebendigen hellblauen Augen musterte er Coburg mit ungenierter Neugierde. Ganz kurz rechnete Coburg damit, auf Englisch angesprochen zu werden, aber dann stellte der andere fest: »Sieh an, ein Fremder in unserem Dorf.« Er nahm die Mütze ab, stopfte seine Handschuhe hinein und schüttelte seine wilden Locken auf. Als er die beiden Kartons sah, meinte er: »Ha, und auf der Durchreise ist er nicht. Also, was führt Sie nach Wercke?«

»Ein Besuch im Sint Norbertus.«

»Haben Sie dort ein Kind untergebracht?«

»Nein.«

Der Mann wartete auf eine weitere Erklärung, und als die nicht erfolgte, sagte der Krämer: »Er wird darüber schreiben, für eine Zeitung.«

»Über das Sint Norbertus? Warum? Warum sollte jemand über Kinder schreiben, an die niemand erinnert werden will?«

Der Mann schien aufrichtig erstaunt, doch Coburg antwortete nicht und musterte stattdessen sein Gegenüber noch einmal. »Sie tragen da die Kleidungsstücke eines Piloten aus der Royal Airforce.«

»Ja und?«

»Ich gehe nicht davon aus, dass Sie selbst Pilot gewesen sind.«

»Pilot? Ich? Natürlich nicht.«

»Warum tragen Sie sie dann?« Coburgs Ablehnung war deutlich hörbar.

Der Angesprochene hielt den Kopf ein wenig schief, zuerst voller Unglauben, aber als er antwortete, war der muntere Ton aus seiner Stimme verschwunden: »Wie bitte? Was war das eben?«

Als er einen Schritt auf Coburg zumachte, trat der Krämer zwischen die beiden und sagte: »Monne, warum erzählst du ihm nicht einfach, dass du die Kleidungsstücke bekommen hast?« Er schaute Coburg an und fügte hinzu: »Monne hat während des Krieges einen verwundeten Piloten versteckt.«

Coburg wurde tiefrot, als er begriff, dass er einen Fehler gemacht hatte. »Dann nehme ich meine Worte zurück.«

»Mann, Sie haben mich angeschaut, als hätten Sie gedacht, ich hätte die Sachen einem Toten vom Leib gerissen.«

»Ich nehme zurück, was ich gesagt habe.«

Auf dem Gesicht dicht neben seinem entstand langsam ein Grinsen. »Sie wären gleich mit der Faust auf mich losgegangen, oder? Dann mal los!« Er streckte seinem Gegenüber die Hand hin. »Monne Lau.«

Sie schüttelten einander die Hand, und nachdem sich Coburg vorgestellt hatte, meinte der Mann: »Sie sind ein komischer Kerl, Coburg. Hat man Sie darum hergeschickt?«

Nach dem Essen lief Coburg im Dunkeln zurück zum Kloster. Er kletterte über einen niedrigen Zaun aus Stacheldraht, und während er die linke Hand an den Steinen der Mauer entlanggleiten ließ, lief er vorsichtig über den sich neigenden Streifen Land von höchstens einigen Metern Breite, der das Gebäude von der Maas trennte, wobei er mit jedem Schritt bis zu den Knien im Schnee einsank. Er blieb stehen, als er auf den Betonsockel der Mauer stieß, die er einige Stunden zuvor gesehen hatte. Wo das Vordach den Boden vor Schnee geschützt hatte, hockte er sich hin und drehte sich, den Rücken an den rauen Beton gelehnt, eine Zigarette. Sein Streichholz erhellte kurz den wenigen Raum, gerade groß genug für zwei Soldaten. An den Wänden war Ruß zu erkennen, und auf dem Boden lagen die Reste einer Feuerstelle. Er musste sich auf der Höhe des Krankensaals befinden, doch durch die hohen fensterlosen Mauern drang kein Geräusch zu ihm hinaus. Er könnte noch ein Stück weitergehen, an der Rückseite der Kapelle und dem Arbeitsbereich entlang, dort war die Mauer so niedrig, dass er problemlos auf das Gelände kommen könnte. Er fror immer noch, aber im Windschatten der Mauer war er vor dem steifen Wind geschützt. Er dachte über seinen nächsten Schritt nach, doch es fiel ihm schwer zu ordnen, was in seinem Kopf vor sich ging.

»Verdammt noch mal«, murmelte er mit einem Kopfschütteln. Wie war es nur möglich, dass er in einem Gebäude herumgelaufen war, das ihn in jeder Hinsicht an Duin en Bosch, Endegeest, Sint Willibrordus und all die anderen Einrichtungen erinnerte, wo er als Kind gewesen war? An die hohen gefliesten Flure und Säle, die hallenden Stimmen und Schritte, die nüchterne, zweckmäßige Einrichtung ohne jede Wärme, den Geruch von abgestandenem Essen und den penetranten Uringestank, die hohen Betten mit den umgeschlagenen weißen Laken, die hängenden Schultern von Körpern, die sich dahinschleppten, aber vor allem dieselben verständnislosen Blicke, die ihm aus Dutzenden Augenpaaren folgten und ihn nicht mehr losließen.

Als Zehnjährigen, am Bett seiner Mutter, mit seiner Schwester an seiner Seite, hatte es ihn immer mehr Mühe gekostet, so zu tun, als wäre er froh, sie zu sehen. Ängstlich, böse, rebellisch – das war er gewesen. Am liebsten hätte er ganz und gar seinen Mund gehalten, wäre zu Hause geblieben, bei seinem Vater, und wenn er auf Marias Drängen doch etwas sagte, tat er das widerwillig. In den Fluren, auf dem Weg zu ihr, bläute ihm seine Schwester immer wieder ein: »Gleich musst du fröhlich dreinschauen, vielleicht hilft das Mama.« Ihr war das gelungen, ihm nicht.

Er wusste, wenn Rosa und er einander besser kennenlernten, wäre es unvermeidlich, dass sie nach seinen Eltern fragte. Als es dann dazu kam, hatte er sie ganz bewusst schockieren wollen.

Nicht, weil sie die Tochter von jemandem war, auf den sie anders als er stolz sein konnte – ihr Vater hatte im Spanischen Bürgerkrieg gekämpft und beim Februarstreik* in der ersten Reihe gestanden, nun setzte er wieder sein Leben für eine bessere Welt aufs Spiel. Nein, er wollte sie vor allem spüren lassen, dass die Mauer, die er um sich herum errichtet hatte, nicht so leicht überwunden werden konnte. So einfach würde es nicht gehen. Bist du auch noch da, wenn ich dich erschrecke, wenn ich mich dir nicht so ohne Weiteres öffne, und wer bist du, dass ich deine Fragen beantworten soll? Wer bist du, dass ich dir vertrauen kann?

»Mein Vater hat sich erhängt, und meine Mutter ist ins Wasser gegangen.« Er sagte das nicht in einem Ton, der um Verständnis oder Mitgefühl bat, oder der dazu eingeladen hätte, darüber zu reden, er sagte es hart und beherrscht. Sie hatte sich nicht davon abschrecken lassen.

»Gemeinsam?«

Das hatte die Situation noch unbehaglicher werden lassen und ihn aus dem Gleichgewicht gebracht, als belege die Tatsache, dass die beiden nicht gemeinsam Selbstmord begangen hatten, dass etwas zwischen seinen Eltern nicht in Ordnung war. »Erst mein Vater, der hat sich hinten im Garten erhängt. Nachdem meine Mutter ihn so gefunden hatte, ist sie depressiv geworden. Sie hat noch einige Jahre in einer psychiatrischen Klinik verbracht, dann ist sie eines Tages ins Wasser gegangen. Ich will nicht darüber reden.«

»Warum hat sich dein Vater aufgehängt?«

»Bitte sprich nicht mehr davon.«

»Warum denn nicht? Es ist doch wohl nicht so seltsam, dass ich etwas über deine Eltern wissen will.«

Aus Ohnmacht und Verärgerung hatte er die Arme gen Himmel geworfen. »Woher soll ich das denn wissen? Weil er sich für einen Versager hielt? Weil sein Vater enttäuscht von ihm war? Mein Vater sollte im Familienbetrieb arbeiten, aber er hatte überhaupt kein kaufmännisches Talent. Alles, was er angefangen hat, ist misslungen.«

Um weitere Fragen zu verhindern, war er aufgestanden und weggelaufen.

Das war nicht die ganze Geschichte gewesen. Auch als sein Vater noch lebte, hatte es schon längere Phasen gegeben, in denen ihre Mutter »weg« war. Dann hatte man sie aufgenommen. Manchmal dauerte ihre Abwesenheit Wochen, manchmal Monate. Anfangs hatte er sich noch darauf gefreut, dass sie einmal wieder heimkommen würde, aber nach jeder Aufnahme wurde das weniger. Seine Mutter tat zwar so, als wäre sie froh, ihre Kinder zu sehen, aber das stellte nicht mehr dar als eine halbherzige Anstrengung. Seine Schwester Maria verteidigte sie und erzählte von den Behandlungen, denen sie sich so tapfer unterzog, weil sie hoffte, sie würden ihr helfen. Behandlungen mit Insulin und Somnifen, Elektroschocktherapie, langen Bädern.

Einmal erzählte ihnen ihr Vater: »Eure Mutter macht jetzt eine Kur, bei der sie zehn Tage lang schlafen muss. Sie bekommt dafür eine neue Medizin namens Somnifen.« Dann wieder hieß es: »Sie werden Mama Insulin spritzen, und weil dadurch der Blutzuckerspiegel absinkt, gerät sie in eine Art Schlafzustand, und wenn sie dann wieder aufwacht, geht es ihr bestimmt besser.« Oder: »Sie werden Mama Stromstöße ins Gehirn geben, ganz vorsichtig natürlich. Anscheinend kann man damit richtige Wunder bewirken.« Und jedes Mal hatte da Hoffnung aus seiner Stimme geklungen.

Maria war es auch, die ihren Bruder daran erinnerte, dass die Therapien einige Gefahren in sich bargen. Von zu viel Insulin konnte die Mutter dauerhaft ins Koma fallen, Somnifen war giftig, und eine Elektroschocktherapie konnte das Gedächtnis schädigen. Sie tat, als leiste ihre Mutter etwas Heldenhaftes, das ihr Mitgefühl verdiente. Doch nichts von alldem hatte geholfen, und als ihr Mann nicht mehr lebte, hatte auch sie keine Kraft mehr, die dafür gesorgt hätte, dass sie aufstand, um für ihre Kinder zu sorgen. Die Mutter trieb noch weiter weg; Maria und er wurden ihrem Schicksal überlassen.

Er dachte an das eine Mal, als sie die Mutter in der Klinik nicht im Bett angetroffen hatten. Nach einigem Suchen fanden sie sie in einem gefliesten Raum, in dem mehrere Badewannen aufgereiht standen. In der einzigen, die benutzt wurde, saß ihre Mutter. Über die Wanne hatte man ein Stück weißes Leinen mit einem Loch gespannt, aus dem ihr Kopf ragte. Sie hatte ihnen zugelächelt, unsicher: nicht wie eine Mutter, sondern wie ein ertapptes Kind. Dann schickte eine Schwester sie böse weg, doch auch nach so vielen Jahren empfand er immer noch dieselbe Wut wie damals. Wut auf seine Mutter, weil sie sie so hatten vorfinden müssen. Danach war er nie wieder mitgegangen, sosehr ihn Maria auch gedrängt hatte, ihre Mutter brauche seine Liebe.

Der heutige Tag hatte all diese Erinnerungen zurückgebracht, bittere Erinnerungen. Aber da war auch Erstaunen, weil das, was er damals erlebt hatte, ihm nun so unwirklich vorkam wie etwas aus dem Leben eines anderen Menschen. Seine Eltern waren gleichsam verwischt und schließlich Fremde für ihn geworden. Als Rosa meinte, er wolle nicht darüber reden, weil es zu schmerzhaft war, hatte sie das falsch verstanden, und das wollte er ihr auch noch sagen. Aber ansonsten wollte er ganz einfach nicht darüber sprechen, fertig, aus. Sie musste sich schon damit zufriedengeben, dass es ihnen letzten Endes etwas Gutes gebracht hatte: »Wenn ich der Junge aus diesem gutgestellten, behüteten Milieu geblieben wäre, wäre mein Vater wahrscheinlich mit uns in die Schweiz gegangen, um sich von dort aus alles aus sicherem Abstand anzuschauen. Stattdessen bin ich jetzt im Widerstand.«

Aber da gab es noch etwas. Männer wie Marinus Barto kämpften für das Vaterland, sogar für eine bessere Welt, wenn man die Nazis erst einmal verjagt hätte, und seine Tochter desgleichen. Er jedoch kämpfte für nichts von alldem. Vaterland? Das sagte ihm nichts, und an eine bessere Welt glaubte er schon gar nicht. Er war schrittweise im Widerstand gelandet, ohne jeden Plan, durch Zufall, weil er jemanden mit einem Matritzendrucker kannte – einfach so und größtenteils ohne jeden Gedanken daran, wohin das führen würde, bis die Männer, mit denen er es zu tun bekam, sein besonderes Talent entdeckten. Das Schreiben von Texten war von kurzer Dauer gewesen, hatte dann etwas ganz anderem Platz gemacht. Nicht er selbst hatte eine Wahl getroffen, da waren andere, die das für ihn taten: Er, Siem Coburg, konnte mit völliger Ruhe, ohne Fehler zu machen und ohne darüber zu sprechen, Menschen liquidieren. Kaltblütig und schweigend, und er wollte so wenig wie möglich wissen. Doch allem, was sie an ihm positiv einschätzten und was ihn in ihrer Achtung steigen ließ, lag etwas Dunkles zugrunde, das er mit niemandem teilen konnte. Als er sich in Rosa verliebt hatte, war auch die Angst gekommen, und seine aus Gleichgültigkeit entstandene Kaltblütigkeit war dem alles beherrschenden Wunsch gewichen, zu überleben. Je näher das Ende des Krieges kam, desto stärker war ein Gedanke geworden: Jetzt dürfen wir nicht noch sterben.

14

Im Gemeinschaftsraum hatte Bruder Felix seinen Sessel näher ans Radio geschoben. Während er wartete, zog er andächtig an seiner Zigarre. Er war nicht der Einzige; eine dichte Rauchwolke trieb in Richtung Zimmerdecke. Als die Nachrichtensendung angekündigt wurde, endete das Klacken der Billardkugeln, die Kartenspieler legten ihr Blatt vor sich auf den Tisch, die Gespräche verstummten. Zusammen hörte man sich die neuesten Nachrichten an. Die zweite Polizeiaktion* hatte schon zuvor zu einer scharfen Verurteilung durch den Sicherheitsrat der Vereinten Nationen geführt, und nun drohten die Vereinigten Staaten damit, man werde den Marshallplan außer Kraft setzen, wenn Sukarno und Hatta* nicht sofort freigelassen würden. Als wäre das nicht Besorgnis erregend genug, waren in den ersten sechs Wochen des neuen Jahres schon mehr als zweihundert niederländische Soldaten zum Opfer anhaltender Guerillaaktivitäten geworden.

»Die Aufständischen nutzen es aus, dass wir nur bedingt kämpfen können. Amerika soll sie sich nur ordentlich zur Brust nehmen«, gab ein Mönch sein Urteil ab.

Obwohl man ihn zum Stillschweigen ermahnte, hatte er zum Ausdruck gebracht, was die meisten dachten: Niederländisch-Indien* war schon seit Jahrhunderten eine Kolonie und musste das auch bleiben.

Weniger weit weg hatten Verhandlungen der andauernden Blockade Westberlins durch die Sowjetunion kein Ende bereiten können. Außerdem nahmen die Gerüchte zu, dieses Land sei dabei, eine eigene Atombombe zu entwickeln.

All das versetzte Felix in düstere Stimmung. Immer noch führte man Prozesse gegen Verbrecher aus dem letzten Krieg, Ashoff war gerade erst hingerichtet worden, und schon drohte der nächste Krieg am Horizont. Wer gut hinhört, kann ihn schon vernehmen, dachte er. Und dann wird es noch schlimmer als alles, wozu wir uns in der Vergangenheit als fähig erwiesen haben. Länder, die vor noch nicht langer Zeit Seite an Seite gegen den Faschismus kämpften, stehen sich nun gegenüber, als wäre das unausweichlich. Bereit für den nächsten kollektiven Selbstmord. Er hätte sich auf die Straße stellen und das laut herausschreien können – einen Unterschied hätte es nicht gemacht. Der Krieg war ein Monster, das jeden Menschen seines freien Willens und seiner Vernunft beraubte, um schließlich alles und jeden zu verschlingen. Er hatte es mit eigenen Augen sehen können. Wenn jetzt wieder ein Krieg ausbricht, wird das der dritte meines Lebens, dachte er. Was für ein Zeitalter ist es dann, in dem sich mein Leben abgespielt hat und in dem immer wieder die Vernichtung die Oberhand bekam?

Ihr Internat hatte für kurze Zeit einen Untertaucher versteckt gehalten, als es wirklich nicht anders ging. Unter den Brüdern hatte dahingehend Einigkeit geherrscht, aber Podocarpus hatte angeordnet, man solle sich aus dem Ganzen heraushalten; sie hätten es schließlich schon schwer genug mit der Pflege der Kinder, die man ihnen anvertraut hatte, und eine weitere Last auf ihren Schultern wäre eine zu viel gewesen. Das Aufnehmen von Untertauchern, das Verstecken von Waffen, ein Matrizendrucker für illegale Schriften auf dem Dachboden – anfangs kam man noch mit solchen Anliegen auf sie zu, aber nachdem die Antwort immer wieder sehr energisch »Nein« gelautet hatte, war es still geworden.

Derselbe Podocarpus, der sich in diesen Dingen als so strikt erwiesen hatte, saß Felix nun gegenüber, und seine Augen waren glasig vom Genever. Als die Nachrichtensendung geendet hatte und der Abt Anstalten machte, sich zu erheben, sprach Felix ihn an: »Ich bin bei Anselmus gewesen. Es ist zu viel für ihn. Er braucht Hilfe.«

Podocarpus schaute ihn verständnislos an und musste blinzeln, um den Blick fokussieren zu können. Bist du in Gedanken noch bei dem, was du gerade im Radio gehört hast, oder liegt es am Alkohol?, dachte Felix.

»Mir ist zu Ohren gekommen, dass du dich oft dort aufhältst.«

»Unsinn. Kannst du nicht jemand anderen dorthin einteilen, damit Anselmus sich ein wenig erholen kann? Er ist völlig erschöpft.«

Der Abt schaute sich um und beugte sich dann zu Felix hin. »Dein Ton gefällt mir nicht, Bruder Felix. Ich leite dieses Haus, ich treffe hier die Entscheidungen, nicht du. Um also auf dein Anliegen zurückzukommen: Nein, das werde ich nicht tun. Bruder Anselmus hat selbst darum gebeten, dort eine Aufgabe zu erhalten. Und noch etwas: Er ist kein kleines Kind. Er ist ein junger Mann, und ich darf hoffen, dass er einen Ruf gehört hat. Wenn der stark genug ist, wird ihm Gott Schultern geben, die stark genug sind, um die Last tragen zu können.« Er nickte in Richtung der anderen Mönche und fuhr fort: »Haben die da es nicht auch schwer? Wie lange ist Bruder Anselmus nun bei uns? Noch nicht einmal zehn Jahre! Schau dich einmal um, oder nimm dich selbst als Beispiel: Wie lang bist du schon bei uns? Dreißig Jahre? Und hat man dich jemals klagen hören?«

»Er klagt nicht. Ich stelle einfach fest, dass es so nicht weitergeht. Und noch etwas: Du musst Damianus zur Ordnung rufen. Er behandelt Anselmus auf skandalöse Weise und schüchtert ihn ein. Du kannst doch nicht zulassen, dass innerhalb dieser Mauern ein Bruder den anderen fürchten muss? Gott verhüte, dass er sich irgendwann auch uns gegenüber einmal nicht mehr beherrschen kann.«

Der Abt fuhr hoch, als hätte ihn eine Wespe gestochen: »Was fällt dir ein, so mit mir zu reden! Kein Wort will ich mehr davon hören! Hast du das verstanden?« Er stand auf und verkündete: »Ich habe noch Arbeit zu erledigen, aber sorge dafür, dass ich dich nicht noch einmal ermahnen muss.«

Bruder Felix schaute ihm nach. Es war nicht das erste Mal, dass der Abt ihm gegenüber laut wurde, aber diesmal hatte Felix ganz eindeutig einen wunden Punkt getroffen. Du gehst noch festen Schrittes, aber arbeiten wirst du nicht mehr, dachte er. Du gehst in dein Zimmer und trinkst dort allein weiter. Alle Mönche hier wissen das, aber niemand wagt es, dich darauf anzusprechen. Es ist nicht einmal ein gut gehütetes Geheimnis; den Laien, die innerhalb unserer Mauern tätig sind, wird es auch nicht verborgen geblieben sein. Und wenn sie es wissen, weiß es ganz Wercke. Du bist unantastbar, solange es nicht zu offensichtlich wird und unserem Internat nicht zur Schande gereicht. Wir sehen es an deinem Blick, wir riechen es an deinem Atem, aber wenn du den Bischof besuchst, bist du nüchtern; dann machst du dich zurecht, und man merkt dir auf den ersten Blick nichts an. Ganz bestimmt nicht, wenn man wie der Bischof ein uralter Mann ist, der nur noch mit halbem Ohr zuhört. Inzwischen laufen die Dinge hier weiter, wie sie eben laufen. Und trotzdem werde ich nicht zögern, dich anzusprechen, wenn ich meine, dass das nötig ist.

Nachdem Felix seinen Mitbrüdern eine gute Nacht gewünscht hatte, stieg er die Treppe ins oberste Stockwerk hinauf und ging durch den langen Gang mit den Zellen, von denen etwa zwanzig belegt waren. Erst als er in seiner Kammer das Fenster der schmalen Dachkapelle öffnete, bemerkte er, dass es wieder zu schneien begonnen hatte. Er streckte den Arm aus dem Fenster und ließ sich die Flocken auf die Hand fallen. Er schaute in die Dunkelheit hinaus, in die Richtung der Holzbaracke. Ich werde noch einmal darauf zurückkommen, Podocarpus, dachte er. Er wusste sehr gut, dass der Abt und die anderen Mönche die Ansicht vertraten, Anselmus habe sich aus eigenem freien Willen dorthin zurückgezogen, um nicht unter ihnen zu sein, und sie kümmerten sich nicht um ihn. Auch wenn Felix keine besonderen Gefühle für Anselmus hegte, so bedeutete das nicht, dass ihm völlig gleichgültig war, wie es dem anderen dort erging. Und da ihn Damianus so sehr einschüchterte, wagte sich Bruder Anselmus kaum noch ins Hauptgebäude. Der Mann war physisch nicht besonders kräftig, und auf seinen schmächtigen Schultern ruhte ganz eindeutig eine zu große Last. Dagegen musste man etwas unternehmen, bevor er zusammenbrach. Das war Felix einmal selbst zugestoßen, und besser als jeder andere wusste er, wie erschreckend es war, sich in einem solchen Zustand zu befinden und sich fragen zu müssen, ob der jemals vorbeigehen würde.

Er setzte sich an seinen Schreibtisch und knipste die Lampe an. Das lang gestreckte Zimmer war spartanisch eingerichtet: An der einen Wand standen ein Bett und ein schmaler, hoher Kleiderschrank, an der anderen ein einfacher Holzschreibtisch mit Stuhl, unter dem Fenster befanden sich eine schmale Gebetsbank und ein niedriges Tischchen mit einer Porzellanvase, die nun leer war, in die er aber im Frühjahr frisch gepflückte Blumen stecken würde. Auf dem Schreibtisch standen ein paar gerahmte Familienfotos, darunter das Hochzeitsbild seiner Eltern. Er war nicht an ihrem Sterbebett oder bei den Beisetzungen gewesen, doch inzwischen galten weniger strenge Regeln, was diesen Punkt betraf. Dass er damals nicht hartnäckig genug geblieben war und sich nötigenfalls Podocarpus' Willen widersetzt hatte, tat ihm noch immer leid.

Im Laufe der Jahre war er ein paarmal umgezogen und immer näher an die Toiletten und den Waschraum herangerückt. Wenn er jetzt nachts nach draußen musste, hatte er es nicht mehr weit. Umgezogen, dachte er mit einem Lächeln. Eine Handvoll Gegenstände und einige Kleidungsstücke: Zweimal hin und zurück, mehr irdische Besitztümer hatte er nicht. Die Fotos nehme ich mit ins Grab, der Rest kann weg. Von mir braucht nichts zurückzubleiben, nur ein einfaches Holzkreuz mit meinem Namen darauf. Selbst wenn es niemandem auffallen würde, mochte er den Gedanken, dass er dann noch Teil der Landschaft sein würde. Die Jahreszeiten würden vergehen, das Licht würde auf das Kreuz fallen, Moos sich darauf niederlassen … Nun ja, noch bin ich nicht tot, dachte er und lächelte wieder. Bald, wenn diese Dunkelheit aufhört, wenn es wieder Frühling und danach Sommer wird, fällt am Ende der langen Abende das letzte Sonnenlicht herein. Dann hier zu sitzen und zuzusehen, wie das Licht langsam über Boden und Wand wandert, danach sehne ich mich.

Felix stand auf, öffnete seinen Kleiderschrank, reckte sich nach einem Gegenstand auf dem obersten Brett und setzte sich wieder hin. Vor ihm lag ein Heft; der hellbraune Umschlag war abgegriffen und fahl. Kurz strich Felix darüber und öffnete es dann.

Es ist zwei Uhr nachts, als wir uns endlich ausruhen können. Das Schlimmste dieser Welle liegt hinter uns. Morgen wird sie sich wiederholen, aber für den Moment ist es still. Stunde um Stunde sind die Türen auf- und zugegangen, um die Sanitäter mit ihren Tragen durchzulassen. Alles, was auf dem Schlachtfeld verwundet oder entstellt wurde, brachte man herein. Wir sitzen jetzt draußen, mit dem Rücken an der Holzwand. Eine lange Reihe Krankenschwestern, Sanitäter, Rettungswagenfahrer, Pfleger und Chirurgen nebeneinander; ganz kurz gibt es keine Unterschiede. Eine kleine Mahlzeit wird gebracht: Kaffee, dazu Brot und Fleisch. Einige fallen hungrig darüber her, andere sind sogar dafür zu müde und starren mit leerem Blick vor sich hin. Ein paar der Furchen, die die Lastwagen im letzten Winter in den Schlamm gezogen haben, sind so tief, dass sie uns nun als Stütze für den müden Rücken dienen. Derselbe gelbe Schlamm, der die Soldaten so erbarmungslos einsaugt, wenn es regnet, ist jetzt ausgetrocknet, geborsten und so hart wie Backstein. Niemand sagt etwas, wir sind zu müde für Gespräche. Nicht einmal das Denken gelingt einem mehr. Es ist immer noch drückend heiß, über uns steht ein Vollmond, der auf Wolken in der Form einer Berglandschaft herabscheint. Als ob wir in einem Lungensanatorium arbeiten. Ach, wäre das nur so! Durch die Holztür klingt nur noch vereinzeltes Stöhnen. Auch auf diesem zweiten Schlachtfeld ist es still geworden: Wer sterben musste, ist tot, wer es geschafft hat, schläft jetzt oder ist in einen Morphiumrausch versunken. Ich sitze neben dem Priester Pigneau. Der Mond erhellt sein verschwitztes Gesicht, die tief liegenden Augen, die eingefallenen schwarzbärtigen Wangen. Er ist jung und alt zugleich. Im Schoß seines Gewands liegt sein Kruzifix. Der schmerzvolle Blick des aus dunklem Holz geschnitzten Christus, den heute Nacht schon wieder so viele sterbende Augen angeschaut haben, ist auf mich gerichtet. Ich hoffe, das ist kein schlechtes Vorzeichen, und ich wende mich ab. Eine leichte Brise bringt etwas Kühle, weht aber auch den Gestank von verfaulendem Kohl heran. Von landwirtschaftlichem Boden, der nicht länger bearbeitet wird, jetzt wo die Bauern die Schützengräben bevölkern. Wird auf diesem Grund, der eine solche Schändung erfährt, jemals wieder etwas wachsen können? Ich beuge mich vor und sehe zu meiner Erleichterung in der Reihe rechts von mir Morellis Tonpfeife mit dem abgebrochenen Stiel. Immer noch in seinem Mund, schon seit Stunden erloschen, aber nicht von ihm zu trennen und beruhigend.

Felix fuhr mit den Fingern über die geschriebenen Worte. 17. April 1916: Dreiunddreißig Jahre war das her. Keine ausführlichen Aufzeichnungen, aber genug, damit die Erinnerungen zurückkamen. Bei dem Krieg, der gerade hinter ihm lag, war er nur Zuschauer gewesen, doch am vorigen Krieg hatte er teilgenommen. Erst an der Yser-Front und dann auf der Seite der Franzosen bei Verdun. Er war damals neunundzwanzig und in der Lage gewesen, Arbeit zu verrichten, die sein Körper inzwischen schon lange nicht mehr hätte bewältigen können. Zu dieser Zeit befand sich die Front mehr als zehn Kilometer von ihrem Feldlazarett entfernt. Eine lange Baracke war es gewesen, mit dreihundert Mann und sechs Operationssälen zu beiden Seiten. Sie erlebten den Krieg mit Verzögerung. Lange, nachdem die Kanonen schwiegen, erschienen die ersten von Unebenheit zu Unebenheit hoppelnden Krankenwagen, und man schob die Verwundeten nach drinnen, wie Brote aus einem Ofen. Die Zeit, die zwischen dem Verstummen der Geschütze und der Ankunft der ersten zu Behandelnden verstrich, hatte er am meisten gefürchtet, und sie war ihm immer endlos erschienen. Er hatte schreckliche Dinge gesehen und erlebt, aber das Warten hatte die Angst fest in jeder Faser seines Körpers verankert und seine Nerven so freigelegt, dass er in den Abgrund gestürzt war, ohne irgendeine Form von Widerstand leisten zu können, als der alles vernichtende Schlag kam.

Bei einem der ersten Male, als er mit seinem Bleistiftstummel in sein Heft kritzelte, hatte sich Morelli neben ihn gesetzt. Ein gedrungener, muskulöser Körper mit wettergegerbtem Gesicht, dunklen, borstigen Augenbrauen und einem widerspenstigen, staubigen Haarschopf. Ein Mann wie die dunkle Erde. Er steckte sich die Pfeife mit Händen an, die schwarz waren vor Dreck, schaute fasziniert auf die schreibende Hand und nickte beifällig, ohne etwas zu fragen. Auf seinem Gesicht dieses ewige Grinsen. Es dauerte einen Augenblick, ehe Felix begriff, dass Morelli weder lesen noch schreiben konnte. Morelli, der kaum etwas sagte, aus dessen Gebrumm man seinen Gemütszustand analysieren musste, der aber überall einschlafen konnte und der, wenn der Moment kam, den Pfeifenkopf mit der Hand umschloss, einfach die Augen zumachte und weg war. Das Grinsen auf seinem Gesicht hielt sich so hartnäckig, dass es erst verschwand, wenn er in einen tiefen Schlaf fiel. Morelli, der in den Maschinenräumen von Ozeanriesen gearbeitet hatte und magische Hände besaß. Er baute die vier Backsteinöfen in der Mitte der Baracke, auf denen die dampfenden Kessel aus Gusseisen voller kochendem Wasser standen, mit denen man im Winter die Wärmflaschen füllte. Für die Soldaten, die man mit abgefrorenen Gliedmaßen hereinbrachte, baute Morelli ein Wärmebett, einen Holzrahmen mit elektrischen Glühlampen, das den Männern Licht und Leben spendete. Die Chirurgen brauchten ihn, den Italiener, den das Schicksal nach Belgien und Frankreich verschlagen hatte, der ihre Operationsinstrumente reparierte und ebenso mühelos, wie er Krücken und Tragen wieder ganz machte, auch Zinkwannen, kaputte Wärmflaschen, Spritzen und Sterilisierapparate wiederherstellte.

Geräusche auf dem Flur holten Bruder Felix wieder in die Gegenwart zurück: Die Schritte und gedämpften Stimmen seiner Mitbrüder auf dem Weg in ihre Zellen. Er schloss das Heft, seufzte und fragte sich, wie lange er es noch aufheben sollte. Wenn ich tot bin, will ich, dass Ruhe einkehrt, dass es nichts anderes mehr gibt als dieses Holzkreuz mit meinem Namen darauf. Trotzdem kann ich mich noch nicht davon trennen, dachte er, bevor er aufstand, um das Heft wieder zu verstauen. Es geht nicht nur um mich: In diesen geschriebenen Worten existiert Morelli noch. Die Bombe, die den Italiener in Stücke gerissen hatte, besaß eine solche Wucht, dass man keine Überreste von ihm fand.

Felix legte das Heft an seinen alten Platz zurück und ging zum Fenster. Seine Gedanken verirrten sich in die Zeit, die er in einer psychiatrischen Klinik zugebracht hatte. Er erinnerte sich an einen ausgetrockneten, heruntergekommenen Teich voller Blätter, mit einem Springbrunnen in der Mitte, den eine grüngelbe Moosschicht umhüllte. Tagein, tagaus hatte er in einem Sessel am Fenster gesessen. Ohne Aufgabe, mit einem Blick, der nichts wirklich wahrnahm, vor sich hin vegetierend, wie so viele der Männer um ihn herum. Bis er zu zeichnen anfing. Man hatte ihm ein Blatt in den Schoß gelegt und ein Stück Holzkohle in die Hand gedrückt. Dutzende von Zeichnungen hatte er angefertigt, bis man sie ihm eines Tages wieder weggenommen und vernichtet hatte, weil er zeichnete, was besser verborgen bleiben sollte. Was genau er aufs Blatt gebannt hatte, wusste er nicht mehr, nicht eine einzige Zeichnung konnte er sich zur Gänze in Erinnerung rufen, aber es ging um die grausamen Zustände, in denen er und Morelli herumgeirrt waren. Nachdem man ihm diese Blätter weggenommen hatte, hatte er nie mehr etwas gezeichnet, weil er fürchtete, das könnte als Vorwand benutzt werden, um ihn wieder an die Front zu schicken.

Später, als das alles weit hinter ihm lag, hatte er wieder zu zeichnen versucht, aber seine Hände hatten gar nichts zustande gebracht. Nichts, das dem Papier anvertraut werden wollte, drängte sich ihm auf. Wenn man es genau betrachtete, war es mit dem Schreiben nicht anders gewesen: Nach seiner Rückkehr aus dem Krieg hatte er nicht mehr die Notwendigkeit verspürt, etwas zu Papier zu bringen.

15

»Frische Luft, Anselmus. Du musst nach draußen, vielleicht geht es dir dann besser. Geh nur, wir machen deine Arbeit schon. Das können wir doch sehr gut, nicht wahr, Fake?«

Der Junge nickte begeistert und umfasste Felix' Hand noch fester.

Anselmus hatte sich gesträubt, doch der ältere Mönch bestand auf seinem Vorhaben, bis der andere zustimmte. Er war nach draußen gegangen und hatte ein Stück am Fluss entlangspazieren wollen, war jedoch nicht weiter gekommen als bis zu der Bank, die der Besitzer der Wirtschaft Zur Straßenbahn unter einer der großen Eichen am Flussufer aufgestellt hatte. Im Sommer saßen die wartenden Passagiere darauf im Schatten, unterhielten sich und teilten die neuesten Neuigkeiten miteinander, während sie auf die Fähre warteten; nun war es dort verlassen und still. Er konnte gerade noch den Schnee von der Bank fegen und sank darauf nieder.

Obwohl Anselmus weniger als einen Kilometer zurückgelegt hatte, fühlte er sich völlig erschöpft; ihm zitterten die Beine, ihm war so schwindlig wie nie zuvor, und er hatte einen Schweißausbruch. Er holte ein paarmal tief Luft, aber das brachte ihm keine Erleichterung. Stattdessen wurde er von einem Hustenanfall heimgesucht, der ihn noch stärker schwitzen ließ. Erst als er sich wieder einigermaßen erholt hatte, brachte er die nötige Kraft auf, die Umgebung in sich aufzunehmen. Stromaufwärts musste es tauen oder regnen, denn das Wasser des Flusses stand hoch: Der Teil der Straße, die zum Anlegeplatz der Fähre führte, war darunter verschwunden. Die Fähre konnte nur über einen provisorisch angelegten Steg von Fußgängern und Radfahrern erreicht werden; die Autos mussten an einer anderen Stelle übersetzen. Der kräftige Wind peitschte das schnell strömende Wasser noch mehr auf, Zweige und Blätter kreisten in Strudeln herum, um dann weiter mitgeschleppt zu werden. Die Maas war ein tückischer Fluss; jeden Sommer ertranken Schwimmende im einladenden Wasser, doch die dunkle Masse erschien ihm nun drohender als jemals zuvor.

Vor gut zwei Wochen ist der kleine Walter gestorben, und seitdem bin ich krank. Ich muss mich bei ihm angesteckt haben. Ich verfüge über größere Widerstandskräfte, natürlich werde ich nicht sterben, aber warum geht die Krankheit nicht weg? Bei dem Gedanken daran, dass Doktor van Waesberghe nun allein seinetwegen würde kommen müssen, wenn nicht bald eine Besserung eintrat, fühlte er sich noch elender. Da er sich ohnehin außerhalb des Klosters befand, zog er kurz in Erwägung, einen anderen Arzt aufzusuchen. Aber welchen denn? Van Waesberghe war der einzige weit und breit. Der Gedanke, dass dieser Mann seine Aufmerksamkeit auf ihn richten und ihn sogar anfassen würde, stimmte ihn noch düsterer und verstärkte sein Gefühl der Aussichtslosigkeit. Es muss einfach besser werden, dachte er.

Er schaute den Fährmann an, der auf einem hohen Stuhl hinter seinem Steuerrad saß und rauchte. Seine Steuerhütte war ein verglaster Holzverschlag, kaum größer als einen Quadratmeter, aber das Ganze sah sehr einladend aus. Da drinnen musste es angenehm warm sein; aus dem Schornstein auf dem flachen Dach strömte Rauch, den sich der Wind sofort griff. Eine einfache und übersichtliche Arbeit, eine beschränkte Anzahl an Handlungen bei Abfahrt und Ankunft; man fuhr hin und zurück und lernte dabei mit den Jahren die Strömungen immer besser voneinander zu unterscheiden, man sprach mit den Menschen, die man kennenlernte, und man wusste von ihnen, warum sie übersetzten: Kurze

Gespräche, die gar nicht länger dauern konnten, weil man schon wieder auf dem Weg zur anderen Seite war. Abends eine Tasse Kaffee im Gasthaus Zur Straßenbahn, vielleicht auch eine Mahlzeit, und ein Gespräch darüber, ob sonst noch etwas Außergewöhnliches geschehen war: Das erschien ihm so verlockend. Er wäre frei von allen Sorgen. Als er spürte, wie die Kälte langsam in ihn hineinkroch, erhob sich Anselmus.

Der Kilometer Rückweg hatte ihn so sehr erschöpft, dass er sich an den Türrahmen lehnen musste, während er Felix' Fragen beantwortete. Dann betrat er den Saal und ließ sich auf einem Bettrand nieder. Mit beiden Händen stützte er sich auf den Decken ab, so viel Mühe kostete es ihn, aufrecht sitzen zu bleiben. Hin und wieder schüttelte ihn ein neuer Hustenanfall, den er einfach nicht unter Kontrolle bekam, und dann schaute ihn Felix noch durchdringender an, während er Fake darum bat, ein Glas Wasser holen zu gehen.

»Was glaubst du, was du hast?«, wollte Felix wissen, als Anselmus wieder einigermaßen zur Ruhe gekommen war und ein paar Schluck Wasser getrunken hatte.

»Ich weiß es nicht. Die Grippe, vielleicht eine beginnende Lungenentzündung. Das muss durch die Kälte kommen. Ich frage das nicht gern, aber können Sie vielleicht Doktor van Waesberghe anrufen? Er braucht nicht zu kommen, aber vielleicht kann er mir ja etwas verschreiben.«

Felix schüttelte den Kopf und sagte: »Steh auf. Ich lege dir das Ohr an den Rücken, und dann musst du noch mal husten.«

Anselmus schaute ihn erstaunt an, erhob sich aber trotzdem. Er wusste, dass Bruder Felix vor langer Zeit Krankenpfleger gewesen war, fühlte sich jedoch unbehaglich, als dieser den Kopf gegen seinen Rücken presste. Er tat, was man ihm sagte, atmete tief ein und aus, erst langsam, dann kurz und kräftig, wodurch er erneut husten musste.

Wieder schüttelte Felix den Kopf und erklärte: »Ich werde van Waesberghe bitten zu kommen. Diese Sache lässt sich nicht übers Telefon regeln. Du hast sehr wahrscheinlich Tuberkulose.«

»Tuberkulose?«

»Das hier ist keine Grippe oder Lungenentzündung. Den Husten erkenne ich seit dem Krieg.« Felix drückte mit einem Finger links auf Anselmus' Brust und meinte: »Auf der anderen Seite höre ich noch nichts, zum Glück, aber in diesem Lungenflügel ist etwas.«

Fake stöhnte auf und erschrak dann, weil Anselmus so erschrocken dreinschaute. Ängstlich schoss sein Blick von einem Mann zum anderen, auf der Suche nach etwas, das ihn beruhigen konnte.

»Beruhige dich nur, Fake, unser Anselmus ist krank, aber der Doktor kommt, und dann geht es ihm bald besser. Nun müssen wir beide helfen, so gut es geht. Wirst du das für mich tun? Ich weiß, du kannst es, du bist ein braver Kerl.«

Der Junge nickte begeistert, und auf seinem Gesicht entstand langsam ein Lachen.

16

»Haben Sie irgendeine Vermutung, wo er sich angesteckt hat?«

Bruder Felix hörte keine Empathie in Podocarpus' Stimme, nur Verärgerung. Er und Doktor van Waesberghe saßen im Zimmer des Abtes, und soeben hatte der Arzt vom Ergebnis seiner Untersuchung berichtet.

»Nein, aber der Mann hat eine schwache Gesundheit, das hat ihn sicher besonders anfällig werden lassen.«

»Anselmus vermutet, dass er sich bei dem kleinen Walter Smeets angesteckt hat«, sagte Bruder Felix.

»Bei wem?«, fragte der Abt.

»Bei dem Jungen, der vor etwa zwei Wochen gestorben ist.«

»Das hat Bruder Anselmus vorhin gesagt, aber das ist ganz einfach Unsinn. Der Junge hatte keine Tuberkulose; ich dachte, das hätte ich Ihnen und Bruder Anselmus deutlich genug klargemacht, und ich begreife einfach nicht, warum Sie jetzt davon anfangen.«

Van Waesberghe war verärgert, aber dadurch ließ sich Felix nicht bremsen: »Ich glaube, wir sollten besser davon ausgehen, dass sich vielleicht noch andere Kinder angesteckt haben.«

Der Arzt schüttelte ablehnend den Kopf, aber bevor er reagieren konnte, mischte sich der Abt in das Gespräch der beiden: »Wie lautet Ihre Empfehlung?«

»Ich habe eine schnelle Runde gemacht, aber ich kann noch nicht beurteilen, ob sich Kinder angesteckt haben. Bruder Anselmus muss auf seinem Zimmer bleiben, getrennt von den anderen, und bis wir eindeutige Ergebnisse haben, muss sein Kontakt zur Außenwelt so stark wie möglich eingeschränkt werden.«

»Wie lange wird das dauern?«

»Das lässt sich nicht so einfach sagen. Wir haben es mit Menschen zu tun, die besonders anfällig sind, aber wir wollen hoffen, dass es bei diesem einen Fall bleibt. Ich muss sowieso schon oft genug hier erscheinen.«

»Wie bitte?«, gab der Abt zurück, und sein Gesicht lief rot an.

»Ich habe auch außerhalb Ihrer Einrichtung genug Arbeit. Ich habe Ihnen bereits zuvor mitgeteilt, dass bereits eine einzige ausgebildete Pflegekraft hier Wunder würde bewirken können.«

»Sie kennen meine Antwort: Nein, und damit Schluss. Was glauben Sie eigentlich? Einen solchen Ton lasse ich mir nicht bieten. Für Sie finde ich jederzeit Ersatz, und dann versichere ich Ihnen, dass Sie in dieser Gegend keine Arbeit mehr haben werden. Habe ich mich deutlich genug ausgedrückt?«

Der Arzt war ebenfalls rot angelaufen, hielt jedoch den Mund.

Der Abt war noch so aufgewühlt, dass seine Stimme zitterte, als er sich an Bruder Felix wandte: »Anselmus ist also nicht in der Lage, die Aufsicht zu führen?«

»Nein, natürlich nicht. Der Mann liegt todkrank im Bett, Podocarpus.«

Ein Schatten glitt über das Gesicht des Vorstehers, als er in der Gegenwart eines Laien in diesem Ton und nur mit seinem Vornamen angesprochen wurde. Er blickte Felix starr an und fragte: »Du bist doch Krankenpfleger gewesen?« Ohne Felix' Antwort abzuwarten, wandte er sich an van Waesberghe: »Bruder Felix hat während des Weltkrieges, während des Ersten Weltkrieges wohlgemerkt, als Krankenpfleger an der Front gedient.«

Er richtete seine Aufmerksamkeit wieder auf Bruder Felix: »Hattet ihr damals auch Tuberkulosefälle?«

»Ja, natürlich, bei uns gab es jede nur vorstellbare Krankheit.«

»Und du selbst hast dich nie angesteckt?«
»Nein.«
»Sehr gut, dann will ich, dass du in die Baracke einziehst und Anselmus' Aufgaben übernimmst. Du bist dann auch die Kontaktperson zur Außenwelt, also auch zum Arzt.«

Dann wandte er sich wieder an van Waesberghe: »Ich nehme an, damit sind Sie einverstanden?«

Die Tatsache, dass er sich wieder mit Felix würde auseinandersetzen müssen, entlockte dem Arzt eine wenig begeisterte Antwort: »In Anbetracht der Umstände scheint mir das die beste Lösung.« Er stand auf, nahm Hut und Mantel und verließ ohne ein Wort das Zimmer.

Felix hatte das hintere Fenster, von dem aus man die Kiefern sah, einen Spaltbreit geöffnet. Die hereinströmende Luft war kalt und trocken. Sehr gut, dachte er, viel besser als dieser feuchte, säuerliche Dunst, der nun hier hängt. Bruder Anselmus lag im Bett, die Decken bis zum Kinn hochgezogen, und war in einen unruhigen Schlaf gefallen. Hin und wieder hustete er, aber immer wenn Felix fürchtete, dass der Kranke dadurch aufwachen würde, versank er wieder in seinen Zustand. Sein Gesicht war noch blasser als ohnehin schon, die unruhigen Augen blieben geschlossen. Frische Luft und viel Schlaf, mehr konnte man unmittelbar nicht tun.

Nachdem er auch in dem kleinen Zimmer nebenan, das er in der nächsten Zeit bewohnen würde, das Fenster einen Spaltbreit geöffnet hatte, machte Felix leise die Tür zum Schlafsaal auf. Diesmal bin ich ganz allein, dachte er. Vielleicht hat es so kommen müssen. Vor Jahren hatte er neben der spindeldürren Gestalt der Oberschwester gestanden. »Sie bleiben bei mir, wie mein Schatten, und tun das, was ich Ihnen sage«, hatte sie ihn angewiesen. Als sie seine Unsicherheit bemerkte, hatte sie ihn ganz kurz am Arm gepackt. »Bleiben Sie in meiner Nähe, dann wird alles gut.«

17

Coburg betrachtete das Bett, in dem für gewöhnlich die Mädchen schliefen. Ihre Mutter hatte es mit frischen, nach Seife und Wäschestärke riechenden Laken bezogen; nichts verriet, dass er sich in einem Kinderzimmer befand. Keine Zeichnung an der Wand, kein Spielzeug und keine Kleidungsstücke, nichts. Aber vielleicht lagen ihre Puppen ja jetzt bei ihnen im Bett.

Im Internat hatte er Kruzifixe gesehen; auf Fluren, in Zimmern und Sälen, in allen Größen und mit einem Jesus, dessen Leiden immer wieder anders dargestellt wurde. Auch hier hing eines, und zwar so, dass der verdrehte, ausgemergelte Körper unter dem blutüberströmten Gesicht das Letzte war, was die Zwillinge sahen, bevor sie einschliefen, und das Erste, was sie beim Aufwachen erblickten. Zarte, zerbrechliche Mädchen, so schüchtern und still, dass er nicht hatte beurteilen können, ob sie nicht nur im Wachstum, sondern auch in ihrer geistigen Entwicklung hinterherhinkten. Sie erinnerten ihn an die nackten, noch nicht ausgewachsenen winzigen Körper von aus dem Nest gefallen Jungvögeln. Wie musste es solch hilflosen Geschöpfen ergehen?

Er löschte das Licht, setzte sich auf den Bettrand und steckte sich eine Zigarette an. Um zu verhindern, dass sich der Rauch zwischen den Bodendielen hindurch zu den Mädchen emporwand, öffnete er das Fenster, sodass eiskalte Luft nach drinnen strömte.

Nur ein paar Hundert Meter von hier schliefen die Mönche und die ihnen anvertrauten Ausgestoßenen. Wenn die Laien abends nach Hause gingen, blieben zwanzig Brüder zurück, um die Aufsicht zu führen. Zwanzig Mönche, einige unter ihnen schon alt, mussten sich um mehr als vierhundert labile, gestörte Kinder kümmern, von denen einige groß und stark waren. Wie viele Mönche führten eigentlich die Aufsicht, während die anderen schliefen? Man hatte ihn nicht auf die Abteilung gelassen, in der die schwersten Fälle versorgt wurden, aber das, was er gesehen hatte, hatte ihm den Eindruck eines nicht besonders ausgewogenen Gleichgewichts vermittelt.

Es war ihm gelungen, sich unter falschen Angaben Zugang zum Internat zu verschaffen und sogar eine ausführliche Führung zu bekommen. Auf mehr durfte er nicht hoffen. Wenn er ab morgen nach Rissen in dieser Festung suchte, würde die Stimmung schnell umschlagen. Seine Wirtin hatte ihm überschwänglich gedankt, als die Lebensmittel gebracht wurden, und wieder war eine Röte auf ihren Wangen erschienen. Die kommenden Tage würden zeigen, wie weit diese Dankbarkeit reichte. Doch der Gedanke, nicht zu dieser geschlossenen Gemeinschaft zu gehören, die sich so sehr auf das Internat stützte, beunruhigte ihn nicht. Das Gefühl, von irgendetwas Teil auszumachen, lag weit hinter ihm zurück.

Je weiter der Krieg voranschritt, desto einsamer war es um ihn geworden. Nachdem die Gruppe um Fambach gesprengt worden war und er sich von dem Schrecken erholt hatte, kam er mit der Widerstandsgruppe De Geuzen* in Kontakt und hatte sich mit Sape Braam angefreundet. Selbst jetzt, Jahre später, erschien bei diesem Gedanken ein Lächeln auf seinem Gesicht. Der baumlange Braam kam aus einer Schornsteinfegerfamilie und konnte stundenlang vom Leben auf den Dächern erzählen, und davon, was es in den Wohnungen so alles zu sehen gab. Er behauptete steif und fest, seine Familie übe diesen Beruf schon so lange aus, dass seine Kinder mit einer rußschwarzen Haut geboren würden. Auf diesen Dächern war er auch mit Taubenzüchtern in Kontakt gekommen und hatte sich selbst mit großer Leidenschaft dieser Beschäftigung hingegeben. Coburg musste ihm versprechen, für seine Tauben zu sorgen, falls ihm etwas passierte. Zusammen liquidierten sie den Polizeikommissar Hafkamp aus Amstelveen, wenig später Simonis, den Oberwachtmeister der Staatspolizei in IJmuiden. Dann schlug auch dort der Verrat zu. Braam wurde mit neunzehn anderen Mitgliedern der Gruppe in den Dünen bei Overveen erschossen. So viele gute Menschen, die es nicht mehr gab.

Coburg stand auf. Das Zimmer war niedrig, und er lauschte so lange, bis er die Atemzüge der Mädchen hören konnte. Er bewegte sich geräuschlos über das Linoleum und blieb an der Stelle stehen, über der er ihre Köpfe vermutete. Zum ersten Mal bemerkte er einen Unterschied zwischen den beiden: Eines der beiden Mädchen atmete unregelmäßiger als das andere. Mit geschlossenen Augen und leicht zur Seite geneigtem Kopf passte sich Coburg den Atemzügen von einem der Kinder an; erst erforderte das hohe Konzentration, aber danach ging es wie von selbst. Ohne die Arme strecken zu müssen, presste er die Handflächen gegen die Holzdecke. Nur ein paar Dielen und ein mit Stroh gefüllter Zwischenraum trennten sie voneinander. Mit geschlossenen Augen stellte er sich vor, in jeder seiner beiden Hände ruhe ein Kopf.

18

Als ihn Schwester Eleanora nach seinem Namen fragt, dreht er ihr seinen Arm hin. »Enfant de Malheur«, Unglücksrabe, steht dort in ungelenken Buchstaben mit blauer Tinte eintätowiert. Er schaut sie herausfordernd an, und mit seinem geschmeidigen, muskulösen Körper, der glänzend gebräunten Haut und den spitzen gelben Zähnen erinnert er sehr an einen Panther. Sie lässt sich davon nicht abschrecken und gibt ihm eine Morphiuminjektion. Als wir ihn später wiedersehen, fehlt ihm ein Bein, und ein großer Teil vom Oberschenkel des übrig gebliebenen Beins ist straff verbunden. Er gehört zu einer Gruppe Apachen: lebenslänglich verurteilten Mördern, Dieben und Zuhältern – Verbannten in den Bataillons d'Afrique. Wenn sie sich im Kampf auszeichnen, können sie ihre Freiheit wiedererlangen.

Als Enfant de Malheur aus seinem Ätherrausch zu sich kommt, wird jeder mit Flüchen überschüttet, der sich in sein Blickfeld begibt. Aus seinem Mund dringen so viele Kraftausdrücke, dass ich mich schäme, obwohl Schwester Eleanora bestimmt nicht alles versteht.

Unerschütterlich pflegt sie ihn während der nächsten Tage. Umsonst: Noch ehe der Arzt es bestätigt, hat uns der Gestank, der ihn immer stärker umgibt, schon verraten, dass er ein Gasödem hat, und auch das andere Bein muss abgenommen werden. Kurz scheint es, als würde das, was von ihm übrig geblieben ist, sich erholen, aber dann verschlechtert sich sein Zustand noch weiter. Im Todeskampf lässt er niemanden mehr an sich heran. Er windet sich, kreischt, flucht noch lauter als vorher, stürzt in einen Rausch, in dem er Unverständliches brabbelt und murmelt, wirft das, was von seinem bebenden Körper übrig ist, von einer Seite des Bettes auf die andere. Seine Lippen sind zu einer bösartigen und abstoßenden Grimasse verzerrt. Wut, Angst und Panik wechseln einander ab, mit hervorquellenden Augen und Schaum vor dem Mund schreit er um Hilfe, die er dann von sich wegschlägt; er beschimpft und bespuckt alle. Pigneau kniet stundenlang neben seinem Bett und betet, das Kreuz in den Händen erhoben: »Dieu qui nous regarde, ayez pitié. Dieu le saveur, je vous supplie ... Herr, der du alles siehst, erbarme dich. Gott, unser Retter, ich flehe dich an ...« Manchmal scheint das Enfant de Malheur Ruhe zu schenken, doch nach einer solchen Stille ist sein Widerstand noch heftiger, und er schlägt und spuckt nach dem Kreuz, als führe Pigneau gerade eine Teufelsaustreibung durch. Es lässt die Männer in den Betten um die beiden herum erschaudern. Als ich um zwei Uhr nachts meine Runde mache, sehe ich, dass Pigneau auf dem Boden eingeschlafen ist und Morelli auf dem Bettrand sitzt. Er hat sich vorgebeugt und spricht mit Enfant de Malheur. Ich kann ihn nicht verstehen, aber als ich näher komme, bemerke ich, dass auf dem erschöpften Gesicht von Enfant de Malheur das Leiden einem friedlichen, beinahe glücklichen Ausdruck gewichen ist. Beim nächsten Mal sehe ich, dass er die Gegenwart von Pigneau duldet und mit ihm zusammen betet. Am Morgen stirbt er mit demselben friedlichen Ausdruck im Gesicht. Wie jeder andere verdiente Enfant de Malheur es zu leben, aber wir sind erleichtert, dass sein Leiden nicht noch länger gedauert und er Frieden gefunden hat.

Bruder Felix wachte mitten in der Nacht auf und war einen Augenblick lang verwirrt, bis ihm klar wurde, dass er sich in einem Bett im Schlafsaal befand. Er hatte das kleine Zimmer zwischen dem von Bruder Anselmus und dem Schlafsaal bezogen und war früh schlafen gegangen, hatte jedoch die Tür offen gelassen und war mehrfach aus dem Schlaf hochgefahren und aufgestanden. Manche Kinder beruhigten sich schnell und schliefen wieder ein, eines von ihnen ließ jedoch nicht zu, dass er sich entfernte. Immer wenn Felix glaubte, das Kind schlafe, und vorsichtig seine Hand löste, wurde es wach, und das Weinen setzte wieder ein. Schließlich war er neben dem Kind eingeschlafen, Hand in Hand mit dem Jungen.

Was ihn diesmal geweckt hatte, wusste er nicht, aber es gelang ihm endlich, unbemerkt aufzustehen. Leise und so vorsichtig wie möglich ging er zwischen den Betten hindurch, wobei er darauf achtete, nirgendwo anzustoßen. Er erschrak, als er sah, dass Anselmus mit dem Rücken ihm zugewandt auf seinem, Felix', Bett saß.

»Anselmus?«

Der Mönch drehte sich um. Er schauderte – nicht, weil er sich ertappt fühlte, sondern weil ein Fieberschauer seinen Körper durchlief – und schaute Felix aus glühenden Augen an.

»Was hat Morelli gesagt?«

»Was?«

Felix begriff gar nichts, bis er sein geöffnetes Tagebuch entdeckte. Er lief auf Anselmus zu und nahm ihm das Heft vom Schoß.

»Er war ein Gesandter Gottes, nicht wahr? Vom Allmächtigen gesandt, um diesem Leiden ein Ende zu machen?«

»Was tust du da, Anselmus? Du lieber Himmel, du fantasierst ja. Komm, du musst dich wieder hinlegen.«

Ohne Protest ließ sich Bruder Anselmus zu seinem eigenen Bett führen. Von Felix' anfänglicher Wut war nicht mehr viel übrig: Anselmus erschien ihm verletzlicher als jemals zuvor. Felix saß an seinem Bett, bis die Atemzüge des anderen ruhiger geworden waren.

In seinem eigenen Zimmer setzte er sich aufs Bett. Das Tagebuch war noch auf der Seite geöffnet, die Anselmus gelesen hatte. Enfant de Malheur. Er sah den Mann vor sich, das, was von ihm übrig war. Den aufgerichteten Torso, noch immer muskulös, der sich auf zwei Arme stützte, deren Hände sich an den Bettrand klammerten, das Brummen und Knurren wie bei einem Wesen, das die Tore zur Unterwelt bewachte. In Wahrheit hatte sich Felix nicht mehr in seine Nähe gewagt. Er hatte Erlösung bringen wollen, wusste jedoch nicht, wie. Morphium linderte nur den körperlichen Schmerz. Pigneau sagte dem Sterbenden, auch er sei ein Kind Gottes, wurde jedoch stets mit den gröbsten Ausdrücken beschimpft.

Erst nach langem Drängen hatte ihm Morelli erzählt, wie es ihm gelungen war, Enfant de Malheur zur Ruhe zu bringen. Er hatte ihm aus der Hand gelesen.

»Kannst du das denn?«, hatte Felix wissen wollen.

Morellis Grinsen war einem Lächeln gewichen. »O ja.«

»Und, was stand drin?«

»Ich habe ihm erzählt, dort steht geschrieben, er werde in dieser Nacht sterben. Das sei so vorbestimmt und schon seit seiner Geburt festgelegt, und sein Widerstand würde nichts daran ändern. Sein Weg ging bis hierher, nicht weiter. Ich habe ihm auch gesagt, er brauche den Tod nicht zu fürchten.«

»Weil es auch für ihn einen Platz im Himmel gibt, das meinst du doch damit? Wahrhaftig, Morelli, Pigneau hat er nicht geglaubt, dir aber schon. Glaubst du denn selbst an einen Himmel?«

Selbst jetzt noch erinnerte sich Bruder Felix, wie erwartungsvoll er diese Frage gestellt hatte, denn dort, mitten in diesem ganzen Elend, war er selbst ins Zweifeln geraten. Verzweifelt suchte er nach Zeichen für die Existenz eines Jenseits. All diese Jungen, die starben, viel zu früh, noch Kinder. Damit konnte doch nicht alles vorbei sein? Es musste doch ein Jenseits geben?

Damals glaubte er, etwas in den Worten eines Mannes finden zu können, den er so sehr schätzte. Der hatte schweigend seine Hand genommen und sie zu einer Faust zusammengeballt, und während er die mit beiden Händen umfasst hielt, nickte er kurz in Richtung des Toten und sagte: »Welche Sünden jemand auch begangen haben mag, wer hier wie ein Mann gekämpft hat, braucht den Tod nicht zu fürchten.«

Mehr als diese Erinnerung brachte Felix die Frage von Bruder Anselmus aus dem Konzept. Dessen Worte hatten ihn an die Front zurückgeführt, wo er und Morelli als Sanitäter eingesetzt wurden. Sie versuchten zu retten, was zu retten war. Doch dort ging Morelli auch dazu über, das Leben von Männern zu beenden, die so schwer verwundet waren, dass es sich bei ihrem Tod nur um eine Frage der Zeit handelte. Das tat Morelli mit verbissener Miene; manchmal erklang auch ein Flehen um die Erlösung von einem fürchterlichen, unerträglichen Leiden.

Er, Felix, hatte sich damals dieselbe Frage gestellt wie Bruder Anselmus gerade eben. War Morelli ein Gesandter Gottes? Vom Allmächtigen gesandt, um diesem Leiden ein Ende zu bereiten?

19

Wenn Anselmus nicht gerade schlief, lag er da und starrte an die Decke. Hin und wieder trank er einen Schluck Wasser oder nahm einen Bissen Essen an; das tat er jedoch nur, wenn man ihn dazu ermutigte. Zu einem Gespräch war er nicht in der Lage, auf Fragen antwortete er kurz und immer abwesender. Und hatte er anfangs noch krampfhaft gehustet, so schien sein Körper nun zu nichts anderem mehr im Stande als zu einem röchelnden Seufzen. Nachdem sich Felix anderthalb Tage lang angesehen hatte, wie Anselmus' Lethargie zunahm und sein Blick immer verschwommener wurde, ließ er van Waesberghe wieder rufen. Jetzt stand er im Türrahmen und schaute zu, wie der Mediziner den Kranken untersuchte.

»Wie ernst ist es?«, erkundigte er sich, als van Waesberghe sich aufrichtete.

»Aus eigener Kraft kann er nicht genesen. Wie ich schon sagte, er hat eine schwache Gesundheit. Wie lange ist er bereits in diesem Zustand?«

»Schon seit fast zwei Tagen.«

»Warum haben Sie mich dann jetzt erst gerufen? Du lieber Himmel, Sie waren doch mal Krankenpfleger. Hoffen wir nur, dass es nicht zu spät ist. Ich will jedenfalls nicht mehr, dass Sie sich auf Ihr eigenes Urteil verlassen. Wenn sich sein Zustand weiter verschlechtert, lassen Sie mich das sofort wissen. Habe ich mich klar genug ausgedrückt?«

»Sie haben das sehr deutlich formuliert. Was schlagen Sie jetzt vor?«

»Ich werde ihm ein Antibiotikum verabreichen.«

Felix sah zu, wie der Arzt seine Tasche öffnete, mit einem Nagel die Oberseite einer Glasampulle zerbrach und eine Injektionsspritze mit dem Inhalt füllte.

»Was werden Sie ihm verabreichen?«

Mit hochgezogenen Augenbrauen wandte sich van Waesberghe um und erkundigte sich: »Sagt Ihnen das denn etwas? Aber wenn Sie schon fragen: Ich gebe ihm Streptomycin. Seien Sie nur dankbar, dass wir diese Medikamente inzwischen haben. Vor fünf Jahren wäre Ihr Freund an seiner Krankheit gestorben, jetzt hat er noch eine Chance.«

Fake erschien im Türrahmen und reagierte erschrocken, als er die Spritze sah, aber auf Verständnis vonseiten des Arztes brauchte er nicht zu hoffen: »Zurück ins Bett, mach schon!« Fake schrak zurück, stöhnte und machte sich davon. Kaum weniger bissig sagte der Arzt zu Felix: »Ich will, dass sich die Kinder von ihm fernhalten, das habe ich doch schon gesagt. Gibt es denn hier niemanden, der mir zuhört?«

Als er mit Anselmus fertig war, machte van Waesberghe eine Runde an den Betten der Kinder entlang. Er lauschte mit besonderer Aufmerksamkeit dem Husten von einigen, teilte seine Gedanken jedoch nicht mit Felix. Beim Abschied schaute er noch einmal kurz in Anselmus' Zimmer und sagte: »Zu den möglichen Nebenwirkungen von Streptomycin gehört Schwindel. Es ist nicht gesagt, dass er den bekommt, aber er darf auf keinen Fall aus dem Bett, auch wenn ich im Moment nicht davon ausgehe, dass er dazu in der Lage wäre. Die nächsten vierundzwanzig Stunden sind wichtig, Sie müssen ganz genau auf ihn aufpassen. Verstanden?«

An diesem Abend saß Felix an Anselmus' Schreibtisch und hörte Radio. Er geriet mitten in eine Folge einer neuen Paul-Vlaanderen-Serie. Die hörten sich einige Mönche jeden Abend an, aber er mochte keine Hörspiele. Es gab ihm nichts, jeden Abend darauf zu warten, dass Paul Vlaanderen dann in der letzten

Folge den Mörder entlarvte. Jetzt halfen ihm die Stimmen dabei, nicht einzuschlafen.

Außer diesem Radio wies nichts im Zimmer darauf hin, dass Anselmus mit der Außenwelt in Kontakt stand. Kein Foto von Angehörigen, keine Briefe, keine Zeitung. Und nichts verriet ein bestimmtes Interesse. Es gab Mönche, die in ihrer Freizeit gerne lasen, zeichneten, malten oder bastelten. Einer sammelte Briefmarken aus fernen Ländern und nahm dafür auch den weiten Weg ins Missionshaus in Steyl auf sich. Was tat Anselmus während der Stunden, in denen es still war? Las er in der Bibel, dem einzigen Buch auf seinem Schreibtisch?

Einmal mehr wurde Felix bewusst, wie wenig er über den Kranken wusste. Er kannte seine Mitbrüder gut genug, um zu wissen, dass nicht alle von ihnen die Kinder liebten, die unter ihrer Obhut standen. Es gab leuchtende Vorbilder, die im Geist des Stifters ihres Internats handelten, doch da waren auch Brüder, die sich um die Kinder kümmerten, weil man ihnen das nun einmal aufgetragen hatte. Anselmus schien zur zweiten Gruppe zu gehören. In der Art, wie er mit den Kindern umging, lag etwas Unpersönliches. Er hatte Fake zu einer Art rechter Hand gemacht, aber wenn der Junge um Zuneigung bettelte und sie mit der Dankbarkeit eines Hundes annahm, hielt ihn Bruder Anselmus auf Distanz. Ich darf nicht zu hart urteilen, dachte Felix, während er nach dem Kranken sah. Wie kann ich denn erwarten, dass er diese Kinder liebt, wenn ihm doch so wenig innerer Friede vergönnt zu sein scheint?

Als sich Anselmus unruhig bewegte, stand Felix auf, befeuchtete am Waschbecken ein Tuch mit kaltem Wasser und tupfte dem Kranken damit den Schweiß von der Stirn. Er strich über Wangen und Hals, nahm sich Anselmus' beide Hände, eine nach der anderen, und wickelte das Tuch kurz um dessen Handgelenke. Der Patient zitterte und seufzte, schien sich jedoch der Vorgänge nicht bewusst zu sein.

Felix spülte das Tuch aus und setzte sich wieder an den Schreibtisch. Du musst die Nacht überstehen, und ich werde bei dir wachen, Anselmus, dachte er. Wieder bin ich in der Nähe des Todes. Im Krieg habe ich jede furchtbare Art des Sterbens aus nächster Nähe miterlebt. Männer, die wussten, was ihnen bevorstand, die ihr Ende geduldig erwarteten, vor sich hinstarrten und nicht um Hilfe baten, als wollten sie den Schwestern nicht zur Last fallen. Männer, die nach ihren Frauen und Kindern weinten, nach Vater und Mutter, die um jeden Preis am Leben bleiben wollten, die sich an jedem, der sich um sie kümmerte, bettelnd und verzweifelt festklammerten, den nahenden Tod nicht akzeptieren konnten. Männer wie Enfant de Malheur, die dagegen kämpften und alles hassten, was ihnen unter die Augen kam. Bis hin zu den Männern, die so entstellt waren und so höllische Schmerzen litten, dass sie darum flehten, von ihrem Leiden erlöst zu werden.

Er, Schwester Eleanora, Pigneau, Morelli und all die anderen taten, was sie konnten, mit einer Unermüdlichkeit, die verhinderte, dass sie richtig erfassten, in welchen Umständen sie lebten. Manchmal verurteilte jemand in einer Anwandlung des Abscheus und der Rebellion den Krieg als Verbrechen und Wahnsinn, aber solchen Gesprächen ging man lieber aus dem Weg. Und danach redete man nicht mehr darüber – nicht, weil man der Erinnerung ausweichen wollte, sondern weil es dafür keine Worte gab.

Am gnädigsten war der Tod zu denen, die nicht mehr bei Bewusstsein waren und starben, ohne es zu merken. Wenn du von uns gehen musst, Anselmus, soll es auf diese Art geschehen. Ich werde für dich beten, weil es gut ist, wenn jemand das tut, ein Mensch an der Seite eines anderen Menschen in der Stille dieses Zimmers. Ich hoffe, dass du die Nacht überstehst.

Bald spürte Felix, wie die Kälte ihn erfasste. »Ich darf nicht auch noch krank werden«, murmelte er leise. Kurz erwog er, das Fenster zu schließen, doch dann holte er aus seinem Zimmer Bettdecke und Kissen. Mit dem Kissen unter den Füßen und der Decke um sich ließ er sich wieder in Bruder Anselmus' Zimmer nieder.

Desorientiert wurde er wach und brauchte einige Sekunden, bevor er wusste, wo er war. Ich muss eingedöst sein, wie lange ist das wohl her? Im schwachen Licht der Schreibtischlampe sah er auf dem Wecker, dass es zwei Uhr nachts war. Ein Schock durchfuhr ihn: Stunden waren vergangen, lebte Anselmus noch? Er seufzte erleichtert auf, als er ein leises Stöhnen hörte. Steif und schwankend erhob sich Felix. Er hielt sich am Schreibtisch fest, und als er sich sicherer auf den Beinen fühlte, ging er zum Bett und legte seinem Mitbruder die Hand auf die verschwitzte Stirn: Immer noch Fieber, aber Anselmus' Atemzüge waren regelmäßig.

»Ich bin es, Bruder Felix. Kannst du mich verstehen?«

Das »Ja« erklang so schwach, dass es fast nicht zu hören war, aber daraus sprach eine Wachheit, die Felix erleichtert aufseufzen ließ. Es gibt dich noch, dachte er.

»Möchtest du einen Schluck Wasser?«

Wieder erklang ein schwaches »Ja«, und Felix ging zum Waschbecken, um dort ein Glas zu füllen. Mit einer Hand stützte er Anselmus, sodass der sich ein wenig aufsetzen konnte, während er mit der anderen das Glas an die Lippen des Mitbruders führte und ihn ermutigte, ein wenig zu trinken. Danach ließ er ihn vorsichtig in die Kissen zurücksinken. Dann stellte er den Stuhl so hin, dass die Schreibtischlampe einen Teil vom Bett mit dem Kranken erhellte, und sah, wie sich die Decke unter Anselmus' kurzen Atemzügen ein wenig nach oben und dann wieder nach unten bewegte.

»Du atmest ruhig, Anselmus, das ist gut. Versuch nun wieder zu schlafen, ich bleibe bei dir.«

Kurz schien es, als würde Anselmus eindösen, doch dann lief ein Zittern durch seinen Körper, und er öffnete die Augen. »Mir ist so kalt. Wussten sie, dass sie sterben mussten?«

Felix musste sich vorbeugen, um die Worte zu verstehen. »Die Soldaten? Manchmal ja, manchmal nein. Warum fragst du das, Anselmus? Du stirbst jedenfalls noch nicht.«

Er hielt den Atem an, als wieder ein Zittern durch den kranken Körper lief. Das ist das Fieber, kein Anfall; ich erkenne den Unterschied, dachte er, und mit so großer Überzeugungskraft wie möglich fuhr er laut fort: »Van Waesberghe hat dir ein Antibiotikum verabreicht, das tut jetzt seine Arbeit.«

Anselmus röchelte leise, und Felix roch die Tuberkulose. Ist man ihr oft genug begegnet, erkennt man den Geruch. Der wird immer stärker, dann folgt die Heilung oder der Tod.

»Wissen Sie, welchen wiederkehrenden Traum ich habe? Ich träume von der Enttäuschung, die ich für Vater und Mutter darstelle. Ich weiß nicht einmal, wie es ist, einen schönen Traum zu haben, auch das ist mir nicht vergönnt; immer wieder sehe ich nur ihre Enttäuschung und meine Verzweiflung.« Beschämt wandte Anselmus den Kopf ab und richtete den Blick an die Decke. »Sie hat es akzeptiert, nach vielem Beten. Welche Mutter liebt ihr Kind denn auch nicht? Aber ich sehe ihren Schmerz. Vater ist in jeder Hinsicht von mir enttäuscht, von dem Kind, das am besten lernen konnte. Das vielleicht gar nichts anderes konnte als Lernen. Wo andere Anstoß an meinen Äußeren nahmen, spielte das für Gott keine Rolle. Ich war zu schwach, um die Arbeit auf dem Land bewältigen zu können, und hat Gott damit nicht gezeigt, dass er mit diesem Kind anderes vorhatte? Ach, was für eine Enttäuschung, als sich das tatsächlich als wahr erwies.«

Anselmus schwieg erschöpft.

Felix legte ihm die Hand auf den Arm und sagte: »Warum quälst du dich so?«

»Ich wurde nicht zur Priesterausbildung zugelassen, und nicht einmal als Mönch führe ich das geistliche Leben, wie es mein Vater vor sich sah: Stattdessen wurde mir die Pflege für missgebildete Kinder übertragen. ›Du riechst nach ihnen‹, sagt er. So wie er nach

Land und Mist und Kühen riecht, so umgibt mich der Geruch nach Ausscheidungen und Erbrochenem. Er hatte sich vorgestellt, mit mir an seiner Seite durch das Dorf zu spazieren, stolz und mit einem gefälligen Nicken hin und wieder, aber wenn ich jetzt nach Hause komme, geschieht das in Stille. Inzwischen hat er seinen Frieden mit Gott gemacht, aber nicht mit mir, seinem eigenen Sohn, dazu ist er nicht in der Lage.«

Wieder musste er innehalten, um zu Atem zu kommen. Rede nur, dachte Bruder Felix. Du fantasierst nicht mehr; was du sagst, ergibt Sinn, das ist das Wichtigste.

»Wissen Sie, warum ich nicht zur Priesterausbildung zugelassen wurde? Ja, natürlich wissen Sie das. Wegen meines Äußeren. Ein Priester, dessen Anblick die Menschen abstößt, jagt die Gläubigen aus der Kirche. Ich auf der Kanzel, wie konnten sich meine Eltern das jemals erhoffen? Eine Predigt mit meiner Stimme, die erreicht doch niemanden. Ich habe das schon immer gewusst. Wen kümmert es, wenn ich jetzt sterbe? Das Wenige, das in meinem Leben geschehen ist, hat sich bereits abgespielt und mich hierhergebracht. Und das ist das Ende, für mich gibt es kein Entkommen. An keinem anderen Ort würde man mich so akzeptieren, wie ich bin. Verzeihen Sie, dass ich so zu Ihnen spreche, aber es ist das, was ich denke, immerzu.«

Bruder Felix war peinlich berührt. Dieser Ort war ihm ein Zuhause geworden, zwar nicht gleich von Anfang an, sondern erst im Laufe der Zeit, aber woher kamen Anselmus' harte Worte? Hier dienen zu dürfen, war schließlich auch etwas, wofür man dankbar sein konnte.

»Willst du denn so gerne fort von hier?«

Anselmus wandte den Kopf ab. »War Morelli ein Freund von Ihnen?«, erkundigte er sich nach einer langen Stille.

Felix zögerte kurz, entschied sich dann jedoch zu antworten: »So kann man das schon sagen. Aber vielleicht war er mehr ein Freund für mich als ich für ihn. Verstehst du, was ich meine?«

»So wie Sie vielleicht ein Freund für mich sein können, aber ich nicht für Sie?«

»Du brauchst dich nicht so zu quälen, Anselmus. Ich nehme dich so an, wie du bist, versuche das dann auch bei dir selbst.«

»Was ist mit Ihrem Freund passiert?«

»Er ist ums Leben gekommen. Aber frag mich bitte nicht weiter.«

Wieder wurde es still zwischen den beiden.

»Erinnerungen«, sagte Bruder Felix schließlich. »Du bist jung, für dich ist es noch viel zu früh, um zurückzublicken, und erst recht, um zu denken, dass schon alles hinter dir liegt. Glaub mir, es liegt noch so viel vor dir. Das musst du zu schätzen wissen.«

»Was gibt es daran zu schätzen?« Durch den Widerspruch gewann Anselmus' Stimme zum ersten Mal an Stärke. »Was liegt denn noch vor mir? Das hier?«

»Wir befinden uns hier in keinem Gefängnis. Komm, ruh dich jetzt wieder aus.«

Der strengere Ton war Anselmus nicht entgangen, und in seinen Augen erschienen Tränen. »Sie sagen, Sie akzeptieren mich so, wie ich bin, aber jetzt enttäusche ich auch Sie.«

Felix zögerte erneut. Ich bin nicht derjenige, der dir Kraft geben kann, dachte er. Das will ich nicht, und dafür bin ich auch zu alt. Es muss ohnehin aus dir selbst kommen. Wende dich an Gott und bete um eine Antwort. Dann unternahm er einen neuen Versuch. »Ich bin bald nach dem Krieg in den Orden eingetreten, aber nicht, weil ich mich vor etwas auf der Flucht befunden hätte. Wenn du glaubst, bei dir sei das der Fall, dann sei dir dessen nicht so sicher. Gottes Wege sind unergründlich, und vielleicht gibt es dir Frieden, wenn du daran glauben kannst, dass du aus einem Grund hier bist. Dass es unser Herr so gewollt hat und dass du letzten Endes sehr wenig darüber zu bestimmen hast, auch wenn du glaubst, das wäre so.«

20

Den Rest der Nacht schlief Anselmus durch, anfangs nur leicht und unruhig, aber zum Morgen hin schienen die Medikamente die Krankheit zu bekämpfen: Sein Schlaf wurde tiefer, und seine Atemzüge erfolgten ruhiger.

Am frühen Nachmittag weckte ihn Felix und flößte ihm geduldig löffelweise heiße Brühe ein. Als die Schale leer war, tupfte er Anselmus mit einem Tuch den Mund ab, entfernte die Kissen hinter seinem Rücken, half ihm, sich flach hinzulegen, und ordnete sorgfältig seine Decken neu.

Felix bemerkte, dass all die durchwachten Nächte ihren Tribut zu fordern begannen. In der vergangenen Nacht war ihm die Urinflasche heruntergefallen, sodass er im Halbdunkel auf dem Boden herumkriechen musste, um das Malheur aufzuwischen. Mit der Müdigkeit kam auch die Schwermut, doch es gelang ihm trotzdem, wieder munter zu klingen: »Wollen wir doch mal sehen, ob du das bei dir behältst. Wie es scheint, hast du das Schlimmste hinter dir. Das haben wir dann wohl doch van Waesberghe und seinem Antibiotikum zu verdanken. In deinem Gesicht ist auch schon wieder ein bisschen Farbe. Aber du musst zugedeckt bleiben, denn ich lasse das Fenster geöffnet. Frische Luft tut dir gut.«

Anselmus fragte mit noch heiserer Stimme: »Haben Sie denn keine Angst, dass ich Sie anstecke?«

»Ach ich habe wohl so ziemlich gegen alles Widerstandskräfte aufgebaut. Du solltest mal hören, welchen Krankheiten ich schon ausgesetzt war. Ich habe sogar die Spanische Grippe überlebt.«

»Um meine Gesundheit ist es nicht gerade gut bestellt.«

Felix musste sich im Zaum halten, um nicht verärgert zu reagieren, und sagte so neutral wie möglich: »Wie kannst du das denn gerade jetzt sagen? Du hast eben eine schlimme Krankheit überwunden. Vielleicht ist es dir ja entgangen, aber ich habe an deinem Bett gesessen und gesehen, wie du um dein Leben gekämpft hast. Ja, wirklich! Du brauchst gar nicht so dreinzuschauen. Du wolltest leben, und dafür wird es ja wohl einen Grund geben. Du darfst ruhig ein wenig mehr an dich selbst glauben. Dein Leben hier auf Erden ist offensichtlich noch nicht vollendet. Nimm das in Dankbarkeit an, und schau, dass es dir Vertrauen gibt.«

Später am selben Tag erschien Felix mit Fake an der Hand. Sie gingen so leise wie möglich an das Bett. Er legte Fakes Hand auf die Stirn des schlafenden Anselmus und flüsterte: »Spürst du das? Er hat kein Fieber mehr, und er atmet sehr ruhig. Hör nur. Er wird wieder ganz gesund.«

Auf Fakes Gesicht erschien ein breites Grinsen, als er mit einer Begeisterung nickte, aus dem der absolute Glaube an das sprach, was er gerade gehört hatte. Bruder Felix legte beide Hände auf seine Schultern und schob ihn sanft aus dem Zimmer.

Anselmus verschlief den größten Teil des Tages, und weil Felix auf einem der leeren Betten mitten zwischen den Kindern auch kurz eingenickt war, weckte er Anselmus erst, als es draußen schon wieder dunkel geworden war und das Abendessen gebracht wurde. Während er am Schreibtisch saß und Kartoffelsuppe mit Brot aß, schaute er zu, wie Anselmus Happen für Happen ein Stück Weißbrot mit Marmelade verzehrte und zwischendurch kleine Schlucke Tee trank.

»Sollen wir Radio hören?«, schlug er vor. »Ein wenig Ablenkung tut gut.«

Nach Ashoffs Hinrichtung waren Stimmen laut geworden, die forderten, dass die letzten Gerichtsverhandlungen nun schnell abgeschlossen werden müssten, und man solle keine Todesurteile mehr vollstrecken. Die Witwe eines von Ashoffs zahlreichen Opfern sagte mit großer Würde und Bitterkeit, dass nun zwar Recht gesprochen sei, für sie der Krieg jedoch nie zu Ende sein werde.

Nach ein paar Minuten bat Anselmus darum, das Radio auszustellen. Wir haben beide nicht an diesem Krieg teilgenommen, dachte Felix. Ich, weil ich zu alt dafür war, du jedoch aus anderen Gründen – vielleicht möchtest du deswegen lieber nichts davon hören.

Die Frage, die ihm nun gestellt wurde, kam für ihn überraschend: »Ich weiß, dass ich nicht in Ihr Tagebuch hätte schauen dürfen, aber gilt das, was diese Dame gerade gesagt hat, auch für Sie? Sie haben doch schreckliche Dinge erlebt.«

»Ich bin dreiundsechzig, Anselmus. In diesem Alter ist es unvermeidlich, dass man an früher denkt. Und an diese Zeit denke ich in den letzten Jahren immer öfter.«

Ich finde es schwierig, die richtigen Worte zu finden, stellte Felix fest. Das galt für so ziemlich alle Männer, die gedient hatten; es gab keine Worte, um zu beschreiben, wie es wirklich gewesen war, deswegen schwiegen auch die meisten. Und genau aus diesem Grund sprach er ebenfalls nicht gern darüber. Die anderen Mönche wussten das und fragten schon lange nicht mehr danach. Eines Tages im Sommer hatte er zusammen mit Morelli einen Verwundeten so gut wie möglich verbunden, aber es war ihnen nicht gelungen, das Blut zu stillen, und während sie machtlos mitansehen mussten, wie ihnen der Mann unter den Händen verblutete, still und ohne sich zu wehren, glitzerte kurz eine riesige weiße Wolke bewegungslos am Abendhimmel. Ein anderes Mal liefen sie während einer nächtlichen Truppenverlegung an einer Wiese voller Mohnblumen entlang. In der Schwärze der Nacht war sie nicht mehr als ein dunkles Feld, aber als das Mondlicht durch die Wolkendecke brach, verwandelte sich die Fläche in ein Meer aus geronnenem Blut; der

Anblick ließ einen erschauern und war zugleich von unglaublicher Schönheit. Mehr denn je liebe ich die Natur, dachte Felix, aber solche Erinnerungen sind wohl untrennbar damit verbunden.

»Sind Sie direkt nach dem Krieg in den Orden eingetreten?«

»Nein, ich war lange krank. Es hat Jahre gedauert, bevor ich wieder wusste, wie man lebt. So wie ich leiden viele an dieser Krankheit. Wenn man in jungen Jahren so viel Verderben gesehen hat, ist es schwer, danach wieder ein einigermaßen gewöhnliches Leben zu führen. Alles erschien mir sinnlos. Jetzt bin ich alt, aber ich konnte mir lange nicht vorstellen, das zu werden, denn ich hatte so viele Männer in jungen Jahren sterben sehen.«

»Wie ist es Ihnen dann trotzdem gelungen, wieder gesund zu werden?«

»Das habe ich mich auch viele Male gefragt, aber eine richtige Antwort habe ich nicht gefunden. Da gab es keinen ganz bestimmten Moment, keine bewegenden Einsichten. In diesen Augenblicken der Verzweiflung muss trotz allem etwas in mir gewesen sein, das leben wollte. Verzeih mir, aber lass uns ein anderes Mal darüber sprechen. Ich bin jetzt sehr müde. Und du lebst noch, dafür wollen wir Gott danken.«

»Ich kann das nicht, ich bin nicht …«

»Schluss jetzt! Schluss mit dem Selbstmitleid!« Seine Stimme musste bis in den Schlafsaal zu hören sein, aber Felix war zu wütend, als dass er sich darum Sorgen gemacht hätte. Später hätte er nicht genau sagen können, was ihn zu diesem Ausbruch veranlasst hatte. Übermüdung, Erinnerungen an die viel zu jung verstorbenen Männer, die Tatsache, dass er über Dinge sprach, über die er lieber geschwiegen hätte –, aber da war auch aufrichtiger Zorn. Er sah Erschrecken und Schmerz in Anselmus' Gesicht, doch dieses Mal vermochte er keine mildernden Worte zu finden. Stattdessen stand er auf und ließ Anselmus allein.

Später am selben Abend saß Bruder Felix an seinem Schreibtisch. Seine Hände ruhten in seinem Schoß, und vor ihm lag sein Tagebuch. Er hatte eine Weile darin geblättert und es dann wieder geschlossen. Nicht alles hatte er aufgeschrieben, manchmal war er dazu nicht in der Lage gewesen. In den Schützengräben beherrschte die Angst bald alles, aber mit Morelli an seiner Seite glaubte er, es aushalten zu können. Dass er dessen Tod mitansehen musste, hatte ihn in ein tiefes Loch gestürzt. Er war aus dem Niemandsland zwischen den Feuerlinien geholt und ins Hinterland gebracht worden, konnte nicht allein stehen, zitterte unkontrolliert und vermochte nicht mehr zu sprechen. Er nahm wahr, dass man sich um ihn kümmerte, hörte, dass man über ihn sprach, war jedoch außerstande, darauf zu reagieren.

Schließlich landete er mit anderen, die ebenfalls an einem Nervenleiden erkrankt waren, in der psychiatrischen Klinik von Doktor Guislain in Gent. Dort wusste man nicht so recht, was man mit Männern wie ihm anfangen sollte, mit Soldaten, die keine sichtbaren, äußerlichen Wunden aufwiesen, sondern unkontrolliert zitterten, vor sich hin brabbelten oder gar kein Wort mehr über die Lippen bekamen, die ins Bett machten oder beim leisesten Geräusch darunter Schutz suchten. Was war echt, und was wurde simuliert, um diesem schrecklichen Krieg zu entgehen?

Nach dem, was er erlebt hatte, hatte er seine Sprache verloren: Er war stumm geworden. Er konnte nicht mehr sprechen, so sehr sie ihn auch dazu zu überreden versuchten. Sie versprachen ihm Urlaub, versuchten es mit Strafen, doch nichts zeigte Wirkung. Dann überließen sie ihn monatelang seinem Schicksal, und er vegetierte vor sich hin. Hatte er damals Gedanken gehabt? Er konnte sich nur noch erinnern, dass er in einem Sessel am Fenster gesessen hatte; von dort aus hatte er in einen Innenhof mit einem Teich heruntergeschaut. Eines Tages hatte eine der Schwestern ihm ein Stück Pappe mit ein paar Briefbögen auf die Knie gelegt. Auf der

Vorderseite standen Name und Adresse der Klinik, die Rückseite jedoch war leer. Die Schwester hatte sich zu ihm gehockt, ihm ein Stück Kohle zwischen die Finger geschoben und ihn dann zum Zeichnen ermutigt. Auf die Frage, was ihn dazu befähigt hatte, den ersten Strich zu machen, war nur eine Antwort möglich: Gott.

Etwas außerhalb meiner selbst hat mir die Kraft dazu gegeben, und was konnte das anderes sein als das Göttliche? Das Göttliche, das alles lenkt, eine höhere Macht. Was konnte diese höhere Macht anderes sein als Gott? Er hat mich zum Zeichnen gebracht, dachte er. Er hat mir die Hand geführt.

Das Schweigen legte sich jedoch erst, als man beschloss, ihn einer Behandlung zu unterziehen, die sich in England bereits als erfolgreich erwiesen hatte. Eines Morgens wurde er in ein kleines Zimmer gebracht. Dort erwartete ihn ein Arzt in einem weißen Kittel; er stellte sich als Detailleur vor. In dem Zimmer befand sich ein Sessel, der noch am ehesten an einen Zahnarztstuhl erinnerte, bei dem aber Kopfstütze, Armlehnen und Fußbank mit Gurten ausgestattet waren. Daneben stand auf einem kleinen Tisch ein Apparat, aus dem Drähte hingen. Der Arzt hatte ihm erklärt, dass das eine Elektrisiermaschine war, und was sie mit ihm machen würden. Er sprach langsam und in einem Ton, als wäre Felix ein Kind, das man davon überzeugen musste, alles geschehe zu seinem Besten.

»Jetzt werde ich die Tür abschließen«, sagte Detailleur. Danach stellte er sich wieder vor ihn, ließ den Schlüssel demonstrativ in die Brusttasche gleiten und sagte: »Sie und ich sind nun hier zusammen, und wir lassen uns nicht stören. Sie müssen sprechen, bevor Sie mich wieder verlassen. Sonst öffnet sich die Tür nicht.«

Danach spürte Felix, wie ihm Elektroden auf den Hals geklebt wurden. Über seiner Stirn wurde ein Gurt angebracht, und seine Arme und Beine wurden festgeschnallt. Er wandte den Blick zur Seite und sah, dass Detailleur vor dem Apparat stand.

»Wir sind bereit. Gleich werden Sie wieder genauso flüssig sprechen wie vorher. Das glauben Sie vielleicht nicht, aber Sie dürfen es mir ruhig glauben. Ich jedenfalls zweifle in keiner Weise daran. In England hat man bereits großartige Ergebnisse erzielt.«

Detailleur steckte einen Zungenspatel in Felix' Mund, brachte hinten im Hals eine Elektrode an und drehte an den Knöpfen. Der entsetzliche Schmerz, der Felix durchfuhr, kam mit einem Schlag, ihm wurde schwarz vor Augen, jeder Muskel in seinem Körper wurde so sehr angespannt, dass es war, als würde er auseinandergerissen; sein Körper unternahm einen Versuch, sich aufzurichten, um danach gelähmt wieder zurückzufallen. Detailleur schaute ihn prüfend an und drehte dann wieder an einem der Knöpfe. »Das war ein bisschen viel, wir machen mit etwas weniger weiter. Erholen Sie sich erst einmal.«

Als der Schmerz nachgelassen hatte, empfand Felix in seinem ganzen Körper, von den Zehen bis unter der Schädeldecke, ein brennendes Gefühl. Gleichzeitig war ihm, als nähme er alles intensiver wahr. Er konnte es nicht gut beschreiben, aber er hatte das seltsame Gefühl, etwas von dem, was in ihm »schwarz« gewesen war, sei einer weißen, reinen Fläche gewichen. Er konnte allerdings noch immer kein Wort herausbringen. Immer wieder machte Detailleur es ihm vor, formte mit dem Mund den Buchstaben A und sprach diesen langsam und lang gezogen aus. Wie viel Zeit verging, wusste Felix nicht, ebenso wenig, wie viele Stromstöße er verabreicht bekam, bevor er ein erstes kurzes »A« äußerte.

Detailleur nickte zufrieden. »Spüren Sie, dass bereits eine Verbesserung eintritt? Sind Sie sich der Tatsache bewusst, dass Sie ein erstes Resultat verzeichnen können? Sie haben einen ersten Schritt gemacht, auch wenn er noch klein ist.«

Die Elektroden wurden wieder angebracht, Detailleur ging das Alphabet durch, aber weiter als bis zum erneuten Äußern eines kurzen »A«, weit entfernt von der lang gezogenen Version des

Arztes, kam Felix nicht. Er war so erschöpft, dass er immer wieder einnickte; mit jedem Stromstoß wurde er emporgeschleudert, um danach wieder zurückzusinken. Um ihn munter zu machen, hatte Detailleur ihn losgebunden und ein paar Runden gehen lassen, wobei er ihn gestützt hatte. Als Felix wieder im Stuhl festgebunden war, machte der Arzt weiter. »Ich weiß, dass Sie kurz vor einem nächsten Schritt stehen, Sie müssen nur eine Schwelle überwinden. Ich werde den Strom höher einstellen, um Ihnen dabei zu helfen.«

Bruder Felix erinnerte sich, wie verzweifelt er versucht hatte, einen Ton herauszubringen, irgendeinen, wie sich sein ganzer Oberkörper anspannte, sich seine Halsmuskeln verkrampften, aber da kam nichts. Und damit war auch die Angst gekommen, dass es nie wieder geschehen würde. Diese Angst war schlimmer als der heftige Schlag jedes einzelnen Stromstoßes. Und als wäre das nicht schrecklich genug, wurde auch das Gefühl überschattet, der Strom reinige etwas in ihm. Was, wenn das nur ein zeitlich begrenzter Effekt gewesen war?

Detailleur schien die Geduld zu verlieren. »Ich habe keinen Zweifel daran, dass Sie müde sind; vielleicht verlieren Sie sogar den Mut. Das liegt daran, dass Sie keine Einsicht in Ihren Gesundheitszustand haben. Ich hingegen habe sehr wohl Einsicht – ich weiß, dass früher oder später die Heilung kommt. Auch bei Patienten, die viel schlimmer dran waren als Sie. Noch einmal: Sie verlassen dieses Zimmer erst, wenn Sie wieder sprechen«, sagte er zu Felix. »Wenn ich den Knopf drehe, sagen wir zusammen ›Ja!‹«

Bei mehreren Versuchen geschah nichts, bis irgendwo aus Felix ein »Ja« kam, das gleichzeitig mit dem von Detailleur erklang. Kurz gewann ein Gefühl des Zweifels die Oberhand, aber als er immer wieder das »Ja« äußern konnte, überwältigte ihn die Erleichterung, und Tränen traten ihm in die Augen.

Detailleur nickte wohlwollend. »Sehen Sie, wieder ein Schritt. Es gibt keinen Weg zurück. Sie sind bereit für den nächsten Schritt.

Wir werden die Stromstöße auf Ihren Hals konzentrieren, auf Ihren Kehlkopf. Bald können Sie wieder alles sagen, was Sie wollen.«

Als Felix den Mund öffnete und dem Arzt durch Gesten bedeutete, er wolle etwas trinken, lautete die Antwort: »Das bekommen Sie, sobald Sie ein Wort sagen können.«

Wie lange es bis dahin dauerte, wusste Felix nicht mehr. Der Tag war in den Abend übergegangen, denn durch das Fenster fiel kein Licht mehr, und Detailleur hatte die Lampe eingeschaltet. Als es Felix gelang, die Buchstaben des Alphabets hervorzustoßen, bekam er sein Glas Wasser. Er trank und weinte vor Erleichterung und Erschöpfung, forderte, man solle die Sache erst einmal beenden, und schüttelte den Kopf, um das zu verdeutlichen.

»Nein, ich allein bestimme, wann es genug ist. Ich weiß auch, dass Sie sehr zufrieden mit dem Fortschritt sind, den Sie erzielt haben. Sie müssen weiterhin Ihr Bestes geben. Denken Sie doch nur daran, wie Sie bald dieses Zimmer verlassen werden! Als Sprechender, im Stande, jedes beliebige Wort herauszubringen. Was für eine Aussicht, dem Zustand zu entkommen, in dem Sie jetzt noch eingeschlossen sind. Ja, ich habe Ihre Zeichnungen gesehen. Sprechen Sie, und Sie werden sich von alldem erlösen können.«

Und so war ein Wort nach dem anderen aus ihm gekommen, manchmal nach einem schwachen Stromstoß, manchmal nach einen kräftigen, manchmal auch, ohne dass man ihm einen Stromstoß verabreichte. Als Felix' Arme zu zittern begannen, brachte sie Detailleur mit einem Stromstoß zur Ruhe, und so verfuhr er mit jedem Körperteil, den ein Beben durchlief.

Schließlich hatte sich Detailleur zu ihm gehockt, ihn auf Augenhöhe angeschaut und den Schlüssel aus der Brusttasche geholt. Es schien, als betrachte der Arzt Felix zum ersten Mal als Menschen und nicht einfach nur als Versuchskaninchen. »Ich werde nun die Tür für Sie öffnen, und Sie schreiten mit erhobenem Haupt hindurch, wie ein Held aus den Schützengräben, denn das sind Sie.

Geheilt. Hören Sie mich? Sie sind geheilt. Aber bevor es so weit ist, will ich, dass Sie sprechen, ohne dass ich Ihnen die Worte vorsage.«

Bruder Felix sah wieder vor sich, wie der freundliche, aufmunternde Blick des Arztes in Ablehnung umschlug, als er Wort für Wort äußerte, was die ganze Zeit in ihm eingeschlossen gelegen hatte: »Ich kann nicht zurück.«

Felix fuhr mit den Fingern über den Einband und dankte Gott, dass er zumindest sein Tagebuch noch hatte. Wenn man das damals entdeckt hätte, hätte man es ihm sicher abgenommen, genau wie seine Zeichnungen. Er hatte gesehen, wie Deserteure die Kugel bekamen, als abschreckendes Beispiel für den Rest der Truppen. Was er geschaffen hatte, hätten sie als ebenso unterminierend und bedrohlich für die Truppenmoral betrachten müssen, ganz davon abgesehen, dass es um keinen Preis der Heimatfront unter die Augen hätte kommen dürfen. Verschwinden musste es, für immer.

Eines Tages hatte man ihn in einen Saal gebracht, der nicht mehr genutzt wurde. Unter einem der hohen Fenster lagen seine Zeichnungen auf dem Boden ausgebreitet. Darum herum standen zwei Ärzte aus der Klinik, die Schwester, die ihm die Kohle in die Hand gedrückt hatte, und ein ihm unbekannter Mann in Zivil.

»Das ist er«, hatte die Schwester gesagt, als er den Raum betrat.

Der unbekannte Mann war auf ihn zugekommen und hatte ihm die Hand gegeben. Als keine Reaktion erfolgte, hatte er die Ärzte angeschaut und gefragt: »Er spricht also wirklich nicht?«

»Kein Wort.«

Damit hatte sich der Unbekannte nicht zufriedengegeben. »Ich möchte, dass Sie mir etwas über Ihre Zeichnungen erzählen.«

Felix hatte weglaufen wollen, war aber vor Angst wie gelähmt. Er begriff nicht, was der Mann von ihm wollte, spürte jedoch die Bedrohung und die Gefahr, die ihn umgaben. Keiner dieser vier

Menschen meinte es gut mit ihm. Sie hatten nur einen einzigen Wunsch: Sie wollten, dass er an die Front zurückkehrte. Im Guislain ging es nicht darum, dass man wirklich genas, sondern dass man für geheilt erklärt wurde. Und jetzt, Aug in Aug mit diesem Mann, wurde ihm klar, dass das, was er gezeichnet hatte, eine Bedrohung darstellte. Sie hatten vor, ihn zurückzuschicken, weil sie hofften, er würde umkommen.

Als es still blieb, sagte einer der Ärzte abfällig: »Glauben Sie denn, dass er plötzlich doch zu reden anfängt, weil Sie ihn so freundlich darum bitten? Verstehen Sie mich nicht falsch, ich denke, dass jemand, der so zeichnet, natürlich auch sprechen kann, aber er hat sich dafür entschieden, das nicht zu tun. Für Sie wird er davon sicher nicht einfach so Abstand nehmen. Aber machen Sie ruhig weiter. Ich sehe ja, wenn Sie fertig sind.«

Mit diesen Worten hatten er und sein Kollege sie allein gelassen. Der Mann und die Krankenschwester hatten über ihn gesprochen, als wäre er gar nicht da. Er hatte sich vor dem Fremden gefürchtet, davor, dass all seine Zeichnungen in diesem Raum lagen, in dem ihre Stimmen widerhallten; er hatte Angst vor den Schatten in den Ecken, als könnten plötzlich Menschen daraus auftauchen, Angst davor, nicht zu wissen, was dieser Fremde von ihm wollte. Er hatte solche Angst, dass er nur mit Mühe Atem holen konnte, als drücke ein riesiges Gewicht auf seine Brust. Doch obwohl er nicht sprechen konnte und sich mehr als je zuvor in sich selbst eingeschlossen fühlte, nahm er sehr genau wahr, was um ihn herum geschah.

Der Mann hatte sich zu den Zeichnungen gehockt, einige davon in die Hand genommen und ins Licht gehalten. Schließlich hatte er eine vor Felix in die Luft gehoben. »Erst machen Sie alles schwarz, dann wischen Sie das teilweise wieder aus, und darin kratzen und zeichnen Sie? Funktioniert das so? Und wie lange brauchen Sie, bis so eine Zeichnung fertig ist? Machen Sie das alles gleich hintereinander?«

Als ein Schweigen folgte, hatte der Mann einen neuen Versuch unternommen: »Sie brauchen keine Angst vor mir zu haben. Ich will Ihnen nichts Böses tun.«

Doch, genau das willst du: mir etwas Böses tun.

Der Mann hatte Felix lange angeschaut und schließlich den Kopf geschüttelt. »Nein?«

Er hatte sich der Schwester zugewandt und gefragt: »Haben Sie schon versucht, ihn mit Farben arbeiten zu lassen?«

»Ich habe ihm ein paar Buntstifte gegeben, aber die rührt er nicht an. Er verwendet Kohle, manchmal auch die Handkante, um etwas auszuwischen, und einen Bleistift. Mehr nicht.«

Der Mann hatte auf Buchstaben gedeutet, die unordentlich in das Schwarz gekratzt worden waren. »Es steht mir nicht zu, diese Arbeiten zu deuten, aber man sieht ganz deutlich, dass sein toter Kamerad für ihn wichtig gewesen ist. Vielleicht hatten sie eine Liebesbeziehung.«

Er hatte in Felix' Blick nach einer Bestätigung gesucht, dabei die ablehnende Reaktion der Schwester ignoriert. Dann hatte er sich wieder vor die Zeichnungen auf dem Boden gehockt. »Ich nehme alle mit.« Eine hatte er der Schwester vor die Füße geschoben. »Diese fällt am meisten ins Auge. Schauen Sie mal genau hin. Wirklich von einer ganz außergewöhnlichen Aussagekraft. Sehen Sie die Augen da? Ich bin natürlich kein Arzt, aber wenn ich mir das hier so betrachte, kann ich der Schlussfolgerung des Arztes nicht zustimmen. Es würde mich überraschen, wenn der Patient jemals wieder sprechen sollte.«

Felix hatte bewegungslos dabeigestanden und kurz die Neigung verspürt, alle Zeichnungen an sich zu raffen und zu fliehen, doch er fürchtete die Folgen. Nichts tun, nichts tun, warten, bis es vorbei ist. Danach hatte er sich noch tagelang gefürchtet: Jeder Arzt und jede Schwester, die auf ihn zukam, bedeutete, dass er jetzt doch noch geholt wurde.

Bis zum heutigen Tage wusste er nicht, was sie mit ihm vorgehabt hatten, aber etwas Gutes konnte es nicht gewesen sein, nicht in den Zeiten von damals. Dass er sich nicht aus der Reserve hatte locken lassen, auch nicht reagiert, sondern in völliger Passivität dagestanden hatte, war das Beste gewesen, was er hatte tun können. Er trug die feste Überzeugung in sich, dass er an jenem Tag einer großen Gefahr entronnen war.

21

Coburg hatte mit der Fähre die Maas überquert. Auf deutschem Boden hatte ihn ein Bauer auf seinem alten Traktor mitgenommen. Auf dem Radkasten sitzend, lauschte Coburg dem Klagelied darüber, wie schrecklich der Krieg für alle gewesen war. Während sich der Traktor mühsam von Senke zu Senke vorarbeitete, musste Coburg sich gut festhalten und zugleich auch noch zu dem Mann hinbeugen, um durch das Stampfen und Rattern des Motors hören zu können, dass auch in Deutschland alles kaputt war. Zwei der vier Söhne des Mannes waren gefallen. Der eine in einem U-Boot, der andere bei Stalingrad. Es gab keine Leichen, die man hätte begraben können. Und nun drohte die Gefahr des Kommunismus. Hitler hatte die falschen Feinde gewählt, und jetzt, wo es darauf ankam, war Deutschland so geschwächt, dass es von anderen abhängig geworden war, wenn es darum ging, sich gegen die Barbaren zu verteidigen. Er hatte mit eigenen Augen die Soldaten der Roten Armee gesehen, und die wüteten wie die Bestien. Sie hatten jede Frau vergewaltigt, die ihnen über den Weg lief, und stahlen alles, was nicht niet- und nagelfest war. Armbanduhren, auf die waren sie ganz wild, aber die meisten konnten nicht einmal die Zeit davon ablesen!

Der Bauer setzte Coburg am Dorfrand ab und erklärte ihm, wie er das Haus des Holländers finden würde.

Die Frau ging ihm an der Seitenwand des Hauses voraus in eine lang gestreckte Scheune aus groben Backsteinen. Sie musste ihr ganzes

Gewicht einsetzen, um die breite Tür über die Schiene beiseitezuschieben, und als sie ihrem Mann zugerufen hatte, ein Besucher sei gekommen, ließ sie die beiden allein. Coburg schaute auf den Rücken eines Mannes in einem langen grauen Stoffkittel, der gerade dabei war, ein Brett zu schleifen. Mit seiner ganzen Kraft führte er den Hobel über das raue Holz. Erst nachdem er die Späne vom Brett gefegt hatte, wandte er sich um. Er war mittleren Alters, in seinem grauen Haar und den dicken Augenbrauen hingen Holzspäne, und die Hand, die Coburg schüttelte, fühlte sich trocken und rau an. Auffallender war jedoch die Tatsache, dass dieser Mann anders als die bedrückten und müden Gesichter, von denen sich Coburg so oft umringt wusste, freundlich dreinschaute, und auch wenn er nicht unbedingt einen munteren Eindruck machte, wirkte er ebenso wenig, als gehe er unter irgendeiner Last gebückt.

Eigentlich hatte Coburg vorgehabt, sich auch hier als Journalist auszugeben, aber irgendetwas sagte ihm, dass er diesem Mann gegenüber lieber ehrlich sein sollte. Als er den Grund für sein Kommen erklärt hatte, schob Santcroos einen weiteren Stuhl vor den Heizofen, fasste die Ofenplatte an, öffnete die kleine Tür und warf einige grobe Brocken Braunkohle und Kiefernzapfen hinein. Er fragte Coburg, ob er Tee wolle, nahm einen Stieltopf von der Hobelbank und lief zum Wohnhaus. Der Raum stand voll mit Möbeln in verschiedenen Stadien der Bearbeitung. Wie es schien, beschäftigte sich Santcroos vor allem mit der Aufarbeitung und Reparatur; der dunkle Lack dieser Möbel hob sich vom hellen Holz einiger neuer Stühle ab. Auf der Werkbank lagen viele verschiedene Hobel, Meißel, Hohlmeißel, Feilen und Holzklemmen, und überall standen Dosen mit Lack, Terpentin und Leim – einige neu, andere verrostet und stumpf – und Töpfe mit Pinseln. Das Fenster über der Werkbank war so schmutzig, dass es kaum Aussicht nach draußen bot, und auf den Querbalken, in den Fugen zwischen den Backsteinen und auf dem Boden lag eine dicke

Schicht aus Staub und Holzspänen. Es roch nach frischem Holz, und der Ofen verbreitete eine angenehme Wärme.

Als Santcroos wieder hereinkam und den Topf auf die Platte gestellt hatte, fragte Coburg: »Können die Leute Sie denn bezahlen?«

»Kaum; das ist hier noch schlimmer als auf der anderen Seite. Anschreiben lassen kann ich mir nicht leisten, aber ich begnüge mich auch mit Bezahlung in Naturalien. Für den Krämer im nächsten Dorf habe ich eine neue Ladentheke gemacht. Damit bezahlen wir einen Teil der Einkäufe. Wie Sie sehen, restauriere ich vor allem. Nur wenige Leute haben Geld für etwas Neues – wenn ich fertig bin, haben sie trotzdem wieder etwas Neues im Haus. Aber richtig gut läuft es natürlich auch wieder nicht, sonst hätte ich auch nicht im Sint Norbertus zu arbeiten brauchen.«

»Dort hat man Sie entlassen, wenn ich das richtig verstehe.«

»Das klingt etwas offizieller, als es wirklich abgelaufen ist. Eines Morgens bekam ich an der Pforte zu hören, dass ich nicht mehr willkommen war. Ohne Erklärung. Man ließ mich nicht einmal mehr hinein, einen Umschlag mit meinem Wochenlohn habe ich aber noch bekommen.«

»Sehr böse scheinen Sie darüber nicht zu sein.«

»Ich habe der Arbeitsaufsicht genau erzählt, wie es dort zugeht, aber ich mache mir weiter keine Illusionen.«

»Sie haben als Vorarbeiter in der Werkstatt gearbeitet?«

»Ja, ich habe alles organisiert und die Jungen beaufsichtigt. Manchmal allein, aber meistens waren einer oder mehrere Mönche dabei. Damit sich das Tempo nicht verlangsamte.«

»Und da haben Sie Dinge gesehen, mit denen Sie nicht einverstanden waren.«

»Die meiste Zeit ging es gut, aber manchmal wurden Aufträge angenommen, ohne dass man eine realistische Lieferzeit vereinbart hatte. Dann mussten die Kinder bis tief in die Nacht hinein arbeiten. Schauen Sie, es sind alles einfache Tätigkeiten, mehr kann man auch nicht von den Jungen verlangen, und man kann auch nicht erwarten, dass sie alles genauso schnell erledigen wie normale Kinder. Die Jungen, die in der Werkstatt arbeiten, sind noch am besten dran, aber mit Druck kommen sie nicht zurecht. Wenn es ihnen zu viel wurde, ging das Weinen los, und ihnen unterliefen Fehler, sodass die Dinge neu gemacht werden mussten. Einige fingen sogar an zu rebellieren: Es gab Gemecker, Trotzanfälle, Hysterie. Ich habe das alles gesehen und dem Bruder Abt gemeldet, aber anstatt den Auftraggeber um eine Verlängerung zu bitten, musste noch härter und länger gearbeitet werden, und dabei ist man nicht gerade sanft mit den Jungen umgegangen. Grund genug, Veränderungen zu fordern, aber die Umstände, unter denen die Kinder arbeiten müssen, sind auch schrecklich: In der Werkstatt ist es kalt und feucht, und es gibt nur schlechtes Licht. Der Rest des Gebäudes hat inzwischen Zentralheizung, aber das fand man für die Werkstatt zu teuer. Von der Anstrengung würde den Kindern schon warm werden, hieß es. Und was machen sie gerade?«

»Buntstifte sortieren und verpacken.«

»Sehen Sie, davon wird einem nun wirklich nicht warm.«

Santcroos stand auf und nahm mit einem Tuch den Deckel vom Topf, schüttete den Tee in zwei Emailtassen und fragte: »Zucker?« Als Coburg zustimmend nickte, nahm Santcroos ein Weckglas, holte mit einem verklebten Löffel zwei große Portionen heraus und tat die in den Tee. Coburg roch daran und trank vorsichtig einen Schluck von der heißen, dunklen Flüssigkeit, die bitter und süß zugleich schmeckte.

»Danke. Sie haben erzählt, dass dort ein grober Umgang herrschte. Wurden die Kinder geschlagen?«

»Alle Brüder teilen hin und wieder Klapse aus, das geht auch bei dieser Sorte Kinder nicht anders. Mit den meisten kann man wegen ihrer Behinderung nicht vernünftig reden. An einem Klaps ab und zu ist noch niemand gestorben, aber einige Brüder sind zu weit gegangen, sie haben die Selbstbeherrschung verloren. An Ihren Siebold kann ich mich noch erinnern, das war der protestantische Junge aus dem Norden. Er hat eine Zeit lang in der Werkstatt gearbeitet, aber das lief nicht gut. Manchmal machte er einfach mit, manchmal gar nicht, und er war ein solcher Bär von einem Jungen, dass sie ihn nicht wirklich anzufassen wagten. Irgendwann kam er dann nicht mehr.«

»Aber von seinem Tod haben Sie erfahren?«

»Natürlich.« Santcroos seufzte. »Ja, was soll man davon halten? Auch das ist nicht so einfach. Im Sint Norbertus sterben regelmäßig Kinder, aber das war nichts Besonderes: Manche sind so missgebildet und schwach, dass sie sich dauernd an der Grenze zwischen Leben und Tod befinden.«

»Aber Siebold war besonders stark?«

»Ja.«

»Seinem Großvater zufolge hat man ihn schlimm zugerichtet.«

»Ja, das haben Sie schon gesagt.« Santcroos stellte seine Tasse auf den Ofen, schwieg kurz und sagte dann: »Sie wollen einen Namen, habe ich recht?«

»Alles, was mir weiterhelfen kann, ja.«

»Und dann? Diese Frage müssen Sie sich doch auch gestellt haben. Wenn ich Ihnen einen Namen nenne, was haben Sie dann vor?«

»Es beginnt mit einem Namen.«

»Und dann?«

»Dann geht es weiter.«

Santcroos schaute ihn an und nickte. »Ja, ich glaube, Sie werden weitergehen, sogar wider besseres Wissen. David und Goliath. Ich weiß nicht, was Ihnen Katapult und Stein sein wird, aber das geht mich auch nichts an.« Er seufzte und sagte dann: »Damianus. Siebold wurde regelmäßig von einem Bruder Damianus geschlagen. Der konnte das Kind nicht ausstehen. Damit ist natürlich nicht gesagt, dass Damianus etwas mit dem Tod dieses Jungen zu tun hat. Ich habe gehört, er ist hingefallen und unglücklich auf dem Kopf gelandet. Aber mit dem, was Sie von mir hören, können Sie nicht einfach so jemanden beschuldigen.«

»Das ist mir klar.«

»Sint Norbertus liegt mir am Herzen. Es wurde mit den besten Absichten gegründet, und Gott weiß, dass es vielen dieser Kinder irgendwo anders viel schlechter ergehen würde. Ich habe Kinder so verwahrlost und vernachlässigt dort ankommen sehen, dass sie schon fast tot waren. In Sint Norbertus sind wohl einige Verbesserungen notwendig, aber diese Leute haben es nicht verdient, dass man schlecht über sie redet. Manche sind gut zu den Kindern, aber im Korb befinden sich auch ein paar faule Äpfel. Was Sie auch tun, sorgen Sie um Gottes willen dafür, dass nicht das ganze Institut darunter zu leiden hat.«

Danach beschrieb Santcroos ausführlich, was er selbst als Augenzeuge miterlebt und was er von anderen Laien gehört hatte, die im Internat arbeiteten. Sie wurden von seiner Frau unterbrochen, die ihnen mitteilte, das Essen stehe auf dem Tisch. Bevor sie sich erhoben, wollte Santcroos noch etwas loswerden. »Vor dem Abt muss ich Sie warnen. Der wird alles dafür tun, damit nichts davon ans Licht der Öffentlichkeit gerät, und dabei scheut er keine Wege. Er hat mich bei der Arbeitsaufsicht angeschwärzt: Er hat behauptet, ich sei ungeeignet und nicht vertrauenswürdig, würde zu viel trinken und die Kinder schlagen; dass ich ihn kritisiere, liege an meiner Rachsucht. Und wenn es darauf ankomme, wären Mönche wie Laien bereit, gegen mich auszusagen. Glauben Sie mir, wenn er Ihre wahren Beweggründe erfährt, wird er alles dafür tun, Sie in Ihrer Mission zu behindern. Ich komme ursprünglich aus Enschede, aber Sie sind noch weiter weg von daheim: Rechnen Sie nicht damit, in Wercke Menschen zu begegnen, die bereit sein werden, sich an Ihre Seite zu stellen.«

Während des Essens klagten Santcroos und seine Frau über die Pläne, den Niederlanden als Ausgleich für die während des Krieges erlittenen Schäden kein Geld, sondern Land von Deutschland zuzusprechen, Teile des Grenzgebiets. Deswegen schaute man sie im Dorf schief an. Wenn es nach den Niederlanden ginge, würde man die Deutschen vertreiben, sodass niederländische Bauern ihr Land bestellen konnten. Deutsche, die dort schon seit Jahrhunderten lebten und die mit ihrem Grund und Boden verbunden waren. Gewöhnliche Menschen, die genauso unter den Nazis gelitten hatten und alles würden zurücklassen müssen, was ihnen lieb und teuer war, weil nun die Niederlande zu Lasten eines besiegten Feindes den eigenen Lebensraum vergrößern wollten. »Haben wir denn nichts gelernt?«

22

Coburg machte sich auf, und obwohl er wusste, dass er einen Teil des Rückweges im Dunkeln würde zurücklegen müssen, ließ er sich davon nicht abschrecken. Abgesehen von ein paar vereinzelten Bauernhöfen war die Landschaft verlassen, ein Stück Niemandsland zu beiden Seiten der Grenze. Nur das Knirschen von Schnee und Eis unter seinen Schuhsohlen durchbrach die Stille, und die Sonne stand zuletzt so niedrig, dass das von allen Seiten reflektierende Licht ihn fast blind machte. Als der perfekte runde Ball im Begriff war, den Horizont zu berühren, setzte sich Coburg an den Straßenrand und schaute zu, bis nur noch ein wenig rote Glut am Himmel war.

Als er Rosa in die von den Deutschen zum Sperrgebiet erklärten Dünen mitgenommen hatte, in denen er sich so gut auskannte, hatten sie auf einer Düne die Sonne ebenso prächtig untergehen sehen. So einladend das Wasser auch aussah, vom Schwimmen im Meer konnte damals nicht die Rede sein: Der Strand mit den patrouillierenden Deutschen, den Minen und dem Stacheldraht bildete ein unüberwindliches Hindernis. Rosa malte sich für sie beide aus, wie sie nach dem Krieg als freie Menschen und von niemandem gestört an diese Küste zurückkehren würden. »Versprich mir, dass wir dann zusammen herkommen, Siem.«

Bis zu diesem Punkt war nie ein böses Wort zwischen ihnen gefallen, aber das Misstrauen, das ihn so unerwartet überkommen konnte, hatte sich auch damals seiner bemächtigt. Ich werde mein Versprechen halten, aber wirst du das dann auch tun? Was bedeuten wir einander noch, wenn das alles vorbei ist?, fragte er sich voller Bitterkeit, und er hatte erwidert, sie müssten zurück. Danach hatten sie nicht mehr viel gesprochen. Als er an diesem Abend feststellte, dass ihre helle Haut mit den rötlichen Sommersprossen von der Sonne verbrannt war, hatte er versucht, etwas wiedergutzumachen. Sie hatte die Bluse ausgezogen, und während sie sich den BH vor den Busen hielt, den Kopf nach vorne gebeugt und mit hochgestecktem Haar, hatte er ihr vorsichtig den verbrannten Hals und die Schultern eingerieben. Geduldig und sorgfältig bewegten sich seine Hände über ihre Haut, und er hoffte, dass sie vermitteln konnten, was er mit Worten nicht auszudrücken vermochte.

Die letzten Kilometer legte er in einer rasch zunehmenden Dunkelheit zurück. Auf der Fähre war er der einzige Passagier. Als das Boot vom Ufer ablegte, öffnete der Fährmann die Tür seines Steuerhäuschens und rief: »Sie können gern reinkommen, hier ist es wärmer.«

Coburg folgte dieser Aufforderung und stellte sich an die Seite des Verschlags. Durch die geöffnete Tür strömte die Wärme eines kleinen Ofens nach draußen.

»Sie haben Glück, Sie sind der Letzte, den ich heute übersetze. Ein paar Minuten später und Sie hätten bis morgen warten müssen.«

»Machen Sie diese Arbeit schon lange?«

»Schon fast zwanzig Jahre.«

»Auch während des Krieges?«

Der Mann zuckte mit den Schultern. »Krieg oder nicht, die Leute müssen immer ans andere Ufer.«

»Dann haben Sie also die Deutschen kommen und gehen sehen.«

Der Mann schaute Coburg forschend an, kam zu dem Schluss, dass es sich um eine Bemerkung ohne Hintergedanken handelte, und sagte: »Es hat mir deutlich besser gefallen, sie wieder gehen zu sehen.«

»Sie kennen den Fluss sicher gut.«

»Und wie. Die Leute glauben, das hier ist einfach, aber da täuschen sie sich gewaltig. Nichts ist so trügerisch wie das Wasser hier.«

Nach einer kurzen Stille erkundigte sich der Fährmann: »Sie sind doch der Mann von der Zeitung?«

»Ja.«

»Und, was werden Sie schreiben? Oder sind Sie schon fertig? Sie waren doch schon drin?«

»Ja, aber was ich schreiben werde, weiß ich noch nicht. Ich will mit verschiedenen Leuten sprechen, um einen guten Eindruck davon zu bekommen, wie das Leben da drinnen aussieht.«

Die Reaktion bestand aus aufrichtigem Erstaunen: »Ach, mit wem denn?«

»Mit Mönchen, mit Leuten aus dem Dorf, vielleicht auch mit einigen der Kinder. Ich höre jedem zu, der mir etwas Interessantes erzählen kann.«

Diesmal bestand die Reaktion aus Unglauben: »Mit diesen Kindern sprechen? Dazu sind die doch gar nicht im Stande. Findet der Abt das gut?«

»Er hat mir seine volle Unterstützung zugesichert.«

»Ach, nun ja, wenn es Ihnen denn hilft, eine schöne Geschichte zu schreiben.«

Coburg sah, dass die Fähre nun mit der flachen Vorderseite stromaufwärts fuhr, nachdem sie erst ein Stück stromabwärts getrieben war. Dabei musste der Motor so stark arbeiten, dass die Bodenplatte aus Metall, auf der sie standen, vibrierte.

Am anderen Ufer sagte der Fährmann: »Meine Schwester arbeitet im Sint Norbertus in der Wäschekammer. Wenn Sie meinen, es wäre interessant, mit ihr zu sprechen, sind Sie herzlich willkommen.«

Coburg brauchte nicht lange zu überlegen. »Sehr gerne.«
»Wenn Sie ein wenig Geduld haben, können Sie direkt mit mir mitkommen.«

Coburg landete im Haushalt zweier Junggesellen und ihrer hochbetagten Mutter. Letztere saß in einem verschlissenen Sessel am Ofen, die in dicke Socken gesteckten Füße auf einem Schemel. Wenig freundlich erwiderte sie Coburgs Gruß, schaute ihn misstrauisch an und beugte sich wieder über ihr Strickwerk. Coburg setzte sich an den Esstisch, links von ihm nahm der Fährmann Platz, auf seiner anderen Seite dessen Schwester und schräg hinter ihm saß die alte Frau. Wieder lud man ihn zum Essen ein, und während der Bruder über den Teller gebeugt Kartoffeln und Blumenkohl mit der Gabel platt drückte und in großen Happen herunterschlang, während er hin und wieder zustimmend nickte und etwas murmelte, sprach seine Schwester die ganze Zeit. Die Hände, mit denen sie fest ihren Teller umfasste, waren voller Schwielen und Risse, und ihre auf der Tischplatte ruhenden Unterarme waren, wenn das ging, noch muskulöser als die ihres Bruders. Die Arbeit in der Wäscherei war schwer, jeden Tag wieder. Hier bei Tisch wollte sie nicht ins Detail gehen, aber man konnte sich ja sehr gut vorstellen, wie Bettzeug und Schlafanzüge von Kindern aussahen, die sich einnässten und beschmutzten. Sie hatte sich inzwischen daran gewöhnt, aber es gab genug Frauen, die es nicht ausgehalten hatten.

»Als ich ganz neu dort war, machten wir den Jungen noch feuchte Umschläge. Jetzt nicht mehr, aber damals kam das bei den wildesten Kindern zum Einsatz, weil man sich davon versprach, sie würden ruhiger werden. Manche lagen tagelang so festgebunden, wie Mumien. Na, da können Sie sich ja vorstellen, wie die Laken dann aussahen. Die Kinder mussten einfach alles unter sich laufen lassen: Pisse und Scheiße.« Nachdem die Frau einige Zeit vor allem über sich selbst gesprochen hatte, wechselte Coburg behutsam das Gesprächsthema. »Kommen die Kinder und die Mönche denn gut miteinander aus?«

»Ach, der eine kann das besser als der andere. Und wenn die Mönche älter werden, halten sie natürlich auch weniger aus, dann ist ihnen die ganze Unruhe ziemlich schnell zu viel. Sie haben selbst keine Kinder, wie sollen sie also wissen, wie man mit Kindern umgeht? Es ist doch eine unangenehme Situation – eigentlich sollten auch Frauen dabei sein, aber das geht natürlich nicht. Jetzt müssen die Jungen tun, was ihnen aufgetragen wird, ansonsten setzt es einen Klaps.«

»Ich habe gehört, sie bekommen manchmal sogar Schläge.«

Der Bruder zuckte mit den Schultern. »Ich weiß nicht, was ich machen würde, wenn ich mir das den ganzen Tag antun müsste. Schwer gestört und unberechenbar: Wie soll man mit denen anders umgehen? Machen Sie das doch mal.« Er schaute seine Schwester an und sagte: »Einer hat doch versucht, dir mit einem Bügeleisen den Schädel einzuschlagen?«

»Jetzt rede nicht solches Zeug«, reagierte seine Schwester unmutig. »Das Kind wollte mir die Haare machen und ist über meine Reaktion erschrocken. Die meisten sind sehr lieb.«

»Kennen Sie Bruder Damianus?«, fragte Coburg.

Der Mann hatte den Teller von sich geschoben und lehnte sich entspannt im Stuhl zurück, doch als er diesen Namen hörte, richtete er sich wieder auf, und er und seine Schwester tauschten Blicke.

»Haben Sie diesen Namen von Ihrer Wirtin?«, erkundigte sich die Schwester.

Was seine Wirtin damit zu tun haben sollte, begriff Coburg nicht, aber zum ersten Mal spürte er Zurückhaltung, deswegen antwortete er: »Ja.«

»Dann wissen Sie schon genug«, erklärte der Fährmann. »Es ist nur begreiflich, dass sie ihn hasst, denn sie hat ihm ihre Entlassung zu verdanken.«

»Du solltest nicht so schnell urteilen«, meinte seine Schwester, aber ihre Worte brachten ihren Bruder nicht zum Schweigen.

»Das ist doch aber ein Skandal! Ihr Mann war gerade erst tot, und schon konnte Damianus die Hände nicht mehr bei sich behalten. Die Frau hat doch getrauert! Und als sie sich darüber beklagte, hat man sie entlassen. Ich kann Ihnen sagen, wenn das meiner Schwester zustoßen würde, würde ich keinen Augenblick zögern und ihm eine Tracht Prügel verpassen. Mönch hin oder her.«

»Jetzt reicht es aber.«

Der Fährmann schaute seine Schwester mit hochgezogenen Augenbrauen an. »Wir brauchen daraus doch kein Geheimnis zu machen? Er weiß es doch schon, aus erster Hand.«

»Es steht uns nicht zu, darüber zu urteilen.« Die Schwester sah Coburg an und erkundigte sich in besorgtem Tonfall: »Darüber werden Sie doch aber nicht schreiben?« Seine Antwort schien sie zu beruhigen. »Sie sollten lieber einmal mit jemandem sprechen, der wirklich sein Bestes tut für die armen Kerle.« Sie schaute an Coburg vorbei zu ihrer Mutter und fuhr fort: »Da müssen Sie zu Bruder Felix, er kommt manchmal hierher zu unserer Mutter. Dann reden sie über früher: Sie haben den Ersten Weltkrieg miterlebt. Wir sind eigentlich nur halbe Niederländer, unser Vater war Belgier, in den ersten Jahren nach ihrer Hochzeit haben die Eltern dort gelebt.«

Der Fährmann nickte zustimmend. »Bruder Felix ist ein guter Mensch. Im Sommer nimmt er manchmal ein paar Kinder mit auf die Fähre. Dann gehen sie in ein Schwimmbad auf der anderen Seite. Er nimmt sich immer die Zeit für ein Schwätzchen. Belgier sind gemütlicher, ganz besonders im Vergleich zu den Deutschen, die ich auf die andere Seite bringe. Die klagen nur über ihre Armut, als wären sie daran gar nicht selber schuld.«

»Vielleicht ist es wirklich eine gute Idee, mit ihm zu sprechen, aber als Journalist interessiere ich mich auch für Bruder Damianus.

Man hat mir erzählt, dass erst vor Kurzem ein Junge gestorben ist, der immer wieder von ihm geschlagen wurde.«

Es wurde still, und Coburg erkannte an den Gesichtern des Fährmanns und seiner Schwester, dass er zu weit gegangen war. Die Mutter hatte sich bis zu diesem Punkt nicht an dem Gespräch beteiligt, aber jetzt hatte das Klackern der Nadeln aufgehört, und er spürte ihren Blick in seinem Rücken.

»Wer hat Ihnen denn das erzählt?«, fragte die Schwester entgeistert.

»Das behalte ich lieber für mich.«

»Welches Kind soll das denn sein?«

»Siebold Tammens. Kannten Sie den Jungen?«

»Ja, den kannte ich. Was Sie da sagen, ist eine sehr schwere Anschuldigung. Ein Kind totschlagen? Ich weiß nicht, von wem Sie das haben, aber ich finde doch, dass es schrecklich ist, so etwas zu behaupten. Solche Dinge geschehen nicht. Ein Unfall kommt schon mal vor, wie überall.«

»Ich kann nachvollziehen, dass Sie die Leute verteidigen ...«

Coburg konnte seinen Satz nicht beenden, denn hinter seinem Rücken erklang eine Stimme: »Sie sind ein Gast in diesem Haus, und trotzdem behaupten Sie solche gotteslästerlichen Dinge.« Als wäre er gar nicht anwesend, wandte sich die alte Frau dann an ihre Kinder: »All diese Fragen. Wozu soll das gut sein? Ihr steht ihm jedenfalls nicht länger Rede und Antwort. Man kann ihm nicht vertrauen. Er hat keine guten Absichten.«

Ohne die Reaktion der beiden abzuwarten, sprach sie hinter seinem Rücken, mit einer Stimme, die noch schriller geworden war: »Sie wollen eine Lügengeschichte über das Sint Norbertus schreiben! Ist es das? Die Brüder richten sich mit ihrem Leben nach dem, was unser Herr Jesus geboten hat: Weide meine Lämmer, weide meine Schafe!«

Coburg hatte sich halb auf seinem Stuhl umgedreht und schaute die Frau an, aber das schien sie nicht zu kümmern: »Ihr habt doch gesehen, dass er nicht gebetet hat?« Und an ihren Sohn gewandt: »Du hast einen Gottlosen ins Haus geholt, einen Wolf im Schafspelz, und jetzt siehst du, was du davon hast: lästerliche Reden.« Als glaube sie, den Leibhaftigen persönlich vor sich zu haben, schlug sie ein Kreuz.

Bis zu diesem Moment hatte sich ihr Sohn nicht von der Stelle gerührt, aber mit dieser Geste durchbrach sie seine Passivität und sorgte dafür, dass er aufstand. Während sich auch seine Schwester erhob, forderte er Coburg auf, ihr Haus zu verlassen.

23

Das Rot der Buchstaben und das Blau des Straßenbahnbildes färbten das Licht ein, das durch die Fensterscheibe der Gaststätte auf den Schnee fiel. Diesmal war Coburg nicht der einzige Besucher. An einer Ecke des Schanktischs saßen drei Männer, die kurz aufschauten, als er den Raum betrat, und dann ihre Unterhaltung fortsetzten. An Coburgs Tisch vom Vortag hatte der Mann Platz genommen, mit dem er im Krämerladen Bekanntschaft gemacht hatte. Er lehnte sich in seinen Stuhl zurück, wobei ihm der Bart auf der Brust ruhte. Auf dem Tisch lagen die langen Handschuhe und die lederne Fliegermütze mit den Ohrenklappen, und er trug denselben blauen Overall. Monne Lau winkte, und als Coburg vor ihm stand, sagte er: »Das trifft sich gut, ich wollte sowieso zu Ihnen. Setzen Sie sich.« Er deutete auf das mit einer dunklen Flüssigkeit gefüllte Schnapsglas vor sich: »Sie müssen mein eigenes Gebräu probieren.« Ohne Coburgs Reaktion abzuwarten, rief er dem Wirt seine Bestellung zu.

Als der die beiden wieder allein gelassen hatte, nahm sich Coburg das bis zum Rand gefüllte Gläschen. Der erste vorsichtige Schluck der dicken Flüssigkeit hatte einen stark süßen Geschmack, aber Coburg nahm auch etwas Saures wahr, und einen Alkoholgehalt, der ihn sofort aufwärmte und angenehm in Hals und Speiseröhre brannte. Seine Komplimente wurden mit offensichtlicher Freude entgegengenommen. »Ihr eigenes Rezept?«

»Ja, und sag ruhig ›du‹ und ›Monne‹.« Lau tauchte den kleinen Finger in sein Glas, steckte ihn sich in den Mund und sagte:

»Brombeeren, Rhabarber, Kandis, Branntwein, und noch so Einiges mehr. Was ich dazutue, hängt davon ab, was ich gerade dahabe. Der im Krieg hat lange nicht so gut geschmeckt, aber immer noch gut genug, um einen aufzuwärmen.«

Nachdem Coburg noch einen Schluck getrunken und sich eine Zigarette gedreht hatte, fragte Lau: »Und, kommst du voran mit deiner Geschichte?«

»Ich habe noch keine. Erst einmal spreche ich mit so vielen Leuten wie möglich.«

»Auch mit Leuten in Deutschland.«

»Das stimmt. Wissen hier immer alle über alles Bescheid?«

»Ich habe heute Morgen gesehen, wie du mit der Fähre rüber bist. Warst du bei Santcroos?«

»Sogar das hat sich schon herumgesprochen?«

»Auf der anderen Seite des Flusses ist er der Einzige, der im Sint Norbertus gearbeitet hat. Hat, denn sie haben ihn abserviert, das hast du inzwischen sicher schon von ihm gehört. Ich weiß nicht, was du hier willst, das geht mich auch nichts an, aber ich muss dich etwas fragen. Ich habe noch einmal über deine Reaktion von gestern nachgedacht. Warst du im Widerstand?«

Kurz schaute Coburg zu den Männern am Schanktisch hinüber, aber die schienen ganz in ihre eigene Unterhaltung vertieft. Lau war seinem Blick gefolgt und sagte: »Sie können uns nicht hören. Also?«

Schon bei ihrer ersten Begegnung hatte Coburg Monne Lau sympathisch gefunden, und obwohl sich dieser Eindruck bestätigte, weil der andere so offen und direkt war, hatte er nicht vor, irgendetwas aus dieser Zeit mit ihm zu teilen. »War nicht jeder im Widerstand?«

Lau zupfte an seinem Kinnbart herum, lächelte und sagte: »Inzwischen sieht es ganz danach aus, was? Aber du kannst mir glauben, dass es hier nicht so war. Wercke im Krieg – darüber ließe sich eine schöne Geschichte schreiben, und Sint Norbertus könnte darin sogar auch vorkommen. Aber ich habe dich etwas gefragt.«

»Der Krieg ist vorbei.«

»Für mich nicht, und wenn ich an deine Reaktion von gestern denke, für dich auch nicht. Ich bin vielleicht ein einfacher Bauer, aber die Leute schätze ich selten falsch ein.«

Coburg kippte den Rest des Alkohols in einem Zug herunter. »Vielen Dank für den Schnaps.« Dann nahm er seinen Tabak vom Tisch, aber als er Anstalten machte aufzustehen, legte ihm Lau eine Hand auf den Arm.

»In Ordnung, schon verstanden, dann sprechen wir über etwas anderes. Soll ich noch mal nachschenken lassen?« Als wieder zwei gefüllte Gläschen vor ihnen standen, fragte Coburg: »Du bist also Bauer. Wohnst du schon dein ganzes Leben lang hier?«

»Wir sind seit Generationen Bauern, schon als diese Region noch als wild und gefährlich galt und Strauchdiebe die Umgebung unsicher machten. Wenn es dunkel war, blieb man besser drinnen und hielt die Läden geschlossen. Das war die Zeit der Bockreiterbanden, da wurde geschmuggelt und gewildert. Wercke gab es damals noch nicht, das entstand mit den ersten Gebäuden des Internats, etwa 1870. Mein Großvater hat den Gründer des Sint Norbertus noch gekannt: Pfarrer Jo Roukens. Damals gab es nichts weiter als den Wunsch eines einzigen Mannes, etwas für die Bedürftigen zu tun. Wenn es stimmt, was ich gehört habe, war er ein sehr einfacher und bescheidener Mensch. In dieser Zeit wurde noch ganz schön viel geschmuggelt und gewildert, auch in meiner Familie. Roukens sprach meinen Großvater manchmal darauf an, aber auf eine gutmütige Art, offensichtlich fand er es weniger schlimm als die Würdenträger aus der Region. Und einem gelegentlichen Schnaps war er nicht abgeneigt.« Monne nickte in Richtung des Internats: »Trinken tun sie immer noch gern; nicht mehr mit uns, aber miteinander, hinter diesen hohen Mauern.«

»Der heutige Abt erscheint mir nicht allzu umgänglich.«

»Podocarpus? Der hält sich für Gottes Stellvertreter auf Erden. Und für die meisten Menschen ist er das auch mehr oder weniger.«

»Weil die von ihm abhängig sind?«

»Das hast du also schon begriffen. Ja, das ist der eigentliche Grund, aber natürlich auch, weil er Geistlicher ist.«

»Du selbst wirkst allerdings weniger beeindruckt.«

»Mir gefällt es nicht, wenn sich jemand für etwas Besseres hält, ob es jetzt um den Dorfwächter geht oder um einen Abt. Außerdem halte ich nicht so viel von ihm. Du willst nicht über den Krieg sprechen, aber ich muss es trotzdem tun. Ich habe Podocarpus in dieser Zeit mehrfach um Hilfe gebeten, ihn manchmal sogar angefleht.«

In diesem letzten Wort spürte Coburg unterdrückte Frustration und Wut, und in dem, was nun folgte, klang eine Ablehnung durch, die mit dem Vergehen der Zeit nicht weniger geworden zu sein schien.

»Er hat nie etwas für uns tun wollen. Keinem einzigen Untertaucher hat er geholfen, und sei es auch nur für eine Nacht. Er hat jede Unterstützung für den Widerstand abgelehnt, angeblich, um das Internat nicht in Gefahr zu bringen, aber der wahre Grund ist seine Feigheit. Und so jemand nennt sich Christ.«

Coburg nickte in Richtung des Schanktischs und sagte: »Der Wirt sagt, das Internat war trotzdem vom Krieg betroffen, und es sind sogar Kinder ums Leben gekommen.«

»Hast du auch gehört, dass man im Krieg Kinder von dort weggeholt hat?«

Coburg schaute Lau verblüfft an. Der schien im Begriff, etwas zu sagen, schaute jedoch dann zu den Männern hinüber, die sich erhoben und nach einem von Lau beantworteten Abschiedsgruß die Tür hinter sich zuzogen. Weil sich jetzt nur noch der Wirt am Schanktisch befand, war es plötzlich still.

»Komm, wir machen uns auf«, sagte Lau. Und als sie einmal draußen waren: »Lass uns ein Stück gehen. Ich bringe dich gleich nach Hause. Wenn du dich jetzt verläufst, kann es gut sein, dass du erfrierst.«

Die Dorfstraße wurde nur spärlich von einer einzigen Laterne erhellt, die an einem zwischen den Häusern gespannten Kabel hing, und schon nach ein paar Minuten gingen sie im Dunkeln über einen schmalen Weg ins offene Feld hinaus. Der Wind hatte hier freies Spiel, und beide Männer zitterten vor Kälte.

Lau hatte seine Fliegermütze aufgesetzt und die Ohrenklappen unter dem Kinn festgebunden. Er schlug die Handschuhe gegeneinander. »Diese Kälte erinnert mich an die im letzten Kriegswinter. Jetzt haben wir einen vollen Bauch, dann kommt man besser damit zurecht, aber mein Gott, was ging es uns damals schlecht. Jeder meint, die Bauern hätten damals nicht gelitten, aber das ist Unsinn. Am Ende hatten auch wir nichts mehr.«

Coburg waren die Beine von der stundenlangen Wanderung am Tag schwer, und er spürte, wie der Alkohol, der ihn eben noch munter gemacht hatte, ihn nun träge und langsam werden ließ.

»Wir sollten nicht so weit laufen. Was wolltest du erzählen?«

»Du bist doch nicht einfach so hier, oder?«, fragte Lau zurück. »Über das Sint Norbertus haben schon ein paar Leute geschrieben, aber denen hat eine Führung und ein Gespräch mit dem Abt gereicht. Warum bist du zu Santcroos gefahren? Wonach suchst du?«

Coburg blieb stehen und drehte sich zu Lau um. »Der Sohn eines Bekannten ist da drinnen wahrscheinlich totgeschlagen worden. Ich will wissen, was da passiert ist.«

Es war so dunkel, dass er Laus Gesicht nicht gut sehen konnte, aber dessen Reaktion war keine des Erstaunens oder der Ablehnung, sondern der Erleichterung: »Vielen Dank für deine Ehrlichkeit; jetzt wissen wir beide, woran wir sind. Hast du denn schon etwas erreicht?«

»Fast nichts.«

»Zu große Erwartungen darfst du auch nicht haben. Letzten Endes wird hier alles unter den Teppich gekehrt. Du hast ja schon begriffen, dass dieses ganze Dorf vom Sint Norbertus abhängt, aber das ist nicht der einzige Grund. Die Menschen hier finden, dass die Mönche gute Arbeit leisten, und das bedeutet, dass man schweigt, wenn etwas schiefgeht. Schmutzige Wäsche wird nicht draußen gewaschen.«

»Und du, was findest du?«

»Es ist schon lange her, dass mich das jemand gefragt hat. Hier stellt man diese Frage nicht mehr, aber wenn du meine Meinung hören willst: Man muss die faulen Stellen wegschneiden, bevor der Rest angegriffen wird. Diese ganzen Mönche – natürlich gibt es da einiges an Fäulnis. Das ist außerhalb dieser Mauern doch auch so. Wie heißt denn der Junge, um den es geht?«

»Siebold Tammens.«

»Siebold Tammens, ein einziger Junge. Vielleicht wirst du den Schuldigen finden, wer weiß. Ich kenne dich ja nicht näher, womöglich bist du so hartnäckig, dass du dich nicht abweisen lässt. Mit Hilfe solltest du jedenfalls nicht rechnen.«

»Das hat mir heute schon mal jemand gesagt.«

»Das war natürlich Santcroos. Ein durch und durch anständiger Kerl, den man so sehr angeschwärzt hat, dass sogar die Leute, die auf seiner Seite standen, inzwischen denken, dass doch irgendetwas nicht mit ihm in Ordnung sein kann.«

»Ich bin nicht von hier. Wenn ich alles erreicht habe, haue ich wieder ab.«

»Ein Außenseiter.« Lau sagte das in einem Tonfall, als gefalle ihm der Gedanke.

»Was hast du damit gemeint, als du sagtest, dass man Kinder von hier weggeholt hat?«, wollte Coburg wissen. »Sagt dir der Name ›Het Apeldoornsche Bosch‹ etwas?«

Der Name sagte Coburg sicher etwas, aus mehreren Gründen, aber bevor er reagieren konnte, sprach Lau weiter: »So hieß die psychiatrische Klinik für Juden, die unter der persönlichen Leitung von Ferdinand aus der Fünten* geräumt worden ist. Fast eintausendzweihundert Patienten, darunter viele geistig behinderte Kinder, sind in einer Nacht im Januar 1943 in die bereitstehenden Waggons eines Güterzugs getrieben worden, der geradewegs nach Auschwitz fuhr, und dort wurden sie alle ermordet.«

Coburg kannte die Geschichte. Man nannte das Krankenhaus »den Judenhimmel«, weil man glaubte, dort vor den Deutschen sicher zu sein; neben Patienten hatten dort auch viele Flüchtlinge aus Deutschland Unterschlupf gefunden. Bis zu jener verhängnisvollen Nacht.

»Davon habe ich gehört.«

»Wir hatten hier unsere eigene Version.«

Der Wind hatte Löcher in die Wolkendecke gerissen, und am Himmel standen Sterne, die ihren Schein auf die einander immer noch gegenüberstehenden Männer warfen. Coburg sah den verbissenen Zug um Monne Laus Mund; die Kälte hatte die tiefen Falten in dessen Gesicht noch stärker hervortreten lassen.

»Im Sint Norbertus waren damals auch etwa zwanzig jüdische Kinder. Die haben die Deutschen mitten in der Nacht abgeholt: ein paar Lastwagen, Waffen-SS und Ordnungspolizei – alles lief in absoluter Stille ab. Den Kindern hatte man vorher etwas gegeben, damit sie sich ruhig verhielten: Das Ganze war eine gut vorbereitete Aktion. Übrig blieben nur leere Betten und der Befehl von Podocarpus, darüber unbedingt Stillschweigen zu bewahren. Er hatte schließlich nicht anders gekonnt: Die Deutschen hatten ihn wissen lassen, wenn es Widerstand gäbe, würden sie den ganzen Komplex ausräumen und dann selbst dort einziehen. Von den Kindern hat man nie wieder etwas gehört.«

Als Lau schnaubte, stiegen dünne Dampfwölkchen aus seinen

Nasenlöchern auf. »Ich weiß verdammt gut, dass auch an anderen Orten jüdische Kinder aus Einrichtungen abgeholt worden sind, und ich weiß auch verdammt gut, dass es wahrscheinlich nicht zu verhindern war, aber Podocarpus hat keinen einzigen Versuch unternommen, diese Kinder woanders unterzubringen, ganz zu schweigen davon, dass er irgendwelchen Protest geäußert hätte. ›Wir vertreten nicht die Anschauung: Man muss die Hungernden speisen, die Durstigen tränken und die Nackten bekleiden. Wir müssen ein gesundes Volk besitzen, um uns in der Welt durchsetzen zu können.‹ Kommt dir das bekannt vor? Das hat Goebbels gesagt. Podocarpus hätte sich zumindest wehren können: ›*Wir* speisen die Hungernden, *wir* tränken die Durstigen, und *wir* bekleiden die Nackten.‹ Nichts dergleichen. Er behauptet bis heute, dass er nicht wusste, was im Apeldoornsche Bosch vorgefallen ist, bis es im Sint Norbertus passierte, aber das ist ganz eindeutig eine Lüge. Er wusste davon, und er wusste auch, dass das Sint Norbertus früher oder später ebenfalls an die Reihe kommen würde, aber statt die Kinder zu retten, hat er abgewartet, bis die Deutschen vor der Tür standen, und dafür gesorgt, dass die Kinder so reibungslos wie möglich weggebracht wurden. Das wird dir nicht viel helfen, aber es ist gut, wenn du weißt, mit wem du es zu tun hast. Komm, wir gehen zurück.«

Nach einigen Minuten wandte sich Lau um und packte Coburg am Arm. »Da kommt ein Auto, lass uns von der Straße runtergehen.« Coburg war überrascht, nahm jedoch die Anspannung in Laus Stimme wahr und folgte ihm ohne weitere Fragen aufs offene Feld. Er sank tief im Schnee ein und spürte, wie das gefrorene Gras darunter kurz Widerstand leistete und dann abbrach. Nachdem sie etwa zwanzig Meter gegangen waren, sagte Lau. »Das ist weit genug, hier werden wir nicht vom Scheinwerferlicht erfasst.«

Was aus der Ferne noch wie ein einziges Licht ausgesehen hatte, wurde nun zu zweien, die die Straße und die Weidenbäume an ihren Rändern erhellten. Als das Auto an ihnen vorbeigefahren war, gingen die Männer zurück, und während sie den roten Schein der Rückleuchten betrachteten, sagte Lau: »Der Krieg ist vorbei, oder? Nun, jetzt weiß ich verdammt noch mal, was ich davon zurückbehalten habe. Aber nach dem, was ich erlebt habe, werde ich mich nicht so einfach blenden lassen und lieber abwarten, wer da hinter dem Steuer sitzt.«

Nach all der vorherigen Wut und Empörung hörte Coburg zum ersten Mal etwas in Laus Stimme, das ihn begreifen ließ, dass auch dieser Mann durch den Krieg beschädigt worden sein musste und eine Mauer um sich errichtet hatte.

Vor der Tür der Wirtin blieb Lau stehen: »Ich werde mich mal für dich erkundigen. Wenn ich etwas höre, lasse ich es dich wissen.«

»Danke dir.« Coburg zögerte kurz. »Auf dem Terrain des Apeldoornsche Bosch hat man ein Jahr später sechs Widerstandskämpfer und einen britischen und einen amerikanischen Piloten erschossen. Ein Maulwurf hat sie verraten. Ich kannte einige dieser Männer.«

Als er schwieg, meinte Lau: »So viele gute Menschen, die nicht mehr da sind.«

Coburg konnte spüren, dass sich dasselbe Gefühl ihrer beider bemächtigt hatte.

In diesem Augenblick öffnete sich die Haustür. Die Wirtin begrüßte Lau. »Ihr könnt euch drinnen weiter unterhalten. Hier ist es viel zu kalt.«

»Nein, danke«, erwiderte Lau. »Ich muss nach Hause.« Und an Coburg gewandt: »Wir hören dann voneinander.«

24

Die Kinder der Wirtin lagen schon im Bett, und Coburg entschied sich dafür, sofort mit ihr zu reden. Sie hatte in der Küche zu tun gehabt, und nun stand sie vor der Anrichte aus Granit und hörte sich an, was er zu sagen hatte. Sie erstarrte, als sie erfuhr, warum er sich in Wercke aufhielt. Und als er berichtete, dass er auch mit dem Fährmann und seiner Schwester geredet hatte, schlug sie beide Hände vor den Mund.

»Aber die Frau arbeitet im Sint Norbertus! Sie ist wahrscheinlich sofort, nachdem Sie gegangen waren, zum Abt. Der weiß es jetzt schon, ganz bestimmt. Und dann weiß es bald das ganze Dorf, die Frau ist doch ein solches Klatschweib! Und dann Bruder Damianus. Du lieber Himmel, die Leute werden denken, dass ich Ihnen den Namen eingeredet habe. Gerade jetzt, wo ich geglaubt habe, ich hätte das alles hinter mir.«

»Er hat Sie belästigt, aber sobald man ihn darauf angesprochen hat, wurden *Sie* entlassen.«

»Sie haben leicht reden. Sie kommen von außerhalb und gehen bald wieder weg, aber was soll aus mir werden? Aus einer Frau allein, mit drei Kindern, wenn das ganze Dorf sich von mir abwendet? Für wen kann ich denn jetzt noch arbeiten, wer wird mich im Haus haben wollen? Ich lasse schon anschreiben; was soll ich denn machen, wenn das nicht mehr geht? Sie haben meine Kinder gesehen, die brauchen gutes Essen. Was glauben Sie denn, wie lange wir mit dem auskommen, was Sie für uns gekauft haben? Die Kinder haben es nach dem Tod ihres Vaters schon so schwer.«

Während sie die ganzen möglichen Folgen laut aussprach, überschlug sich ihre Stimme, und ihr Schrecken schien sich plötzlich in regelrechte Panik zu verwandeln.

»Sie dürfen nicht gleich mit dem Schlimmsten rechnen. Kommen Sie, setzen Sie sich erst einmal hin.«

Sie folgte ihm ins Wohnzimmer und nahm am Tisch Platz. Mit gekrümmtem Rücken und den Händen im Schoß starrte sie auf die Tischdecke und seufzte tief.

»Sie brauchen sich keine Sorgen zu machen. Wenn Sie wollen, gehe ich morgen früh weg. Sie können mich sogar wegschicken.«

Sie richtete sich ein wenig aus ihrer gekrümmten Haltung auf und sah ihn an. Trotz ihres anfänglichen Schreckens schien sie diesem Vorschlag nicht viel abgewinnen zu können.

»Wo wollen Sie denn hin?«

»Keine Ahnung. Dann werde ich irgendwoanders ein Zimmer mieten müssen. Außerhalb von Wercke klappt das bestimmt. Ich gehe jedenfalls nicht von hier weg, bevor ich nicht herausgefunden habe, was ich wissen will.«

»Sie sind doch ganz allein hier.«

»Das haben jetzt schon mehrere Leute gesagt. Und auch für Sie gilt, dass Sie sich darum keine Sorgen zu machen brauchen.«

»Wegschicken will ich Sie nicht. Das Ganze wird Folgen haben, aber die wollen wir dann in Gottes Namen abwarten.«

»Vielen Dank, das ist mutig von Ihnen.«

»Mutig? Na ja, ich kann Sie doch nicht einfach so aus dem Haus werfen? An Monne haben Sie aber mehr, dem ist völlig egal, was andere Leute sagen.«

Coburg hatte lange wach gelegen. Die Männer, die auf dem Gelände des Apeldoornsche Bosch erschossen worden waren, hatten der Widerstandsgruppe Front Oranje angehört. Selbst hatte er nichts mit der Gruppe zu tun gehabt, aber er war bei der Mutter von einem der Mitglieder untergetaucht, Philip Wittebrood. Als die Sache schiefging, hatten er und Wittebrood entkommen können, aber seine Mutter, eine Witwe, war verhaftet worden und im Lager Ravensbrück umgekommen. Nach dem Krieg war Wittebrood auf die Suche nach dem Mann gegangen, der sie verraten hatte und damit auch für den Tod seiner Mutter verantwortlich war. Wie sich herausstellte, war Frans Mechanicus einfach noch auf freiem Fuß, und als sich niemand für die Sache interessierte, hatte Wittebrood das Recht in die eigenen Hände genommen und Mechanicus erschossen. Wäre es dabei nur geblieben!

Es hatte Zeugen gegeben, und Wittebrood saß jetzt im Gefängnis von Zutphen. Im Justizministerium nahm man die Angelegenheit sehr ernst: Ein Mann war nach der Befreiung liquidiert worden. Man wollte eindeutig signalisieren, dass die Menschen keine Selbstjustiz üben durften. Für Wittebrood gab es weder Dank noch Respekt für das, was er während des Krieges getan hatte, oder auch Mitleid, weil er seine Mutter verloren hatte. Wo waren die Menschen, die nun ohne jede Scham über ihn urteilten, damals gewesen, in welchem Loch hatten sie sich verkrochen, als echte Gefahr drohte? Jetzt, wo die Gefahr gewichen war, übten sie die Rechtssprechung mit einer Autorität aus, die keinen Widerspruch duldete.

Schließlich war er in einen leichten Schlaf gefallen. Da wurde leise an seine Tür geklopft. »Sind Sie wach?«

Er stand auf, zog sich blitzschnell die Hose an und öffnete die Tür. Im dunklen Flur stand seine Wirtin, im Nachthemd und mit einer Decke um die Schultern.

»Ich kann nicht schlafen und konnte hören, dass Sie sich herumwälzen. Trinken Sie vielleicht unten eine Tasse Tee mit mir?«

Leise gingen sie nacheinander die schmale Treppe hinunter, und während die Frau Wasser aufsetzte, warf Coburg Kohlen in den Ofen und machte ein Feuer. Kurz darauf saßen sie zu beiden

Seiten des Ofens, der langsam Wärme ausstrahlte. Coburg hörte zu, wie seine Wirtin beim Erzählen vom Hölzchen aufs Stöckchen kam, erst noch vorsichtig, aber schon bald weniger zurückhaltend. Sie und ihr Mann stammten nicht aus Wercke, und es hatte lange gedauert, bis man sie akzeptierte. Das stand jetzt auf dem Spiel. Was, wenn sie dorthin zurück musste, wo sie hergekommen war? Als Witwe mit drei kleinen Kindern? Ihre Eltern waren alt, und dort lebte man nicht besser als hier. Coburg schaute ihr ins abgearbeitete Gesicht, konnte jedoch keine Worte finden, die ein anderes Licht auf die Dinge warfen. Er spürte dementsprechend auch Erleichterung, als sie aus eigenem Antrieb über den Grund für seine Ankunft in Wercke zu sprechen begann. Dass der Name von Bruder Damianus gefallen war, erstaunte sie nicht. Jeder wusste, dass er schnell die Beherrschung verlor und gerne einmal zuschlug.

»Und zwar wirklich gerne«, fügte sie hinzu.

»Gibt es denn niemanden, der ihn zurückhält?«

»Ich weiß, dass einige der Mönche nicht damit einverstanden sind, aber das ist ihm egal.«

»Und der Abt unternimmt nichts?«

»Nun ja, so genau weiß ich das nicht, aber ich nehme an, dass auch der letzten Endes seine schützende Hand über ihn hält. Das hat er auch getan, als ich mich bei ihm beschwert habe.«

»Kommt dieser Damianus auch manchmal nach draußen?«

»Ja, natürlich, alle Mönche kommen hin und wieder nach draußen. Im Sommer häufiger, wenn das Wetter schön ist, aber jetzt auch manchmal. Er kauft jede Woche Zigarren. Warum fragen Sie das? Sie wollen ihn doch nicht etwa ansprechen?«

»Vielleicht. Ich weiß ja nicht einmal, wie er aussieht.«

Coburgs Wirtin musterte ihn und meinte dann: »Er ist größer und breiter als Sie, auch darum haben die Kinder solche Angst vor ihm. Und wenn er dann noch herumschreit, haben sie wirklich schreckliche Angst. Und nicht nur die Kinder – wenn er sich so benimmt, gehen ihm die meisten Mönche auch lieber aus dem Weg. Nehmen Sie sich nur in Acht.«

Schweigend tranken sie ihren Tee. Coburg stocherte mit dem Feuerhaken im Ofen herum und schaute dann mit den Ellenbogen auf den Knien in die Glut hinter dem Ofenfenster.

»Ich habe nur noch für ein paar Wochen Kohlen. Ich weiß nicht, wie ich die demnächst bezahlen soll. Wenn nur der Winter um Himmels willen nicht zu lange dauert. Ich darf gar nicht daran denken, dass es wieder so kalt wird wie im letzten Kriegsjahr.« Sie stand auf, ging zum Fenster des kleinen Wohnzimmers und zog die Vorhänge besser zu.

»Wenn uns jemand so hier sitzen sieht … Wollen Sie vielleicht etwas Stärkeres? Monne braut seinen eigenen Schnaps, davon habe ich noch etwas hier. Ich trinke ihn mit warmer Milch, wenn ich nicht schlafen kann. Wollen Sie mal probieren?«

»Wenn es das Zeug ist, das ich heute Abend mit ihm in der Kneipe getrunken habe, dann gerne.«

»Möchten Sie ihn auch mit warmer Milch?«

»Das klingt gut, vielleicht kann ich dann ja schlafen.«

Sie stand auf und kam kurz darauf mit zwei Tassen zurück. Nachdem er probiert und ihr ein Kompliment gemacht hatte, fragte sie: »Sie arbeiten also gar nicht für diese Zeitung aus Haarlem, aber kommen Sie vielleicht dorther? Oder haben Sie sich das ausgedacht?«

»Nein, ich komme wirklich aus Haarlem.«

»Und haben Sie dort jemanden?«, fragte sie vorsichtig.

»Ich hatte jemanden, aber sie ist gestorben. Genau wie Ihr Mann.«

»Ach, das ist schrecklich. Haben Sie Kinder?«

Coburg lächelte. »Nein, ich habe keine Kinder.« Er trank aus und stand auf. »Ich versuche jetzt wieder zu schlafen.«

Sie erhob sich und sagte erschrocken: »Nehmen Sie es mir nicht übel, dass ich so neugierig war. Das geht mich natürlich nichts an.«
Er lächelte wieder. »Das macht nichts. Schlafen Sie gut.«
»Ja, Sie auch.«
Nach kurzem Zögern sagte Coburg: »Sie müssen Vertrauen haben. Sie sind stärker, als Sie denken. Sie schlagen sich schon durch. Nach dem ganzen Elend werden auch wieder bessere Zeiten kommen.«

Wieder konnte Coburg nicht einschlafen. Jetzt, wo er wusste, dass ihn seine Wirtin hören konnte, wenn er sich herumwälzte, lag er so still wie möglich da. Mit der Reglosigkeit kamen die Erinnerungen an Rosa deutlicher und unabwendbarer als je zuvor nach oben. Als sie einander nach dem Anschlag auf Huethorst wiedersahen, hatte sie ihn genau wie seine Wirtin gefragt, ob er jemanden habe. Dieses Wiedersehen hatte einen Monat auf sich warten lassen. Sie war die ganze Zeit in seinen Gedanken gewesen, und er hatte sich nur mit Mühe selbst davon abhalten können, Kontakt zu ihrem Vater aufzunehmen. Aus einem solchen Grund Kontakt zu Marinus Barto zu suchen, wäre eine Todsünde gewesen. Barto stand weit oben auf der Liste der meistgesuchten Personen, und je eindeutiger sich abzeichnete, dass die Deutschen den Krieg verlieren würden, desto fanatischer jagten sie die Angehörigen des Widerstandes.

Sie trafen sich hinter einer Lagerscheune für Tulpenzwiebeln in Hillegom. Barto saß auf einem Anhänger und schaute über das Land, auf dem wegen mangelnder Nachfrage keine Tulpen, Chrysanthemen und Hyazinthen standen, sondern Kartoffeln. Mütze und Jackett lagen neben ihm, und er hatte die Hemdsärmel hochgekrempelt. Er klopfte mit der flachen Hand auf die Holzbretter und lud Coburg mit dieser Geste ein, sich neben ihn zu setzen. Während ein paar seiner Männer Wache standen, sprach er voller

Vertrauen über das nahe Kriegsende. Er schaute in einen wolkenlosen Himmel und kniff im Sonnenlicht die Augen zusammen.

»Was nun hier drüberfliegt, ist auf dem Weg nach Deutschland, um da alles zu bombardieren. Wir beherrschen den Luftraum vollständig. Ich habe doch gesagt, wie wichtig das ist. Weißt du, woran mich das erinnert? An Spanien. Damals hatten die Nationalisten dank der Condorlegion die Luftherrschaft, jetzt sind es die Moffen, die ängstlich den Himmel absuchen. Ich weiß, was es bedeutet, am Horizont die schwarzen Punkte auftauchen zu sehen und machtlos abwarten zu müssen, dass die Bomben fallen – das ist schädlich für die Moral. Sie werden Hitler deswegen hassen. Vielleicht ermorden sie ihn sogar. Wenn es so weitergeht, kommt das Kriegsende noch dieses Jahr. Dann kann die richtige Arbeit beginnen. Wir sind gut organisiert, und viele stehen auf unserer Seite. Die Leute wollen nicht länger geknechtet werden. Noch ein bisschen, dann bricht unsere Zeit an.«

Barto wirkte ungewöhnlich gesprächig, und von seiner üblichen distanzierten Haltung war auch nichts zu spüren, als er Coburgs Oberarm mit festem Griff umfasste. »Weißt du schon, was du dann machen wirst?«

»Ich denke, dass ich dann wieder zur Zeitung zurückgehe.«

»In die Lokalnachrichten? Die Welt ist doch viel größer. Wir können Leute wie dich sehr gut gebrauchen. Was hältst du davon?«

Er hatte sich über die Bemerkung nicht gefreut. Das Wort »gebrauchen« gefiel ihm nicht, und was meinte Barto mit »Leute wie dich«? Wie konnte Barto zu wissen glauben, wer er war, wenn sich Coburg nicht einmal selbst kannte? Freiheit war ihm wichtig, so viel wusste er über sich selbst, aber sonst? Er hatte sich auf etwas eingelassen, Schritt für Schritt, aber von einem vorgefertigten Plan war nie die Rede gewesen. Er bekannte sich zu keiner Ideologie; die Deutschen hatten hier nichts zu suchen, deswegen war er in den Widerstand eingetreten. Fertig, aus. Dass die Deutschen auch der Feind waren, nachdem er vielleicht sein ganzes Leben lang gesucht hatte, behielt er lieber für sich.

»Vielleicht. Ich weiß es noch nicht.«

»Nein?« Barto wirkte ehrlich erstaunt. »Nun, dann müssen wir darüber bei Gelegenheit noch sprechen, aber ich habe dich gebeten herzukommen, weil wir dich jetzt auch brauchen. Es wird eines der letzten Male sein.«

Obwohl ihn die Worte nicht überraschten, spürte Coburg, wie sich sein Magen zusammenzog.

»Es muss sein, sonst würde ich dich nicht fragen, das kannst du mir glauben. Für jeden Landesverräter, den wir aus dem Weg räumen, töten die Moffen zehn von uns, und oft Leute, die gar nichts damit zu tun haben. Wir stehen unter großem Druck, keine Attentate mehr zu verüben, aber jetzt geht es nicht anders. Wir sind keine Banditen, die einfach drauflosschießen und unüberlegt das Recht in die eigenen Hände nehmen, das weißt du auch. Es muss sein, und ich will ...«

Barto wurde von dem Pfeifen einer seiner Leute unterbrochen. Als sie sich gleichzeitig umdrehten, sahen sie Rosa näher kommen. Auch all die Jahre später erinnerte sich Coburg noch ganz genau, wie sich bei ihrem Anblick sein Gefühl der Angst ganz plötzlich in Freude verwandelte. Welche Erleichterung er verspürte, und welche Freude! Und wie anders sie aussah! Die ganze Zeit hatte er sich so an sie erinnert, wie sie damals gekleidet gewesen war, in dieser dicken, formlosen Uniform des Nationalen Jugendsturms, doch nun trug sie ein Sommerkleid, das ihre Arme und Beine frei ließ.

Ihr Vater sprang vom Anhänger und drückte sie fest an sich. Auch Coburg war aufgesprungen, und als sie sich von Barto losgemacht hatte, streckte sie ihm eine Hand hin. »Guten Tag, Siem. Schön, dich wiederzusehen.«

»Wir reden gleich weiter«, meinte der Vater und ging dann zu einem seiner Männer.

Neben Rosa lief Coburg ein Stück ins Feld hinein, zu einem alten Gewächshaus. Fast das ganze Glas war zerbrochen, und die Überreste, ein Skelett aus verrostetem Eisen, wurden von Unkraut überwuchert. Drinnen lagen ganze Stapel von halb verrotteten Flechtkörben und Holzkisten, aber der kaputte Raum hatte noch eine andere Bestimmung erhalten: Auf einem dafür freigelegten Stück Land standen Tabakpflanzen, und zwischen den Pfählen hatte jemand Eisendraht gespannt, an dem die Blätter zum Trocknen hingen.

Neben dem Haus verlief ein Graben. Rosa zog Schuhe und Socken aus und steckte die Füße ins Wasser. Er folgte ihrem Beispiel. »Noch ganz schön kalt«, meinte er, während er die Füße langsam vor und zurück bewegte.

»Wie geht es dir?«, erkundigte sie sich.

»Alles in Ordnung. Und bei dir?«

Sie lächelte. »Du tust genau dasselbe wie letztes Mal: Du lässt mich reden und erzählst nur etwas über dich selbst, wenn ich weiterfrage. Wie können wir denn so ein normales Gespräch führen? Schön, dann fange ich an. Es geht mir gut. Der Krieg wird nicht mehr lange dauern, und hoffentlich kann dann wieder jeder ein normales Leben führen. Einfach so auf die Straße gehen, Leute treffen, unsere Stimme erheben. Dann können wir unsere Energie für positive Dinge einsetzen. Aber wir sind hier nicht ohne Grund. Ich weiß nicht, was mein Vater vorhat, aber das hören wir sicher bald.«

Bei den letzten Worten war das Lächeln aus ihrem Gesicht verschwunden, und sie schwieg kurz. »Ich freue mich wirklich, dich wiederzusehen, Siem. Ich habe in der letzten Zeit viel an dich gedacht.«

Er sah sie an und hoffte, er würde jetzt nicht wie beim letzten Mal rot anlaufen.

»Darf ich dir eine persönliche Frage stellen?«, bat sie.

»Ja, natürlich.«

»Hast du jemanden? Eine Frau oder eine Freundin?«

»Nein. Und du?«

»Ich auch nicht.«

Sie ließ sich rückwärts ins Gras sinken und streckte die Arme aus. »Wenn der Krieg vorbei ist, gehe ich ins Ausland und studiere. Ich war schon einmal in der Sowjetunion, in einem Jugendlager am Schwarzen Meer. Vielleicht gehe ich auch nach China, da wird der Kommunismus auch immer stärker. Ich will viel von der Welt sehen. Was hast du denn vor?«

Er hatte sich halb umgewandt und schaute auf sie herunter. Das kastanienbraune Haar lag ihr lose ums Gesicht und glänzte im Sonnenlicht. Sein Schatten fiel über ihren Oberkörper und ihren Hals, aber wo die Sonne auf ihre Haut schien, war sie noch so blass, wie er sie in Erinnerung hatte. Er sah, wie sich ihr Busen unter dem dünnen Stoff abzeichnete, und die Sommersprossen auf ihrem Gesicht und die an ihrem Hals. Weil sie die Arme ausgestreckt hatte, hatten sich die kurzen Ärmel hochgeschoben, darum konnte er die ganze Länge ihrer Arme sehen.

»Ich gehe wieder zur Zeitung zurück.«

Sie hielt eine Hand gegen das Licht und sagte: »So kann ich dein Gesicht nicht sehen. Leg dich zu mir, es ist wunderschön.«

Als sie sich auf die Seite drehte und die Knie anzog, legte er sich hin, war sich jedoch währenddessen der Tatsache bewusst, dass sie ihn anschaute. Weil er nicht wusste, wie er sich verhalten sollte, blieb er auf dem Rücken liegen, um in den Himmel zu schauen.

»Und was willst du da studieren?«, fragte er.

»Ich glaube, ich will Landbauingenieurin werden. In der Sowjetunion haben sie große Pläne für die Entwicklung der Landwirtschaft. Das finde ich ganz wunderbar. Bewässerungskanäle, Dämme – man muss das Wasser dorthin leiten, wo es noch nicht ist, und dafür sorgen, dass das Land weiter kultiviert werden kann.

Du musst mich mal was von dem lesen lassen, was du geschrieben hast. Wir brauchen auch Menschen, die über die großen Veränderungen berichten. Es gibt hier noch so viele Leute, die falsche Vorstellungen vom Kommunismus haben. Jemand muss aufschreiben, was schon erreicht worden ist, und wie hoffnungsvoll das die Menschen stimmt. Mit allem, was man jetzt zerstört hat, ist das wichtiger als jemals zuvor.«

Er hatte in den Himmel geschaut, ohne etwas zu sehen, und sie reden hören, ohne dass die Worte zu ihm durchdrangen. Er dachte nur daran, dass sie ehrlich und geradeheraus gewesen war. Das ließ ihn Mut fassen, und er drehte sich abrupt zu ihr um.

»Es fühlt sich falsch an, so nach oben zu schauen. Ich will dich sehen, ich habe auch die ganze Zeit an dich gedacht.«

Wieder wurde er von ihrem Lächeln überwältigt. »Wie schön, dass du das sagst.« Sie richtete sich ein wenig auf, beugte sich zu ihm hin und küsste ihn auf die Lippen, ganz behutsam. Dann ließ sie sich ins Gras zurücksinken.

Auf einen Ellenbogen gestützt, schaute er sie an, und sie erwiderte seinen Blick. Er unterbrach die Stille als Erster: »Diesmal will ich dich genau anschauen. Wenn du gleich wieder weg bist, will ich mich besser als letztes Mal daran erinnern, wie du aussiehst. Du hast braune Augen. Findest du es schlimm, dass ich das bei unserer ersten Begegnung nicht einmal gesehen habe?«

Als er bei ihr war, hatte er sich sehr sicher gefühlt in dem, was er sagte. Hinterher fühlte er sich umso unsicherer. Er fürchtete, zu viel von sich preisgegeben zu haben, und bereute seine Offenherzigkeit. Sie wusste schon, was sie vorhatte, und sie würde sich von ihm nicht davon abbringen lassen. Was blieb ihm dann? Ihr zu folgen?

Der Anschlag, den er auf Rost van Tonningen* hätte verüben sollen, war misslungen. Sie waren nicht einmal in die Nähe des

Mannes gekommen. Nachdem Coburg ein paar Nächte lang von einer Untertauchadresse zur anderen geflüchtet war, landete er auf einem Bauernhof, über einem Stall. Die Kühe standen bereits auf der Weide, aber die eingetrockneten Fladen und das staubige Stroh verströmten noch immer einen schwachen Geruch nach Mist und Ammoniak. Wenn er sich auf den Rücken drehte, schaute er zu Balken und Dachpfannen hinauf, zwischen denen das Licht durch die Ritzen drang. Er lag auf einer Matratze zwischen verrosteten landwirtschaftlichen Geräten, kaputten Jutesäcken und geflochtenen Körben, dicken Staubschichten, Spinnweben, Vogelnestern und Mäusedreck, und durch eine offen stehende Luke auf der Rückseite hatte er eine gute Aussicht über die Umgebung. Den Hof konnte er nicht sehen, aber jedes Mal, wenn die Gänse, die dort nach Körnern pickten, zu schnattern begannen, erschrak er und wartete voller Anspannung ab, ob jemand in seinem Gesichtsfeld erscheinen würde.

Man hatte sie verraten. Verrat, immer wieder Verrat. Wie lange würde es noch dauern, bis auch er an die Reihe kam? Wie würde er sich verhalten, würde er schweigen können, wenn man ihn folterte? Als Dries Schotanus letztes Jahr im Februar in Den Haag verhaftet und ins Gefängnis gebracht wurde, war er aus einem Fenster im zweiten Stock gesprungen, um seinem Leben ein Ende zu machen. Coburg hatte Marinus Barto nicht oft aufgewühlt erlebt, aber dieses Mal ging es ihm schlecht. Barto hatte Schotanus, der ebenfalls ein überzeugter Kommunist gewesen war, in Spanien kennengelernt, und sie waren gute Freunde geworden.

Coburg griff nach seinem Jackett und tastete den Saum ab, bis er die Zyankalikapsel spüren konnte. Die einnehmen oder aus einem Fenster springen. Würde er dazu in der Lage sein, wenn der Zeitpunkt kam? Früher war er davon ausgegangen, aber nun war er sich seiner Sache nicht mehr so sicher.

Am dritten Tag erschien Rosa. Er war in der Hitze eingedöst

und wachte auf, weil die Gänse aufgeregt schnatterten. Er hatte die Leiter über die hölzerne hintere Fassade hinabgleiten lassen und sie mit einem Gefühl des Unbehagens begrüßt. Normalerweise wäre er freudig überrascht gewesen, sie zu sehen, doch nun hing die dunkle Wolke eines missglückten Anschlags über ihm, und er hatte viele Stunden einsam darüber gegrübelt, was schiefgegangen war. Als Coburg begriff, dass Rosas Vater sie geschickt hatte, weil er hören wollte, was genau vorgefallen war und wie er hatte entkommen können, gab er sich noch distanzierter. Als er mit ihr zusammengearbeitet hatte, war alles gut gegangen – wie anders sah das jetzt aus.

»Er will deine Version hören. Du musst mir alles erzählen. Alles, egal, mit wem du Kontakt gehabt hast. Man hat uns verraten.«

»Bist du deshalb gekommen?«, hatte er mürrisch gefragt.

»Du weißt, dass es so läuft.«

»Und du solltest wissen, dass ich mich nie verplappere. Das müssen sie dir doch über mich erzählt haben.«

»Mach die Sache bitte nicht noch schwieriger, als sie sowieso schon ist, Siem. Alle werden befragt.«

»Noch schwieriger, für wen denn?«

Er sah, wie unangenehm überrascht sie von der Art und Weise war, wie er mit ihr redete, aber sie appellierte noch einmal an seinen Anstand: »Meinst du vielleicht, mir gefällt das?«

»Das weiß ich nicht, aber es wäre besser gewesen, wenn mich jemand anders das fragen würde. Oder findet dein Vater, dass gerade du das tun musst?«

Sie schaute ihn peinlich berührt an. »Was meinst du damit?«

»Denkst du, dass ich entkommen bin, weil ich Glück hatte?«

»Ja, warum sollte ich das nicht denken?«

»Also werde ich selbst nicht verdächtigt?«

»Natürlich nicht. Ich vertraue dir, Siem.«

»Gut. Gilt das auch für deinen Vater?«

»Ja, natürlich.«

»Schön. Gut, dass du dir da so sicher sein kannst, aber vielleicht sollte ich mich mal fragen, ob ich *ihm* wirklich vertrauen kann. Hast du darüber schon einmal nachgedacht? In seiner Umgebung gibt es mehr Leute als in meiner. Aber gut, frag mich einfach, was du wissen willst.«

Sie hatte sich neben ihn auf die Matratze gesetzt, stand nun jedoch wieder auf. »Wie feindselig du zu mir bist. Ich bin auch hergekommen, weil ich dich gern sehen wollte. Entweder, du benimmst dich jetzt normal, oder ich gehe wieder. Dann kommt wirklich jemand anders. Du brauchst es nur zu sagen.«

Es war nicht das erste Mal, dass eine Auseinandersetzung kurz vor der Eskalation stand, und auch diesmal war er nicht dazu in der Lage, das abzuwenden. Stattdessen rannte er noch schneller auf den Abgrund zu. Schritt für Schritt hatte etwas Besitz von ihm ergriffen, eine unkontrollierbare, explosive Mischung aus Aggressionen, Bitterkeit und ungerechtem Verhalten, und er war nicht in der Lage, es unter Kontrolle zu bekommen. »Ja, tu das. Er soll jemanden schicken, mit dem ich normal reden kann.« Coburg griff sich seine Jacke und fuhr wütend fort: »Sag einfach, dass es mir ganz prächtig geht, und dass ich ja jederzeit mein Gift schlucken kann, wenn es mir zu viel wird.«

»Jemanden, mit dem du normal reden kannst? Wer soll denn das bitte sein?«, schimpfte Rosa. »Kenne ich den?«

»So denkst du also über mich?« Er war so außer sich, dass er mit aller Kraft gegen einen Holzbalken schlug. »Du weißt doch gar nichts von mir, verdammt noch mal.«

Kopfschüttelnd trat sie einen Schritt zurück. »Lass nur, ich gehe ja. Ich hätte nicht herkommen sollen.«

Schon während sie die Leiter hinabließ, wurde ihm das Ausmaß seines Verhaltens bewusst, und er spürte Schmerz und Trauer. Ich bin schuld daran, nicht sie – er wusste es, aber er war nicht dazu in der Lage, eine Wende herbeizuführen. Etwas in ihm blockierte einfach. Er hatte sie verletzt, obwohl sie zu ihm gekommen war, weil sie ihn gern sehen wollte. Was hatte ihn dazu getrieben, das Ganze kaputt zu machen und sie so von sich zu stoßen?

Als sie weg war, lag er da und starrte vor sich hin. Eine Schwalbe wand sich zwischen den Dachpfannen hindurch nach drinnen und verschwand in einem Nest, der Geruch nach gemähtem Gras verbreitete sich. Das habe ich nur mir selbst vorzuwerfen, dachte er. Er hatte keine Fluchtmöglichkeit, keine Ablenkung, und während er eine Zigarette nach der anderen rauchte, gärten Hass und Aggressionen weiter in seinem Inneren.

Als das Stockdunkel sich ins erste Tageslicht verwandelte, stand Coburg auf und setzte sich wieder ans geöffnete Fenster. Er sah zu, wie die Sterne am Himmel langsam blasser wurden und das Wasser des Flusses seine Farbe von Schwarz zu Grau veränderte. In der Ferne krähte ein Hahn; nur kurze Zeit, dann würde das Dorf aufwachen, Er hörte, wie das Singen und Zwitschern der Vögel lauter wurde, und sah, wie sie sich als schwarze Punkte von den verschneiten Zweigen der Bäume abhoben.

Gleich musste er seiner Wirtin wieder unter die Augen treten. Er bereute die letzten Worte, die er zu ihr gesagt hatte. Sie waren als Ermutigung gemeint gewesen, aber er kannte sie nicht gut genug, um ihr sagen zu können, dass sie stärker war, als sie selbst glaubte. Und dieses Anbrechen von besseren Zeiten? Was wäre nötig, um der Ausweglosigkeit ihrer Armut ein Ende zu bereiten?

Marinus Barto hatte sich für eine bessere Welt eingesetzt, und man brauchte sich nur anzusehen, was aus ihm geworden war. In Spanien hatte er vergeblich gegen den Faschismus gekämpft und hilflos mitansehen müssen, wie eine Übermacht an Naziflugzeugen sie immer wieder bombardierte. In seinem eigenen Land hatte man ihn und seine kommunistischen Mitstreiter nach all ihren

Opfern aufs Abstellgleis geschoben. Viele seiner Genossen waren Laufjungen von Leuten geworden, die durch die Regierung in London zu Anführern des Widerstandes ernannt worden waren. Wie viele von diesen neuen »Anführern« hatten bis dahin gar nichts unternommen, sich die Freundschaft der Deutschen erhalten, sich hindurchlaviert, in der Hoffnung, dass ihnen nichts geschah? In der neuen Regierung gab es nicht eine Person, die in dem Moment, als sie begriff, dass ihr Ende gekommen war, Verrätern in die Augen hatte schauen müssen. Sie hatten die Finger nicht am Abzug gehabt, und die Zeit des Wartens auf ihre Zielperson war ihnen nicht endlos vorgekommen. Und nachdem die Orden ausgeteilt und die Worte des Dankes gesprochen worden waren, entschieden sie sich dafür, Abstand zu halten, weil Menschen, die getötet haben, so gerechtfertigt das damals auch war, trotzdem Mörder blieben. In noch viel größerem Maße wandte man sich jedoch von ihnen ab, weil sie, die Widerstand geleistet hatten, einen an die eigene Feigheit erinnerten.

Seine Wirtin hatte ihn gefragt, ob er jemanden habe. »Ich hatte jemanden, aber sie ist gestorben. Genau wie Ihr Mann«, hatte seine Antwort gelautet. So ging es in Wirklichkeit zu – was hatte ihm nur die feigen, bedeutungslosen, keinen echten Trost enthaltenden Worte eingegeben, die er an sie gerichtet hatte? Mussten sie einander Unterschlupf bieten, während sie warteten und auf diese besseren Zeiten hofften?

Nein, ich bin aus einem anderen Grund hier, dachte er. Siebold Tammens hat mir das Leben gerettet. Der alte Tammens hat darin die Hand des Herrn erkannt, dass diese Aufgabe einem missgebildeten, gestraften Kind zugefallen ist. Jetzt sitzt der alte Mann hinter seiner Fensterscheibe, die Bibel, in der er nach Antworten sucht, im Schoß, und er schaut diese lange, schnurgerade Auffahrt entlang, wartet darauf, dass er mich kommen sieht. Darauf, dass Recht getan wird.

Coburg schaute zur Decke hinauf, als sich eines der Zwillingsmädchen im Schlaf bewegte.

Mit Ashoffs Tod hätte es auch für ihn vorbei sein sollen. So hatte er es sich vorgenommen: ein selbst gewähltes Ende, nicht um wieder mit seiner Rosa vereint zu werden, sondern um genauso tot zu sein, damit an die ganzen Gedanken an sie ein Ende kam.

Stattdessen war er nun hier. Wenn er das dem alten Tammens erzählt hätte, hätte der dann erwidert, dass auch das die Hand Gottes war? Dass ein geistig behindertes Kind, ohne es auch nur im Geringsten zu vermuten, Coburg schon zweimal das Leben gerettet hatte?

25

Bruder Felix erwachte von einem Geräusch, das er sofort erkannte. Er fragte sich, ob er vielleicht verschlafen hatte, doch als er den Lichtschalter betätigte, sah er auf seinem Wecker, dass es erst fünf Uhr war. Erschrocken stand er auf und eilte in Unterhose und Hemd in den Schlafsaal. Er schaltete das Licht an und sah, dass sich eine Gruppe Kinder um eines der Betten geschart hatte. Anselmus konnte er zwar nicht sehen, hörte ihn jedoch mit einer ungewöhnlich lauten und angespannten Stimme vorbeten. Als er die Jungen beiseiteschob, entdeckte Felix Anselmus auf dem Bettrand von Hero Spoormaker. Der Kopf des Kindes ruhte in Anselmus' Schoß, und der Mönch strich ihm über das blonde Haar, das sich scharf von seinem dunklen Habit abhob. Noch bevor Felix den Jungen berührte, wusste er, dass Hero nicht mehr lebte.

»Was ist geschehen, Anselmus?«

Der andere schien ihn nicht zu hören, und erst als Felix die Stimme erhob, schaute Anselmus auf. Die Tränen kullerten ihm über die Wangen. Die Hand, mit der er Hero streichelte, zitterte unkontrolliert. Wieder klang seine Stimme ungewöhnlich laut: »Unser Hero wurde zum Herrn gerufen. Jetzt beten wir für ihn. Nicht wahr, Kinder?«

Felix schaute sich um und sah Verwirrung, Angst, Neugierde und Verständnislosigkeit auf ihren Gesichtern. Welche Antwort hätte er wohl zu erwarten, wenn er sie fragen würde, warum sie hier standen und Anselmus in seinem Gebet folgten?

»Kommt, zurück ins Bett mit euch, mit euch allen.«

Während sich die Kinder im Saal verteilten, beugte sich Felix herunter, hob den Kopf des toten Kindes hoch und bettete ihn auf das Kissen. Er versuchte, Anselmus an beiden Händen zu nehmen, doch der wehrte ihn ab.

»Du musst ins Bett, du bist noch krank.«

»Ich weiß sehr gut, was ich tue. Ihre Hilfe ist nicht mehr vonnöten.« Die Worte erklangen in einem Ton, den Felix noch nie zuvor bei Anselmus gehört hatte und der ihn unangenehm überraschte. Was dann folgte, wirkte richtiggehend unversöhnlich: »Ich bin hier nicht derjenige, der krank ist.« In ihren bisherigen Gesprächen hatte sich Anselmus oft abgewandt, jetzt hingegen blickte er Felix herausfordernd an.

Felix wusste nicht, was er tun sollte.

Was hatte diese Haltung ausgelöst, und was war hier vorgefallen? Dann entschied er, dass jetzt nicht der richtige Zeitpunkt für eine Auseinandersetzung war. Der Tag fing gerade erst an; bald würde Podocarpus aufstehen. Er schaute auf den toten Hero Spoormaker und seinen deformierten Körper unter dem Nachthemd herunter; weder den Augen noch seinem Gesichtsausdruck war zu entnehmen, dass es einen Todeskampf gegeben hatte. Felix war sich der starrenden Blicke um sich herum bewusst, reagierte jedoch nicht darauf.

»Man muss Podocarpus informieren, und Doktor van Waesberghe anrufen. Und du musst zurück ins Bett.«

»Ich bleibe hier.«

»Ausgeschlossen. Was glaubst du, wie van Waesberghe reagieren wird, wenn er dich so hier vorfindet? Willst du, dass er dich abholen lässt, damit du im Krankenhaus in ein Einzelzimmer kommst, wo du niemanden anstecken kannst?«

Er war sich der Tatsache bewusst, dass sein Ton wieder ungeduldig und unfreundlich war. Er musste eine geeignete Gelegenheit finden, um mit Anselmus zu reden, aber jetzt gab es Dringenderes zu erledigen.

Anselmus hatte die Tür seines Zimmers hinter sich geschlossen, und Felix saß auf einem der Betten am Fenster. Der Himmel war aufgeklart, das Licht so grell, dass er die Augen zugekniffen hatte. Die Temperatur stieg, und am Eisenzaun des Wildtiergeheges hingen Tropfen von geschmolzenem Schnee und Eis. Die Hirsche standen dicht zusammengedrängt und fraßen von dem Heu, das man ihnen an diesem Morgen in die Futterkrippe gelegt hatte. Innerhalb kurzer Zeit würde das Sonnenlicht auf die ersten Betten fallen.

Einige Kinder hatten versucht, ihn zum Spielen zu verführen, doch er hatte sie zurück ins Bett geschickt; die wenigen, die weiter an ihm gezogen hatten, hatte er streng ermahnt – mit einem schmerzlichen Gefühl, denn der Schrecken auf ihren Gesichtern berührte ihn, aber ihm stand nicht der Sinn danach. Wieder fragte er sich, was in dieser Nacht geschehen war, und noch immer verspürte er Unbehagen. Nun war nicht der richtige Zeitpunkt. Du bist jetzt böse auf mich, Anselmus, dachte er. Aber das geht auch wieder vorbei, und dann werde ich dich danach fragen.

Als er den Arzt kommen sah, stand Felix auf und öffnete die Tür. Unter dem Mantel trug van Waesberghe einen schwarzen Anzug samt Oberhemd und Krawatte, und diesmal klopfte er den Schnee aus ein paar schwarzglänzenden Schuhen. »Ich bin auf dem Weg nach Venlo, meine Frau wartet im Wagen. Bringen Sie mich zu dem Jungen.«

Bruder Felix ging ihm voran und stellte sich ans Fußende des Bettes, sodass er sehen konnte, was vor sich ging. Um der Frage des Arztes zuvorzukommen, sagte er: »Ich habe ihn heute Morgen so vorgefunden.«

Der Arzt untersuchte den Jungen und fragte, ohne aufzublicken: »Ist er krank gewesen? Fieber, Husten?«

»Nein.« Bruder Felix hatte Zeit zum Nachdenken gehabt, und das schien ihm letzten Endes die beste Antwort zu sein.

»Hat er Essen und Trinken verweigert?« Die Ungeduld in van Waesberghes Stimme und den Blick des Arztes auf seine Uhr bekam Felix in den falschen Hals, und verärgert erwiderte er: »Essen und Trinken verweigert? Davon kann gar keine Rede sein. Der Junge wurde gefüttert. Manchmal aß er, manchmal nicht.«

Van Waesberghe schaute ihn mit hochgezogenen Augenbrauen an.

»Ist das hier nicht viel zu anstrengend für Sie? Bei allem Respekt, aber Sie sind doch nicht mehr der Jüngste. Gibt es keinen jüngeren Mitbruder, der es übernehmen kann?«

»Ich kann es sehr gut allein bewältigen.«

»Diesen Eindruck machen Sie allerdings nicht auf mich. Sie erscheinen mir vielmehr übermüdet, wenn nicht sogar überspannt. Ich denke, Sie können zusätzliche Hilfe gut gebrauchen. Ich werde es mit Ihrem Abt besprechen. Schlafen Sie genug? Ich werde Ihnen gleich eine Kapsel Luminal geben. Wenn Sie die nach dem Essen einnehmen, können Sie ordentlich Schlaf nachholen. Es gibt doch sicher jemanden, der Ihre Arbeit hier für eine Nacht übernehmen kann.«

Der Arzt richtete den Blick wieder auf den toten Jungen und erkundigte sich: »Die Eltern?«

»Er war ein Waisenkind.«

»Andere Angehörige?«

»Nicht soweit uns bekannt ist.«

Van Waesberghe schüttelte den Kopf. »Allein auf der Welt, und dann auch noch mit diesem Körper. Sie und ich, wir dürfen uns glücklich schätzen.« Er schloss seine Tasche mit einem Klicken. »Ich werde die Dokumente vorbereiten. Geben Sie ihm nur ein schönes Begräbnis.«

Auf dem Weg zu Tür kam er an Anselmus' Zimmer vorbei. Er ging hinein und trat ans Bett des Mönchs. Nachdem er sich von Felix im Flüsterton hatte informieren lassen, sagte er, ohne die

Stimme zu senken, als würde er jede Andeutung von Vertraulichkeit vermeiden wollen: »Sehr gut. Ich muss zugeben, dass ich zufrieden bin. Allerdings muss er seine Medizin weiter nehmen. Viel Ruhe und frische Luft braucht er. Wie ich sehe, haben Sie das Fenster schon ein wenig aufgemacht.«

Bruder Anselmus wachte nicht auf; auch nicht, als man den Leichnam von Hero Spoormaker abholte.

26

Sofort nach dem Frühstück machte sich Coburg auf den Weg nach Steyl. Er wich vom üblichen Weg ab und folgte so weit es ging dem Flusslauf. Das Gehen durch das vom Schnee bedeckte Weideland war anstrengend, aber es herrschte Stille, und eilig hatte er es nicht. Er glitt über das Eis der zugefrorenen Gräben, stieg über Zäune und schaute einer Schar Gänse nach, die in V-Formation über ihn hinwegflog. Es war gar nicht möglich, sich zu verirren, denn schon bald erschienen am Horizont die zwei imposanten Türme des Missionshauses Sint Michaël. Nach gut anderthalb Stunden klingelte er an dem Haus, in dem van Waesberghes Praxis untergebracht war. Dort wurde ihm mitgeteilt, dass sich ihre Wege gekreuzt haben mussten, denn der Arzt war soeben nach Wercke aufgebrochen. Coburg beschloss, auf die Rückkehr des Mannes zu warten. Styl war um einiges größer als Wercke, hatte jedoch ebenso wenig einen Gasthof oder ein Hotel, und die einzige Wirtschaft war geschlossen.

Coburg ging hinunter an die Maas, betrachtete von dort aus die verschiedenen von Mauern umgebenen Gebäudekomplexe der Missionare und ging schließlich in die Kirche. In der vordersten Bank knieten vier Geistliche, ins Gebet versunken. Es war kaum wärmer als draußen, aber Coburg konnte die Füße ausruhen. Ein wenig später verließen die Geistlichen die Kirche, und er blieb allein unter den massiven Bogen hoch über ihm zurück. Immer wenn sich Wolken vor die Sonne schoben, wurde es in der Kirche noch dämmriger, um dann erneut ins Helle überzugehen, wenn wieder Sonnenstrahlen durch die bunten Glasfenster fielen. Er glaubte sich allein und erschrak, als plötzlich die Kirchenorgel erklang. Dann stand er auf und schritt auf die Tür zu, ging nach kurzem Zögern zu einer Nische, in der Kerzen brannten. Er warf eine Münze in die Holzschachtel, nahm sich eine Kerze, steckte sie an, ließ einige Wachstropfen auf die Metallplatte fallen und drückte die Kerze darin fest. Er schaute zu dem Marienbild hinter dem eisernen Gitter und wartete, bis die nächsten Sonnenstrahlen das Gesicht erhellten. Der Schöpfer dieses Standbildes war kein großer Künstler gewesen: Coburg konnte aus dem Gesicht nichts ablesen. Vielleicht war das auch besser so, dachte er. Rosa war nicht gläubig gewesen, aber das hatte sie nicht davon abgehalten, Kirchen zu betreten, eine Kerze anzuzünden und an die Menschen zu denken, die sie liebte; sie hoffte, das würde sie vor Unheil beschützen. Er hielt das für eine Form des Aberglaubens und hatte sie damit geneckt. Und jetzt zündete auch er eine Kerze an, in einer Gefühlsaufwallung. Um das zu tun, was sie auch getan hatte, nicht für das, was sie damit hatte bezwecken wollen. Fast jeder, der ihm nahegestanden hatte, war tot. Wer sollte da noch vor Unheil beschützt werden?

Draußen sah er, wie sich eine Schar Krähen am Flussufer niederließ und im Gras herumpickte, von dem der Schnee weggespült worden war. Als er wieder an der Wirtschaft vorbeiging, war sie geöffnet. Eine Frau wechselte das Sägemehl auf dem Holzfußboden. Coburg setzte sich an einen Tisch, bestellte Kaffee und drehte sich eine Zigarette.

»Sie sind der Erste heute. Ich werde den Ofen anheizen.« Die Frau kam hinter der Zapfanlage hervor und kniete sich vor den Ofen. Sie war so dicht bei ihm, dass er durch den Duft der frischen Holzspäne ihren Schweiß riechen konnte; sie war zu dick und atmete schwer.

Coburg dankte ihr und zündete seine Zigarette an.

»Manchmal beneide ich unsere Missionare, wenn sie ins Warme abreisen.«

»Wohin fahren die denn so?«

»Ich kenne all diese Länder nicht. Viele gehen nach China, aber auch nach Indien; da ist es gefährlich, aber das hält sie nicht davon ab.« Als das Feuer im Ofen zu brennen begann, erhob sie sich mühsam und verschwand in die Küche. Coburg dachte über ihre Worte nach. Missionare, die nach Niederländisch-Indien gehen, um Gottes Wort dorthin zu bringen. Aus freiem Willen. Er hatte den Dienst dort verweigert und war deswegen im Gefängnis gelandet.

Als die Frau kurz darauf den Kaffee vor ihn hinstellte, erkundigte sie sich: »Ich habe Sie noch nie gesehen. Was führt Sie denn in unser Dorf?«

»Ich habe einen Termin bei Doktor van Waesberghe.«

Sie schaute ihn aufmerksam an und fragte: »Hoffentlich nichts Ernstes?«

»Ich schreibe für eine Zeitung und will gern mit ihm über seine Arbeit im Internat in Wercke sprechen.«

»Über das Heim? Da wird gute Arbeit getan. Schön, dass Sie darüber schreiben. Meine Tochter ist gerade mit ihrem ersten Kind schwanger. Gott möge verhüten, dass es so eines wird. Das wünscht man niemandem.« Ein Schatten zog über ihr Gesicht, und um ihre Ängste zu beschwören, schlug sie ein Kreuz. »Der alte van Waesberghe lebt nicht mehr, aber der hat all meinen Kindern auf die Welt geholfen. Das war ein ganz besonderer Mann, wahrhaftig! Ganz geradlinig, vor allem jammern durfte man nicht viel, dann sollte ich eben einen Schnaps trinken. Hin und wieder hätte man ihm gerne ordentlich die Meinung gesagt, aber als ich einmal eine Steißlage hatte, hat er mir und dem Kind das Leben gerettet. Und er half auch Leuten, die ihn nicht bezahlen konnten. Vor dem Krieg kam jedes Jahr ein Scherenschleifer her, ein

Zigeuner mit seiner ganzen Familie. Die schlugen am Dorfrand ihr Geschäft auf, blieben ein paar Tage und zogen wieder weiter. Als er einer dieser Frauen umsonst bei der Geburt half, hat man ihm aus Dankbarkeit aus der Hand gelesen. Nun, an so etwas glaubte er überhaupt nicht. Stattdessen hat er ihnen erklärt, dass sie sich lieber so weit wie möglich von Deutschland entfernen sollten, um dem Verrückten da auf der anderen Seite zu entkommen. Er hat erzählt, sie hätten über seine Warnung gelächelt, aber er hat Recht behalten: Nach dem Krieg sind sie nie wieder zurückgekommen. Er war oft missmutig, aber man konnte immer zu ihm. Und er hat sich jeder Herausforderung gestellt. Wenn ihn ein Bauer in Not anrief, half er genauso mühelos einem Kalb auf die Welt. Bei seinem Sohn kann ich mir das nicht vorstellen, der bewegt sich lieber in höheren Kreisen.«

Coburg war der Einzige im Wartezimmer, und nach etwa einer halben Stunde hörte er draußen ein Auto vorfahren. Doktor van Waesberghe wurde kurz darauf von seiner Assistentin darüber informiert, dass unbekannter Besuch gekommen war. Van Waesberghes unwillige Reaktion, als seine Assistentin den Grund für diesen Besuch nicht angeben konnte, war zwar gedämpft, aber doch gut zu verstehen. »Haben Sie überhaupt danach gefragt? Ist der Mann krank? Na ja, lassen Sie nur.«

Als sich die Tür öffnete, stand Coburg auf, und nachdem sie sich einander vorgestellt hatten, ging der Arzt seinem Besucher voran in sein Sprechzimmer. Er bedeutete Coburg, er solle sich hinsetzen, und nahm hinter seinem Schreibtisch Platz. »Sie kommen nicht von hier, oder?«

»Nein.«

»Ja, das habe ich schon mitbekommen. Was kann ich für Sie tun?«

»Ich bin auf Bitten von Herrn Tammens hier.«

»Von wem?«

»Von Herrn Tammens.«

»Muss ich den kennen? Der Name sagt mir nichts. Er ist auf jeden Fall kein Patient von mir. Sie werden mir schon genauer erklären müssen, worum es geht.«

»Herr Tammens hatte einen Enkel, den man im Internat in Wercke aufgenommen hatte: Siebold Tammens. Der Junge ist vor etwa drei Wochen verstorben.«

Van Waesberghe betrachtete Coburg nun mit mehr als oberflächlichem Interesse und erwiderte: »Gut, ja, natürlich, jetzt weiß ich, wen Sie meinen. Dieser Herr Tammens hat mich damals angerufen, das stimmt. Woher kam er auch gleich wieder?«

»Aus Groningen.«

»Ja, richtig. Er hatte einige Fragen zur Todesursache des Jungen. Diese Fragen habe ich damals ausführlich beantwortet. Sind Sie deswegen hier? Was genau ist eigentlich Ihre Rolle? Warum kommt Herr Tammens nicht selbst, wenn er mehr wissen möchte?«

»Herr Tammens sitzt im Rollstuhl und hat mich gebeten, mit Ihnen zu sprechen.«

»Wer sind Sie denn genau? Ein Angehöriger?«

»Ein guter Freund.«

»Und Sie haben diesen weiten Weg auf sich genommen, um mit mir zu sprechen? Das erscheint mir allerdings überflüssig. Ich kann Ihnen nicht mehr sagen als das, was ich damals schon gesagt habe. Mit dem Jungen war nicht fertigzuwerden. Dann bleibt uns nichts anderes übrig, als die Betreffenden zu fixieren oder ihnen schwere Beruhigungsmittel zu verabreichen. Man hat sich fürs Fixieren entschieden, weil ich es für stärkere Medikamente noch zu früh fand. Wenn wir erst einmal in diesem Stadium angelangt sind, gibt es keinen Weg zurück. Wenn ich das richtig verstehe, gab es bei diesem Jungen auch Tage, an denen er ruhig war und an bestimmten Aktivitäten teilnehmen konnte. Bei einem seiner Ausbrüche ist er leider unglücklich gefallen und gestorben. Reicht das als Erklärung? Sie dürfen mir glauben, dass sowohl die Mönche als auch ich über diesen Vorfall besonders unglücklich sind, aber so ist es nun einmal.«

»Herrn Tammens zufolge hat man den Jungen auch geschlagen. Sein Gesicht war grün und blau. Das hat er Ihnen ebenfalls mitgeteilt, aber Ihre Antwort fand er unzureichend. Er will wissen, was genau passiert ist.«

Nach einem kurzen Moment des Erstaunens lief van Waesberghes Gesicht rot an, doch es gelang ihm, seine Stimme zu beherrschen: »Er fand meine Antwort unzureichend? Ich meine mich allerdings zu erinnern, dass ich ihm ausführlich Rede und Antwort gestanden habe. Was soll ich dem noch hinzufügen? Der Junge ist bei einem unglücklichen Fall zu Tode gekommen, fertig, aus.«

»Man hat den Jungen also nicht misshandelt?«

»Misshandelt?« Auf dem Gesicht des Arztes erschien ein wütender Ausdruck. »Was fällt Ihnen denn ein? Nein, natürlich nicht.«

»Auch Bruder Damianus nicht?«

»Bruder Damianus?«

Van Waesberghe schien einen Augenblick zu benötigen, bis das Gesagte richtig zu ihm durchdrang. Er hob die Stimme, und darin kämpften Erstaunen und Empörung um die Oberhand. »Du liebe Güte, darum stellen Sie den Leuten in Wercke diese ganzen Fragen. Das ist es doch, was Sie tun?«

»Das hat man mir so berichtet. Ich frage ...«

»Genug. Genug jetzt«, fuhr ihn van Waesberghe an und stand auf. »Ich weiß nicht, mit wem Sie gesprochen haben, und ich will es auch gar nicht wissen. In dieser Art Dörfer behaupten die Leute alles Mögliche. Das wird in Groningen nicht anders sein, das müsste Herr Tammens doch eigentlich wissen. Die Menschen reden gern, vor allem, wenn es um das Sint Norbertus geht. Ich erkläre dieses Gespräch jetzt für beendet und bitte Sie, meine Praxis zu verlassen. Und noch etwas: Sie können froh sein, dass ich nicht zur Polizei gehe und mich dort über Sie beschwere.«

Jetzt haben sich die letzten Türen verschlossen, dachte Coburg, während er nach Wercke zurücklief. Van Waesberghe hatte inzwischen sicher im Kloster angerufen, und damit hatte der Abt einen zweiten Hinweis darauf bekommen, aus welchem Grund sich Coburg wirklich hier aufhielt. Trotzdem war er nicht umsonst hergekommen, alles andere als das. Auf van Waesberghes Gesicht waren nicht nur Erstaunen, Ärger und Wut sichtbar gewesen – da gab es auch ein Wiedererkennen, als der Name Damianus fiel.

Diesmal folgte er der gewöhnlichen Straße, aber als er bei eintretender Dämmerung das Internatsgebäude vor sich aufragen sah, sprang er über einen Graben und lief an der Mauer entlang bis zu der Stelle, wo er gestern auf der anderen Seite die Marderspuren gesehen hatte. Das Wäldchen war dichter, als er erwartet hatte. Die Kiefern waren in zu geringem Abstand gepflanzt worden, die Zweige hatten sich ineinander verhakt, und das viele tote Holz war nie beschnitten worden. Die Zweige hingen so tief, dass sich Coburg bücken musste, um hindurchdringen zu können. Jedes Mal, wenn er einen Zweig berührte, fiel ihm Schnee auf den Kopf oder in den Nacken, doch auf dem Boden lag nur eine dünne Schicht. Auf Händen und Knien kroch er an der Mauer entlang, jedes Mal, wenn sich ihm genug Platz bot, richtete er sich auf, um die höheren, überhängenden Zweige zu begutachten.

Nach einer guten Viertelstunde entdeckte er einen dicken Ast, auf dem weniger Schnee lag als auf den anderen, und dieser Schnee war von den Pfoten des Marders ein wenig eingedrückt worden; er fand einen unvollständigen Abdruck. Er folgte dem Ast in Richtung des Baumstamms und suchte dann nach der nächsten Spur. Das Tier musste den Stamm emporgeklettert und auf einen anderen Ast gesprungen sein, aber es war zu dunkel geworden, als dass Coburg noch etwas hätte erkennen können. Wieder bewegte er sich auf Händen und Knien vorwärts und suchte den Boden flüchtig nach Losung ab, nach Hühnerfedern oder Knochen, fand jedoch nichts. Schließlich kroch er aus dem Wäldchen, klopfte sich Kiefernnadeln und Erde von der Hose, lief zur Straße zurück und von dort aus ins Dorf.

27

Die Familie war gerade mit dem Essen fertig, als Coburg das Zimmer betrat. Die Kinder saßen auf dem Boden, nahe am Ofen, und die Mutter erledigte in der Küche den Abwasch. Sie fragte, ob er noch etwas essen wolle, und er setzte sich an den Tisch. Rauch hing in der Luft, und im Aschenbecher lag ein Zigarrenstummel. Der Gesichtsausdruck seiner Wirtin war bedrückt, und die beiden Mädchen warfen ihm noch scheuere Blicke zu als sonst, aber der Junge ging ganz und gar in dem Heft auf, das in seinem Schoß lag. Jemand hatte Comics aus der Zeitung ausgeschnitten und untereinander auf die Seiten geklebt. Coburg erkannte die Art der Zeichnungen und die Hauptperson mit Mütze und Pfeife.

»Kapitän Rob«, sagte er. Sie wechselten einen kurzen Blick, aber als keiner von ihnen beiden etwas sagte, wandte sich der Junge wieder dem Heft zu.

Wenig später stellte die Frau einen Teller Rübeneintopf vor Coburg hin und legte ein paar dick mit Corned Beef belegte Scheiben Brot daneben. »Das haben Sie für uns gekauft«, sagte sie und setzte sich ihm gegenüber.

Während des Essens war er sich ihres Blickes bewusst, und der Blicke ihrer Töchter. Es war etwas vorgefallen, und es war nur eine Frage der Zeit, bis er erfahren würde, worum es sich handelte. Als er fertig gegessen hatte, räumte sie ab und dirigierte ihre Kinder in die Küche, damit sie sich das Gesicht wuschen und die Zähne putzten. Coburg hörte, wie sie sich zu schaffen machten, und wenig später wünschte ihm das Zwillingspaar eine gute Nacht und war schon weg, bevor er antworten konnte; der Junge blieb mit dem Heft unter dem Arm im Türrahmen stehen und sagte: »Wenn ich groß bin, werde ich auch Abenteuer erleben. Es gibt viele vergessene Schiffe mit Goldmünzen. Wenn ich die finde, sind wir reich. Dann wohnen wir in einem großen Haus und kaufen uns, was wir wollen.«

»Sehr gut«, sagte Coburg. Die Ermutigung brachte den Jungen zum Weiterreden: »Und wenn wieder ein Krieg kommt, schieße ich alle Feinde tot.«

»Sjeng!«, reagierte seine Mutter erschrocken. »Wenn du noch einmal so etwas sagst, nehme ich dir das Buch weg. Und jetzt ab nach oben mit dir.«

Während alle im ersten Stock waren, rauchte Coburg eine Zigarette. Wenig später kam seine Wirtin nach unten und setzte sich wieder ihm gegenüber an den Tisch. »Bruder Damianus ist hiergewesen. Er hat eine gute Stunde auf Sie gewartet.« Angesichts dessen, was sie erlebt hatte, erstaunte es Coburg, dass sie den Mann in ihr Haus gelassen hatte, aber er kommentierte es nicht.

»Ich soll Ihnen sagen, dass er morgen zurückkommen wird.«

»Sehr gut.«

»Das finden Sie auch sehr gut? Wie können Sie nur so sein? Unser Sjeng hat vielleicht eine lebhafte Fantasie, aber das hier ist kein Abenteuer. Damianus hat sich zurückgehalten, weil die Kinder dabei waren, aber er sah ganz eindeutig wütend aus. Er macht es mir zum Vorwurf, dass ich Ihnen Unterkunft biete. Das macht mich so nervös.«

»Sie haben nichts mit dieser Angelegenheit zu tun, das werde ich ihm morgen auch erklären. Ich werde draußen mit ihm sprechen, nicht in Ihrem Haus. Und ich gehe so bald wie möglich, dann sind Sie mich los.«

»Deswegen habe ich nicht …«

Coburg hob eine Hand und sagte: »Sie brauchen nichts mehr zu sagen. Ich nehme Ihnen nichts übel. Wenn es Ihnen recht ist, gehe ich in mein Zimmer und ruhe mich ein wenig aus.«

Mitten in der Nacht stand Coburg auf. Er lauschte in dem langen Flur vor der Schlafzimmertür nach seiner Wirtin, und als er nichts hörte, schlich er auf Strümpfen vorsichtig die Treppe hinunter. Unten lauschte er wieder, zog Schuhe und Mantel an und zog die Hintertür leise hinter sich ins Schloss. Die klirrende Kälte zog ihm die Haut auf Gesicht und Händen zusammen, und der gefrorene Schnee knirschte unter seinen Schuhsohlen. Die Wolkendecke über ihm hatte einige Löcher, ein wenig Licht fiel hindurch, sodass er den Weg finden konnte. Er ging in Richtung des Flusses, stieg über den niedrigen Zaun, sah weiter oben die dunklen Umrisse der Kasematte, lief diesmal daran entlang bis zu der Stelle, wo die Mauer niedrig genug war, und kletterte darüber. Jetzt befand er sich neben der Werkstatt und hockte sich hinter einen meterhohen Rhododendron. Ein wenig später lief er in gebückter Haltung an der Außenwand von Werkstatt und Kapelle entlang und blieb am Innenhof stehen. Die Lampen im Flur entlang der Krankenstation und der Schlafsäle warfen etwas von ihrem gelben Schein nach draußen, doch die Fenster lagen so hoch, dass er auch jetzt der Mauer folgen konnte. Die Möglichkeit, dass man ihn von einem der Fenster im ersten Stock aus würde sehen können, war sehr gering. Am Ende der Mauer ging er über die paar Stufen der kleinen Treppe zu der Tür zwischen dem Innenhof und dem Flur, der an den Schlafsälen entlangführte. Die Klinke war so kalt, dass seine Hand daran festklebte. Vorsichtig, ohne zu viel Kraft anzuwenden, machte er seine Haut los und rieb mit dem Ärmel über das Eisen. Danach bewegte er die Klinke langsam nach unten und stellte erleichtert fest, dass sich die Tür öffnete. Er trat ein, schloss die Tür hinter sich und nahm sich die Zeit, sich zu orientieren. Auf der anderen Seite des Flurs sah er die Fenster eines Schlafsaals.

Hinter den geschlossenen Vorhängen schliefen Kinder und vielleicht auch ein Mönch. Auf der rechten Seite des Flures befand sich das Sprechzimmer von Doktor van Waesberghe, außerdem der Kiosk, die Wäschekammer, der Waschraum, die Küche und die Vorratskammer; ganz am Ende lag der große Speisesaal. Auf der linken Seite gab es einen weiteren Schlafsaal, den Haupteingang mit dem Empfangszimmer dahinter, dann das Zimmer des Abtes und das Kämmerchen des Friseurs. Als er still dastand, hörte Coburg gedämpfte Schlafgeräusche: Husten, das Knarren eines Bettes. Er schaute auf seine Schuhe hinunter, in deren Sohlenprofil sich Schnee festgesetzt hatte, und entschied sich dafür, sie auszuziehen. Er schob sie zur Tür und orientierte sich noch einmal. Er wusste, dass nachts Mönche die Aufsicht führten und durch die Flure patrouillierten, und wenn er sich hier befand, war die Möglichkeit, dass man ihn bemerkte, am größten. Er lauschte noch einmal und lief schnell den Flur hinunter, öffnete die Tür des Abtszimmers, ging hinein und schloss die Tür wieder hinter sich.

Durch das Fenster ihm gegenüber fiel dasselbe Licht, das ihm auch draußen die Sicht ermöglicht hatte, und das reichte zusammen mit dem durch das Fenster über der Tür hereinscheinende Flurlicht zur Orientierung aus.

Wieder blieb er einige Zeit stehen. Im Zimmer war es warm und stickig. Auch hier hing der schwere Geruch von Zigarren, doch den Abt selbst konnte er ebenfalls riechen, genau wie beim Händeschütteln. Rechts an der Wand stand ein Aktenschrank aus Metall. Über ihm im ersten Stock befand sich die Verwaltung mit weiteren solchen Schränken, darunter unter anderem die Patientenakten, aber die waren es nicht, wonach er suchte. Außerdem wollte er nicht das Stockwerk betreten, in dem auch die Mönche schliefen.

Er ging durchs Zimmer und zog die oberste Lade auf. Er hatte Hängeordner erwartet, aber unter mehreren Exemplaren eines Gedenkbuchs über den Priester Jo Roukens und einer kleinen, in

Leder eingebundenen Bibel lag dort nur ein Haufen wüstes Durcheinander: vergilbte Zeitungen, Zeitungsausschnitte, in denen über das Internat geschrieben wurde, das Programm einer Weihnachtsfeier, die schon mehrere Jahre zurücklag, Rechnungen, die aus irgendwelchen Gründen nicht in der Verwaltung gelandet waren. Nur einige Fotos, auf denen Kriegsschäden zu sehen waren, betrachtete Coburg mit größerem Interesse. Er schob die Lade wieder zu und zog die darunter auf. In einer Zigarrenkiste ohne Deckel lag zwischen Bauchbinden eine Figur aus Ton, in der er nur schwer etwas erkennen konnte: Eine Person, in etwas gekleidet, was man eher als langes Kleid als ein Habit bezeichnen würde. Vermutlich hatte eines der Kinder versucht, einen Mönch darzustellen, und dabei eine Gestalt in einem Gewand geschaffen, das eher einem langen Kleid als einem Habit glich, mit einem Tau aus Ton um die Mitte, das die Kordel darstellen sollte. Unter der Kiste lagen mehrere Berichte der Arbeitsinspektion und von der Inspektion für das Schwachsinnigenwesen. Coburg blätterte alles kurz durch und fand zusammengefaltete Briefe, in denen man sich über die Ergebnisse austauschte. Im Zusammenhang mit dem, was er von Santcroos erfahren hatte, interessierte er sich durchaus dafür, aber auch das hier war nicht das, wonach er suchte.

Das fand er erst in der nächsten Schublade. In alphabetischer Reihenfolge hingen dort die Akten der Mönche. Er ließ die Finger darübergleiten, zog den Ordner mit dem Namen Damianus heraus und legte ihn auf den Schrank. Der Inhalt war enttäuschend: Nur ein einziges Blatt, ein Personalbogen, doch abgesehen von seinem bürgerlichen Namen, dem Geburtsdatum und -ort und dem Datum des Eintritts in den Orden war nichts eingetragen worden. Was hatte er denn auch erwartet? Informationen über Bruder Damianus' Aufgaben, mögliche Tadel oder Beschwerden darüber, dass ihm zu rasch die Hand ausrutschte, einen Hinweis auf seine Rolle beim Tod von Siebold Tammens? Nichts von alldem, aber jetzt hatte er jedenfalls einen Namen: Gradus Franko. Kein gewöhnlicher Name, sondern einer, an den sich die Leute erinnern würden. Coburg faltete das Blatt zusammen, steckte es ein und las sich einige andere Akten durch, aber auch die enthielten nicht mehr als dieses eine teilweise ausgefüllte Blatt. Der Abt hielt es ganz offensichtlich nicht für notwendig, mehr als die nötigsten Informationen über seine Mönche festzuhalten.

Coburg hängte den leeren Ordner zurück an seinen Platz und schob die Lade zu. Es war Zeit für den nächsten Schritt. Kurz lauschte er an der Tür, um sie daraufhin geräuschlos zu öffnen und wieder hinter sich zu schließen. Er überquerte schräg den Flur und betrat das Sprechzimmer von van Waesberghe. Diesmal war es schwieriger, im Dunkeln etwas zu erkennen. Die Tür hatte kein Oberlicht, und durch das weiß gestrichene Glas des Fensters mit Aussicht auf den Hof fiel kaum Licht nach drinnen. Nachdem sich seine Augen einigermaßen daran gewöhnt hatten, ging er an der Untersuchungsliege entlang zu zwei Aktenschränken. Er wählte den rechten und zog die oberste Lade auf, um dann festzustellen, dass diese leer war. In der darüber fand er unter dem Buchstaben T endlich die Akte von Siebold Tammens. Er merkte sofort, dass die nicht viel enthielt, fluchte jedoch leise, als sich herausstellte, dass sie ganz leer war. Er steckte sie zurück in den Schrank und sah sich erneut im Zimmer um. Während er zur Untersuchungsliege hinschaute, fragte er sich, ob darauf jemals ein toter Körper gelegen hatte.

Auf der anderen Seite stand in einem breiten Wandschrank mit Glasschiebetüren offensichtlich der Medikamentenvorrat: Flaschen und Tiegel mit Etiketten, Schachteln in allerlei Farben und Formen. An einem der Knöpfe der Schiebetüren hing ein Stethoskop. Es gab keine Schränke, in denen Coburg weitere Patienteninformationen vermutete, und er entschied, dass es keinen Grund gab, noch länger hierzubleiben.

Wieder lauschte er kurz, bevor er die Tür öffnete, aber als er das Zimmer verließ, stockte ihm der Atem: Über den Flur kam ein völlig nackter Junge in seine Richtung gekrochen. Er hielt die Handflächen auf den Boden gepresst und stand auf den Zehen, sodass sein bloßes Hinterteil emporragte. Er bewegte sich ruckweise vorwärts und bewahrte dabei nur mit Mühe das Gleichgewicht. In dem Moment, als der Junge ihn sah, streckte er den Hals, hob den Kopf wie ein Wolf, der den Mond anheult, und stieß einen Schrei aus, der Coburg das Herz stillstehen ließ und ihm einen Schauder durch den Körper jagte. Trotz der Kälte schwitzte der milchweiße Leib, und die abstehenden Schulterblätter, der Rücken, die Arme und der kahle Schädel glänzten im schwachen Flurlicht. Wie festgenagelt stand Coburg da und war erst wieder in der Lage, sich zu bewegen, als in den Schlafsälen ein Weinen und Schreien losbrach. Er zog in Erwägung, über den Flur zu rennen, an dem Jungen vorbei nach draußen, aber die Distanz war zu groß, und die Gefahr, auf einen herbeieilenden Mönch zu treffen, hielt ihn zurück. Noch einmal schaute er dem debilen Jungen ins Gesicht und ging dann wieder in das Zimmer des Arztes. Mit dem Rücken gegen die Tür hörte er, wie der Lärm zunahm, und er hoffte, dass der Junge zu schwachsinnig war, um von dem zu berichten, was er gerade gesehen hatte.

Die Entscheidung, nicht über den Flur zu rennen, erwies sich als richtig, denn fast sofort hörte er eine wütende Stimme: »Was machst du denn hier?«

Coburg hielt den Atem an und wartete auf eine eventuelle Antwort.

»Na, was denn? Schreist das ganze Haus zusammen, was? Mitten in der Nacht kriechst du hier rum. Steh auf. Steh verdammt noch mal auf! Wird's bald?«

Coburg entspannte sich ein wenig, als sich herausstellte, dass der Junge zu keiner Antwort im Stande war, hörte dann jedoch mit wachsendem Unbehagen, wie der Mönch die Selbstbeherrschung verlor. Kampfgeräusche waren zu hören, dann ein von einem Schrei gefolgter Schlag.

»Halt den Mund, halt deinen debilen Mund! Nicht wegkriechen, aufstehen sollst du, los!«

Coburg brach der Schweiß aus, und mit geballten Fäusten lauschte er, wie weitere Schläge und weiteres Geschrei folgten, bis auf der anderen Seite des Flurs »Halt, halt!« gerufen wurde, dann rasche Schritte und eine Stimme in geringer Entfernung: »Genug jetzt.«

Der herbeigeeilte Mönch wandte sich an den Jungen, und als es ihm gelungen war, diesen zu beruhigen, schien auch die ärgste Wut seines Mitbruders verraucht zu sein.

»Ich werde ihm etwas geben, dann komme ich zurück. Kannst du inzwischen versuchen, dafür zu sorgen, dass sich der Rest wieder beruhigt? Geht es, Damianus? Es hat doch überhaupt keinen Zweck, wenn du dich so gehen lässt.«

Langsam nahm der Lärm, der aus den Schlafsälen zu Coburg drang, wieder ab, und das geschah ohne Gewaltanwendung. Er selbst war ruhiger geworden, und weil er davon ausging, dass es noch einige Zeit dauern würde, bevor wieder endgültig Ruhe einkehrte, hatte er sich mit dem Rücken gegen die Tür hingesetzt. Damianus, dachte er. Der Damianus, dessen Namen ich schon mehrfach gehört habe. Reicht das als Beweis aus?

Einige Zeit später sagte jemand: »Geh nur. Ich übernehme ihn schon. Danke.«

Coburg hätte nicht einschätzen können, wie viel Zeit verging, aber als es wieder ganz still war, wagte er immer noch nicht, den Flur hinaufzugehen. Er musste genug Zeit verstreichen lassen, um sicher sein zu können, dass der Mönch, der bei den Kindern im Saal lag, auch selbst wieder eingeschlafen war.

Also saß er da, so geduldig und bewegungslos, wie er das früher auch gekonnt hatte. Als Kind hatte er die Dünen so gut erforscht, dass er sich dort blind zurechtfand. Die Pfade und kleinen Wasserstellen, die Felder mit den Dünenkartoffeln und dem Roggen, die dichtesten Brombeersträucher, die Stellen unter den Bäumen, wo die Schicht Kiefernnadeln so dick und weich war, dass er auf einer Matratze zu liegen glaubte, wenn er stundenlang zuhörte, wie der Wind in den Bäumen rauschte; die Mulden zwischen den Dünen, in denen es auch bei Sturm fast windstill war; die besten Dünengipfel, von denen aus man alles sehen konnte, ohne selbst entdeckt zu werden. Erst als er gelernt hatte, sich nicht zu bewegen, sogar in einem Maße, dass er nur noch sehr selten blinzelte, sah er, was sich ansonsten vor ihm versteckt hielt: die verschiedenen Vogelarten und das Leben in ihren Nestern, die Kaninchen, Hasen, Füchse, Frösche, Kröten, Mäuse, Wasserratten, Sandeidechsen und in den dunkelsten Kiefernwäldern verborgen das scheuste aller Tiere: den Marder. Er lernte auch Menschen kennen, die dort etwas zu suchen hatten, die Bauern, die ihr armseliges Stück Land bearbeiteten, aber mit ihm ihr Essen und Trinken teilten. Es erstaunte ihn, dass der Inhalt der in den Boden eingegrabenen Flaschen Buttermilch an einem heißen Tag noch so kalt war. Er wusste, wer nachts dort wilderte, lernte, wem von diesen Leuten er lieber aus dem Weg gehen sollte, und wusste, wo sie ihre Fallen und Stricke auslegten. Gefangene Kaninchen und Hasen ließ er dort, befreite aber einmal einen Fuchs. Als er an einem warmen Sommertag unzählige Schmetterlinge beobachtete, gelang ihm das so bewegungslos, dass sie sich nach einiger Zeit auch auf ihm niederließen. Er konnte so eins mit der Natur werden, dass die Raubvögel, die hoch oben über ihm in der Luft schwebten, ihn nicht länger bemerkten und dicht neben ihm nach unten tauchten, wenn sie eine geeignete Beute erspäht hatten. Er hatte ganze Nächte in den Dünen zugebracht und den Himmel so gut kennengelernt, dass er wusste, wenn der Moment kam, in dem die Dunkelheit der Nacht dem ersten Licht und damit auch dem ersten Gesang der Vögel wich. Nun machte das lackierte Glas das unmöglich.

Nach dem Tod ihrer Mutter wurden Maria und er beim älteren Bruder ihres Vaters untergebracht. Bei dem kinderlosen Ehepaar, in einer großen Villa mit Auffahrt, mit einem Teich mit Schwänen und Trauerweiden, deren Zweige ins Wasser hingen, Rosensträuchern, dem hohen Gewächshaus, in dem ihre Tante Orchideen züchtete, mit einem gläsernen Turm in der Mitte für einen riesigen Kaktus, die »Königin der Nacht«, die einmal im Jahr blühte, aber nur nachts. Es gab Dienerschaft in Uniform, sogar einen Chauffeur.

Das Knirschen von Kies unter Autoreifen, das Zuschlagen einer Wagentür, jedes Mal die gleichen paar Worte, die gewechselt wurden, das Wegfahren des Autos, eines glänzend schwarzen Ansaldo, das Öffnen der Haustür, das Echo von Stimmen in der Vorhalle: jeden Tag dieselben Abläufe, die die Ankunft seines Onkels ankündigten.

Es gab Zimmer, die sie betreten durften, und andere, die ihnen verboten waren. Ganze Wände voller Sisleys und Renoirs, denn sein Onkel sammelte Kunst. Der Ort, der den größten Widerwillen in ihm auslöste, war das Zimmer, in dem die gemeinsamen Mahlzeiten eingenommen wurden. Dort gab es einen langen Esstisch; Onkel und Tante saßen einander gegenüber, sie beide dazwischen. Dienstmädchen in schwarzem Rock und weißer Bluse, die er nicht anschauen durfte, aber mit denen er so gerne getauscht hätte. Es wurde kaum gesprochen, und wenn jemand etwas sagte, ging es darum, weise Ratschläge zu erteilen. Erzogen, sie mussten vor allem erzogen werden, obwohl es schon fast zu spät war. Das Gefühl, sich verantworten zu müssen: Schaut doch, wie gut Maria und ich das können, schaut doch, wie normal wir sind. Der Widerstand, den dieses Gefühl in ihm hervorrief. Frage und Antwort, Frage und Antwort; nie einfach nur ein Gespräch, immer musste er auf der Hut sein. Die Wut, die er empfand, wenn sein Onkel und seine Tante ins Französische wechselten, sobald Maria und er etwas nicht wissen durften. Die prüfenden Blicke, denen sie unterzogen wurden: Was steckt von ihren Eltern in diesen beiden Kindern?

Warum wurden die Eltern nie wieder erwähnt? Maria tat ihr Bestes, um die Erwartungen zu erfüllen. Sie behauptete später auch, es gar nicht als so negativ empfunden zu haben. Er wandte sich nach innen, floh so oft es ging vor dem Leben in diesem Haus. Ein paar Straßen weiter begannen die Dünen und die Freiheit, die er dort fand. Er wartete und wartete, lauschte auf die Geräusche aus dem Schlafsaal, stand schließlich auf, ging auf Zehenspitzen über den Flur, fand seine Schuhe, ohne dass man ihn bemerkte, und trug sie in der Hand mit hinaus, bis er die Haustür hinter sich schloss.

28

Bruder Anselmus wankte kurz, als er aufstand, und hielt sich an seinem Bett fest. Dann ging er vorsichtig zu seinem Stuhl und setzte sich. Eine übelkeiterregender Schwindel überfiel ihn, als er sich bückte, um seine Schnürsenkel zu binden. Er richtete sich auf und setzte sich so gut es ging gerade hin, bis das Ärgste vorbei war. Ich muss jetzt einfach stark sein, dachte er. Das Schlimmste ist vorbei, ich bin nicht gestorben, ich lebe noch. Kurz zweifelte er daran, ob alles wirklich geschehen war oder ob er es nur geträumt hatte: van Waesberghe, der an seinem Bett stand, ihn mit einem Blick untersuchte, als hätte er den Patienten schon aufgegeben. Ohne Mitleid, als läge da kein kranker Mensch, als wäre er nicht mehr als ein Tier. Niemanden kümmerte es, wenn er krepierte.

Aber ich lebe noch, und mit jedem Schritt, den ich mache, schlage ich einen neuen Weg ein. Nun kommt alles darauf an, kräftig zu sein und hier die Angelegenheiten wieder zu übernehmen. Als Erstes muss ich ihm zeigen, dass ich das jetzt wieder allein kann, wie vorher, dann wird er gehen. Er muss heute noch verschwinden. Ich habe mir Illusionen gemacht, dafür habe ich meine Strafe erhalten, aber dadurch bin ich nicht schwächer geworden. Der Herr hat's mir genommen, aber Er hat's mir auch gegeben, und das ist noch viel größer. Es ist gut, die Dinge so zu sehen, wie sie wirklich sind. Ein Gefühl der Scham überfiel Anselmus, als ihm klar wurde, dass ihn der Herr längst bei der Hand genommen hatte, auf den Weg zum Licht, während er noch glaubte, sich in völliger Dunkelheit zu befinden.

Er stand auf, wartete, bis sich eine neue Welle des Schwindels gelegt hatte, und als er sich ein wenig sicherer auf den Beinen fühlte, ging er voller Konzentration, Schritt für Schritt, zum Schlafsaal und blieb dort in der Türöffnung stehen. Wie viele Wochen war es her, dass er an dieser Stelle gestanden und ihn dort angetroffen hatte, umringt von Kindern und beim Armdrücken mit Fake?

Die Worte, die man an ihn richtete, klangen ihm falsch in den Ohren: »Anselmus. Bist du auf? Du bist noch ganz blass, du musst dich wieder hinlegen.«

»Es geht mir besser. Ihre Hilfe ist nicht mehr nötig.«

Er sah den schmerzvollen Ausdruck in dem Gesicht ihm gegenüber, ließ sich davon jedoch nicht beeindrucken. »Sie brauchen hier nicht länger zu sein oder zu schlafen. Ich werde den Abt wissen lassen, dass ich wieder ganz genesen bin.«

»Jetzt komm, Anselmus, warum verhältst du dich so?«

Er schaute seinem Mitbruder gerade in die Augen und wandte den Blick nicht ab. Wie hatte er nur die ganze Zeit so unwissend sein können? Das hier war der Mann, der am Bett von Hero Spoormaker verkündet hatte, dessen Leiden sei keine Strafe Gottes, Gott habe nichts damit zu tun, sei nicht einmal da. Er verspürte nicht nur Scham, weil er ihm damals nicht widersprochen hatte, sondern auch Wut.

»Sie haben hier nichts zu suchen.«

Wieder der schmerzvolle Blick.

»Gut, ich werde gehen, aber du kannst hier nicht allein sein. Ich werde Podocarpus bitten, jemand anderen zu schicken.«

»Nichts von alldem werden Sie tun.«

Die Reaktion, ein mitleidiges Kopfschütteln, verstärkte seinen Widerwillen noch. Unter dem Vorwand, ihm werde geholfen, hatte man ihm die Anwesenheit einer Person aufgehängt, die ihn davon hatte überzeugen wollen, dass Gott nicht für diese Kinder da war.

Er war lange blind gewesen, doch nun sah er die Dinge so, wie sie wirklich waren.

29

Nach seiner Rückkehr ins Hauptgebäude beschloss Felix, nicht sofort zum Abt zu gehen. Er fühlte sich müde und angeschlagen, nicht zu einem weiteren unfreundlichen Gespräch im Stande. Mit Mühe stieg er die Treppe in den ersten Stock hinauf und war so außer Atem, dass er oben stehen bleiben musste. Im Gemeinschaftsraum war zu diesem Zeitpunkt niemand, und nachdem er sich ein Glas Wasser eingeschenkt hatte, stellte er das Radio an, setzte sich in seinen Stammsessel, geriet mitten in ein Interview mit van Beinum, dem Chefdirigenten des Concertgebouw-Orchesters, und lauschte dessen mürrischen, bedachten Reaktionen auf Fragen zum Verhalten seines Vorgängers Mengelberg während des Krieges: Darüber sei bereits ausreichend berichtet und geschrieben, er wolle sich auf Mengelbergs Qualitäten als Dirigent beschränken. Felix war kein Musikkenner. Er folgte dem Gespräch mit halbem Ohr und schloss die Augen, und endlich erklang Musik. Als er eine Hand auf der Schulter spürte, fuhr er hoch.

»Felix?«

Er öffnete die Augen und schaute in das besorgte Gesicht von Bruder Primus.

»Hast du geschlafen?«

»Nein, ich habe zugehört.«

»Ich bin gerade über dich erschrocken. Du siehst so blass aus, dass ich dachte, du wärst von uns gegangen. Ist alles in Ordnung? Ist die Arbeit da drüben nicht zu anstrengend für dich?«

Felix war von Primus' wohlmeinenden Worten gerührt, nahm die Hand des Mitbruders und kniff kurz hinein.

»Danke für deine Besorgnis, lieber Primus. Es geht schon. Weißt du, ob Podocarpus da ist? Ich muss etwas mit ihm besprechen.«

»Damit würde ich erst mal noch warten. Ich fürchte, jetzt ist kein guter Zeitpunkt, er hat gerade andere Dinge im Kopf. Völlig außer sich ist er. Du weißt doch, dass ein Journalist hiergewesen ist?«

»Ja. Und?«

»Der sollte für eine Zeitung in Haarlem einen Artikel über uns schreiben. Das hat er zumindest behauptet. Jetzt hat sich herausgestellt, dass er aus ganz anderen Gründen hier ist. Er will wissen, was mit Siebold Tammens passiert ist. Erinnerst du dich noch, wer das war?«

»Ja, natürlich.« Der Name rief alles andere als angenehme Assoziationen hervor. Felix setzte sich aufrecht hin und schaute Bruder Primus abwartend an.

»Jemand hat dem Journalisten den Namen Damianus genannt, und jetzt fragt er im Dorf alle nach ihm und ist sogar bei van Waesberghe gewesen. Podocarpus tobt, aber das ist noch nicht alles. Damianus hat auch davon gehört und sich erkundigt.«

»Ist er jetzt völlig verrückt geworden?«

»Na, sei nur froh, dass er den Mann noch nicht gefunden hat.«

Felix schaute seinen Mitbruder ungläubig an.

»Wieso? Schlägt er ihn dann auch zusammen?«

»Das meine ich nicht. Ich mache mir genau solche Sorgen wie du.«

»Es tut mir leid, Primus. Und Podocarpus hat ihn nicht zurückhalten können? Nein, natürlich nicht.«

»Du weißt doch, wie Damianus ist.«

»Ja, genau da liegt das Problem. Es wäre für uns alle besser, wenn der Bischof eingreift. Er soll ihn eine Zeit lang ins Sint Willibrordus schicken. Wenn er da zur Einsicht gekommen ist, kann er immer noch hierher zurückkehren.«

»Ich bin ganz deiner Meinung, aber du weißt genauso gut wie ich, dass Podocarpus nicht zum Bischof gehen wird.«

»Soll der es denn aus der Zeitung erfahren?«

»Das möge Gott verhüten. Hoffen wir, dass sich eine Lösung findet. Es ist nicht an uns, hier einzugreifen.«

Felix schwieg. Er hatte kein Recht, noch länger vorwurfsvoll zu klingen, weil er sich doch selbst so machtlos fühlte: Der Weg zum Bischof war für ihn auch keine Option. Nicht, weil Podocarpus ihm das nie vergeben hätte – damit würde er leben können –, sondern weil er wusste, dass er dort nur auf taube Ohren stoßen würde. Der Bischof würde es ihm übelnehmen, wegen seiner guten Beziehungen zu Podocarpus, aber vor allem, weil er das Umgehen hierarchischer Strukturen aufs Strengste ablehnte.

»Ich fühle mich unwohl bei der ganzen Sache«, unterbrach Primus seine Gedanken. »Ich habe den Journalisten herumgeführt. Zwar auf Bitten von Podocarpus, aber wenn ich daran zurückdenke, hat er doch ziemlich seltsame Fragen gestellt. Er wollte wissen, ob hier viele Kinder sterben.«

Von einem Moment auf den anderen war Felix auf der Hut. »Was hast du denn darauf geantwortet?«

»Natürlich Nein. Aber ich habe gesagt, dass unsere Kinder anfälliger sind als andere. Darauf ist er nicht weiter eingegangen. Es war ein sehr unangenehmes Gespräch. Und als er vor dem Pavillon stand und ich ihm erklärt habe, dass wir da nicht reinkönnen, hat er mich immer weiter gedrängt. Sehr ärgerlich.«

Nun lief Felix ein Schauder über den Rücken.

»Das hast du abgelehnt, nehme ich an?«

»Natürlich.«

Ganz kurz spukte Felix alles Mögliche im Kopf herum, doch dann schüttelte er diese Gedanken ab. »Du kannst nichts weiter tun, Primus. Lass uns einfach das Beste hoffen. Und jetzt entschuldige mich bitte, ich werde mich hinlegen.«

Felix öffnete das Gaubenfenster in seiner Zelle einen Spaltbreit, zog die Schuhe aus, breitete sein Habit über die Decke, stopfte es am Fußende unter die Matratze und kroch dann ins Bett. Er hatte kalte Füße und erwog, noch schnell in die Küche zu gehen, um dort seine Wärmflasche mit heißem Wasser füllen zu lassen, aber bei dem Gedanken daran, dann erneut die Treppe hinaufsteigen zu müssen, verwarf er das wieder. Nach ein paar Minuten war ihm wärmer, und er spürte, wie er ruhiger wurde. Zu dieser Zeit war niemand im Zellentrakt, und es war schön, einfach daliegen und entspannen zu können, in dem Wissen, dass er nicht plötzlich von Kindern geweckt werden würde, die seine Hilfe brauchten. Nun machte er auch seinen Frieden mit dem Gedanken, dass er zu alt war, um alles nach seinen Vorstellungen richten zu können. Wenn es sein muss, spreche ich aus, was ich denke, aber ansonsten sollen die Dinge einfach so laufen, wie sie es tun, dachte er.

Als er Stunden später aufwachte, stand die Sonne schon tief am Horizont. Staubteilchen flirrten im kupferfarbenen Sonnenlicht, das gerade noch in eine kleine Ecke des Zimmers fiel. Er setzte sich auf und lief in der Unterwäsche ans Fenster. Auf der linken Seite hing die Sonne über den Feldern und warf eine glitzernde Lichtbahn über den Schnee. Er öffnete das kleine Fenster ein Stück weiter und atmete tief ein, während er abwechselnd die Wärme der Sonne und die Kälte der Luft auf Gesicht, Brust und Armen spürte. Er blieb stehen, bis die Sonne den Horizont berührte und dahinter verschwand. Mit Einbruch der Dunkelheit war es auch mit der Wärme vorbei, und er ging zum Schrank, nahm sich sein Tagebuch, knipste das Licht an und kroch wieder ins Bett.

Er blätterte das Heft durch, hier und da las er einzelne Fragmente. Durch all das Schreckliche, über das er berichtet hatte, würde jemand, der seine Aufzeichnungen nun las, sie als Anklage gegen diesen fürchterlichen Krieg auffassen können, aber darum war es ihm nicht gegangen. Er war kein Verfasser von Pamphleten, und in ihm war nie der Gedanke entstanden, dass man etwas an der Situation verändern sollte, in die er und die anderen Männer geraten waren. Er hatte keinen vorgefassten Plan gehabt, nur instinktiv gespürt, dass es für ihn selbst wichtig war, das Erlebte aufzuschreiben. Nun bin ich heil und ganz, dachte er, aber das ist nur möglich, weil ich damals kaputtgegangen bin. Mit allem, was hinter mir liegt und was ich durchgestanden habe, kann ich am Ende meines Lebens sagen, dass ich wirklich heil und ganz bin.

Er blätterte weiter, bis er fand, was er suchte.

Schon seit Wochen fällt ein eiskalter Regen, der die Landschaft in eine Schlammwüste verwandelt hat. An der Front muss der Schlamm ein Eigenleben haben: Er schlägt Wellen, blubbert, saugt alles ein, ergießt sich über jedes Lebewesen. Die Männer, die man hereinbringt, sind kaum noch als solche erkennbar; ihre Uniform ist unter dem Schlamm verschwunden, er sitzt in den Löchern, die Kugeln und Granaten in ihre Körper geschlagen haben, vermischt sich mit ihrem Blut, verursacht einen gelben Hautausschlag, lässt ihre Haut welken und faltig werden und kriecht in Augen und Ohren, die nicht mehr sehen oder hören können. Setzt sich fest zwischen den abgestorbenen Zehen von Füßen, die amputiert werden müssen. Hände verwandelt er in amorphe Klumpen. Die Uniformen der Schwestern, ihre Kappen und Schürzen, die Wärmflaschen, die alle ständig in Gebrauch sind, die Instrumente der Chirurgen, die Tragen, die Spritzen, alles ist schlammbedeckt. Der Dampf steigt aus den Kleidungsstücken der Männer empor, die am nächsten beim Ofen liegen, und wenn der

Schlamm zu trocknen anfängt, verursacht jede Bewegung ihrer kaputten Körper ihnen noch mehr Schmerzen. Langsam wird der Schlamm heller, zeigt Risse, bröckelt ab, aber vor allem bildet er einen Panzer, der das Opfer noch fester einschließt und erstickt.

Mit dem anhaltenden Regen scheint auch das Schimpfen schlimmer zu werden. »Sales embusqués, sales embusqués«, dreckige Feiglinge. Ich begreife es. Wie muss es an der Front zugehen, wenn das, was zu uns hereingebracht wird, das Ergebnis ist? Auch ich werde beschimpft, und oft überlege ich mir, dass es nicht um mich geht, sondern um das Schicksal, das uns so schrecklich getroffen hat. Wie kann ein Bauer mit nur noch einem Bein seinen Spaten in den Boden treiben, wie soll ein Weber, Pferdeschmied oder Kerzenmacher mit einer Hand arbeiten, wie ein Fischer ohne Füße bald seine Netze einholen können? Ich sehe in ihrem Blick die Sorge, die Angst vor dem Dasein, das vor ihnen liegt, doch ich sehe auch die Missgunst und die Sehnsucht, wenn sie mich anschauen. Ich habe ein richtiges Bett, mit einer Matratze und einer Decke, unter einem Dach und weit weg vom Donnern der Kanonen. Ich habe noch meine sämtlichen Gliedmaßen. Ich traue mich nicht länger, sie anzuschauen, ich schäme mich unter ihren Blicken. Als ich das Morelli erzähle, schaut er mich verständnislos an.

Felix legte sich das aufgeschlagene Heft auf die Brust und steckte die Hände unter die Decke. Bevor Morelli zur See fuhr, war er Bauer auf einem armseligen Stückchen Land gewesen, so stark mit großen und kleinen Felsbrocken übersät, dass man fast keine gerade Furche in den Boden ziehen konnte – alles, was der Boden hergab, musste ihm mit mühseliger Arbeit abgetrotzt werden. In seinem Heimatdorf akzeptierte man schon seit Generationen, dass die Natur nahm und gab. Auf Jahre, in denen Sonne und Regen ihren Beitrag zu einer guten Ernte leisteten, folgten solche der Trockenheit, mit einer Sonne, die tagelang alles verdorren ließ, alles versengte. Den Bewohnern blieb nichts anderes übrig, als im Schatten der Häuschen aus Felsbrocken, die man aus dem Boden ausgegraben und weggeschleppt hatte, zu warten. Wer stark genug war, um den Hunger durchzustehen, überlebte, diejenigen, denen diese Kraft fehlte, starben. Das Leben war, was es war: hart, gnadenlos, und niemand erklärte einem das Wie und Warum. Was er im Feldlazarett sah, war in Morellis Augen genau dasselbe. Wer an die Front kam und wer nicht, wer dort starb oder überlebte, wer es gut getroffen hatte mit einem Bett und einem Dach über dem Kopf oder nicht: Nein, von Felix' Scham hatte Morelli nichts begriffen. Ganz kurz hatte Felix geglaubt, Schwester Eleanora sei dazu im Stande, aber als er es zu erwähnen gewagt hatte, hatte sie ihn befremdet angeschaut, auf der Suche nach den Anzeichen der Verrücktheit, die so viele Männer aufwiesen. Bei all der Tatkraft, mit der sie den Verwundungen und Entstellungen gegenübertrat, schien sie für sich selbst noch nicht entschieden zu haben, ob diese unzusammenhängend sprechenden, zitternden, durch und durch verängstigten Männer nur Feiglinge und Simulanten waren oder ob sie tatsächlich litten. Sie hatte Felix ein paar Tage Urlaub ermöglicht und dann nie wieder davon gesprochen.

Das eine Mal, bei dem Morelli den Lauf der Dinge nicht akzeptiert hatte, war ihm zum Verhängnis geworden. Felix nahm das Heft wieder zur Hand.

Schon seit zwei Tagen gab es keine Kämpfe mehr in unserem Sektor, und es ist still, als doch noch ein Verwundeter hereingebracht wird. Ein heißer Sommertag, und die mit Staub bedeckten, verschwitzten Männer, die ihn tragen, stöhnen unter seinem Gewicht. Sein Kopf und seine

Gliedmaße sind zu groß für die Trage, und seine mächtigen, von Schwielen überzogenen Hände berühren fast den Boden. Er hat die Augen geschlossen, und die Krusten aus getrocknetem Blut auf seinen Lippen und Wangen sind beinahe schwarz. Dicke rostrote Haarbüschel ragen aus dem Kopfverband hervor. Der ist mit Blut durchtränkt, aber der Mann lebt noch. Mit der Kraft eines Ochsen stößt er die Luft aus den Nasenlöchern aus. Doktor Audoin kniet sich zu ihm, und nach einer ersten Inspektion helfe ich dabei, den Verwundeten in den Operationssaal zu tragen. Auch dieser Tisch ist zu klein, und der backsteinrote Kopf hängt herunter, während man dem Mann die Kleider vom Leib schneidet. Auf der Brust, die sich hebt und senkt wie ein riesiger Blasebalg, wachsen die gleichen rostroten Haarbüschel wie auf dem Kopf. Ich bin noch nie zuvor bei einer Operation dabei gewesen, aber es gibt zu wenig Krankenschwestern, und Doktor Audoin befiehlt mir, ich solle bleiben. Ich muss den Puls des Patienten fühlen – er ist stark und regelmäßig. Während ich dabei helfe, seine Arme und Beine an dem schmalen Tisch festzubinden, stellt Doktor Audoin fest, dass der Mann einen Selbstmordversuch unternommen haben muss. Die Kugel des Revolvers, den er sich in den Mund gesteckt hat, ging direkt durch sein Gehirn und ist unter der Schädeldecke stecken geblieben. Jeder andere wäre tot, doch dieser Riese lebt noch. Als die Äthermaske über seinem Gesicht angebracht wird und sein Atem stockt, kommt der mächtige Körper in Bewegung. Er erstarrt, wirft sich dann nach oben, reißt sich fast vom Tisch los, ein Ledergurt springt auf, der Tisch scheint zu schwanken, ein Schrank fällt um, man hört klirrendes Glas und fallende Becken und Instrumente, es wird geflucht. Wir springen auf den Mann, während Doktor Audoin ihm die Maske aufs Gesicht drückt. Dann sackt der Körper im Ätherrausch weg. Ich helfe noch dabei, seinen Kopf auf einen dazugeholten Tisch zu legen; als ich ihn hochhebe, spüre ich, wie schwer er ist und wie drahtig das Haar.

Wie gelähmt von der Hitze sitze ich im Schatten der Baracke und schaue zu Morelli hin, der mit einem um den Kopf geknoteten Taschentuch unter der Motorhaube eines kaputten Rettungswagens herumwerkelt, als kurz darauf Doktor Audoin auf uns zukommt und sich eine Zigarette anzündet. Die Operation ist wider Erwarten gut verlaufen. Wir sind allein, vielleicht traue ich mich deswegen, ebenso direkt zu fragen, was mit dem Mann geschehen wird. Ich kenne die Antwort bereits, aber ich muss es einfach ansprechen, als hoffte ich, dass ich damit etwas daran ändern kann. Morelli ist unter seiner Motorhaube hervorgekommen und hört auch, was wir alle wissen. Kriegsgericht und Erschießungskommando. Auf Desertation steht die Todesstrafe. Ich will widersprechen, dass das hier keine Selbstverstümmelung mit dem Ziel darstellt, den Schützengräben zu entkommen und dann weiterzuleben, dass dieser Mann offensichtlich sterben wollte, aber ich schweige, als ich Doktor Audoins müdes graues Gesicht sehe und feststelle, dass seine übliche Zufriedenheit fehlt; oft ist es sogar Selbsteingenommenheit, wenn er ein Leben gerettet hat, das verloren schien. Ich schlucke die Frage herunter, warum er diesen Mann gerettet hat, wenn er doch sowieso sterben muss.

Später an diesem Abend mache ich meine Runde und bleibe am Bett des Riesen stehen. Er ist bei Bewusstsein, aber als ich ihn grüße, dreht er den Kopf weg. Am nächsten Morgen höre ich, dass er sich nachts mehrfach den Verband vom Kopf gerissen hat und irgendwann festgebun-

den wurde. Als ich wieder an seinem Bett erscheine, schaut er mich an. Weiß er von dem Erschießungskommando? Ja, natürlich, alle wissen es, jeder Mann, der in den Schützengräben auf den Befehl zum Angriff wartet. Erhofft er sich Hilfe von mir? Als ich den Kopf zur Seite drehe, steht Morelli neben mir. Der Riese schaut ihn an, und während ich soeben noch seinem Blick ausgewichen bin, beantwortet ihn Morelli ohne jede Zurückhaltung. Kein Wort wechseln die beiden, und trotzdem habe ich den Eindruck, dass sie etwas teilen und ich ein Außenseiter bin.

Als ich am nächsten Morgen meine Runde absolviere, ist das Bett des Riesen leer. Kurz frage ich mich, ob er sich so schnell erholt hat, dass sie ihn mitgenommen haben, um ihn vor Gericht zu stellen, doch dann höre ich, dass er gestorben ist. Er hat sich losmachen können, ist in den Operationssaal gegangen und hat sich die Pulsadern aufgeschnitten.

Der Tod des Riesen war eine Erleichterung. Für die Soldaten, die neben ihm gelegen, die Krankenschwestern, die ihn versorgt hatten, und sogar Doktor Audoin schien seinen Frieden mit der Situation gemacht zu haben. Doch das reichte nicht. Jemand hatte seine Kompetenzen überschritten, und das war inakzeptabel. Die Frage, wie sich der Riese hatte losreißen können, musste beantwortet werden. Die Ledergurte waren noch heil – jemand musste ihm geholfen haben, und dieser Schuldige war unbedingt zu bestrafen. Die Militärpolizei führte eine Untersuchung durch, und auch Felix wurde befragt. Sie landeten bei Morelli, als sie hörten, dass er ein paarmal am Bett des Riesen gestanden hatte. Er wurde verhört und stritt alles ab. Es gab keine Beweise, und letzten Endes legte man ihm nichts zur Last, aber seine Zeit im Feldlazarett war vorbei: Er wurde als Sanitäter an die Front geschickt.

Felix legte das Heft neben sein Bett und drehte sich auf die Seite. Als er von Morellis Strafe erfuhr, war er zu ihm gegangen und hatte gefragt, was vorgefallen war. Morelli antwortete ihm ohne Umschweife: Er hatte den Riesen losgebunden. Dass er an die Front geschickt wurde, akzeptierte er, aber ansonsten wollte er nicht darüber reden. In diesem Moment beschloss Felix, sich ihm anzuschließen, und er erinnerte sich auch an Morellis Reaktion: kein Protest, kein Versuch, ihn daran zu hindern, nur ein schweigender, durchdringender Blick, gefolgt von dem üblichen Grinsen. Das sah Felix noch vor sich, aber warum hatte er damals diese Entscheidung getroffen? Aus Freundschaft, aus Widerwillen gegen die Armee und die Strafe, die sie dem Riesen auferlegt hatten? Oder war es weniger heldenhaft? Hatte er beschlossen, Morelli zu begleiten, weil er es nicht länger ertrug, beschimpft zu werden und Scham zu empfinden? Er wusste es nicht; vielleicht hatte etwas von alldem eine Rolle gespielt, aber Morelli war sein Freund gewesen, und er hatte eine tiefe Abscheu vor dem empfunden, was den Riesen erwartete.

Felix standen die Tränen in den Augen, selbst nach all den Jahren.

Wie schrecklich, dass man Verurteilte gerade bei Tagesanbruch hinrichtete. Morgen früh würde er vom Zwitschern der Vögel geweckt werden, das Licht am Himmel würde langsam an Kraft gewinnen, und wenn es heller Tag war, würde er die erste Sonnenwärme auf der Haut spüren. So alt er inzwischen auch sein mochte – jeder neue Tag brachte ein Versprechen.

30

Coburg hatte ungewohnt tief geschlafen, und die Stille, die ihn eingehüllt hatte, war noch da, als er wach wurde. Er brauchte einen Moment, bis alles zu ihm durchdrang. Er stand auf und ging zum Fenster. Inzwischen war es hell geworden, aber er konnte weder im Himmel über noch im Garten unter sich etwas erkennen. Dort hing ein so dichter Nebel, dass es schien, als drücke er gegen das Glas und könne jeden Moment durch das einen Spaltbreit offenstehende Fenster ins Zimmer eindringen. Coburg schob den ausgestreckten Arm nach draußen und sah, wie seine Hand im Weiß verschwamm. Dann öffnete er das Fenster weiter und streckte auch den anderen Arm ins Freie. Wenig später rieb er sich mit den nassen Händen die eiskalte Feuchtigkeit übers Gesicht. Er fühlte sich ganz außergewöhnlich frisch und ausgeruht und betrachtete das als gutes Zeichen für den Rest des Tages. Nachdem er sich angezogen hatte, ging er nach unten. Es war niemand im Haus. Kurz erwog er, abzuwarten oder sich in der Küche selbst etwas zurechtzumachen, entschied sich jedoch dann dafür, das Haus zu verlassen. Wer ihn heute auch suchte, hier sollten sie ihm nicht begegnen.

Draußen konnte man kaum etwas sehen, und bevor er sich auf den Weg machte, versuchte er sich so gut wie möglich gedanklich zu orientieren. Er lief an den Fassaden der Häuserreihe entlang, und als die Wände aufhörten, war es, als musse er ein Stück Niemandsland überqueren, bevor er mit der Hand das nächste Haus ertasten konnte. Als er den Klang von Hufen erkannte, die in seine Richtung kamen, blieb er stehen. Das Geräusch nahm zu, ebenso das Vibrieren des Bodens, dann wurde es weniger. Er konnte nicht einschätzen, wie dicht Pferd und Wagen ihn passiert hatten, allerdings nicht nah genug, als dass das Tier ihn hätte wittern können oder erschrocken wäre. Ein wenig später tauchte die Scheibe mit der blauen Silhouette der Straßenbahn aus dem Nebel auf. Erst als Coburg die Wirtschaft betrat, öffnete sich sein Sichtfeld wieder. Es war niemand im Schankraum, aber als er die Tür hinter sich schloss und das Glöckchen verstummte, erschien der Wirt. An dessen Gesichtsausdruck konnte Coburg ablesen, dass auch er inzwischen etwas gehört hatte, denn als Willkommensgruß gab es nur ein steifes Kopfnicken. Coburg bestellte Kaffee und Brot mit Eiern und Speck und setzte sich an den Tisch am Fenster. Er rauchte eine Zigarette, betrachtete den Nebel und fragte sich, wann der sich wohl verziehen würde. Erst kam der Kaffee, dann das Essen, und beides wurde schweigend vor ihn hingestellt. Coburg bemühte sich auch nicht, ein Gespräch anzufangen. Er aß mit Bedacht und trank zwischendurch immer wieder ein paar Schluck Kaffee. Als er fertig war, schob er den Teller von sich, bestellte noch eine Tasse Kaffee und drehte sich eine weitere Zigarette. Ich warte, dachte er, wie ich das schon so oft getan habe. Auf Bruder Damianus, auf den Abt, vielleicht sogar auf einen Gendarmen, der mich aus diesem Dorf jagt; sie werden nach mir suchen, und ich warte hier auf sie.

Nach einiger Zeit stellte er fest, dass das Weiß ganz langsam weniger dicht wurde und aufklarte. Zentimeter um Zentimeter nahm die Sicht zu, und als das Licht greller wurde, wusste er, es würde nicht mehr lange dauern, bis die ersten Sonnenstrahlen es durchbrechen würden. Er trank den letzten Schluck seines inzwischen kalten Kaffees und beschloss, sich auf die Suche nach dem Haus von Monne Lau zu machen, sobald sich der Nebel noch ein wenig mehr verzogen hätte. Er wandte den Blick vom Fenster ab, als das Glöckchen wieder erklang und ein Mönch den Raum betrat. Der hatte eine so stattliche Gestalt, dass ihm das Habit nicht wie seinen Mitbrüdern bis an die Knöchel reichte, sondern seine Schienbeine teilweise unbedeckt ließ. Darüber trug der Mönch eine hüftlange schwarze Lederjacke. Der breite Gürtel um seine Taille ließ seine Brust im Vergleich zu seinem Unterleib ungewöhnlich breit erscheinen.

Nachdem er Coburg kurz gemustert hatte, wandte er sich an den Wirt. »Ist er das?« Als darauf ein bekräftigendes Nicken erfolgte, sagte er: »Und so jemanden bedienst du?« Er trat an den Tisch, an dem Coburg saß. »Ich höre, Sie suchen nach mir?«

»Bruder Damianus? Sie sind es sicher, ich erkenne Ihre Stimme.«

Der Mönch zögerte kurz. »Meine Stimme? Ich habe Sie noch nie im Leben gesehen.«

»Das ist richtig, und trotzdem erkenne ich Ihre Stimme.«

»Glauben Sie, Sie können mich für dumm verkaufen? Ich bin hier, weil ich Sie warnen will. Jetzt muss Schluss sein.«

Noch stand der Mönch kerzengerade auf der anderen Seite des Tisches, doch schien es, als könnte er sich jeden Moment nach vorn beugen, um den Abstand zwischen ihnen zu verkleinern.

»Womit muss Schluss sein?«

Nun beugte sich der Mönch tatsächlich nach vorn. Mit geballten Fäusten stützte er sich auf dem Tisch ab, und ein Stück seiner Arme schaute aus den kurzen Ärmeln seiner Jacke hervor. Coburg roch den Atem und den Schweiß des anderen, er sah die angespannten Muskeln unter der glatten, bleichen Haut. Die Aggression des Mannes berührte ihn nicht, und statt zurückzuschrecken, setzte er sich gerade hin und verringerte so die Distanz zwischen ihnen noch weiter. Das ist der Moment, wurde ihm klar, während er auf die Fäuste schaute, näher komme ich der Wahrheit nicht. Er sah und spürte die unterdrückte Wut des Mannes ihm gegenüber. Sind das die Hände, mit denen Siebold Tammens geschlagen worden ist?

»Wollen Sie mich für blöd verkaufen? Glauben Sie etwa, ich bin dumm und lasse mir das einfach so gefallen? Glauben Sie das?«

Die Worte des Mönchs wurden ihm förmlich ins Gesicht gespuckt, und Coburg sah, wie sich die Haut um die weißen Knöchel noch straffer zog. Statt die Spannung zwischen ihnen zu reduzieren, entschied er sich für den Weg, von dem er hoffte, er würde Damianus deutlich machen, was er wissen wollte. Er brachte sein Gesicht näher an das des Mönchs und sprach in einem Ton mit ihm, den sein Gegenüber sicher nicht gewohnt war, autoritär und befehlend: »Sind Sie der Mann, der Siebold Tammens totgeschlagen hat?«

Der Mönch richtete sich aus seiner gebeugten Haltung auf, und Coburg hatte genug Zeit, um sich wieder nach hinten zu setzen, außerhalb der Reichweite des Arms, der jetzt wild nach ihm ausholte. In der Zeit, die der Mönch benötigte, um den Tisch zu umrunden, erhob sich Coburg. Als der andere erneut ausholte, drehte Coburg den Kopf, damit er nicht voll getroffen wurde, tat ansonsten jedoch nichts, um sich gegen die Schläge zu verteidigen, die nun auf sein Gesicht niederprasselten, auf Hals und Schultern landeten und ihn schließlich aus dem Gleichgewicht brachten, sodass er hinfiel. Er sah ein Gesicht, aus dem Vernunft und Selbstbeherrschung verschwunden waren, ohne jede Kontrolle, verzerrt vor Hass und Raserei, ein blindes Toben. Als er einen Schlag in die Seite bekam, schrie Coburg laut auf, doch auch das brachte den Mönch nicht zur Besinnung. Ist es bei dem Jungen auch so gewesen?, schoss es Coburg durch den Kopf. Haben seine Schmerzen und seine Angst nur noch mehr Wut in dem Mann aufsteigen lassen, der ihn misshandelt hat? Ist das der Beweis? Als der Mönch wieder nach ihm trat, griff sich Coburg dessen Schuh und drehte seinem Gegner mit aller Kraft den Fuß um. Er konnte hören, wie etwas riss, dann folgte ein Schmerzensschrei. Als der Mönch versuchte, sich im Fallen am Tisch festzuhalten, landete der auf den beiden Männern.

Den Augenblick, den der andere brauchte, um wieder aufzustehen und sich zu fassen, nutzte Coburg für eine erneute Frage: »War es bei dem Jungen auch so?« Dieses Mal blieb eine direkte Reaktion aus. Während Coburg noch kniete, war der Mönch schon wieder auf den Beinen, schwankte jedoch, weil er auf dem Fuß, den ihm Coburg verdreht hatte, nicht richtig stehen konnte. Er war außer Atem und schien fieberhaft zu überlegen, wie er nun mit Coburg umgehen sollte. Zu einer weiteren Auseinandersetzung kam es jedoch nicht, weil ihn der Wirt am Arm packte und sich zwischen die beiden Männer manövrierte. Er wandte sich an Coburg: »Ich dulde hier keine Prügeleien. Ich will, dass Sie gehen, und ich will Sie hier nicht mehr sehen.«

Der Mönch stieß den Wirt grob beiseite und herrschte Coburg an: »Machen Sie, dass Sie von hier verschwinden, jetzt sofort. Wenn nicht hier, werde ich Sie irgendwo anders finden, und dann kommen Sie nicht so glimpflich davon. Gott weiß, dass ich im Recht bin, und die Hand, die ich dann gegen Sie erhebe, wird die Seine sein.«

31

Draußen brachen die ersten Sonnenstrahlen durch den Nebel. Wo ihn der Mönch auf Gesicht, Hals und Schultern getroffen hatte, spürte Coburg einen glühenden Schmerz. Die Stelle in seiner Seite tat sehr weh. Man konnte genug sehen, um sich zu orientieren, und er machte sich auf den Weg, erst noch etwas unbeholfen und mit einem Drall in Richtung der unverletzt gebliebenen Seite, doch der Schmerz verschwand schon bald in den Hintergrund: Er ging der Sonne entgegen und spürte ihre Wärme auf dem Gesicht, obwohl sie noch niedrig stand: Das Licht war so grell, dass er die Augen zusammenkneifen musste. Außerhalb des Dorfes hing der Nebel noch wie eine Decke über den Feldern. Coburg schirmte die Augen mit der Hand ab und schaute nach rechts, in Richtung eines Waldstücks, dessen Bäume aus dem Nebel emporragten. Noch weiter rechts brach sich das Licht auf den obersten Fenstern des Klosters, sodass die Mauern weniger massiv und dunkel wirkten. Er wandte sich um, als er hinter sich ein Geräusch hörte, und stellte sich an den Straßenrand, um Pferd und Wagen vorbeizulassen. Es war ein flacher, niedriger Holzkarren, ohne Umrandung, und die Holzschuhe des Bauern schwebten nur knapp über dem Boden. Hinter dem Mann standen einige Milchkannen. Der Bauer zog an den Zügeln und hielt an. Wenn er den Arm ausgestreckt hätte, hätte Coburg die mächtige, sich auf und ab bewegende Flanke des Pferdes berühren können, und er nahm den penetranten Geruch nach Urin und Mist wahr.

»Sie gehen spazieren, was?«

»Ja.«

»Dafür gibt es schlechtere Tage.«

»Das stimmt. Ich suche den Hof von Monne Lau, bin ich hier richtig?«

»Sie wollen zu Monne?« Der Bauer starrte ihn unverhohlen und in aller Ruhe an. »Sind Sie der Mann von der Zeitung?«

»Ja.«

Der Bauer schaute ihn immer weiter an, machte leise »Hmmm« und nickte dann kaum merklich. »Noch ein paar Hundert Meter, dann kommt links ein Kreuz und dann ein Stückchen weiter oben ein Weg nach links. Den müssen Sie nehmen.«

»Bis zum Kreuz und dann nach links.«

Das Kreuz hatte sich Coburg am Vortag genauer angesehen, aber da er nicht hatte erkennen können, warum es da stand, war er weitergegangen.

Der Bauer nickte wieder und fragte: »Soll ich Sie an der Kreuzung absetzen?«

»Nicht nötig, vielen Dank.«

Schweigend schauten beide Männer in dieselbe Richtung.

»Zwei von Bosgas Söhnen sind da überfahren worden«, unterbrach der Bauer die Stille. »Nachts. Sie waren oft im Dunkeln unterwegs, um zu wildern, den Moffen nachzuspionieren, Lausbubenstreiche auszuhecken. Die Schuldigen hat man nie gefunden, aber es müssen Moffen gewesen sein. Die fuhren hier ständig mit Lastwagen hin und her. Viel zu schnell, einmal habe ich einen aus dem Straßengraben ziehen müssen. Sechzehn und vierzehn waren die Jungs. Der Sechzehnjährige kam manchmal zu uns, er interessierte sich für unsere Tochter. Die Leute haben zum Glück noch acht Kinder, aber trotzdem war es schlimm.«

Wieder wurde es still zwischen ihnen. Das Pferd schnaubte, und ein Zittern durchlief den dunklen Körper.

»Ja«, sagte der Bauer schließlich. Er warf die Zügel kurz gegen den Pferdehintern und wünschte Coburg noch einen schönen Tag.

Coburg wartete, bis sich der Abstand zwischen ihnen vergrößert hatte. Das Kreuz betrachtete er nun mit größerer Aufmerksamkeit, doch es gab nichts von dem preis, was er eben erfahren hatte. Ein Stück weiter oben bog er nach links in einen Weg ein, der deutlich seltener benutzt wurde. Abgesehen von der einer schmalen Rad- und Fußspur hatte noch niemand den Schnee betreten. Man war mehrere Male in beide Richtungen gelaufen, aber es gab nur einen einzigen Profilabdruck.

Erst nach einer guten Viertelstunde entdeckte er am Horizont einen Waldrand. Im Näherkommen erkannte er, dass sich hinter den ersten Bäumen ein Bauernhof verbarg. Das schneebedeckte Reetdach ragte ein Stück über die niedrigen Seitenmauern mit den kleinen Fenstern. Obwohl sich an der Vorderseite eine Tür befand, führte die Spur im Schnee am Gebäude vorbei nach hinten. Es handelte sich um einen kleinen Hof aus grobem Backstein, die Farbe an der Tür war abgeblättert, die Eisenfenster waren verrostet, und das dunkel angelaufene Reet verrottete langsam. Er umrundete das Gebäude und hörte, dass jemand Holz hackte.

Monne Lau bückte sich und warf die Holzscheite auf einen Stapel. In der anderen Hand hielt er den langen Griff eines Beils, dessen schweres Blatt er auf dem Boden abstützte. Er hatte sich die Ärmel seines blauen Overalls um die Taille geknotet, sodass sein verschlissenes Hemd zu sehen war, und von der Pilotenuniform trug er nur die Stiefel. Als Coburg ihn grüßte, durchfuhr ein Schauer den Körper des Bauern, und er drehte sich abrupt um.

»Du liebe Güte, ich bin zu Tode erschrocken.«

Entschuldigend hob Coburg beide Arme.

Lau setzte sich auf den Hackklotz. »Schon gut, willkommen.«

Als sich Coburg näherte, schaute Lau zu ihm auf und fragte: »Was ist denn mit dir passiert?«

»Ich bin Bruder Damianus begegnet.«

»Und?«

»Der Schaden hält sich in Grenzen.«

»Bei ihm auch?«

»Ja.«

Lau stand auf. »Willst du Kaffee? Komm mit.«

Als Coburg das Haus umrundet hatte, hatten seine Augen einen Moment gebraucht, um sich an den Übergang vom grellen Licht in den Schatten der Nadelbäume zu gewöhnen, und als er sich nun bückte und das Haus betrat, mussten sich seine Augen wieder an das Dunkel anpassen. Er konnte aufrecht stehen, aber das Zimmer war so niedrig, dass er sich nicht rührte, um sich nicht zu stoßen. Rauch drang ihm in die Nase und brannte ihm in den Augen. Er blinzelte einige Male, und als er mehr erkennen konnte, sah er, dass Lau auf der anderen Seite des kleinen Zimmers gebückt vor der geöffneten Tür eines Ofens stand, ein Holzscheit auf die noch glimmenden Reste legte und kurz darin herumstocherte. Dann schloss er die Tür.

»Setz dich«, sagte er. »Der Kaffee muss warm werden. Hast du schon etwas gegessen?«

»Ja. Kaffee ist gut.«

Coburg setzte sich mit dem Rücken zum massiven Tisch auf eine Holzbank. Lau überprüfte die Wärme der Ofenplatte, schob die Kaffeekanne darauf und setzte sich neben Coburg, wobei er sich mit den gestreckten Armen auf der Bank abstützte. Trotz der verrauchten Luft nahm Coburg den Schweißgeruch vom Holzhacken wahr, und er glaubte sogar den Duft des frisch gehackten Holzes zu riechen, das durch Laus raue Hände gegangen war. Er hatte im Haus noch keinen Wasserhahn entdeckt und fragte: »Wo bekommst du dein Wasser her?«

Zur Antwort erhob sich Lau, nahm eine leere Milchflasche und ging damit nach draußen. Als er zurückkam, war die Flasche gefüllt, und nachdem er zwei Gläser bis zum Rand vollgegossen hatte, reichte er Coburg eines und sagte: »Probier mal.« Er sah zu, wie Coburg trank, und als der sagte, es schmecke sehr gut, gab er stolz zur Antwort: »Etwas Besseres gibt's nirgendwo. Aus eigener Quelle. Ich trinke das gleiche Wasser wie meine Vorfahren. Es muss wohl gesund sein, denn sie sind alle steinalt geworden.«

Hinter Coburg hing an einem Balken über dem Tisch eine Petroleumlampe. Seit er zum Hof abgebogen war, hatte Coburg keine elektrischen Leitungen gesehen. »Strom hast du keinen?«, fragte er.

»Ich könnte welchen haben, aber ich will nicht. Ich brauche keinen. Was, wenn wieder ein Krieg kommt? Ich habe weiter oben im Wald einen Petroleumvorrat eingegraben und werde immer Holz für den Ofen haben. Vor dem Krieg war mein Gemüsegarten in Sichtweite, aber jetzt bin ich besser vorbereitet. Im Wald baue ich Kartoffeln an, und Kohl, Rüben und Bohnen. Nicht nur an einer Stelle, sondern verstreut und schwer zu finden, falls du vorhast, danach zu suchen. Und aus dem Wald selbst bekomme ich Pilze, Kastanien, Beeren, alles Mögliche. Ich experimentiere mit essbaren Blumen. Und wenn es wirklich schlimm wird, verkaufe ich die paar Kühe, die ich noch habe, dann hole ich mir Ziegen und verstecke die auch im Wald. Die geben ganz ausgezeichnete Milch, und das Fleisch lässt sich monatelang aufbewahren, wenn man es gut trocknet. Im schlimmsten Fall kann ich es wochenlang unter der Erde aushalten. Da findet mich niemand. Meine Untertaucher waren meistens einfach hier drinnen, aber wenn es unruhig wurde, habe ich sie dort versteckt.«

»Du hattest mehrere?«

»Ja, aber mit dem Piloten habe ich mich am besten verstanden. Der hat mich nach dem Krieg mal besucht, zusammen mit seiner Frau.«

Lau stand auf, als der Kaffee zu blubbern begann, und nachdem er zwei Tassen gefüllt hatte, schlug er vor, sie sollten sich nach draußen in die Sonne setzen. Mit der Holzbank zwischen sich gingen sie zur Vorderseite des Hauses, von wo aus sie durch die Bäume hindurch eine gute Sicht auf die Umgebung hatten.

»Zu Fuß kann man sich dem Haus von allen Seiten nähern, sogar von hinten, durch den Wald, aber ein Auto oder Motorrad muss über diesen Weg kommen, und die sehe ich dann schon aus weiter Entfernung. Im Krieg haben wir hier einige Stunden zusammen verbracht.« Er grinste. »Und mein Vater und mein Opa zu ihren Zeiten auch. Meistens bedeutete es nicht viel Gutes, wenn irgendwer kam. Und wenn am Weg entlang Stromleitungen aufgestellt würden, wäre das auch so. Sie reichen einem angeblich eine helfende Hand, aber in Wirklichkeit wollen sie einen einfangen und unterwerfen.«

Coburg trank hin und wieder einen Schluck Kaffee, und nachdem er auf Laus Bitten auch eine Zigarette für ihn gedreht hatte, wollte er wissen: »Hast du noch etwas herausfinden können?«

Lau ließ die Zigarette zwischen den Lippen hängen und fuhr sich kurz mit beiden Händen über Koteletten und Wangen.

»Sie werden Anzeige gegen dich erstatten. Es heißt, du arbeitest gar nicht für eine Zeitung. Stimmt das?«

»Ja.«

»Das hast du mir letztes Mal nicht erzählt.«

»Nein, aber das ist doch egal. Vor dem Krieg habe ich für eine Zeitung gearbeitet. Ich bin hier, weil ich wissen will, wer den Jungen getötet hat. Hast du darüber etwas herausgefunden?«

Lau ignorierte die Frage. »Macht es dir keine Sorgen, dass man Anzeige gegen dich erstatten will?«

»Nein, das ist mir schon öfters passiert. Und außerdem: Du hast doch gesagt, die Leute kehren hier alles unter den Teppich. Dann werden sie auch nicht wollen, dass mein Besuch weiter bekannt wird.«

»Aber sie können dir ganz schöne Schwierigkeiten bereiten. Ich kenne zu viele Beamte, die sich im Krieg verdammt gut mit den Moffen verstanden haben und immer noch ihre Uniform tragen. Da wäre mindestens Scham angebracht, aber davon merke ich nichts.«

Lau drückte seine Zigarette im Schnee aus. Die Sonne war so warm, dass Coburg den Mantel auszog.

»Aber gut, der Junge ist tatsächlich von Damianus zusammengeschlagen worden. Er hat ihn häufiger geprügelt, hat ihn wohl gehasst, aber dieses eine Mal ist etwas ganz schlimm schiefgegangen. Als der Junge nicht mehr zu sich kam, haben sie ihn aufs Bett gelegt, und da ist er gestorben.«

»Das weißt du von jemandem, der es gesehen hat?«

»Ja, und weiter werde ich nichts darüber sagen. Das habe ich versprochen.«

»Für mich reicht das.«

»Und jetzt?«, fragte Lau. »Jetzt weißt du es, aber was kannst du mit der Information anfangen? Niemand wird es bezeugen. Erwarte also nicht, dass hier Recht getan wird.«

»Recht? Das Recht, von dem du sprichst, besteht für Menschen, die du lieber nicht über den Weg da kommen sehen willst.«

Lau schaute zur Seite, erstaunt von der Bitterkeit dieser Worte. Aber Coburg verspürte nach dem, was er gerade gehört hatte und was ihm am Morgen passiert war, außer Bitterkeit auch Erleichterung: Es gab keinen Zweifel mehr daran, wer Siebold Tammens getötet hatte. Mit zusammengekniffenen Augen blickte er in die Landschaft. Vor langer Zeit war er über eine solche offene Fläche auf einen Bauernhof zugerannt, die Moffen und ihre Bluthunde dicht auf den Fersen. Tammens hatte ihn versteckt, ohne darüber nachzudenken; ohne Zögern hatte er getan, was er für richtig hielt. Sonst würde ich jetzt wahrscheinlich nicht hier sitzen, dachte Coburg. Der alte Bauer hatte nichts durchdacht. Was für ein Mensch wäre ich, wenn ich es täte? Er sah den Bauern wieder vor sich, in seinem Rollstuhl und mit der Bibel auf dem Schoß. Mit getragener Stimme hatte Tammens ihm daraus vorgelesen: »Und der Herr antwortete Hiob aus dem Wetter und sprach: ›Gürte deine Lenden wie ein Mann; ich will dich fragen, lehre mich!‹«

Coburg erhob sich. »Ich muss gehen. Danke für deine Hilfe.«

Die Hand, die er dem anderen hinstreckte, wurde kräftig geschüttelt, und Lau sagte: »Wenn etwas ist: Hier bist du immer willkommen.« Mit einem Lächeln fügte er hinzu: »Trotzdem hoffe ich, du treibst es nicht so weit, dass du mein Versteck nutzen musst.«

Lau schirmte mit einer Hand die Augen ab und blickte seinem Besucher nach. Weil er sich den Mantel locker um die Schultern gelegt hatte, wirkte es, als mache der andere einen entspannten Spaziergang in der Winterlandschaft, die sich unter dem strahlend blauen Himmel von ihrer allerschönsten Seite zeigte. Auch in ihm wütet der Krieg noch, dachte Lau, obwohl er nicht darüber sprechen will. Was er wohl getan hat? Er hat gesagt, er hat Leute beim Widerstand gekannt, die von den Moffen erschossen worden sind, und sofort danach war er wieder völlig verschlossen. Irgendetwas hatte eine große Bitterkeit in ihm entstehen lassen, das war ganz offensichtlich. Die Art und Weise, mit der er sich in den Tod dieses Jungen verbiss, hatte etwas von einer Besessenheit. Kopfschüttelnd murmelte Lau: »Schrecklich.« Wir haben alle etwas zurückbehalten, jeder, der sich etwas getraut hat, hat einen Schaden davongetragen. Wir sind alle ein bisschen verrückt. Der Pilot, den er bei sich aufgenommen hatte, musste ganze Tage hintereinander in einem dunklen Raum unter der Erde verbringen, einsam und verwundet, ohne irgendeine Ablenkung, mit gespitzten Ohren wegen Geräuschen von draußen, vor dem inneren Auge Bilder der umgekommenen Mannschaft, seiner Kameraden, seiner Freunde. Diese Erfahrung würde er nie vergessen, und als er nach dem Krieg bei seinem Besuch in den Niederlanden seine Frau mitnahm, geschah das nicht nur, um ihr seinen Retter vorzustellen, sondern auch, weil er hoffte, sie würde etwas von dem begreifen, was er erlebt hatte. Umsonst, denn es war Lau bewusst geworden, dass sie das Ganze eher als Abenteuer betrachtete, nicht als eine Prüfung – ein Abenteuer, das glücklicherweise ein gutes Ende gefunden hatte. Sie war sehr höflich gewesen, aber er spürte, dass sie ihn seltsam fand, ihn für einen verwilderten Sonderling hielt.

Lau sah, dass sein Besucher stehen blieb und nach oben schaute. Als er dasselbe tat, entdeckte er einen Wanderfalken. Der Vogel kreiste über der Landschaft, auf der Suche nach Beute. Im Schnee konnte man eine Maus, ein Kaninchen oder einen Hasen ohne jede Schwierigkeit erkennen. Die ausgebreiteten Schwingen bewegten sich ganz leicht auf und ab, das träge Schweben konnte sich plötzlich in einen zielgerichteten Sturz verwandeln, wenn sich das Tier mit gespreizten Krallen auf seine Beute stürzte. Minutenlang schaute sein Besucher zu dem Tier auf. Geduld hat er auch, dachte Lau. Ich weiß nicht, was er plant, aber eilig scheint er es nicht zu haben.

Er schaute weiter zu dem anderen hin, bereit, die Hand zum Gruß zu erheben, doch die langsam kleiner werdende Gestalt wandte sich nicht ein einziges Mal um.

32

Ehe Coburg ein weiteres Mal in das Wäldchen eindrang, zog er den Mantel wieder an. Unter den Zweigen war es zwar ein wenig heller als beim letzten Mal, doch die Kälte der vergangenen Nacht war noch nicht von den Sonnenstrahlen vertrieben worden. Es gab keinen Neuschnee, und er fand ohne Schwierigkeiten die Stelle wieder, an der er schon neulich gesucht hatte. Als er festgestellt hatte, dass keine weiteren Spuren hinzugekommen waren, weitete er seinen Bereich aus. Wieder bewegte er sich hauptsächlich auf Händen und Knien vorwärts, richtete sich auf, wo das möglich war, suchte Stämme nach Krallenspuren ab, doch so sorgfältig er auch schaute, er fand nichts. Bis er auf eine Spur stieß, die im Nichts anzufangen schien. Er stand auf. Auf Augenhöhe entdeckte er eine Laufspur auf einem Ast und erkannte den Abdruck eines Marders. Sie hörte auf, wo das Tier nach unten gesprungen war. Coburg bückte sich und untersuchte mit wiedererwachter Aufmerksamkeit den Boden. Die Kierfernnadeln mit der dünnen Schneeschicht darauf waren zerwühlt. Es war kein gewöhnlicher Sprung gewesen, und die weitere Spur entsprach nicht dem, was er erwartet hatte. Es gab eine breitere, direkt davon wegführende Spur, als hätte sich das Tier über den Boden geschleppt. Seine Vermutung bestätigte sich, als er ein wenig weiter oben den Marder fand: Das Tier lag reglos auf der Seite, und Coburg kniete sich hin, um es sich genauer anzusehen. Es war ein Weibchen, und der strenge Winter musste ihm zugesetzt haben: Es war stark abgemagert, in seinem rotbraunen Fell zeigten sich kahle Stellen, und es hing ihm schlaff um die Knochen; sogar der rahmgelbe Fleck am Hals wirkte stumpf. Nur der lange Schwanz hatte noch etwas von seiner ursprünglichen Behaarung und seinem Glanz behalten. Doch am Hunger war das Tier nicht verendet. Neben dem aufgesperrten Maul lag Erbrochenes. Coburg nahm sich einen Zweig und stocherte darin herum, fand jedoch kein Fell, Federn oder Knochen: Das Tier hatte sich an reinem Hühnerfleisch gelabt, einem schönen, kaum verdauten Stück. Coburgs Verdacht bestätigte sich, als er sich noch dichter hinabbeugte und den Mandelgeruch erkannte: Man hatte das Tier mit Zyankali vergiftet. Er richtete sich auf und stieß, immer noch auf den Knien, mehrfach kräftig Luft durch die Nasenlöcher aus. Erst als er den Geruch ganz und gar los war, unterzog er den Marder einer weiteren Untersuchung. Er wischte mit dem Zeigefinger vorsichtig die dünne Eisschicht weg, die sich auf den Augäpfeln gebildet hatte. Die dunklen Pupillen starrten ins Nichts, aber die über den scharfen Zähnen zurückgezogenen Lippen ließen vermuten, dass das Ende schmerzvoll gewesen war. Er fuhr über den Bauch des Tieres, um die Zitzen herum, die noch nicht in Gebrauch waren, dafür war es noch zu früh, doch man konnte erkennen, dass das Weibchen schon einmal Junge gesäugt hatte. Langsam tastete er den behaarten Bauch ab; vorsichtig, Millimeter um Millimeter befühlte er den Bauch und spürte dreimal diese etwas härtere Form, kaum größer als ein Ei. »Verdammt noch mal«, fluchte er laut. Drei Junge trug dieses Weibchen in sich, und bis zu deren Geburt hätte es nicht mehr lange gedauert, vielleicht noch einen Monat. Das Tier hatte zusätzliche Nahrung gebraucht, die es noch nicht ausreichend gab, doch selbst wenn es die erhalten hätte, wären seine Jungen zu früh zur Welt gekommen.

Als Coburg seine Inspektion beendet hatte, lehnte er sich im Sitzen gegen einen Baumstamm und drehte sich eine Zigarette. Vor langer Zeit hatte er eines Abends in den Dünen gesehen, wie ein Marder in den Bäumen ein Eichhorn jagte. Die Beute bewegte sich rasend schnell vorwärts und vollführte in ihrer Todesangst enorme Sprünge, aber dem Eichhorn war es nicht gelungen, den Marder abzuschütteln. Er hatte Jäger gekannt, die Frettchen auf Kaninchen ansetzten, aber ein Marder bot sich dafür nicht an. Er jagte die Kaninchen zwar aus ihren Löchern, kam jedoch selbst nicht wieder daraus hervor.

Hunger und Erschöpfung hatten dieses Weibchen unvorsichtig werden lassen; es hatte der Verlockung einer fertig zubereiteten Mahlzeit nicht widerstehen können. Coburg verachtete es, wenn man Gift einsetzte. Nicht nur war es eine schmutzige Art des Tötens und eines Jägers nicht würdig – es führte außerdem dazu, dass weitere Tiere starben. Wenn er nichts unternahm, würden Vögel den vergifteten Kadaver und das Erbrochene fressen, ebenso Mäuse und andere Tiere, und auch sie würden dadurch verenden.

Er drückte die Zigarette aus und stand auf. An Ort und Stelle konnte er das Tier nicht begraben, denn er hatte nichts, womit er den gefrorenen Boden hätte aufbrechen können. Mit dem Fuß löste er ein Stück Rinde und brach ein passendes Stück ab, holte sein Taschentuch aus der Hose, sammelte mit der Rinde das Erbrochene auf das Taschentuch und band es zusammen, wobei er sorgfältig darauf achtete, nichts mit bloßen Händen zu berühren. Dann breitete er den Mantel mit der Außenseite nach oben auf dem Boden aus, nahm das tote Tier bei einer Vorder- und einer Hinterpfote, legte es zusammen mit dem Taschentuch auf den Stoff und rollte alles zusammen. Er war bereits im Aufbruch, nur eins fehlte noch. Wieder betrachtete er die Pfotenabdrücke auf dem Zweig, von dem das Tier gefallen war, und verglich die mit dem Abdruck auf dem Ast über der Mauer. Unterschiede konnte er nicht entdecken, aber etwas sagte ihm, dass es noch einen weiteren Marder geben musste. Ein Tier, das sich mit Hühnerfleisch vollgefressen hatte, würde nicht so ausgemergelt aussehen wie dieses tote Exemplar. Soweit er wusste, waren Marder Einzelgänger und vermieden außerhalb der Paarungszeit die Gesellschaft ihrer Artgenossen, aber jetzt musste sich der eine auf das Gebiet eines anderen begeben haben. Vielleicht lagen noch mehr vergiftete Tierkadaver herum, oder man würde wieder Gift ausstreuen, wenn noch weitere Hühner verschwanden. Was, wenn das andere Exemplar nicht schlau genug war, der Versuchung zu widerstehen? Er sah nur eine Möglichkeit, dem Tier zu helfen. Er löste den Gürtel, ließ die Hose sinken und erleichterte sich; danach besprühte er schon im Laufen den Boden mit seinem Urin. Bisher hatte er sich so behutsam wie möglich bewegt, um nicht in den Lebensraum des Marders einzudringen – nun tat er alles, um Spuren zu hinterlassen. Er lief an der Mauer entlang, schüttelte überhängende Zweige und fuhr mit den Händen über Baumstämme. Schon zuvor hatte er Spuren hinterlassen; hoffentlich reichte das grobe Eindringen seines zweiten Besuchs aus, damit der Marder seinen Wirkungsbereich verlegte.

Es dämmerte schon, als er das Bündel in den hinteren Garten brachte und die Küchentür öffnete. Dort war seine Wirtin bei der Arbeit und hatte ihn bereits kommen sehen. Sie wischte sich die nassen Hände an einem Tuch trocken und schaute ihn an, erst erstaunt, dann verständnislos: »Du lieber Himmel, was ist Ihnen denn zugestoßen, und was ist das da?«

»Ein toter Marder, das Tier ist vergiftet worden. Haben Sie eine Schneeschaufel, mit der ich es begraben kann? Sonst wird es angefressen, und dann sterben die anderen Tiere auch.«

»Sie wollen es hier begraben?«

»Nicht in Ihrem Garten, am Flussufer.«

»Im Kohlenschuppen steht eine Schaufel, aber was ist mit Ihrem Gesicht passiert?«

»Lassen Sie mich erst das Tier unter die Erde bringen.«

Ohne weitere Fragen abzuwarten, holte er sich die Schaufel,

nahm seinen Mantel und trat über den Draht im Garten nach draußen. Zuerst schaufelte er die dicke Schneeschicht weg und hackte dann mit Mühe eine Grube in den gefrorenen Boden, die tief genug war, um nicht sofort wieder freigelegt zu werden. Er hielt den Mantel darüber und ließ Tier und Taschentuch herausrollen. Nachdem er die Grube mit den Brocken gefrorener Erde gefüllt hatte, drehte er den Mantel um und säuberte sich die Hände so lange mit Schnee, bis sie kribbelten und er kein Gefühl mehr in den Fingerspitzen hatte. Während der ganzen Zeit, das wusste er, schauten ihm die Zwillinge zu, deren Silhouetten sich gegen das Licht in der Küche abzeichneten. Als er das Haus wieder betrat, war es fast dunkel.

Am Tisch berichtete er seiner Wirtin von der Auseinandersetzung mit Bruder Damianus. Das tat er nur widerwillig, fand jedoch, sie hätte ein Recht darauf. Die Besorgnis war ihr vom Gesicht abzulesen, und die Reaktion der Zwillinge bestand aus einem fast noch bedrückteren Blick, wohingegen der Junge das Ganze spannend zu finden schien. Er saß mit seinem Kapitän-Rob-Heft auf dem Schoß da und lauschte dem Besucher wie gebannt. Als er wissen wollte, wer denn gewonnen habe, ermahnte ihn seine Mutter und schickte die drei Kinder nach oben.

Wenig später klingelte es an der Tür, und sie stand erschrocken auf. Das Haus war so klein, dass Coburg die Stimme von einem der Besucher bereits erkannt hatte, bevor die Leute im Zimmer standen. Er erhob sich, aber weder der Abt noch der ihn begleitende Polizeibeamte streckte die Hand aus. Der Abt nickte steif, der andere schaute Coburg kaum an.

»Wir möchten kurz mit Ihrem Gast sprechen«, wandte sich der Mönch an die Wirtin.

»Ja, natürlich. Bitte setzen Sie sich«, erwiderte sie und machte eine Handbewegung zum Tisch hin. »Möchten Sie Kaffee?«

»Gern.«

Der Abt setzte sich Coburg gegenüber und rückte seinen Stuhl zurecht. Der Polizist setzte sich zwischen beide Männer, doch als er seine Uniformmütze auf dem Tisch platziert hatte, schob er den Stuhl vom Tisch weg und legte sich den Knöchel im Stiefel aufs andere Knie.

»Soll ich anfangen?«, wandte sich der Abt an den Beamten.

»Tun Sie das.«

Der Abt schaute Coburg an und sagte: »Hauptwachtmeister Saukel von der Gemeindepolizei Venlo ist auf mein Ersuchen hier. Ich will es kurz machen: Sie sind nicht derjenige, der zu sein Sie vorgeben, und Sie sind unter einem falschen Vorwand bei uns eingedrungen. Das ist in meinen Augen ein Vergehen gegen mich. Und nicht nur gegen mich; es betrifft jeden, der mit unserem Institut zu tun, und alle, die man unserer Fürsorge anvertraut hat. Sie haben gesagt, Sie würden für eine Zeitung arbeiten und wollten einen Artikel über uns schreiben. Gelogen war das. Wir haben Sie freundlich empfangen, Sie herumgeführt und Ihre Fragen beantwortet, ohne etwas vor Ihnen zu verbergen. Mit aller Offenheit sind wir Ihnen, einem Fremden, gegenübergetreten. Und Sie haben uns zum Dank angelogen. Sie verbreiten Unruhe und beschmutzen den Namen eines der bei uns angesehensten Mönche. Sie wissen, von wem ich spreche, oder wollen Sie das abstreiten?« Der Abt saß kerzengerade am Tisch, die Arme vor der Brust verschränkt, und um Coburg einzuschüchtern, gebrauchte er den Befehlston, den er sich in seiner Position innerhalb seiner Einrichtung und der dazugehörigen Gemeinschaft zu eigen gemacht hatte. Er schaute Coburg mit dem dazu passenden Blick an, doch der wandte die Augen nicht ab. »Antworten Sie, Mann! Stellen Sie sich nicht dumm. Sie wissen, von wem ich spreche. Sie glauben doch nicht, dass Sie mit Schweigen davonkommen? Ich warne Sie: Es ist sinnlos, weiter zu lügen.«

»Sie meinen Bruder Damianus.«

»Genau. Sie geben es also zu. Sie sollten sich schämen, seinen Namen überhaupt noch auszusprechen.«

Die Männer wurden von der Wirtin unterbrochen. Sie wagte Coburg kaum anzuschauen, als sie die Tasse vor ihn hinstellte, und beantwortete seinen Dank mit einem unbehaglichen Nicken.

Als sie wieder in der Küche verschwunden war, fragte der Polizist: »Um jeden möglichen Irrtum auszuschließen: Sie sind Siem Coburg?«

»Ja.«

Der Beamte nickte und sagte zum Abt: »Sehr gut, bitte sprechen Sie weiter.«

»Sie haben nach dem Krieg wegen Kollaboration im Gefängnis gesessen.« Während diese Worte in der Luft hingen, schauten beide Männer Coburg an, neugierig auf die Auswirkungen dessen, was sie erfahren hatten.

Coburg schob seinen Stuhl näher an den Tisch und beugte sich zum Abt hin, dessen dünnes Haar strähnig auf dem Kopf klebte und im Licht der Lampe über ihnen fettig glänzte. Der Beamte schien die Ruhe selbst, und Coburg erfasste von ihm nur den Geruch der Schuhwichse, mit der er seine Stiefel glänzend schwarz geputzt hatte.

»Nein, ich habe wegen *Verdachts* auf Kollaboration eingesessen. Der Beweis wurde nie erbracht, und ich wurde auf freien Fuß gesetzt. Erkennen Sie den Unterschied?«

Der Abt breitete in einer theatralischen Geste die Arme aus. »Ist das wirklich Ihre Reaktion?« Er schaute zu dem Polizisten und schüttelte voller Unglauben den Kopf. »Was für eine schamlose Arroganz. Glauben Sie vielleicht, wir haben uns nicht ausführlich informiert? Es wurde nichts bewiesen, weil jeder, der mit Ihnen Umgang hatte, tot ist. Das hat man uns gesagt. Und nicht nur das: Sie haben Ashoff gekannt, den Verräter, den man vorige Woche hingerichtet hat. Sie haben mit ihm zusammengearbeitet. Oder wollen Sie das etwa auch abstreiten?«

»Ihnen gegenüber brauche ich gar nichts abzustreiten.«

»Sie haben also in Haft gesessen. Das ist doch richtig?«, mischte sich der Beamte ein.

»Ja, das habe ich gerade gesagt.«

»Und bei diesem einen Mal ist es geblieben?«

Coburg schaute den Mann schweigend an und trank einen Schluck Kaffee.

Der Abt schnaubte verächtlich. »Sie stellen immer nur Fragen, aber wenn man *Sie* etwas fragt, schweigen Sie lieber. Soll ich für Sie antworten? Im Jahr 1947 haben sie neun Monate im Gefängnis gesessen, weil Sie sich geweigert haben, in unserem Heer zu dienen. Nicht Sie, sondern andere mussten in Übersee ihr Leben riskieren, um unserem Königreich zu dienen.«

»Kriegsdienstverweigerung. Die Vorstellung, Menschen zu töten, kann Sie doch nicht sehr abgeschreckt haben«, meinte der Polizist.

Coburg musterte ihn erneut. Den sorgfältig gezogenen Scheitel, die tadellose Uniform, die glänzenden Knöpfe und den breiten Koppel, der genauso glänzte wie die Stiefel. Der Beamte sprach zwar ein wenig ruhiger als der Abt, doch auch er versuchte Coburg eine Reaktion zu entlocken.

»Wie viele Menschen haben Sie während des Krieges liquidiert?«

Coburg wusste nun ganz sicher, von welcher Seite ihm Gefahr drohte. Er nahm sich erneut die Zeit, den Beamten zu mustern, und als er antwortete, umspielte ein Lächeln seine Lippen: »Jedes Mal, wenn ich eine Uniform sehe, frage ich mich, ob sich ihr Träger im Krieg richtig oder falsch verhalten hat. Das ist eine Störung, die ich dem Krieg verdanke.« Er nickte in Richtung der Stiefel und fuhr fort: »Sie können sich gar nicht vorstellen, welche Angst ich vor dem Geräusch von marschierenden Stiefeln entwickelt habe.

Und vielleicht bilde ich es mir auch nur ein, aber mir scheint, ein schwarzer Stiefel klingt noch bedrohlicher.«

Der Abt stieß einen Schrei der Empörung aus. Der Polizist stellte den Fuß auf den Boden und setzte sich gerade hin. Sein Gesichtsausdruck hatte sich verhärtet, als er sich in einem offizieller klingenden Ton an Coburg richtete: »Gegen Sie liegt eine Anzeige wegen Gewalttätigkeit vor. Sie haben heute Morgen in Anwesenheit eines Zeugen ein Mitglied des Ordens von Sint Norbertus angegriffen und ernsthaft verletzt. Auf der Grundlage dessen nehme ich Sie vorläufig in Haft.« Er erhob sich und sagte: »Nehmen Sie all Ihre Sachen mit. Sie werden nicht hierher zurückkehren.«

Als Coburg nach oben kam, stand die Schlafzimmertür seiner Wirtin offen. Auf ihrem Bett saßen die Mädchen und ihr älterer Bruder nebeneinander. Sie schauten ihm zu, während er in sein Zimmer ging, um seine Sachen zusammenzupacken, und als er damit fertig war, schloss er die Tür hinter sich, betrat das andere Schlafzimmer und hockte sich vor den Kindern hin. Die Zwillinge schauten ihn ängstlich an, und kurz glaubte er, sie würden zu schreien anfangen, doch dann begriff er, dass sie alles, was ihnen zustoßen würde, geduldig und schweigsam ertragen würden. Er verspürte eine große Bitterkeit, aber es gab nichts, was sie hätte mildern können. Auf dem Schoß ihres Bruders lag das abgegriffene Heft, das er bereits unzählige Male gelesen haben musste, wieder und wieder. Coburg legte dem Jungen die Hand aufs Knie.

»Du heißt Sjeng, stimmt's?«

»Ja.«

»Sag mal, wie alt bist du?«

»Neun.«

»Pass auf, Sjeng, mach mal zwei Fäuste.«

Eifrig kam das Kind dieser Aufforderung nach, und Coburg legte beide Hände um die geballten Fäuste, drückte sie zusammen und setzte langsam immer mehr Kraft ein, bis der Junge unsicher zu ihm aufsah. Coburg ließ los, als er bemerkte, dass dem Jungen die Tränen in die Augen traten, und ballte nun die eigenen Hände zu Fäusten.

»Sehr gut, und jetzt machst du dasselbe bei mir, so fest du nur kannst.«

Der Junge strengte sich so an, dass er seinen ganzen Körper dabei einsetzte, und seinem Gesichtsausdruck nach hätte man denken können, sein Leben hinge davon ab.

»Sehr gut«, meinte Coburg. »Lass nur los.«

Mit schmerzverzerrtem Gesicht massierte er sich die Hände und sagte voller Anerkennung: »Du wirst ein sehr guter Kapitän Rob. Das habe ich deutlich gemerkt.«

Der Junge strahlte vor Freude, und als sich Coburg erhob, fragte er: »Kommen Sie wieder?«

Coburg schaute ihn kurz an, nickte, und auf seinem Gesicht erschien ein Lächeln, als gefiele ihm diese Aussicht. »Ja, mein Junge, ich komme wieder.«

Als Coburg unten anlangte, stand auch seine Wirtin im Zimmer. Sie reagierte mit einem unbehaglichen Lächeln, als er ihr für ihre Gastfreundschaft danke.

»Schuldet er Ihnen noch Geld?«, erkundigte sich der Beamte.

»Nein, nein.«

»Sehr gut, dann können wir gehen.«

Während der Beamte Coburg durch Gesten bedeutete, er solle vorgehen, wandte sich der Abt an die Wirtin: »Sie konnten das ja nicht wissen, aber Sie sollten wirklich vorsichtiger sein und sich gut überlegen, wen Sie bei sich aufnehmen. Ich schlage vor, in Zukunft fragen Sie zuerst mich.«

33

Coburg betrachtete die von den gelblichen Scheinwerfern erhellten Schneehaufen am Straßenrand und den platt gefahrenen Schnee in der Spur der Autos, die zuvor hier entlanggefahren waren. Kein Wort wurde gesprochen, denn der Polizist benötigte seine ganze Aufmerksamkeit, um die Kontrolle über den Wagen nicht zu verlieren. Auf einer Hauptstraße erhöhte er die Geschwindigkeit ein wenig. Es gab kaum Verkehr, und erst als sie Venlo erreichten, konnte man mehr Lebenszeichen erkennen.

Bis auf einen anderen Polizisten war das Revier verlassen. Der Mann kam hinter seinem Schreibtisch hervor und fragte: »Das ist er?«

»Ja. Lass ihn die Hosentaschen ausleeren und bring ihn in eine Zelle.«

Der Beamte tat, was ihm befohlen worden war, und bedeutete Coburg, ihm zu folgen. Sie gingen über einen Flur, an dessen linker Seite drei durch Gitter voneinander getrennte Zellen lagen. Coburg führte man in die letzte, die Gittertür wurde hinter ihm abgeschlossen. Der Beamte lief zurück, und als er die Tür zum Büro zumachte, wurde es still. Wände aus Beton, keine Fenster, nur eine kleine Ventilationsöffnung hoch oben in der Mauer der ersten Zelle, und keine Lampe außer der im Flur, die kaum Licht verströmte, ansonsten eine Pritsche mit einer dünnen Matratze darauf, ein kaum gefülltes Kissen und eine Pferdedecke. In der Wachstube hatte ein Ofen gestanden, hier jedoch war es kalt. Coburg schlug die Decke um sich und setzte sich auf die Pritsche.

Sie hatten sich die Mühe gemacht, mehr über ihn in Erfahrung zu bringen. Er hatte tatsächlich noch einmal im Gefängnis gesessen. Im Sommer 1947 wurde er im Lager Nieuwersluis interniert, in einer Baracke, die er sich mit sechs anderen Kriegsdienstverweigerern teilte. Es war eine bunte Gesellschaft: ein Schleifer, ein Monteur, ein Versicherungsagent, ein Gobelinrestaurator, ein Maschinenschlosser und ein Vertreter, aber sie kamen gut miteinander aus, mit der stillschweigenden Vereinbarung, das Beste aus der Sache zu machen, solange sie eine Zelle teilen mussten. Dieses Gleichgewicht wurde gestört, als ein Neuankömmling zu ihnen stieß. Ohne sich um irgendetwas zu kümmern, erzählte dieser Osseweijer offen und voller Stolz von seinen Erlebnissen als Freiwilliger an der Ostfront. Genau wie die Soldaten, die sie bewachten, machte er kein Geheimnis aus seiner Geringschätzung für die Bewohner der Baracke: Er selbst war sehr wohl zu kämpfen bereit. Gegen Strafmilderung zwar, aber er würde nur zu gern die lange Reise nach Niederländisch-Indien antreten, um die braunen Affen zur Räson zu bringen und die heranrückenden Kommunisten aufzuhalten. Er diente wieder der guten Sache, und beim Heer würde man von seiner Erfahrung profitieren können.

Osseweijer hatte einer Mordeinheit der SS angehört. Die Namen der Orte, in denen sie aktiv gewesen waren, sagten seinen Zuhörern nichts, aber die Arbeit, die sie dort zwischen August 1942 und Juli 1943 verrichtet hatten, beschrieb Osseweijer auf eine Art und Weise, dass es keiner großen Vorstellungskraft bedurfte, um zu begreifen, was sich damals abgespielt hatte. Den SS-Männern standen Gaswagen zur Verfügung, sie waren systematisch von Ort zu Ort gefahren und hatten Krankenhäuser, Anstalten und Kinderheime geleert. Dabei ging es nicht um gewöhnliche Kinder, sondern um alles, was abnormal war: Zurückgebliebene und Behinderte.

In den Jahren, die seitdem vergangen waren, hatte sich an Osseweijers Haltung nichts geändert: Die Kinder waren tot besser dran, ganz bestimmt, wenn man sich die Zustände in den Heimen ansah: Unter den Russkis war ihr Leben eine Hölle. Osseweijers Einheit erlöste sie auf so menschliche Weise wie möglich von ihrem Leiden, wie man das auch mit einem verwundeten Pferd getan hätte. Es war schwere Arbeit, nicht jeder konnte sie ertragen. Manche Kinder begriffen, was gleich passieren würde, und man musste sie mit Gewalt in die Gaswagen verfrachten. Dabei ging es oft grob zu, und manchmal mussten sie die Kinder erschießen, die zu entkommen versuchten. Wenn sie erst einmal in den Wagen und die Türen abgeschlossen waren, ging es schnell. Sie hämmerten noch eine Zeit lang gegen die Seitenwände, und dann war die Sache erledigt. Je mehr man hineinquetschen konnte, desto schneller ging es. In weniger als einem Jahr hatten sie durch ihre effektive Methode mit den mobilen Gaskammern Tausende von Menschen ausgerottet, die in ihren Augen minderwertig waren.

Manche Männer in den Stockbetten rund um Coburg hatten den Kriegsdienst verweigert, weil sie aus Prinzip gegen Gewalt waren, andere, darunter er selbst, weil sie nicht an der Unterdrückung eines anderen Volkes beteiligt sein wollten. Walberg, ein Amsterdamer Maschinenschlosser und Kommunist, der ebenfalls im Widerstand aktiv gewesen war, hatte Osseweijer angefallen. Während sich die anderen bemühten, die beiden zu trennen, hielt sich Coburg aus der Sache heraus und beobachtete, wie sich Osseweijer verteidigte. Seine Muskeln spannten sich zwar an, während er die Angreifer von sich stieß und nach ihnen schlug, doch Coburg nahm keine Kraft dahinter wahr. Osseweijer beherrschte das Vergasen von Wehrlosen, aber er hatte noch nie einen richtigen Kampf geführt.

In einer fast dunklen Baracke hatte Coburg in dieser Nacht abgewartet, bis alle schliefen; er hatte die Matratze über sich angestarrt und den Geräuschen um sich herum gelauscht. Jemand drehte sich im Schlaf, ein Bett knarrte, es wurde gehustet, und

Atemzüge erklangen, manche ruhig und tief, andere unruhig und unregelmäßig. Das Verstreichen der Zeit brachte ihn nicht auf andere Gedanken. Eine Ruhe war über ihn gekommen, die er von den früheren Gelegenheiten her kannte, als unabwendbar gewesen war, was geschehen musste. Schließlich war er aufgestanden und zu Osseweijer hingegangen, der ein Stockbett auf der anderen Seite der Baracke gewählt hatte. Er bewegte sich geräuschlos über den schlafenden Mann, klemmte sich dessen Körper zwischen die Knie, setzte Arme und Ellenbogen ein, um Osseweijer unter sich zu halten, und drückte ihm ein Kissen aufs Gesicht. Als es vorbei war, herrschte zum ersten Mal vollkommene Stille in der Baracke. Das verzweifelte Treten von Osseweijers Beinen gegen die Matratze hatte die anderen geweckt, aber niemand bewegte sich oder sagte etwas. In Osseweijers weit aufgerissenen Augen stand seine Todesangst zu lesen, und sein Gesicht war verzerrt. Coburg schloss dem Toten Augen und Mund, drehte die Leiche auf die Seite und richtete das Bett. Dann lief er aus der Baracke. Es war eine warme Nacht, und er schwitzte am ganzen Körper. Bis ihm die Finger nicht mehr zitterten und er sich eine Zigarette drehen konnte, dauerte es einen Moment. Er inhalierte tief und spürte, wie die Ruhe in ihn zurückkehrte. Was auch geschehen würde: Er war bereit, die Konsequenzen seines Handelns zu tragen.

Walberg war nach draußen gekommen und hatte ihm versprochen, den Mund zu halten. Die anderen würden dasselbe tun, dafür wollte er persönlich sorgen.

Am nächsten Morgen um sieben Uhr wurden sie vernommen. Niemand hatte etwas gesehen oder gehört. Osseweijer musste im Schlaf gestorben sein. Während sie unter der Beobachtung von drei Soldaten draußen warteten, untersuchte ein Arzt die Leiche. Er kam mit gerunzelter Stirn nach draußen, wandte sich an einen der Soldaten, fragte nach Osseweijers Hintergrund und reagierte auf die Rückfrage, warum das wichtig sei, mit Verärgerung: »Weil seine Blutgruppe in seine linke Achsel eintätowiert ist.«

Der verständnislose Blick des Soldaten, kaum mehr als ein Junge, ließ ihn wütend ausrufen: »Sagt Ihnen das nichts? Der Mann war bei der SS!«

Walberg hatte sich eingemischt: »Er hat in der Ukraine behinderte Kinder vergast und sollte nun zur Strafmilderung als Bereicherung für unser Heer nach Indien gehen.«

Der Arzt hatte Walberg angeschaut. »Und wer sind Sie?«

»Ein Kriegsdienstverweigerer, so wie wir alle.«

Der Arzt hatte ihn zum ersten Mal mit größerem Interesse betrachtet und sich dann wieder den Soldaten zugewandt: »Warum hat man diese Leute zusammengelegt?«

Während seine Kameraden Mühe damit hatten, die richtige Haltung einzunehmen, wehrte sich der Jüngste: »Das weiß ich nicht, da müssen Sie meinen Vorgesetzten fragen. Vielleicht war es ein Irrtum.«

»Ein Irrtum oder ein Versuch, die anderen zu quälen?« Der Arzt schüttelte voller Missbilligung den Kopf, rieb sich mit einer Hand übers Gesicht und schaute Walberg lange an. Der erwiderte seinen Blick, ohne auch nur zu blinzeln. Schließlich wandte sich der Arzt wieder an die Soldaten und sagte in autoritärem Ton: »Die Todesursache steht eindeutig fest: Herzversagen. Der Mann ist eines natürlichen Todes gestorben. Sie können ihn wegbringen, ich werde die Papiere fertigstellen. Wenn er Familie hat, kann die ihn abholen.« Bei diesem letzten Satz musterte er Walberg noch einmal.

Das in Todesangst verzerrte Gesicht, die hervortretenden Augen, das verzweifelte Umsichtreten der Beine und die Ewigkeit, die es gedauert hatte, bis es schwächer wurde: Coburg erinnerte sich daran, wie hätte das auch anders sein können, aber es verfolgte ihn nicht. Osseweijer hatte es verdient, auf eine Art und Weise zu sterben, die ebenso furchtbar war wie die aller Kinder, die gegen die

Wände der Lastwagen geschlagen und getreten hatten, bis auch das letzte bisschen Sauerstoff verbraucht war. Als schmerzlich empfand Coburg, dass von diesem Moment an nur noch Walberg mit ihm umging wie früher. Zwar sprachen die anderen das nicht aus und mieden ihn auch nicht offensichtlich, doch er spürte, dass sie sich in seiner Anwesenheit unbehaglich fühlten.

Bei dieser Gelegenheit hatte Coburg von ganz nahe erlebt, wie die Todesursache mit voller Absicht falsch angegeben wurde, und er war dem Arzt dankbar dafür gewesen. Jetzt, wo er auf dieser Pritsche saß, wie auch schon beim Warten auf van Waesberghe in dessen Praxis, war ihm die Ironie der Tatsache nicht entgangen, dass ihm wieder ein solcher Fall begegnete.

Später an diesem Abend erschien der Hauptwachtmeister. Kurz musterten die beiden Männer einander, dann richtete Coburg den Blick wieder auf die Wand gegenüber.

»Man wird die Sache nicht weiterverfolgen, wenn Sie versprechen, mit dem aufzuhören, was Sie tun, und sich dort nie wieder blicken lassen. Wenn Sie dem zustimmen, setzen wir Sie morgen in den Zug.« Er wartete auf eine Reaktion, doch Coburg blieb bewegungslos sitzen. »Der Tod dieses Jungen war ein Unfall. Jeder bedauert das, der betreffende Mönch am allermeisten. Was wollen Sie denn eigentlich?«

Als wieder keine Reaktion erfolgte, sagte er: »Also gut, Sie denken, dass Sie ein ganz harter Hund sind, was? Geben Sie Mantel und Decke her. Los!« Den Befehl brüllte er so laut, dass sein Kollege herbeieilte, doch dessen Hilfe wurde nicht gebraucht. Coburg legte die Decke weg und zog den Mantel aus.

»Und den Pullover. Und die Schuhe.«

Coburg zog sich den Pullover über den Kopf und die Schuhe von den Füßen und gab alles ab.

»Wir werden ja sehen, wer hier am längsten durchhält«, sagte der Beamte wütend zu ihm.

In den nächsten Stunden stand Coburg immer wieder auf, lief herum, hockte sich hin und schnellte wieder hoch, wiederholte das, bis er außer Atem war, bewegte heftig die Arme und schlug sie sich gegen den Rücken, aber die Wärme, die ihm das schenkte, verschwand mit jedem Versuch schneller. Er legte sich die Füße in die Kniekehlen, steckte sich die Hände in die Hose und presste die Arme gegen den Körper, aber nichts konnte verhindern, dass die Kälte langsam aber sicher Besitz von ihm ergriff. Er legte sich auf die Seite und machte sich so klein wie möglich, döste hin und wieder ein, wurde wach, ohne eine Ahnung zu haben, wie lange er weggetreten gewesen war, steifer und kälter als vorher. Er schaute auf das Ventilationsgitter in der Wand, suchte nach einem Licht, das das Ende der Nacht ankündigte, hoffte, man würde ihn dann in den Zug setzen. Durch den Spalt unter der Tür fiel Licht zu ihm herein, und manchmal hörte er gedämpfte Stimmen, ohne verstehen zu können, was gesprochen wurde.

Er schreckte auf, als jemand gegen die Gitterstäbe trat. Der Hauptwachtmeister stand vor ihm, in der einen Hand eine Tasse Kaffee und in der anderen eine Zigarette. »Und, haben Sie Ihre Meinung inzwischen geändert?«

Coburg stand auf und rieb sich das Gesicht. Sein ganzer Körper war steif, doch nichts konnte verhindern, dass der Geruch nach Kaffee und Zigaretten ihm in die Nase drang. Er wandte den Blick von dem Beamten ab, hin zu dem Licht, das durch die Türöffnung nach drinnen schien, und spürte etwas von der Wärme, die der Polizist mit hereingebracht hatte. Dann richtete er den Blick wieder auf die Wand.

»Was wollen Sie denn? Selbstjustiz üben? Wir haben doch keinen Krieg mehr. Seien Sie vernünftig, Mann. Sie sollten sich mal selbst sehen. Ein armer Teufel sind Sie, nichts weiter als ein Herumtreiber, dem wir eine Nacht verpassen und zum Abschied mitteilen, dass wir ihn nicht mehr sehen wollen. Wir dulden hier keine Unruhestifter. Aber Sie sind einer von der trotzigen Sorte, stimmt's? Gut, dann wollen wir doch mal schauen, wie lange Sie das durchhalten. Kein Essen, kein Trinken. Keine Zigaretten, keinen Kaffee. Ich habe ganz genau gesehen, wie Sie den gerade angeschaut haben.«

Wieder war Coburg allein. Durch das Lüftungsgitter fiel ein schwaches Lichtbündel. Er hatte Durst, und ihm fing der Magen zu knurren an, aber am meisten setzte ihm die Kälte zu. Wieder machte er Übungen, um warm zu werden, stellte jedoch fest, dass er dadurch die Energie verbrauchte, die er benötigte, um nicht noch weiter auszukühlen. Im Sitzen versuchte er vergeblich, sich etwas Wärme in die Füße zu massieren. Er war es gewohnt, draußen zu sein, und hielt Kälte gut aus, aber ohne Mantel, Pullover und Schuhe konnte er sich unmöglich dagegen wappnen. Ich muss durchhalten, dachte er, ich muss mir bewusst machen, dass sie früher oder später genug davon bekommen werden. Er legte sich hin und bedeckte die Füße mit dem Kissen, schaute zu, wie sich das Licht auf der Wand veränderte, und schlussfolgerte daraus, dass die Sonne versuchte, durch die Wolkendecke zu brechen. Als das Licht auf einmal greller wurde und ein Sonnenstrahl zu ihm in den Raum fiel, stellte er sich auf die Pritsche und spürte die Wärme auf dem Gesicht. Er blieb so stehen, bis die Sonne wieder verschwand. In den kommenden Stunden brach sie noch ein paarmal durch, und jedes Mal stellte er sich hin, um die Wärme so gut wie möglich aufzufangen. Er maß das Verstreichen der Zeit daran, wie das Licht auf der Wand weiterwanderte. Als die Sonne sich so gedreht hatte, dass ihre Wärme nicht mehr nach drinnen fiel, schien die Kälte noch mehr von ihm Besitz zu ergreifen. Er begann mit den Zähnen zu klappern und heftig zu zittern, bekam das erst unter Kontrolle, als er sich wieder bewegte, aber sobald er sich setzte, fing das Zittern und Beben wieder an, und das Wilde, Spastische darin wurde immer heftiger. Das Zähneklappern verzerrte sein Gesicht, und einmal riss es ihm den Kopf so heftig nach hinten, dass er mit dem Hinterkopf gegen die Gitterstäbe schlug.

Als sich die Tür erneut öffnete, lag er in Fötushaltung zusammengerollt auf der Pritsche. In der Hoffnung, jetzt wäre alles vorbei, erhob er sich. Dieses Mal baute sich der Kollege des Hauptwachtmeisters vor seiner Zelle auf.

»Sie sehen schlecht aus. Warum tun Sie sich das an? Wir können Sie heute noch in den Zug setzen.«

Die Worte drangen nur langsam zu Coburg durch, und er zitterte unkontrolliert.

»Ich sehe, Sie gehen fast zugrunde an der Kälte. Von unserer Seite aus können Sie weg, aber dann wollen wir Sie hier nicht wiedersehen. Sie können sogar eine Tasse Kaffee bekommen.«

Als keine Reaktion erfolgte, holte der Beamte etwas aus der Tasche und hielt es dicht vor die Gitterstäbe. »Ist das hier Ihre Frau?«

Coburg erkannte das kleine Foto aus seinem Portemonnaie.

»Weiß sie überhaupt, dass Sie hier sind? Sie macht sich doch sicher Sorgen.«

Coburg stand auf und stellte sich an die Gitterstäbe. Die Schwarz-Weiß-Aufnahme von Rosa war das einzige Foto, das er von ihr besaß; er hatte es aus einem gefälschten Ausweis herausgeschnitten. Die in der Zeit eingefrorene zwanzigjährige Rosa. Immer wieder hatte er sich gefragt, wie ihre letzte Nacht in der Zelle wohl gewesen war. Sie musste verzweifelt gewesen sein; das Wissen, dass man so jung sterben musste, konnte nur entsetzlich sein, unerträglich, bei aller Tapferkeit. Eines wusste er jedoch genau: Als es so weit war, als sie begriff, dass es wirklich keinen Ausweg mehr gab, war sie dem Tod hocherhobenen Hauptes entgegengetreten.

»Ja, schauen Sie nur genau hin. Ein warmes Haus, ein warmes Bett.«

Coburg presste das Gesicht gegen die Stäbe, räusperte sich und sagte heiser: »Geben Sie mir das Foto.«

»Ach, Sie können ja doch reden. Gut, Sie bekommen Ihr Bild, aber dann will ich, dass Sie laut sagen, dass Sie sich nie wieder hier blicken lassen.«

Coburg warf den Kopf nach hinten, schlug ihn dann mit so großer Kraft gegen die Stäbe, dass das ganze Gitter erzitterte, und schrie: »Geben Sie mir das Foto, verdammt noch mal!«

Erschrocken fuhr der Polizist zurück. »Sie sind ja verrückt, wirklich. Sie gehören in eine Anstalt. Sie gehören Teufel noch mal wirklich in eine Anstalt, und an die Kette gehören Sie.« Er zerriss das Foto und ließ die Schnipsel auf den Boden fallen, dann ging er wieder.

Coburg kniete sich hin, streckte die Arme durch das Gitter und suchte alles zusammen, was er erreichen konnte. Er versuchte sich an den Stäben hochzuziehen, doch ihm wurde so schwindlig, dass er abrutschte und hintenüberfiel. Auf Händen und Füßen kroch er zur Pritsche und legte sich auf die Matratze. Er öffnete die Faust und setzte mit Fingern, die er kaum noch kontrollieren konnte, die Schnipsel zusammen. Was von dem kleinen Foto übrig war, lag nun neben seinem Gesicht, und zwar so, dass er es anschauen konnte, ohne den Kopf heben zu müssen. So war sie trotz allem bei ihm. Das ist von uns übrig geblieben, Rosa, dachte er. Wenn es hier ein Ende finden muss, dann soll es so sein. Du bist mir nur vorausgegangen, und jetzt bin ich an der Reihe. Ein Lächeln erschien auf seinem Gesicht, als er die Augen schloss und vor sich sah, wie sie wirklich neben ihm gelegen hatte, an einem Sommerabend in den Dünen, im Sperrgebiet. Sie war dicht hinter ihm über die Pfade gelaufen, die er so gut kannte. Sie waren in einem kleinen See geschwommen, ohne zu reden oder das Wasser aufspritzen zu lassen, weil sie wussten, dass ihre Stimmen in der Stille weithin zu hören gewesen wären. Als die Wasseroberfläche wieder ruhig dalag, spiegelten sich die umstehenden Bäume darin wider, der rote Himmel verfärbte sich zu einem immer dunkler werdenden Purpur, und die ersten Sterne erschienen am Himmel. Am Ufer und sogar auf dem Grund des kleinen Gewässers wuchs Wasserminze, die dem Wasser einen frischen Geschmack verlieh. Er hatte die Hände zu einer Schale geformt und das klare Wasser getrunken. Sie versteckten sich hinter Brombeersträuchern und lagen dort mit den Armen hinter dem Kopf verschränkt im Sand. Es war kaum abgekühlt, und die Wärme, die sie umhüllte, sorgte dafür, dass sie sich noch mehr entspannten. Er, Rosa und die Natur waren an jenem Abend eins gewesen.

»Ewigkeit«, murmelte er leise und lächelte wieder. Dann gab er seinen letzten Rest Widerstand auf.

34

Stunden später erschien der Hauptwachtmeister erneut. Er öffnete die Zellentür, als eine Reaktion ausblieb, und trat mit der Stiefelspitze gegen den zusammengekrümmten Körper auf der Pritsche. »He, aufwachen.« Er beugte sich über Coburg, als nichts passierte, und schüttelte ihn grob. »Aufwachen, los jetzt.« Immer noch keine Reaktion, und als er Coburg auf den Rücken drehte, schaute der Polizist in ein Gesicht mit geschlossenen Augen, halb offenem Mund und ohne jede Farbe.

»Das kann doch wohl verdammt noch mal nicht wahr sein«, murmelte er, und dann schrie er nach seinem Kollegen.

Der eilte herbei, und als er den Hauptwachtmeister über den reglosen Körper gebeugt dastehen sah, fragte er: »Ist er tot?«

»Es sieht verdammt noch mal ganz danach aus.«

»Hast du ihm den Puls gefühlt? Geh mal zur Seite.« Nach einer kurzen Stille sagte er: »Ich spüre etwas, aber nur sehr schwach. Wir müssen einen Arzt holen. Er ist unterkühlt.«

»Bist du wahnsinnig? Kommt nicht infrage, wir holen auf keinen Fall einen Arzt. Sein Kopf ist grün und blau geschlagen. Willst du dem Arzt vielleicht sagen, dass er das selbst getan hat? Wir setzen ihn an den Ofen, da wird er schon wieder munter. Mach schon.«

Sie zerrten den beinahe leblosen Coburg von der Pritsche, schleppten ihn über den Flur und legten ihn in der Wachstube neben dem Ofen auf den Boden. Nachdem sie ihm seinen Mantel unter den Kopf geschoben und eine Decke über ihn gelegt hatten, fühlte der Polizist Coburg wieder den Puls und hielt ihm einen Löffel vor den Mund. »Er atmet noch. Schwach, aber regelmäßig.«

»Was jetzt?«

»Wir warten ab, und dann versuchen wir gleich, ihn wieder zu Bewusstsein zu bringen. Vielleicht müssen wir ihm was Warmes geben.«

»Dann koch einen starken Kaffee. Und schütte einen Schuss Branntwein rein.«

»Ich glaube, Alkohol ist in solchen Fällen nicht gut.«

Ärgerlich drehte sich der Polizeimeister zu seinem Kollegen hin und schnauzte ihn an: »Was ist denn das für ein Blödsinn? Hast du noch mehr gute Ratschläge? Mach einfach, was ich sage.« Er zog seinen Stuhl näher an Coburg heran und sagte mit einem missbilligenden Kopfschütteln: »Das hast du dir ganz allein selbst zuzuschreiben. Wenn du nicht so verdammt dickköpfig gewesen wärst, hättest du längst im Zug gesessen.«

Als sein Kollege mit einem dampfenden Becher zurückkam, hob er Coburgs Kopf an und schlug ihm mit der anderen Hand fest auf beide Wangen. Diesmal drang ein heiseres Blubbern aus Coburgs Mund, und er öffnete die Augen mit den unkontrolliert zitternden Lidern.

»Sieh mal einer an, da sind wir ja wieder«, sagte der Hauptwachtmeister mit deutlich hörbarer Erleichterung in der Stimme. »Dann sind wir also genau rechtzeitig gekommen.« Er wartete kurz ab, bis Coburgs Blick ein wenig klarer wurde und das heiße Getränk abgekühlt war, übernahm die Tasse von seinem Kollegen und führte sie Coburg an die blassen Lippen. »Trinken Sie einen Schluck. Dann werden Sie wieder munter.«

Coburg versuchte es, fing jedoch sofort an zu prusten und zu würgen. Sein Kopf wurde davon aus der Hand gerissen, die ihn stützte, und kam mit einem Schlag auf dem Betonboden auf. Er stöhnte und versuchte sich aufzusetzen, doch seine Arme waren zu schwach.

Der Polizeimeister gab den Becher seinem Kollegen. »Für so etwas habe ich keine Geduld. Hilf du ihm. Was für ein lästiger Kerl. Sobald er wieder laufen kann, setzen wir ihn in den Zug.«

Coburg lag so nahe am Ofen, dass seine Haut zu glühen begann, aber als er sich zu bewegen versuchte, schaffte er es lediglich, sich ein winziges Stück wegzuschleppen. Obwohl er allmählich begriff, wo er sich befand, gelang es ihm nur mit großer Mühe, seine Gedanken einigermaßen zu ordnen. Wie weit war ich weg?, fragte er sich. Er sah die beiden Beamten, die auf ihn herunterschauten. »Hören Sie mich?«, wurde er angesprochen, aber er konnte keine Antwort formulieren, und es fühlte sich an, als wäre sein Gesicht zu einer Maske geworden, hinter der er verborgen war. Erst als der Polizist seine Frage wiederholte, nickte er.

»Sehr gut. Gleich geht es Ihnen besser. Wollen Sie etwas essen?«

Coburg begriff das Ganze nicht. Seit sie ihn eingesperrt hatten, hatte er nicht einmal einen Schluck Wasser bekommen, und jetzt boten sie ihm etwas zu essen an? Kurz glaubte er, alles nur zu träumen, doch als ihm der Becher erneut an die Lippen gehalten wurde, wusste er, dass es kein Traum war.

»Sie müssen etwas trinken. Zu Ihrem eigenen Besten. Sie waren eine Zeit lang nicht bei sich.«

Der Polizeimeister mischte sich ein: »So, nun reicht es. Er kann hier nicht so liegen bleiben.« Er sagte zu Coburg: »Sie müssen sich hinsetzen.« Er deutete auf seinen Kollegen, und zusammen zogen sie Coburg hoch und setzten ihn auf einen Stuhl.

»So ist es besser. Ziehen Sie nur schon Ihre Schuhe an, Sie steigen gleich in den Zug.«

Coburg sah, wie man die Schuhe vor ihn hinstellte, fühlte sich jedoch noch so schwach, dass er sich nicht vorzubeugen wagte. Als er es trotzdem ungeschickt versuchte, hatte er keine Kontrolle über seine versteiften Finger.

»Dann hilf ihm eben auch dabei«, erklang es ungeduldig, und während sich Coburg zurücklehnte, wurden ihm die Schuhe an die Füße geschoben.

»Bleiben Sie noch kurz sitzen, wir bringen Sie dann weg.«

35

Braun, Grau und Schwarz sind die einzigen Farben. Ein Chaos aus tiefen, aneinandergereihten Granateinschlägen, geborstenem Grund und schmutzigen Furchen. Teiche, Seen und ganze Sümpfe aus eisenfarbenem Wasser und gelbem Schnee. Eine geschändete Fläche, aus der schwarze, zersplitterte und ihrer Äste beraubte Baumstümpfe hervorragen. Über dem kahlen Boden, wieder und wieder aufgerissen und aufgewühlt, treiben stinkende Gaswolken, die gelb und braun herumwabern. Lumpen nasser, zerfetzter Uniformen. Eine Uniformjacke mit Rippenkorb, ein umgedrehter Helm, in dem Hirn schwimmt. Überall abgerissene Körperteile; geschwollen bis zum Aufplatzen. Gerippe, bis auf die Knochen abgenagt von Ratten so groß wie Katzen. Peitschender Regen, stinkender, blubbernder Schlamm, Wege und Pfade, bedeckt mit einer dicken Schicht schleimigen Unrats. Fliegen und Schmeißfliegen, die sich auf verrottendem Fleisch zusammenklumpen. Verwundete liegen in den Kratern, umringt von verwesenden Toten. Hervorquellende Eingeweide, zerschossene Lungen, Köpfe ohne Gesicht, ein Rumpf ohne Gliedmaßen. Die schmerzerfüllten Schreie, Tag und Nacht, ohne Unterbrechung: »Gott, ich will nicht krepieren«, »So helft mir doch, um Himmels willen«, »O Mutter Maria, steh mir bei«, »Sanitäter, Sanitäter«, »Wasser«, »Erlöse mich«, »Lasst mich nicht sterben«, »Hilfe«. Undurchdringliche Schichten Stacheldraht, Gra-

natsplitter, kaputte Gewehre, aufgerissene Rucksäcke. Ein einziger großer Totenacker, nicht die geringste Spur von Leben, die Baumstümpfe sind tot, die Grasnarben verbrannt, der Boden bis in vier Meter Tiefe umgewühlt, umgepflügt, geschändet, gequält, grau und ohne Leben. Der Tod schlägt durch Granaten oder durch Kanonenfeuer zu, durch Verbluten, Ertrinken, Hunger, Durst, Erschöpfung. Drei Köpfe in einer Reihe, der Rest der Körper unter Wasser; ein halber Schädel, seine sterbenden Augen betrachten den grünen Schleim, der vor seinem Gesicht auf der Oberfläche treibt. Haar, das büschelweise ausfällt, tote Körper, die lebendig werden, weil das Gas blubbernd und flüsternd aus ihren Wunden entweicht, sich hin und her, auf und ab bewegen, durch die vielen, unzähligen Würmer und Ratten. Zerschossene Körper, die im Stacheldraht hängen. Grünes Fleisch, das in der Nacht im Phosphorglanz aufleuchtet. Fliegen- und Mückenschwärme, die wie riesige Wolken über die Landschaft ziehen, huschende riesige Rattenrudel, Läuse so groß wie Weizenkörner, die einem das Schlafen unmöglich machen. Der Lärm von Kugeln und Granaten, das Fiepen der Ratten, das Summen der Fliegen, das Gewieher sterbender Pferde, das Stöhnen und Klagen der Verwundeten. Das Pfeifen in der Ferne, gefolgt vom gigantischen Beben der Explosionen. Der nie nachlassende, quälende Gestank verrottender Körper und Exkremente, der sich in Mund, Nase und jeder Faser festsetzt. Schützengräben voller Wasser und Schlamm, die Soldaten verschlingen und ertränken, über ihnen zusammenstürzen und sie lebendig begraben. Tote, verwesende Soldaten liegen schichtweise übereinander. Splitterbomben und Granatsplitter, die Körper auseinanderreißen. Flammenwerfer, schmelzende Körper, der Gestank nach verbranntem Fleisch, Öl und Rauch. Giftgas! Das verzweifelte Ringen nach Luft, Lungen, die es nicht mehr gibt, weggefressene Gesichter und blinde Augen, Brandwunden, die ganze Körper bedecken, senffarbene Eiterblasen, blaue Köpfe mit schwarzen Lippen, die Wolken, die beim Aufschneiden aus Uniformen emporsteigen und weitere Opfer fordern.

Bruder Felix war wieder aufgewühlt, als er es las. Worte reichten nicht aus, seine eigenen Aufzeichnungen waren nichts als ein kläglicher Versuch. Zurückkehrende Überlebende merkten nur zu bald, dass sich unmöglich erklären ließ, wie es wirklich gewesen war. Trotzdem empfand er Erleichterung, als die ersten Bücher erschienen. Es musste erzählt werden, und damit fiel ihm eine Last von den Schultern. Er meinte sogar, es hätte zu seiner Genesung beigetragen.

Im Feldlazarett hatte ihn die Oberschwester am ersten Tag am Arm gepackt und ihm gesagt, alles werde gut, wenn er nur in ihrer Nähe bleibe. Aber an der Front hatte ihn Morelli nicht festgehalten und ihm ermutigende Worte geschenkt, geschweige denn, dass er gesagt hätte, alles werde gut werden. Es gab nichts, was gut hätte werden können. Sie waren in der Hölle gelandet. Der Lärm, das Beben der Erde, die Erschöpfung, das Leiden in seinen grauenhaftesten Formen. Während er selbst anfangs völlig desorientiert war, schien bei Morelli jedes Sinnesorgan auf äußerste Schärfe gestellt, und blitzschnell erkannte er die Geräusche, die ihn umringten. Das gedämpfte Krachen der Gewehrgranaten, das schwache Ploppen der Mörsergranaten, das eigenartige Summen durch die Luft fliegender Granatsplitter. Morelli identifizierte die verschiedenen Bombenkaliber an dem Pfeifen, mit dem sie über einen hinwegflogen, und wusste, welche Distanz sie vor dem Einschlagen noch zurücklegen würden. Über den Gestank von Blut, verrottendem Fleisch, Giftgas, Chlorkalk und Latrinen roch er als Erster explodierende Gasgranaten. Genauso spürte er auch als Erster, wenn sich die Windrichtung änderte und das Gas, das sie auf die feindlichen Stellungen abgefeuert hatten, nun in ihre Richtung zu treiben drohte. Anhand des Kugeleinschlags ermittelte er die genaue Position feindlicher Scharfschützen. Als seine besonderen Talente bekannt wurden, forderte man ihn auf, mit in die Tunnel zu kommen, um zu hören, wo die Deutschen ihre Tunnel gruben.

Obwohl das Grinsen von seinem Gesicht verschwunden war, schien Morelli den Albtraum, in dem sie gelandet waren, stoisch zu bewältigen. Er lag in einer Wandnische eines Schützengrabens und mischte sich nur selten oder nie in die Gespräche um sich herum ein. Die waren voller Hass auf die Offiziere, die nicht an der Front erschienen und Angriffe ohne die geringste Aussicht auf Erfolg befahlen; über die Frage, ob noch ein Angriff käme, bevor man sie ablöste; darüber, wer zu Hause auf sie wartete, wer tot war, wie lange der Krieg noch dauern würde. Männer, die verkündeten, dass sich die beste Gelegenheit, verwundet zu werden, nachts ergab, auf offenem Terrain, wenn einfach wahllos geschossen wurde statt mit gezieltem Sperrfeuer. Keine tödliche Wunde, aber ausreichend, dass man zum Verbandsplatz gebracht wurde, wo es zu diesem Zeitpunkt nicht voll sein würde. Die Sehnsucht in ihrer Stimme, trotz der großen Risiken. Und so sprach man auch über die Selbstverstümmelung, darüber, dass ein Schuss in den Fuß nicht länger genügte, sondern Verdacht weckte, wie viel Schaden einem das Einatmen von ein wenig Giftgas zufügen würde, ob das wohl ausreiche, um nicht mehr an die Front zurückkehren zu müssen. Morelli zog an seiner Pfeife, trank seinen Tee, hielt die Tasse hoch, wenn Rumrationen verteilt wurden, aß, was sie von den Garküchen erreichte, egal wie widerlich es aussah und mit welchen Flüchen es von den Männern um ihn herum entgegengenommen wurde.

Felix blieb so nahe wie möglich bei ihm, damit er im Niemandsland verschwinden konnte, wenn es so weit war, mit der Trage zwischen sich und Morelli vorn. Was sich ihnen offenbarte, wenn das Kämpfen ein Ende gefunden hatte, entzog sich jeder Beschreibung. Auf einer Länge von Hunderten von Metern, so weit das Auge reichte, begann sich die Erde zu bewegen. Aus Granattrichtern kamen sie hervor, schleppten sich vorwärts, hinkten, krochen, die Überlebenden, und die Luft füllte sich mit einem leisen, anhaltenden Stöhnen, als wäre es die Erde selbst, die da jammerte. Zu retten, was zu retten war, darin bestand ihre Aufgabe, und die der anderen Sanitäter. Obwohl er, Felix, der Krankenpfleger war und Morelli nicht mehr als ein Träger, entschied Morelli, was sofort erledigt werden musste: Wessen Wunden wurden verbunden, wer bekam Morphiumtabletten und wie viele, wer musste warten, wer wurde auf die Trage gehoben? Morelli hatte sich im Feldlazarett gut umgeschaut, aber die Reichweite davon drang erst zu Felix durch, als das unvermeidliche Leid dieser schrecklichen Wahl, die sie treffen mussten, sich ihnen aufdrängte. Im Feldlazarett hatten sie gesehen, was mit den Verwundeten geschah, die dorthin gebracht wurden. Wer dort überlebte, wer verloren war, und im letzteren Fall, wie lange das Ende auf sich warten ließ, und wie schlimm sich der Leidensweg gestaltete, bevor jemand den letzten Atemzug tat. Mit dieser Kenntnis war Morelli in die Schützengräben gekommen, und es dauerte nicht lange, ehe er entsprechend zu handeln begann.

36

Wann hatte es zuletzt geschneit? Es würde noch mehr Schnee geben: Der Himmel wirkte bleischwer, und das dichte Dunkelgrau ließ kein Sonnenlicht hindurch. Anfangs hatte er auf dem Weg noch Spuren von Menschen gesehen, schließlich jedoch nur noch Abdrücke von Vögeln und Kaninchen. Der Steg und das Deck waren unberührt. Bevor er hineinging, machte er die Bullaugen auf der dem Wasser zugewandten Seite frei. Drinnen herrschte eine eisige Kälte, die rasch verschwand, als der Ofen Wärme zu verbreiten begann. Mit Mühe hackte er einige gefrorene Kartoffeln in kleine Stücke und buk sie zusammen mit ein paar Eiern. Danach setzte er Kaffee auf, zog sich aus und legte sich ins Bett. Den Kopf gegen die Holzwand gelehnt, rauchte er einige Zigaretten, bevor er sich zum Schlafen ins Kissen sinken ließ und die Decken weiter über sich zog. Im Zug war ihm übel geworden, und er hatte erbrochen, was man ihm zu essen gegeben hatte; das Stück Weg, das er zu Fuß zurücklegen musste, hatte ihm nicht gutgetan. Jetzt brauchte er Schlaf, richtigen Schlaf, damit er wieder zu Kräften kam.

Als er aufwachte, war es dunkel in der Kajüte. Er hatte tief geschlafen und das Essen bei sich behalten. Er kleidete sich an, stieg die kleine Treppe hoch und fluchte, als er beim Öffnen der Luke Schnee in den Nacken bekam. Er ging übers Eis, und während er urinierte, schaute er hoch. Kein Mond, keine Sterne; der Himmel war noch immer dicht und schwer, und als er fertig war und sich umwandte, konnte er die Konturen seines Bootes kaum erkennen. Es war nicht mehr Abend, und obwohl er die genaue Uhrzeit nicht wusste, spürte er, dass die Nacht ihren tiefsten Punkt noch würde erreichen müssen. Während er auf der Eisfläche stand, wurde ihm bewusst, dass die Dunkelheit hier nicht dieselbe war wie die an der Küste. Mitten unter Bauern, die hier seit Generationen lebten und von denen sogar einige noch nie das Meer gesehen hatten, war er ein Fremder. Doch vor allem für die Natur hier war er ein Fremder. Der Duft der Erde, das Licht an einem regnerischen Tag, die Stille der Nacht, das Geräusch des Windes, der über das Land heranwehte: Alles war hier anders. Er schauderte kurz und ging zurück.

Drinnen zündete er die Petroleumlampe an. Sogar die roch anders, dachte er. Er zog den Deckel vom Topf und betrachtete die gefrorenen Reste, die Maria ein Naserümpfen entlockt hatten, machte Feuer und sah, wie das Fett flüssig wurde. Er hielt die Nase über das Fleisch, nahm jedoch nichts Auffälliges wahr, als es aufzutauen begann. Die Tatsache, dass er Hunger hatte, betrachtete er als gutes Zeichen. Ich muss wieder zu Kräften kommen, bevor ich weitermache, dachte er.

Nachdem er sich das Kaninchenfleisch hatte schmecken lassen, nahm er die Lampe und ging in den vorderen Bootsteil. Dort ließ er das Licht über den angestaubten Konservendosenvorrat gleiten. Vielleicht hatte sich Monne Lau noch gründlicher vorbereitet, doch auch er konnte es eine Zeit lang hier aushalten, wenn die Sache schiefging. Aus den Konserven mit Erbsen, Bohnen, Blumenkohl, Pastinaken, Fleischeintopf, Makkaroni und Apfelmus wählte er eine mit Kirschen im eigenen Saft, öffnete sie in der Kajüte und stellte sie aufs Feuer. Hin und wieder fühlte er mit dem Finger, wie der Inhalt auftaute und sich langsam erwärmte. Dann trank er ein paar Schlucke von dem dicken Saft, um danach die im Licht glänzenden Kirschen aufzulöffeln. Manche waren noch so kalt, dass er sie kurz im Mund behielt, bevor er sie zerbiss und herunterschluckte. Er wärmte den kleinen Rest Kaffee auf und trank ihn, während er auf dem Bettrand saß. Danach drehte er sich eine

Zigarette und legte sich wieder hin. Kurz lauschte er aufmerksam, doch abgesehen von dem leisen Summgeräusch der Petroleumlampe herrschte vollkommene Stille. Er holte den Zettel aus der Tasche, auf den er die Informationen zu Bruder Damianus gekritzelt hatte. Geboren am 11. November 1894 in Rotterdam, in den Orden eingetreten am 23. April 1935, bürgerlicher Name Gradus Franko. Er kannte Leute in Rotterdam, würde sie jedoch nicht aufsuchen; man würde ihm die Tür vor der Nase zuschlagen, oder schlimmer. Was das anging, war eingetreten, was ihm Heijbroek vorausgesagt hatte: Er war wieder ins Gefängnis gekommen. Von den vergangenen Tagen erholte er sich bereits, die Internierung als Kriegsdienstverweigerer hatte er zusammen mit Männern, die wie er dachten und erhobenen Hauptes herumliefen, gut überstanden, aber die zwei Monate im Gefängnis in Haarlem würden ihn bis an sein Lebensende verfolgen.

Nach der Festnahme überließen sie ihn ein paar Tage lang seinem Schicksal. Die Zellen waren voller Landesverräter und Kollaborateure, und er konnte es sich nicht anders erklären, als dass es ein Missverständnis gegeben hatte. Bis er mit auf den Rücken gefesselten Händen in einen Vernehmungsraum gebracht worden war, in dem Heijbroek auf ihn wartete. Nachdem ihn seine Bewacher auf einen Stuhl gedrückt und das Zimmer verlassen hatten, hatte Heijbroek die Tür geschlossen und sich ihm gegenübergesetzt.

»Wie geht es dir, Coburg? Hast du wieder auf den richtigen Weg gefunden, jetzt, wo du keine Leute mehr liquidierst? Ich habe gehört, du hast im letzten Augenblick noch schnell eine Frau erschossen. Schade, dass das nicht mehr geht, was? Du sagst nichts? Prima. Möchtest du denn gar nicht wissen, wie es mir geht? Nein? Ich bin der Leiter des Politischen Ermittlungsdienstes* für Haarlem und Umgebung. Ich habe viel zu tun mit all den Verrätern, die ihrer gerechten Strafe nicht entkommen dürfen. Die Leute wollen Genugtuung.«

Heijbroek trug wieder eine Uniform, und nachdem er die Mütze auf den Tisch gelegt hatte, fuhr er sich mit beiden Händen durch das sorgfältig gekämmte, brillantinesteife Haar. Er setzte sich, beugte sich über die Tischplatte und sagte: »Du kannst ganz beruhigt sein, ich werde dich nicht herumschubsen oder schlagen. Ist dir meine Nase aufgefallen? Der Höcker ist kein Problem, aber hörst du, wie laut ich die Luft einsauge? Das ist nach dem Schlag von dir nie wieder gut geworden.« Dann hatte er den Kopf zur Seite gedreht. »Mein Ohr sitzt wieder da, wo es hingehört, aber auf dieser Seite bin ich taub.« Heijbroek hatte die Hände ausgestreckt und die Fäuste so fest geballt, dass seine Knöchel weiß hervortraten und die Adern auf seinen Handrücken sich scharf abzeichneten. »Trotzdem werde ich dich nicht anrühren. So einfach will ich es dir nicht machen.« Als er sich eine Zigarette anzündete, war der Hass in seinem Gesicht zu lesen. »Von der Zigarre im Maul habe ich scheinbar keinen Schaden zurückbehalten, hier aber schon.« Bei diesen Worten klopfte er sich gegen den Schädel. »Ich muss oft daran denken. Ich werde nachts wach davon, verdammt noch mal. Trotzdem werde ich dir nichts in den Hals rammen. Auch das wäre zu einfach.« Er schwieg kurz, inhalierte ein paarmal tief und blies den Rauch an die Zimmerdecke. »Du wirst wahrscheinlich nichts sagen, aber das brauchst du auch nicht. Du warst schon immer eher schweigsam, oder? Dann werde ich das Wort führen. Wie gefällt es dir, zwischen Verbrechern zu sitzen, die alle beteuern, dass sie unschuldig sind, einer lauter als der andere? Ashoff befindet sich noch immer auf der Flucht, wusstest du das? Als ich seinen Namen hörte, musste ich an dich denken und habe mich auf die Suche gemacht. Er ist verschwunden, und du bist hier. Was für ein Freund.«

»Wir waren nicht befreundet.«

Auf Heijbroeks Gesicht war ein Grinsen erschienen, als sich Coburg doch zu einer Reaktion hatte verleiten lassen. »Ach nein? Er hat dir doch aber bei der Flucht geholfen. Ihr kanntet einander gut. Und ihr lebt beide noch, aber alle Leute, die mit euch in Berührung gekommen sind, sind tot. So etwas betrachte ich nicht als Zufall. Alles spricht gegen dich. Darum habe ich dich verhaften lassen, und darum musst du hierbleiben.«

Nachdem Heijbroek seine Zigarette mit dem Stiefelabsatz ausgedrückt und sich die Mütze aufgesetzt hatte, nickte er Coburg kurz zu und sagte: »Wir nehmen deine sämtlichen Widerstandstaten genau unter die Lupe, vor allem deine Kontakte zu Ashoff. Ich werde meine besten Männer darauf ansetzen.«

In den darauffolgenden Wochen wurde Coburg durch zwei Ermittler zahlreichen Verhören unterzogen. Heijbroeks beste Männer stammten aus denselben Kreisen wie ihr Vorgesetzter und zeigten ihre Voreingenommenheit ganz unverhohlen. Vom ersten Gespräch an war offensichtlich, was sie vorhatten: Coburg musste etwas zur Last gelegt werden. Immer wieder kamen sie auf seine vielen Kontakte mit Ashoff zurück, und wenn Ashoff ein Verräter war, wie wahrscheinlich war es dann, dass Coburg keiner war? Als er sich fürs Schweigen entschied, überließen sie ihn erneut wochenlang seinem Schicksal. Bis er eines Morgens wieder zu Heijbroek gebracht wurde. Auf dem Tisch lag ein Stapel maschinenbeschriebenes Papier. Weil Coburgs Arme hinter dem Rücken gefesselt waren, legte Heijbroek zwei der Blätter nebeneinander, schob sie ihm hin und befahl ihm, alles zu lesen.

Vor Coburg lag das getippte Protokoll des Verhörs, dem ihn die Ermittler J. K. Dorst und A. Dingenmans am 6. November 1945 unterzogen hatten.

```
Soweit bekannt, haben der Verdächtige und Ashoff
einmal bei einer Liquidierung zusammengearbeitet.
Das betraf den missglückten Anschlag auf Rost van
```

Tonningen. Der Verdächtige gibt an, durch Marinus Barto persönlich über den Plan informiert worden zu sein, im Sommer 1944 die wichtigsten Führungspersönlichkeiten der NSB aus dem Weg zu räumen. Außer Mussert betraf dies Rost van Tonningen und van Geelkerken*. Rost van Tonningen, ein notorischer Kommunistenhasser, den Seyß-Inquart zum Liquidierungskommissar linker politischer Parteien ernannt hatte, sollte am 28. Mai als Erster umgebracht werden (dass Mussert nicht vor ihm an der Reihe war, erklärt sich möglicherweise durch Bartos persönlicher Abneigung gegen Rost van Tonningen, den er für gefährlicher als Mussert hielt). Dieses Attentat sollte durch zwei Teams ausgeführt werden: Joop Zwart und Hilbert Ottenhoff, beide beteiligt an dem geglückten Überfall auf das Kuppelgefängnis in Arnheim am 11. Mai, bildeten das eine Team. Das zweite bestand aus dem Verdächtigen und Ashoff.

Dieser Plan wurde allerdings nicht in die Tat umgesetzt, weil die vier Männer am Abend des Attentats beim Kino De Pont in Velsen-Noord verhaftet wurden. Nachdem man sie anfänglich auf dem Velsener Polizeirevier festhielt, gelang dem Verdächtigen und Ashoff die Flucht, als sie in der Nacht ins Gefängnis von Haarlem überstellt werden sollten. Ein solches Glück war Zwart und Ottenhoff nicht beschieden; sie waren in Velsen zurückgeblieben. Beide Männer wurden zusammen mit zehn anderen am 8. Juni in den Dünen bei Overveen erschossen. Der Verdächtige gibt an, dass Ashoff während ihres Transports auf einem verlassenen Stück der Delftlaan zwischen Velserbroek und Haarlem eine Waffe hervorzog, mit der er ihre Bewacher bedrohte. Nachdem er die Männer zum Weiterfahren gezwungen hatte, wurden sie geknebelt und in einem alten Bunker am Anfang des Zeeweg zurückgelassen. Nachdem sie sich des Wagens entledigt hatten, verabschiedeten sich der Verdächtige und Ashoff am Bahnhof von Haarlem voneinander, und jeder ging wieder seiner eigenen Wege. Da der Verdächtige nicht mehr über Ausweispapiere verfügte, tauchte er bei Frau Mies Prinsen unter, der Mutter von Leo Prinsen, einem Widerstandskollegen des Verdächtigen, wohnhaft an der Zomerkade im Spaarnwouderviertel (dies wurde zum Teil durch Frau Prinsen bestätigt, sie erinnert sich allerdings nicht an das genaue Datum). Anschließend war er auf einem Bauernhof in Egmond untergetaucht (das hat sich nicht bestätigen lassen, weil dieser Hof von einer Bombe der Alliierten getroffen wurde, wobei alle Bewohner ums Leben kamen).

So lautet die Beschreibung des Verdächtigen im Hinblick auf die Vorgänge in dieser Nacht. Warum wurden nicht alle vier Männer gleichzeitig überstellt? Wie konnte Ashoff an eine Waffe gelangen? Warum waren nur zwei Bewacher anwesend, obwohl es Männer betraf, die versucht hatten, einen so hohen Funktionär wie Rost van Tonningen zu ermorden? Woher die Dringlichkeit, beide Männer mitten in der Nacht zu überstellen? Wo diese spektakuläre Flucht schon damals viele Fragen aufwarf, kann inzwischen mit beträchtlicher Wahrscheinlichkeit angenommen werden, dass es sich um eine inszenierte Flucht handelte. Auf Nachfrage bestätigt der Verdächtige, dass auch er inzwischen zu dieser Überzeugung gelangt ist. Im Rahmen der heutigen Ermittlungen geht es allerdings darum festzustellen, ob Ashoff auch den Verdächtigen betrogen hat oder ob beide Männer zusammenarbeiteten (in einem solchen Fall ist es denkbar, dass auch keine Rede davon gewesen sein kann, die beiden hätten ihre Bewacher überwältigt). Es gibt keine Zeugen, und weil den Ermittlern kein Zugang zur Akte von Rost van Tonningen gewährt wird, da nach dessen angeblichem Selbstmord im Gefängnis von Scheveningen am 6. Juni eine Untersuchung in absoluter Geheimhaltung stattfindet, fehlt es auch aus diesem Bereich an weiteren Informationen. Tatsache bleibt, dass bei dem Attentat auf Rost van Tonningen ein Verrat stattgefunden haben muss, den die beiden Widerstandskämpfer, deren Unbestechlichkeit tatsächlich unumstößlich feststeht, mit dem Leben haben bezahlen müssen. Wenn der Verdächtige unschuldig ist und zu den Opfern der Machenschaften von Ashoff gehört, was er mehrfach angeführt hat, ist uns nicht klar, warum er, nicht jedoch Zwart und Ottenhoff die Gelegenheit erhielten, zusammen mit Ashoff zu entkommen. Das ist zudem auffällig, weil der Verdächtige weit oben auf der Liste der am meisten gesuchten Widerstandskämpfer stand (Zwart und Ottenhoff kommen darauf nicht einmal vor). Es gelingt dem Verdächtigen nicht, dafür plausible Gründe anzuführen.

Als Coburg den Text gelesen hatte, zog Heijbroek die Papiere zu sich heran und fragte: »Weißt du noch, wer Schaberg ist? Ja, das weißt du natürlich. Bartos rechte Hand mag uns nicht so besonders, aber über dich hatte er so einiges zu sagen.« Dann schob er Coburg eine einzelne Seite hin.

Notiz in Bezug auf das Verhör vom 6. November 1945, zum Versuch, Rost van Tonningen zu liquidieren.

Obwohl sich Schaberg weigert, offiziell an dieser Ermittlung mitzuarbeiten, hat er mündlich (in Anwesenheit beider Protokollanten) bestätigt, dass sowohl Ashoff als auch der Verdächtige nach ihrer spektakulären Flucht ausführlich von ihm und Marinus Barto zu dem verhört worden sind, was sich rund um den misslungenen Anschlag abgespielt hat. Während dieses Gesprächs hat Schaberg versehentlich preisgegeben, dass man seiner Ansicht nach Ashoff und dem Verdächtigen nicht länger vertrauen könne. Schabergs Weigerung, weiter an dieser Ermittlung mitzuarbeiten, inklusive einer schriftlichen Erklärung, muss durch dessen Auffassung erklärt werden, dass er dem Politischen Ermittlungsdienst in keiner Weise vertraut, »denn dieser besteht vornehmlich aus Polizisten auf der Seite der Feinde und aus Kollaborateuren, die bei Kriegsende opportunistisch handelten und im letzten Moment den Inländischen Streitkräften beitraten«. In diesem Zusammenhang erwähnt er die unter kommunistischen Widerstandskämpfern weitverbreitete Theorie, dass rechtspolitische Kräfte um ihre Ausschaltung bemüht waren, weil sie in den Niederlanden der Nachkriegszeit keine bedeutsame Rolle spielen sollten. Schaberg war nicht zugänglich für Argumente der Protokollanten, dass er sich durch seine unkooperative Haltung selbst der Möglichkeit beraubte, eine offizielle Erklärung abzugeben und auf diese Weise zu einer möglichen Verurteilung des Mannes beizutragen, der in seinen Augen ein Verräter gewesen ist. Tatsache bleibt, dass sich von den beiden Anführern des Widerstandsrats der Leiter (Barto) jeden Kommentars zu enthalten wünscht und der andere (Schaberg) den Verdächtigen, wenn auch nur mündlich, unumwunden und mit großer Entschiedenheit als Verräter brandmarkt.

»Und?«, fragte Heijbroek, als sich Coburg zurücklehnte. Als keine Antwort kam, nickte er langsam. »Ja, vielleicht ist es auch am besten so. Was immer du zu diesem Thema sagen willst, man wird es dir nicht abnehmen. So eine wundersame Flucht, da ist doch etwas faul. Weißt du, was ich glaube? Dass du unschuldig bist. Du solltest einen Orden dafür bekommen, was du für das Vaterland getan hast, aber so wird es nicht laufen. Ashoff hat dir zur Flucht verholfen, um sich selbst ein Alibi zu verschaffen. Er hat dich benutzt. Genauso werde ich dich jetzt auch benutzen, um dich so anzuschwärzen, dass niemand vom Widerstand auch nur noch in deine Nähe kommen will. Dafür brauchst du nicht einmal verurteilt zu werden: Wo Rauch ist, ist auch Feuer, wird man denken. Wenn es keine Gerechtigkeit vor Gericht gibt, dann finden vielleicht ein paar Leute, dass da draußen für Gerechtigkeit gesorgt werden muss. Was auch immer geschieht, wenn man dich wieder freilässt, wirst du ein Ausgestoßener sein. Und du wirst keine ruhige Minute mehr haben.«

Coburg hatte sich nicht von dem beeindrucken lassen, was Heijbroek gesagt hatte. Im Widerstand hatte er keine Freunde gefunden, und er hatte auch nicht vor, jetzt, wo alles vorbei war, noch in diesen Kreisen zu verkehren. Trotzdem spürte er, dass das Schlimmste noch kommen sollte und dass Heijbroek noch nicht fertig mit ihm war.

»Weißt du noch, warum du mich damals zusammengetreten hast? Ja, natürlich weißt du das noch. Wegen Rosa Barto. Weißt du, dass ich sie noch gesehen habe, nachdem sie verhaftet wurde? Schau an, jetzt habe ich doch deine Aufmerksamkeit. Das wusstest du nicht, was? Sie saß bei uns auf dem Revier in der Zelle. Wir haben kurz darüber gesprochen, ob wir etwas für sie tun sollten, ihr zur Flucht verhelfen. Einige meiner Männer fanden, das sollten wir. Alles hing von meiner Stimme ab. Ich fand das keine besonders gute Idee, denn Seyß-Inquart persönlich hatte ihre Erschießung befohlen, aber das war für mich nicht einmal entscheidend. Nein, ich musste an dich denken. Ich habe noch mit ihr gesprochen, aber von mir erwartete sie nichts. Sie schien überhaupt nicht damit zu rechnen, dass sie sterben würde, so sehr hat sie auf dich gezählt. Aber du kamst nicht. Das wundert mich übrigens immer noch. Du hast doch damals meinen Kopf mit solchem Hass auf den Boden geschmettert. Der liebt sie wirklich, habe ich gedacht. Wie man sich doch täuschen kann. Was für ein Stümper du bist: Deine Freundin wurde von Ashoff verraten, und wo ist er jetzt? Während du hier sitzt, hat er sicher längst ein neues Leben begonnen.«

Coburg erschrak, als das Eis mit einem Knall brach und das Zittern der Eisdecke sich auf die Schiffswand übertrug. Er setzte sich auf den Bettrand, aber weder sein »Verdammt noch mal!« noch das Schlagen mit der Handfläche gegen die Wand vertrieb die Gedanken aus seinem Kopf. Wenn er Heijbroek nicht zusammengeschlagen, wenn er nicht zugelassen hätte, dass Rosa bei ihm blieb, als sie schon so krank war, wenn er darauf bestanden und sie in den bereits befreiten Teil der Niederlande geschickt hätte, wenn er Ashoff früher durchschaut hätte, wenn es ihnen doch gelungen wäre, sie zu befreien … Wenn, wenn, wenn. Das Bewusstsein, dass Rosa noch da wäre, wäre es nur ein einziges Mal anders gelaufen, ließ ihn nicht los. Und das nahm mit dem Verstreichen der Zeit nicht ab, im Gegenteil: Der Gedanke wucherte immer weiter.

Als er endlich wieder frei war, hatte er vorgehabt, Heijbroek zu ermorden. Er hatte ihn beschattet und geplant, wie man ihn aus dem Weg räumen und verschwinden lassen könnte, wie er das im Krieg auch getan hatte. Bis er seine Meinung geändert hatte. Totsein, Wegsein war eine Gnade. Heijbroek wohnte immer noch in dem großen Haus, viel zu groß für einen gewöhnlichen Polizisten und der sichtbare Beweis dessen, was er in den Kriegsjahren zusammengeraubt hatte. Trotzdem stellte niemand Fragen, was das betraf. Als Heijbroeks Frau ihm öffnete, hatte er sie nach drinnen geschubst, in den Flur, genauso, wie er es vor nicht allzu langer Zeit mit ihrem Mann gemacht hatte. Im Wohnzimmer hatte er ihre beiden Söhne angetroffen. Er hatte alle drei zu den Stühlen am Esstisch dirigiert und sie gefesselt. Mit der Pistole vor sich auf dem Tisch hatte er auf Heijbroek gewartet. Er hatte die Ehefrau angefahren, sie solle den Mund halten, als sie versuchte, ein Gespräch mit ihm anzufangen. Die Angst im Blick der Frau und der Kinder, das Ticken einer Standuhr, vorbeifahrende Autos, Stimmen von Leuten, die am Haus vorbeiliefen, erst mit zunehmender Lautstärke, dann wieder schwächer, ein Telefon, das laut und lange klingelte, Stille, wieder Klingeln, bis der Anrufer die Sache aufgab. Nachdem sie eine Zeit lang so dagesessen hatten und eines der Kinder sich in die Hose gemacht und jämmerlich zu weinen angefangen hatte, hatte er sie geknebelt und ihnen Tücher vor den Mund gebunden. Das Überwältigen von Heijbroek selbst war auch problemlos vonstattengegangen. So saß die ganze Familie am Tisch, festgebunden auf den Stühlen und unfähig zu sprechen. Er war in die Küche gegangen und hatte die fürs Abendessen bereitstehenden Schüsseln nach drinnen gebracht und auf den Tisch gestellt, Kartoffeln und Weißkohl aufgetan, ein paar Stücke Fleisch abgeschnitten. Ohne sie anzuschauen, hatte er ruhig gegessen, sich die Zeit genommen, wie er das geplant hatte.

Nachdem er den Teller von sich geschoben hatte, hatte er Heijbroek angeschaut und gesagt: »Ich töte dich heute nicht. Weißt du noch, dass du mich gewarnt hast, wenn ich wieder frei wäre, würde ich keine ruhige Minute mehr haben? Jetzt bin ich an der Reihe, dich zu warnen. Irgendwann komme ich hierher zurück, und dann sitzen wir wieder genauso da wie jetzt. Wenn ich dann mit dem Essen fertig bin, töte ich erst deine Kinder, dann deine Frau, und zum Schluss bist du an der Reihe.« Er hatte eine Hand zu der Waffe neben seinem Teller geführt und den Kopf geschüttelt. »Nicht so.« Er hatte auf das Messer gedeutet, das er direkt ins Fleisch gerammt hatte. »Damit schneide ich euch die Kehle durch.«

Mit diesen Worten hatte er sie zurückgelassen.

Damals hatte er das wirklich vorgehabt. Als er gerade wieder auf freiem Fuß war, wurde er durch unendlich großen Hass verzehrt, der alles andere beherrschte. Inzwischen war das Bild der Todesangst in den Augen dieser Kinder eine Erinnerung, die ihm den Schweiß ausbrechen und seine Finger so zittern ließ, dass es ihm nicht gelang, sich eine Zigarette zu drehen. Das Papier riss, und der Tabak rieselte zu Boden. Er fluchte wieder aus tiefstem Herzen. Von den Dämonen, die ihn verfolgten, war das einer, den er über sich selbst herabbeschworen hatte.

37

Coburg zog in ein Gästehaus auf der Halbinsel Katendrecht im Hafengebiet von Rotterdam, ein dreistöckiges Gebäude in einer Reihe von anderen, die verloren zwischen den von den Deutschen in die Luft gesprengten Häusern standen. Von der Rückseite aus sah man eine trostlose Fläche von noch aufrechten Mauerstücken und Schutthaufen, von denen Kinder mit selbst gebauten Schlitten hinunterrodelten. Auf der Vorderseite, gegenüber der Straße mit dem zu braunem Matsch zerfahrenen Schnee, standen Betonsilos mit eingestürzten Dächern. Dahinter befanden sich die Hafenanlagen und das Wasser des Maashafens. Sein fensterloses Zimmer lag mitten auf dem Flur, und das Etagenbett aus Holz stand an einer von außen mit Balken gestützten Seitenwand. Die Stockwerke hatte man mit Wänden, die so dünn waren, dass fast jedes Geräusch hindurchdrang, in kleinere Zimmer eingeteilt. Nebenan spielte eine Gruppe Chinesen Domino. Es gab aufgeregtes Geschrei, von dem er jeden Ton mitbekam, von dessen Inhalt er jedoch nichts begriff, außerdem wurden die Dominosteine mit heftigen Schlägen auf den Tisch geknallt. Zuvor an diesem Abend hatte er bereits auf dem Weg zur Toilette gesehen, dass die Zimmertür offen stand, er hatte geklopft und die Tür weiter aufgestoßen. Überall im Zimmer hing blauer Zigarettendunst, und zwischen den Pritschen saßen vier Männer um einen Tisch. Mit schief gelegtem Kopf und der Hand unter einer Wange hatte er ihnen bedeutet, dass er schlafen wollte, doch obwohl sie darauf mit zustimmendem Nicken reagiert hatten, hatte sich nichts geändert, als er wieder auf seinem Bett lag. Von überallher kamen Geräusche: Gelächter und Geschrei von der Straße, laute Schritte auf der Treppe, sich unterhaltende Menschen, die an seinem Zimmer vorbeigingen, knarrende Betten, eine über den Boden rollende Flasche, Poltern, eine WC-Spülung, ein Radio, bei dem jemand den Sendersuchlauf betätigte, Gesprächsfetzen in gebrochenem Englisch zwischen Seeleuten und den Prostituierten, die sie mitgebracht hatten. Überall in der Gegend gab es Bordelle, und auf der Straße hatten ihn schon mehrere Frauen angesprochen.

Kurz hatte es so ausgesehen, als würde er weiterkommen: Der Gemeindebeamte, der seine Fragen beantwortete, gab ihm ohne Umschweife eine Adresse. Am Ziel stellte er fest, dass das Haus, in dem Franko einmal gewohnt hatte, im September 1944 von den Deutschen in die Luft gesprengt worden war, kurz vor ihrem Rückzug, wie alle anderen Häuser in dieser Straße. Er hatte sich bei einigen Leuten in der Nachbarschaft erkundigt, aber der Name Franko sagte niemandem etwas. Seeleute aus aller Herren Länder, Chinesen, die kein Wort Niederländisch sprachen, Freier außerhalb ihres eigenen Viertels: In diesem hektischen Chaos hatte er nach Leuten gesucht, die schon länger hier wohnten, und war in einige Läden gegangen – bisher ohne Erfolg.

Wütendes Schreien und Kreischen ließ ihn hochschrecken, dann folgte ein harter Schlag, ein Körper fiel zu Boden, dann noch mehr Geschrei. Er vermutete, dass sich eine Hure und ein unzufriedener Kunde stritten, doch die Wortfetzen in einer ihm unbekannten Sprache ergaben keinen Sinn. Während er auf seiner Matratze liegen blieb, verstummten im ganzen Gebäude alle Geräusche auf einmal. Die Stille hielt an, bis jemand mit so großem Gepolter die Treppe hochstürmte, dass der Boden erzitterte. Als Coburg die Frau »Er hat ein Messer, er hat ein Messer!« rufen hörte, stand er auf und öffnete die Tür. Er war nicht der Einzige: Aus fast allen Türrahmen schauten Menschen zu, wie am Ende des Flurs ein

Mann einer Frau ein Messer an die Kehle hielt. Beide waren nackt, und die weiße Haut der Frau hob sich beinahe unwirklich von dem schwarzen Haarwuchs auf Armen, Schultern und Brust des Mannes ab, von den zahlreichen dunklen Tätowierungen auf seinen Armen, seinem Hals und seinen Händen. Ein paar Meter vor ihnen war der Mann, der der Frau zu Hilfe hatte eilen wollen, stehen geblieben. Coburg nahm die Situation in sich auf, aber selbst wenn er hätte helfen wollen, wäre das nicht gegangen: Der Flur war schmal und wurde von dem Mann blockiert, der, statt alle zu beruhigen, in gebrochenem Englisch zu fluchen und laute Drohungen auszustoßen begann. Der Mann, der die Frau festhielt, brüllte zurück und presste ihr das Messer dabei so fest an die Kehle, dass ein wenig Blut aus der Schnittwunde lief. Als die Frau das Blut zwischen ihren Brüsten sah, verdrehte sie die Augen und wurde ohnmächtig. Im selben Moment schlug jemand dem Mann, der sie festhielt, von hinten mit einer Flasche so heftig auf den Kopf, dass ihm der Schädel brach, während das Glas zersplitterte. Er verdrehte ebenfalls die Augen und fiel um.

Damit war das Schlimmste überstanden, und als man feststellte, dass der Schnitt am Hals der Frau keine ernsthafte Verletzung darstellte und sie noch atmete, schlossen sich die Türen eine nach der anderen. Coburg legte sich wieder hin, stand jedoch einige Zeit später auf und setzte sich auf den Bettrand. Irgendetwas hatte ihn beunruhigt. Nicht die Gewalt, sondern etwas am Anblick der Frau. Sie hatte in nichts Rosa geglichen; sie war größer und breiter und hatte langes blondes Haar, aber in ihrer Nacktheit war sie genauso bleich und verletzlich gewesen. Er schüttelte den Kopf, als könnte er damit auch die Erinnerung von sich abschütteln, holte die Schuhe zu sich heran, zog sie an, stand auf und nahm den Mantel vom Stuhl.

Er ließ die belebte Straße hinter sich, als er sie überquerte und zwischen den Silos verschwand. Er stieg über Bahnschienen, kletterte zwischen zwei Güterwaggons hindurch und blieb an der Kaimauer stehen. Bis auf sehr wenige Menschen war dort niemand, und die Eisenrümpfe der angelegten Schiffe ragten imposant in den Nachthimmel empor. Durch ein einziges Bullauge fiel Licht nach draußen, das die Schiffswände noch massiver erscheinen ließ. Vor ihrem Rückzug hatten die Deutschen große Teile des Hafens in die Luft gesprengt. Weiter oben war die Kaimauer eingestürzt, ein aus den Schienen gesprungener Kran lag halb unter dem Eis. Die Eisdecke war von den Schiffen zerbrochen, doch an einigen Stellen lagen Brocken unterschiedlicher Größe übereinander. Coburg setzte sich auf einen Eisenpoller, um den die dicken Trossen zweier Schiffe lagen, und drehte sich eine Zigarette. Rund um die Schiffe hing der Geruch nach Eisen, Rost, Heizöl und Fett, und der Geruch der Meere, die sie durchpflügt hatten. Er hatte gedacht, Ashoff wäre vielleicht auf so einem Schiff nach Südamerika verschwunden, den Nazis gefolgt, und man würde ihn nie aufspüren können.

Nachdem er eine Zeit lang so gesessen hatte, beschloss er, sich eine Kneipe zu suchen. Er lief an den Schienen entlang und ging durch eine dunkle Gasse zwischen Lagerhäusern auf Licht und Lärm zu. In der Kneipe, die er betrat, herrschte großer Betrieb, aber er fand noch einen freien Hocker an der Bar. Um ihn herum wurde Bier und Genever getrunken, doch er deutete auf die Flaschen hinter der Bar.

»Was ist das da?«

»Welcher? Der hier? Ouzo. So ähnlich wie Absinth. Und das da ist Metaxá, griechischer Cognac. Mal probieren?«

»Ich nehme den Ouzo.« Coburg roch tatsächlich Anis, als er die Nase über das bis zum Rand vollgegossene Gläschen hielt. Der Ouzo schmeckte zart, glitt ihm mühelos durch die Kehle und bescherte ihm sofort ein Gefühl der Wärme. Er nickte zufrieden. »Schmeckt prima. Kannte ich gar nicht.«

»Den Ouzo haben wir den Griechen hier zu verdanken. Gutes Zeug ist das.«

Um ihn herum war viel los, doch er konnte ungestört einige Gläser trinken, bis neben ihm eine Frau auftauchte und ihn ansprach. Eine Hure, stellte er fest, während er sie musterte und dabei anlächelte. Es gab keinen Grund, sich ablehnend zu verhalten. Durch den Alkohol fühlte er sich klar und unbeschwert, und mit der Trägheit, die sich über ihn herabgesenkt hatte, kam auch die Entspannung. Er bot ihr ein Getränk an und beschloss, alles geschehen zu lassen, ohne nachzudenken oder sich zu wehren. Sie hatte sich auf einen Hocker gesetzt und steckte sich, nachdem sie einander zugeprostet hatten, eine Filterzigarette an, inhalierte tief und blies den Rauch durch die Nasenlöcher aus. Eine junge Frau, etwas kleiner als er selbst, mit braunen Augen und einem dunklen Pagenkopf. Sie hatte sich zu stark zurechtgemacht; die knallrot geschminkten Lippen und der dunkle Lidschatten bildeten einen starken Kontrast zu der fahlen, ungesund wirkenden Haut und betonten diese sogar noch.

»Du bist kein Matrose, was?«

»Nein.«

Sie nahm seine Hand und drehte sie um. »Auch kein Hafenarbeiter. Aber viel draußen bist du. Das stimmt, oder?«

»Ja.«

»Siehst du. Du wirkst irgendwie ungezähmt. Was machst du denn?«

»Nichts.«

»Nichts? Das kann ja gar nicht sein: Jeder macht irgendetwas, ganz bestimmt hier in der Hafengegend. Und du siehst auch nicht aus wie ein reicher Kerl, der anderen sagt, was sie zu tun haben. Oder irre ich mich da und habe Glück?«

»Ich bin einfach viel draußen. Was schaust du so, ist das so seltsam?«

»Bist du obdachlos?«

»Ich wohne auf einem Boot.«

»Aber gerade eben hast du gesagt, du bist kein Matrose. Also was jetzt?«

»Bin ich auch nicht. Ich wohne auf einem alten Boot, das nicht mehr fahrtüchtig ist. Nicht hier, woanders.«

»Und was tust du dann hier?«

»Ich suche jemanden.«

»Wen denn?«

»Einen Mann, der ein Kind totgeschlagen hat.«

Sie reagierte erschrocken, aber auch ungläubig. »Du hast doch wohl nicht zu viel getrunken, oder? Bist du von der Polizei?«

»Nein, ich bin nicht von der Polizei. Was schaust du mich so an? Du hast doch bestimmt schon seltsamere Dinge erlebt.« Er hob sein Glas und sagte: »Komm, lass uns anstoßen.«

Nachdem sie das getan und einen Schluck getrunken hatten, drückte sie die Zigarette aus und steckte sich sofort eine neue an. Er musterte sie wieder und gab sich keine Mühe, das zu verbergen. Sie war angezogen wie die anderen Frauen hier. Schnürschuhe mit hohen Absätzen, Strumpfhosen mit einem Karomotiv aus goldfarbener Stickerei, ein kurzer Rock, eine enge Bluse mit tiefem Dekolleté. Doch während viele ihrer Kolleginnen eher drall waren und wie die Frau, die er an diesem Abend nackt gesehen hatte, Busen und Hintern herausstreckten, wirkte sein Gegenüber bedeutend weniger rund und kräftig.

»Du hast eine ganz andere Frisur als die Frauen hier, eine sehr hübsche, und ich möchte wetten, dass du ohne Schminke sogar noch schöner bist.«

»Danke für das Kompliment.«

»Du bist doch eine Hure?«

Seine freundlichen Worte hatten ihr Gesicht weicher werden lassen, doch nun war sie wieder die Prostituierte und er ein möglicher Kunde. »Ja. Was du bist, weiß ich nicht. Kein Hafenarbeiter, kein Matrose, kein Obdachloser, aber: Ja, ich bin eine Hure. Hast du damit ein Problem?«

Mit einem Lächeln sagte er: »Immer mit der Ruhe. Willst du noch was trinken?« Er hob sein Glas und bedeutete dem Barmann, es erneut zu füllen. »Ich gehe gleich mit dir mit, aber lass uns das, was wir dann tun werden, noch ein wenig hinausschieben. Du heißt Geertje, hast du gesagt? Ist das dein richtiger Name?«

»Natürlich, warum denn nicht? Du heißt doch auch wirklich Siem?«

»Das stimmt, obwohl ich in der Vergangenheit einige andere Namen gehabt habe.«

»Wieso das denn?«

»Decknamen. Im Krieg.«

»Warst du im Widerstand?«

»Willst du wissen, was ich gemacht habe?«

»Na?«

Als er den Kopf auf ihren zubewegte, wurde ihm schwindlig, und er musste sich mit den Händen auf ihren Oberschenkeln abstützen, um nicht das Gleichgewicht zu verlieren. »Ich habe Verräter liquidiert. Erschossen habe ich sie.« Er formte eine Hand zu einer Pistole.

»Gut so. Du trinkst doch nicht etwa, weil du das bereust? Sie hatten es sicher verdient. Hast du viele erschossen?«

Er hob nun auch die andere Hand, spreizte die Finger und schaute verblüfft auf die, die gerade eben noch eine Pistole gewesen war und sich nun in fünf weitere tote Männer verwandelt hatte. »Da brauche ich alle Finger bis auf einen.«

»Und jetzt suchst du nach einem Mann, der ein Kind totgeschlagen hat?«

»Ein behindertes Kind.« Er klopfte sich an die Stirn. »Ein debiles Kind, aber es hat mir das Leben gerettet.«

Er schaute sie an und blinzelte kurz, um wieder einen klaren Blick zu bekommen. »Weißt du was: Wir unterhalten uns einfach ein bisschen, und danach vergessen wir alles.«

»Ich glaube, du hast genug getrunken.«

»Ja? Seit wann machst du diese Arbeit?«

»Schon seit ein paar Jahren. Warum?«

»Während des Krieges war das hier für die Moffen verbotenes Terrain. Es gab sogar ein Schild: FÜR WEHRMACHTSANGE-HÖRIGE VERBOTEN. Zu entartet, das alles: Huren, Neger, Chinesen, Opium, Ausländer, betörende Musik: Solchen Einflüssen durfte der deutsche Soldat nicht ausgesetzt werden. Ist das nicht komisch? Die Nazis sind vor kaum einer Gräueltat zurückgeschreckt, aber das hier war entartet. Ideal zum Untertauchen, auch wenn ich das nie für eine gute Idee gehalten habe: Man sitzt zu leicht in der Falle. Sie haben mich nie erwischt, aber als es wirklich darauf ankam, war ich nicht schlau genug, um den Verrat direkt vor meiner Nase zu erkennen. Wie findest du das? Es heißt doch, man muss seine Freunde im Auge behalten, aber seine Feinde noch mehr. Das habe ich auch sehr gut hingekriegt, ich wusste nur nicht, dass dieser Mann mein Feind war.«

»Komm, lass uns gehen.«

Er legte ihr eine Hand auf die Hüfte. »Ich will die Hände über deinen ganzen Körper bewegen.«

»Das ist alles?«, fragte sie in leicht spöttischem Ton.

»Ja.«

Sie schaute ihn prüfend an. »Lass uns gehen, dann sehen wir weiter.«

»Ich werde dir nichts tun. Ich will nur neben dir liegen, und wir müssen beide nackt sein, mehr nicht.«

»Und dann willst du mich streicheln?«

»Streicheln?« Er brauchte einen Moment, ehe er sie begriff. »Nein, ich will die Hände über deinen ganzen Körper bewegen.«

»Du bist doch wohl keiner von diesen Gestörten, oder? Es gibt da jemanden, der auf mich aufpasst, und mit dem bekommst du großen Ärger, wenn du irgendwelche krummen Touren machst.«

Coburg musste über diese Drohung lächeln und erwiderte: »Ich werde dir nichts tun.«

Er folgte ihr durch einige enge Gassen zu einem Holzschuppen im hinteren Teil eines Gartens, der so klein war, dass der Abstand zum Wohnhaus kaum ein paar Meter betrug. Über der Glühbirne, die sie einschaltete, hing ein Stück orangeroter Stoff, und vor die Holzwand, an der das Bett stand, war ein Tuch in derselben Farbe gespannt. Er wusste nicht, welchen Effekt sie damit hatte erzielen wollen, aber es wirkte, als falle das Licht einer erlöschenden, ausgebrannten Sonne auf das spartanische Mobiliar. Sie setzte sich aufs Bett, und erst als sie die Schuhe auszog, fiel ihm auf, dass darin statt Schnürsenkeln Bänder steckten. Dieses Detail stimmte ihn noch trübsinniger. Sie zog die Füße unter sich, deutete neben sich auf die Matratze und sagte: »Setz dich. Es tut mir leid, dass es so kalt ist, aber da müssen wir zusammen dran arbeiten.«

»Du wohnst doch aber nicht hier?«

»Natürlich nicht. Setz dich.«

Er bückte sich, löste die Schnürsenkel, zog mit Mühe die Schuhe und seine sämtlichen Kleider aus. Dann setzte er sich neben sie.

»Na, schüchtern bist du nicht.« Sie rückte ein Stück von ihm weg, um ihn sich gut anzusehen. »Du bist schön.«

»Und jetzt du.«

»Ganz nackt kostet extra, das weißt du?«

»Nein, das wusste ich nicht, aber es ist in Ordnung.«

Sie zog sich auch aus, aber als sie sagte: »Es ist kalt, machen wir unter der Decke weiter«, legte er ihr beide Hände auf die Hüften.

»Gleich, ich will dich noch anschauen.«

»Dann mach schnell, ich habe keine Lust, krank zu werden. Frierst du denn nicht auch? Wir stehen hier wie zwei Irre.«

Sie protestierte wieder, aber als er sie bei den Hüften nahm und umdrehte, wehrte sie sich nicht. Er ließ beide Hände über ihre Schulterblätter gleiten, Rückenwirbel um Rückenwirbel nach unten wandern, tastete ihr Becken ab. »Was machst du denn da? So fühle ich mich ja noch magerer, als ich ohnehin schon bin. Komm, Schluss jetzt, wir legen uns unter die Decke.«

Er stand auf, um das Licht auszuschalten, kroch hinter sie ins Bett und presste sich an sie.

»Willst du dich nicht auf mich legen?«

»Nein.«

»Was willst du denn machen? Willst du nicht rein? Ich spüre doch, dass du ganz hart bist.«

»Nein, so ist es gut.«

»Soll ich es dir mit der Hand machen?«

»Nicht bewegen, nicht sprechen. Mach einfach die Augen zu.«

Anfangs spürte er noch, wie angespannt sie war, bereit, bei der kleinsten merkwürdigen Bewegung von ihm aufzuspringen, doch allmählich wurde sie ruhiger. Mit geschlossenen Augen befühlte er ihren Körper. Ihre Knie, die Oberschenkel, den Hintern, die Hüften, Seite, Schulter und Hals, war sich ihrer Konturen bewusst, rund oder kantig, doch ihr Gesicht und ihre Haare fasste er nicht an. Er hielt ihre Brüste in den Händen, ließ die Handflächen über ihre Brustwarzen gleiten, berührte ihren Nabel und presste sich noch mehr an sie, um mit einem so großen Teil des Körpers wie möglich ihren zu spüren.

Er wachte von ihrer Stimme auf. »Weinst du?«

Er spürte, wie seine nasse Wange ihren Rücken berührte, und gab zurück: »Ich glaube, ja.«

»Weil ich jemandem ähnlich sehe, nicht wahr? Na ja, mein Körper jedenfalls, mein Gesicht hast du nicht angefasst. Habe ich recht?« Als keine Antwort kam, sagte sie: »Ich muss zurück.«

38

Am nächsten Morgen wachte Coburg krank auf. Über einer schmutzigen Toilettenschüssel musste er sich mehrfach übergeben. Draußen suchte er sich eine ruhige Stelle im Schatten eines Betonsilos und entblößte seinen Oberkörper. Er rieb sich Brust, Schultern, Achselhöhlen, Arme, Hals, Haare und Gesicht gründlich und kräftig mit Schnee ein, bis er kaum noch ein Gefühl in den Fingerspitzen hatte. Dann setzte er seine Suche fort. Unter dem ganzen Volk, das auf die Halbinsel kam und wieder ging, musste er doch Leute finden können, die hier schon 1935 gewohnt hatten, also vor fast vierzehn Jahren. Er ließ die unzähligen Kneipen aus und konzentrierte sich auf die Geschäfte: Gemüsehändler, Metzgereien, Bäckereien, Friseurläden. Er machte eine Pause in einem Restaurant, aß dort einen Teller Schmorbraten mit Kartoffeln, trank Kaffee, rauchte und machte sich wieder auf den Weg. Er erkundigte sich in einer Apotheke, in Lagerhäusern, den Büros von Handelsleuten, einem Holzbetrieb und bei den Schiffshändlern im Hafen. Kurz blieb er vor einem Polizeirevier stehen, ohne jedoch wirklich zu erwägen hineinzugehen. Er kam an einer calvinistischen Kirche vorbei, hatte plötzlich eine Idee und fragte einen Passanten, ob es auch eine katholische gebe.

Die befand sich in einer ehemaligen Garage zwischen einer Reihe Wohnhäuser. An der Fassade zwischen den Rahmen des ersten Stockwerks hatte man ein schlichtes Kreuz angebracht. Er betrat einen schwach erleuchteten lang gestreckten Raum mit nüchterner Einrichtung. Der Altar war ein Tisch, über den man ein Laken drapiert hatte. Darauf stand ein Gipskerzenständer mit brennenden Kerzen, daneben lag eine Bibel; ansonsten gab es nichts an Ornamenten oder glänzenden Reliquien, und die Wände waren kahl. Trotzdem waren die Bänke zu beiden Seiten des Mittelgangs gut gefüllt. Im Schein des schwachen Kerzenlichts erkannte er eine bunte Gesellschaft aus allen Teilen der Welt. Abends und nachts machten sie so viel Lärm, doch jetzt murmelten sie mit in sich gekehrten Blicken unterwürfig ihre Gebete. Sie wandten sich an ihren Gott, baten um eine sichere Überfahrt, darum, es möge ihrer Familie, von der sie so weit entfernt waren, gut gehen, und um eine bessere Zukunft. Er schob sich in eine der Bänke, und nachdem er eine Zeit lang dort gesessen hatte, sah er, wie sich neben dem Altar eine Tür öffnete und ein Mann herauskam. Im Dämmerlicht erkannte er den weißen Kragen und die Kette mit dem Kreuz, die sich von der dunklen Soutane abhoben. Als der Pfarrer in seine Richtung kam, machte Coburg Anstalten, sich zu erheben, setze sich jedoch wieder, weil der Geistliche im Flüsterton von jemandem in einer der Bänke vor ihm angesprochen wurde. Er sah zu, wie die beiden Männer leise miteinander sprachen, und stand dann auf, als der Pfarrer weiterging und an ihm vorbeilief.

Er sprach ihn an, während der Mann draußen vor der Tür seine Pfeife stopfte. Die Reaktion klang wohlwollend: »Wie kann ich Ihnen helfen?«

»Vielleicht bin ich auch an der falschen Adresse, aber ich suche jemanden, der bis 1935 hier gewohnt hat.«

»Ja?«

Als Coburg wissen wollte: »Haben Sie damals schon hier gearbeitet?«, entlockte das der spindeldürren Gestalt ihm gegenüber ein Lächeln. Er steckte ein Streichholz an, hielt es an den Pfeifenkopf und sog die Flamme nach innen. »Ich diene hier schon mehr als zwanzig Jahre, die Antwort auf Ihre Frage lautet also Ja.«

»Haben Sie zufällig einen Mann namens Gradus Franko gekannt?«

Er schaute den Pfarrer an, doch das Licht einer Straßenlaterne spiegelte sich so stark in dessen Brillengläsern, dass er die Augen des anderen Mannes nicht sehen konnte. Trotzdem nahm er eine Veränderung wahr; der Name war seinem Gegenüber nicht unbekannt.

»Und warum suchen Sie diesen Herrn Franko?«

»Ich will wissen, wer das ist.«

»Das klingt ziemlich geheimnisvoll: Sie suchen jemanden, aber Sie wissen nicht, wen?«

Coburg zog kurz in Erwägung, dem Geistlichen zu erzählen, dass er sehr wohl wusste, wo sich Franko gerade aufhielt, entschied sich jedoch dagegen.

»Ja, so sieht es aus.«

»Ich fürchte, wenn Sie den finden wollen, haben Sie eine weitere Reise vor sich als hierher zu uns. Der Franko, den ich gekannt habe, ist nach Amerika emigriert. Wenn ich mich richtig erinnere mit der Statendam. Die ist 1940 ganz und gar ausgebrannt. Darüber kann man Ihnen im Büro der Holland-Amerika-Linie besser Auskunft geben, direkt hier gegenüber an der Wilheminakade. Da gibt es sicher auch noch eine Passagierliste. Und wer er war? Ich nehme an, ein Hafenarbeiter, einer der vielen, die für Arbeit und ein besseres Leben herkamen. Die meisten sind nicht eben Glückskinder, aber ich hoffe, dass er in Amerika sein Glück gefunden hat. Er kam hin und wieder hierher, nicht regelmäßig, aber jedenfalls oft genug, dass ich mich an seinen Namen erinnere. Der ähnelt ja auch dem Namen des spanischen Generals, aber mit einem ›k‹ und nicht mit einem ›c‹. Dort ist das vielleicht ein gewöhnlicher Name, hier ganz bestimmt nicht.« Er hob den Kopf und sagte: »Es wird einen Sturm geben. Riechen Sie das Meer? Das ist das Los derjenigen, die in einer Hafenstadt wir unserer zurückbleiben: Hier ist die andere Welt immer nahe, die Welt, von der wir hoffen, dass sie besser ist. Sie können sich gar nicht vorstellen, wie vielen Menschen ich zum Abschied die Hand geschüttelt und auf den Wunsch wie vieler Leute ich für eine sichere Überfahrt gebetet habe. Hier herrscht ein Kommen und Gehen von Gläubigen, und sie alle haben das Recht auf meine Aufmerksamkeit. Und jetzt müssen Sie mich entschuldigen.«

Auch in den Geschäftsräumen der Holland-Amerika-Linie erteilte man Coburg freundlich Auskunft. Wieder erfuhr er etwas über das traurige Schicksal der Statendam, die der Frau hinter dem Tresen zufolge ein prächtiges Schiff gewesen war. Sie führte ihn in einen Büroraum, bat ihn, sich an einen Tisch zu setzen, und legte einen Ordner mit den Passagierlisten aller Überfahrten des Jahres 1935 vor ihn hin. Die Statendam konnte gut 1650 Passagiere aufnehmen, eingeteilt in erste, zweite, Touristen- und dritte Klasse. Wenn die Passagiere in Boulogne-sur-Mer oder Southampton an Bord gingen, wurde ihr Name mit einem B oder einem S versehen. Coburg fuhr mit dem Finger die Listen der alphabetisch geordneten Namen verschiedener Nationalitäten entlang. Hin und wieder blieb sein Blick an jüdischen Namen hängen, und dann fragte er sich, ob das die Glücklichen waren, die rechtzeitig die Gefährlichkeit dessen erkannt hatten, was sich schon damals abzeichnete.

Schließlich fand er den Namen, nach dem er suchte. »G. Franko« stand auf der Liste vom 18. April 1935, als Passagier mit einer Karte für die dritte Klasse.

»Hier«, sagte er.

Die Frau wandte sich um und schaute ihn über die runde Brille auf ihrer Nasenspitze hinweg an.

»Wie lange dauerte denn eine solche Reise?«, wollte er wissen.

»Acht Tage.«

»In Southampton und Boulogne-sur-Mer gingen also Passagiere an Bord, aber konnten sie auch von Bord gehen?«

Sie stieg von ihrem Hocker, kam auf ihn zu und schaute auf die Stelle, an der sein Finger innegehalten hatte.

»Das wäre sehr ungewöhnlich; er hat eine Karte für New York gekauft.«

»Aber möglich wäre es?«

»Ich glaube schon. Fragen Sie sich, ob er da möglicherweise von Bord gegangen ist?«

»Ja.«

Als er wieder auf der Straße stand, entschied er, für heute sei es genug. Der Pfarrer sollte recht behalten: Der Wind hatte inzwischen eine Stärke erreicht, die den Schneehaufen neues Leben verlieh und sie aufwirbelte. Es war merklich ruhiger auf der Straße, und die Menschen, die sich nun noch draußen aufhielten, eilten vornübergebeugt an wärmere Orte. Männer mit hochgestelltem Kragen und den Händen in den Taschen, einige mit der Hand am Hut, Frauen, die ihre Röcke festhielten. Er blieb kurz stehen und schaute drei Männern nach, die sichtlich betrunken an den Häuserfassaden entlangwankten. Einer war nur in einem weißen Hemd mit langen Ärmeln unterwegs, den Mantel in seiner Hand zog er hinter sich her durch den Schnee. Wenn einer von euch hinfällt und liegen bleibt, erfriert er ganz schnell, dachte Coburg, und er schaute den dreien nach, bis sie um die Ecke verschwunden waren. Wieder ging er zum Hafen. Die Schiffe waren ganz fest vertäut, aber wenn eine neue Sturmböe über die Fläche von Eis und Wasser heranraste, bewegten sich die riesigen Stahlmassen träge hin und her. Der Wind heulte um die Kräne, und als Coburg aus dem Windschatten eines Schiffsrumpfs trat, wurde er fast umgeweht. Das Wasser, das auf dem Eis aufschlug, fror so schnell, dass das Eis ein langsam anwachsendes Wellenmuster bildete. Während ihm das Gesicht steif wurde, sog Coburg die Luft ein und spürte, wie ihm seine Nasenhaare gefroren.

In der Kneipe schlug ihm die Wärme ins Gesicht. Diesmal gab es keinen Platz an der Bar, aber mit einem Glas Bier fand er einen an einem kleinen Tisch neben der WC-Tür. Als die aufging, kam ihm der Uringeruch entgegen, und die Menschen standen so nahe bei ihm, dass er den Drang unterdrücken musste, sie wegzuschieben. Er rauchte eine Zigarette, trank sein Glas aus und stand auf. Auf dem Weg zum Ausgang sah er die Frau von gestern an einem Tisch sitzen. Während er sich vergeblich an ihren Namen zu erinnern versuchte, fiel ihm wieder auf, wie sehr ihr Körperbau dem von Rosa glich. Er hatte zu viel geredet, daran war der Alkohol schuld. Sie war das sicher gewohnt, aber so viel gesprochen zu haben, ohne dass sie ihn dazu aufgefordert hatte, erfüllte ihn mit Scham, und er schaute zur Seite, als er an ihr vorbeiging.

Auf der Pritsche über seiner lag ein Seesack. In den Stoff war eine kleine Flagge gestickt, die er nicht kannte. Er zog Mantel und Schuhe aus, legte sich hin, streckte die steifen Beine und trat mit den Füßen gegen das Brett am Fußende. Die vielen Stunden des Stehens und Herumschlenderns hatten ihn müde gemacht, aber es war nicht umsonst gewesen. Gradus Franko hatte eine Karte für die Überfahrt vom 18. April erworben, doch am 23. April war er in das Kloster in Wercke eingetreten. Er war erst an Bord und dann vor der Abfahrt unbemerkt wieder von Bord gegangen. Vielleicht war er auch bis Southampton oder Boulogne-sur-Mer mitgereist. Aber er hatte so getan, als wäre er nach Amerika aufgebrochen.

Er wachte von Gepolter auf. Der Mann, mit dem er sich das Zimmer teilte, war betrunken, und während er mit seinen Schnürsenkeln kämpfte, lehnte er sich an die Pritsche. Als er merkte, dass Coburg wach war, grüßte er ihn und zog den Seesack nach unten.

»Aus welchem Land kommst du?«, fragte Coburg, als er wieder die Flagge sah.

»Argentinien.«

Der Mann tat sich nun schwer damit, seinen Seesack zu öffnen, und als es ihm schließlich gelang, drehte er ihn um und wühlte in den Kleidungsstücken, bis er ein Bild fand. Er hielt es Coburg dicht vors Gesicht, und während der sich zurückhalten musste, um wegen des Alkoholatems nicht zurückzuschrecken, deutete der Mann darauf und sagte: »Frau« und danach »Sohn«. Er küsste beide, kroch mit dem Bild in der Hand aufs obere Bett und schlief sofort ein. Während Coburg den Atemzügen des Mannes lauschte, ging ihm alles Mögliche durch den Kopf. Dieser Matrose stammte aus dem Land von Perón, dem Diktator, der sogar Nazis willkommen hieß. Er wusste kaum etwas über dieses Land, aber es war schwer zu begreifen, dass dort Menschen, die solche Gräueltaten auf dem Gewissen hatten, unbehelligt über die Straße gehen konnten, in einer Welt, die lediglich durch einen Ozean von seiner getrennt war. Ein Passagierschiff nach New York brauchte acht Tage für die Überfahrt. Ashoff hatte die falsche Entscheidung getroffen, indem er nach Deutschland geflüchtet war, aber was, wenn er sich für Argentinien entschieden hätte?

Bei diesem Gedanken brach Coburg der Schweiß aus, und nun erfüllte ihn eine so große Unruhe, dass er nicht liegen bleiben konnte. Nach einem Toilettenbesuch ging er zum Fenster am Ende des Flurs, schob es hoch und holte ein paarmal tief Atem. Der Wind war immer noch stark, heulte durch den schmalen Spalt zwischen Scheibe und Rahmen und ließ irgendwo eine Tür zuschlagen. Als er das Fenster wieder geschlossen hatte, ließ die plötzliche Stille das Gefühl in ihm wachsen, eingesperrt zu sein, und er spürte einen solchen Druck auf der Brust, dass er nach Atem rang.

39

Nach Rosas Besuch in seinem Versteck hatte Coburg es dort nicht mehr ausgehalten und sich auf den Rückweg gemacht. Er war bei Egmond in die Dünen gegangen und hatte sich langsam immer weiter in den Süden vorgearbeitet. Tagsüber schlief er, in Wäldern oder zwischen den Dünen verborgen, nachts lief er weiter. Das Meer immer zu seiner Rechten und nie außer Hörweite. Wasser trank er aus den kleinen Teichen. Manchmal gab es etwas zu essen, manchmal auch nicht. Er wagte nur bei den abgelegensten Bauernhöfen anzuklopfen, und weil er nie wusste, wann er wieder die Gelegenheit bekommen würde, schlug er sich immer den Bauch voll, wenn man ihm etwas anbot. Unterwegs sah er die Schäden, die man seiner Landschaft zufügte: Verteidigungswälle aus Beton, Spuren von Traktoren und Lastwagen, die sich einen Weg quer durchs Gelände gebahnt hatten, Stacheldrahtverhau, umgesägte und entwurzelte Bäume. Früher war er, von ein paar Wilderern abgesehen, nachts allein unterwegs gewesen, nun musste er vor deutschen Patrouillen und Wachkommandos auf der Hut sein. Es schien, als wagten sich die Tiere ebenfalls seltener hervor. Er spürte, dass ihm nicht nur die Angst vor Entdeckung aufs Gemüt schlug, sondern auch das Bewusstsein, dass es nicht mehr seine Dünen sein würden, wenn das Ganze einmal vorbei wäre. Die Natur, in der er verwurzelt war, erfuhr eine derartige Schandung, dass es nie wieder so werden würde wie früher.

Die ganze Zeit wanderten seine Gedanken zu Rosa, und immer aufs Neue wiederholte er im Stillen, was er zu ihr sagen wollte.

Sich entschuldigen, ohne Schwäche zu zeigen. Und vor allem nicht versuchen, etwas zu erklären, weil der Grund, warum er der war, der er war, ihn mit Widerwillen erfüllte. Aber erst musste er sie finden.

Als er ihrem Vater gegenüberstand, war dessen Reaktion alles andere als freundlich: »Tagelang bist du verschwunden gewesen, niemand wusste, wo du warst. Wir haben alle alarmiert. Es hätte ja verdammt noch mal sein können, dass man dich geschnappt hat. Gefoltert – dass du alle verraten hast. Weißt du, wie oft ich dieses Bild vor Augen hatte? Die Moffen haben die Kontrolle verloren und sind zu allem fähig.«

Als er Coburgs verständnislosen Blick sah, reagierte er noch aufgewühlter: »Willst du mir etwa erzählen, du weißt nicht, dass die Alliierten gelandet sind? Mein Gott, Mann, in der Normandie, mit allem, was sie aufbieten konnten. Alle sind völlig außer sich, das ist der Anfang vom Ende für Hitler. Bald ist Westeuropa befreit. Und du kommst durch die Dünen hier an. Was fällt dir überhaupt ein!«

»Ich suche Rosa.«

»Ach ja?« Barto schüttelte voller Unglauben und Ärger den Kopf, fasste sich dann jedoch einigermaßen. »Ich habe sie zu dir geschickt, weil ich deine Version der Geschichte hören wollte, aber stattdessen hast du Streit mit ihr angefangen. Als wäre es so ungerechtfertigt, dass wir Fragen stellen und Antworten haben wollen. Glaubst du, du bist der Einzige, dem das passiert? Ashoffs Version kenne ich inzwischen, und jetzt will ich deine hören. Der Anschlag ist misslungen, man hat euch verhaftet, und ihr seid entkommen. Das andere Team hatte nicht solches Glück, die beiden sitzen noch im Gefängnis. Schön, dass du Rosa sehen willst, aber nicht, bevor du uns genau erzählt hast, was passiert ist.«

Barton und seine rechte Hand Dirk Schaberg hatten ihn stundenlang befragt. Schaberg, ein Bär von einem Mann, war vor dem Krieg Rohrdachdecker gewesen, und Barto hatte ihn in Kommunistenkreisen kennengelernt. Er sprach in Lobeshymnen vom Arbeiterparadies Russland und sagte voraus, letzten Endes werde die Rote Armee Hitler in die Knie zwingen. Aus seinem Mund hörte Coburg zum ersten Mal, dass man davon ausging, wenn die Nazis besiegt wären, würden die Alliierten und die Sowjetunion einander als Gegner gegenüberstehen. Während er, Coburg, nicht weiter dachte als bis zum nächsten Attentat, befassten sich diese Männer schon mit dem nächsten Krieg. Schaberg wich Barto nicht von der Seite und schien sich zu seinem Leibwächter ernannt zu haben. Schon bei ihrer ersten Begegnung hatte Coburg Schabergs Voreingenommenheit gespürt. Er kann mich nicht ausstehen, dachte er, ich stamme nicht aus dem Arbeitermilieu und bin kein Kommunist. Aber wenn Schaberg sich dafür entschieden hatte, ihn zu verachten, dann beruhte das auf Gegenseitigkeit. Außerdem fand er es, milde ausgedrückt, unbegreiflich, dass sich Barto, der so gern von der Gleichheit aller Menschen sprach, Schabergs Dienstbarkeit so gern gefallen ließ.

Es hatte eine grimmige Atmosphäre geherrscht. Rost van Tonningen war nicht getötet worden, zwei ihrer besten Leute saßen im Gefängnis und hatten vielleicht schon Verrat begangen, wenn man sie nicht bereits erschossen hatte. Das Gefühl, sich die ganze Zeit verteidigen zu müssen und trotz seiner Erklärungen keinen Glauben zu finden, erschöpfte Coburg. Schließlich schien Marinus Barto ihm trotz seiner Zweifel zu glauben, doch Schaberg dachte anders darüber. Als säße Coburg nicht bei ihnen, sagte er zu Barto: »Ich vertraue ihnen nicht mehr, keinem von beiden.«

Coburg war explodiert. »Mich hat man verraten, nicht euch!«

»Ich glaube ihm«, sagte Barto zu Schaberg und wandte sich dann an Coburg. »Ich schicke Rosa zu dir, nicht umgekehrt. Wo und wann, erfährst du noch.«

Diese Nacht verbrachte er in einer Schule, auf dem Flur hatte man eine Pritsche aufgestellt. Nachdem er ein wenig durch das leere Gebäude geirrt war, legte er sich hin. Über der Garderobe an der Wand gegenüber hing ein Unterrichtsbild, an das er sich noch gut erinnerte: DIE NORMANNEN VOR DORESTAD. Im Vordergrund ein Schiff mit der geraubten Beute, der Anführer auf der Planke, die die Reling mit dem Ufer verband, und an Land seine plündernde, brandschatzende Horde. Heute konnte er der Darstellung nicht viel abgewinnen, aber als Kind hatten diese großen brutalen Männer ihm imponiert. Trotzdem war das Unvorstellbare Wirklichkeit geworden: Auch er hatte Menschen getötet, und das nicht nur einmal, sondern wieder und wieder. Die Frau, die ihm am Abend etwas zu essen brachte, wechselte keine zwei Worte mit ihm. Zu wenig vertrauenswürdig für ein Versteck bei Menschen daheim, dachte Coburg, so urteilen sie jetzt über mich. Das Einschlafen wollte ihm nicht gelingen, er ging in ein Klassenzimmer, schaute sich die Bänke mit den Tintenfässern an, das Alphabet an der Wand, die Linien auf der Schultafel, auf die man mit Kreide ordentliche Buchstaben geschrieben hatte. Er ging an den Wänden entlang: die Karte der Niederlande, mit Bildern von Bauernhoftieren, Vögeln, deren Lebensraum am Wasser, von einem Hirten mit seiner Herde in der Heide, den verschiedenen Berufen, das Innere einer Fabrik, und er blieb vor einem Bild stehen, an das er sich ebenfalls noch erinnerte: Er las: MISSION IN INSULINDE, LOMBLEM. Wie oft war er wohl als Kind über diesen Bildern ins Tagträumen geraten, besonders bei diesem hier? War es möglich, dass er nicht im fernen Niederländisch-Indien landen würde, sondern in einem der Länder, von denen Rosa gesprochen hatte?

Mühsam zwängte er sich in eine Bank und strich über die Holzplatte des Pults. Buchstabe für Buchstabe musste man in einer Reihe wiederholen, bis der Lehrer entschied, dass sie einander genug glichen. Aufstehen und auf der Landkarte zeigen, wo verschiedene Orte lagen. Der Lehrer, der ihm den Zeigestock in die Hand drückte und ihn ermahnte, wenn er zu lange zögerte. Die Namen aller Vögel kannte er in kürzester Zeit, und am Wasser hatte er nach der Schule versucht, all die Lebewesen zu finden, die auf dem Bild dargestellt wurden. Wie war es seinen Freunden von damals wohl ergangen? Waren Juden bei ihm in der Klasse gewesen, und mit den Kindern von heute vergast worden? Und er selbst erschoss jetzt Verräter. All das war Wirklichkeit, und trotzdem drang es nicht ganz zu ihm durch. Als wäre es zu groß, als dass es sich im Augenblick des Geschehens erfassen ließe. So wie auf dem Schulhof Mütter nebeneinanderstehen konnten, von denen eine ihr Leben riskierte, indem sie Untertaucher aufnahm, während die andere jedem Risiko aus dem Weg ging und sich weigerte, ihren Mitmenschen eine helfende Hand zu reichen.

Am nächsten Morgen wurde er mit einem Auto abgeholt. Während der Chauffeur den Blick auf die Fahrbahn richtete, schaute sein Beifahrer sich ständig um. Wieder wurde kein Wort gesprochen. Sie fuhren am Haarlemmertrekvaart-Kanal entlang in Richtung Amsterdam, bogen auf der Höhe von Halfweg ab und hielten schließlich in einer Gasse zwischen einer Reihe Wohnhäuser. Rosa stand mit dem Rücken an eine Wand gelehnt und richtete sich auf, als das Auto anhielt und er ausstieg. Er lief auf sie zu und umarmte sie so lange und heftig, dass kein Zweifel daran bestehen konnte, was er empfand. Alle Unsicherheit verschwand, als seine Umarmung ebenso innig beantwortet wurde.

Als sie sich schließlich voneinander lösten, sagte er: »Es tut mir leid. Ich weiß nicht, was in mich gefahren ist, aber es war falsch. Es hatte nichts mit dir zu tun.«

»Ich will nicht mehr darüber reden. Lass uns ein Stück gehen.«

»Gut, aber erst muss ich dir noch sagen, dass ich unbedingt bei dir sein will. Das beschäftigt mich schon seit Tagen, ich habe es sogar laut geübt.«

Sie streichelte ihm das Gesicht. »Ich glaube dir. Ich empfinde genauso. Kannst du das auch glauben, ohne Zweifel? Kannst du das?«

Er lächelte unbehaglich.

»Was ist? Glaubst du mir?«

»Ja, ich glaube dir.«

»Sehr gut. Komm, wir gehen. Hier zieht es zu sehr.« Sie nahm ihn bei der Hand, und während sie ihn mit sich zog, fragte sie: »Stimmt es, dass du hergelaufen bist?«

»Ja.«

»Aber warum? Da bist du doch tagelang unterwegs gewesen.«

»Es ging nicht anders.«

»So nachts in den Dünen. Sie hätten dich festnehmen können, und ohne Gnade totschießen.«

»Dazu ist es nicht gekommen.«

»Du musst mir versprechen, nicht mehr solche Sachen zu machen. Es ist so schon gefährlich genug. Ich bin für sie nur ein Name, aber dein Foto ist in allen Fahndungsaufrufen.«

»Das sieht mir doch nicht mal ähnlich.«

Sie blieb stehen und schaute ihn an. »Bitte, Siem. Es ist nicht einfach für mich. Ich will mich nicht in das einmischen, was du tust oder lässt, das würde ich umgekehrt auch nicht wollen, aber bitte mach so was nicht mehr. In letzter Zeit geht schon so viel schief, dabei kann der Krieg nicht mehr lange dauern.«

»Schaberg denkt, dass ich ein Verräter bin.«

»Das habe ich gehört.«

»Er sagt, dass niemand bestätigen kann, wo ich in den vergangenen Tagen gewesen bin, macht es noch schwerer, mir zu vertrauen. Er sagt, ich behaupte einfach irgendwas und bin überhaupt nicht in den Dünen gewesen.«

»Daran zweifle ich keinen Moment.« Rosa presste die Nase gegen seinen Mantel und sog ein paarmal die Luft ein. »Ich rieche es, aber auch, wenn das nicht so wäre, würde ich dir glauben.«

»Wieso bist du dir da so sicher?«

»Weil ich glaube, dass du so bist. Komm.«

»Wo gehen wir hin?«

»Es ist nicht weit.«

Hand in Hand gingen sie durch verlassene Straßen, dann blieben sie in einem Hauseingang neben einem Friseurladen stehen. Rosa holte einen Schlüssel aus der Tasche und ging ihm voran über eine steile Treppe, einen Flur und eine zweite Treppe. Mit einem anderen Schlüssel öffnete sie die Tür, und als sie drinnen standen, sagte sie: »Wir müssen die Schuhe ausziehen, das Haus ist sehr hellhörig.« Auf Strümpfen lief sie in die Küche zu ihrer Linken. Auf der Anrichte lagen einige Kartoffeln, Karotten und Zwiebeln, und da stand eine Milchkanne mit einer Schale und einem Stückchen Schokolade darauf. Sie faltete die danebenliegende Zeitung auf, roch an dem Stück Fleisch und der Butter. »Das ist noch gut. Wir essen heute Abend hier. Hier wohnt schon eine Zeit lang niemand mehr, aber es gibt Wasser und Gas. Wir dürfen nur kein Licht anmachen, aber da sind Kerzen.« Sie öffnete einen Küchenschrank und zählte auf: »Brot, Marmelade, Apfelsirup, Zucker«. Dann holte sie eine Konserve zum Vorschein und hielt sie ihm triumphierend hin: »Richtiger Kaffee, zwar alt, aber immer noch besser als Ersatz. Der ist für heute Abend. Und jetzt zeige ich dir den Rest.«

Über den Möbeln lagen Bettlaken, und auf der Vorderseite waren sowohl die Vorhänge als auch die Gardinen geschlossen, sodass nur durch das hintere Fenster Licht in das kleine Wohnzimmer fiel. Der braune Teppich und die Tapete mit ockerfarbenen Längsstreifen ließen alles noch dunkler und bedrückender wirken.

»Wer hat hier gewohnt?«

»Eine alte Frau. Sie ist kürzlich verstorben. Ihr Sohn sagt, wir dürfen die Wohnung benutzen, aber so unauffällig wie möglich. Den Nachbarn kann man vertrauen, sagt er, aber trotzdem.«

Rosa ging zum Fenster an der Vorderseite und legte eine Hand auf die hohe Rückenlehne eines Sessels, öffnete den Vorhang ein

Stück und schaute in den verstellbaren Außenspiegel, der am Fensterbrett befestigt war.

»Hier war wahrscheinlich ihr Lieblingsplatz. So konnte sie auch ihre Tiere gut sehen.«

Rosa nickte in Richtung der Anrichte. Auf dem Laken stand ein großes Aquarium. Es war leer, aber an der grünen Algenschicht auf dem Glas konnte man den früheren Wasserpegel ablesen. Daneben stand ein hoher Vogelkäfig, ebenfalls leer.

Sie schloss den Vorhang wieder, lief auf die Hinterseite, schob einen Vorhang vor einer Nische beiseite und zog das Klappbett ein Stück heraus. »Hier hat sie geschlafen. Als sie noch am Leben war, hat sie es wahrscheinlich immer unten gehabt.«

Sie klappte das Bett wieder in die ursprüngliche Position zurück, schaute noch einmal durch die Gardinen auf der Hinterseite und öffnete das Fenster einen Spalt. »Das ist in Ordnung, aber wir dürfen nicht so viel vor dem Fenster hin und her laufen.«

Sie kam auf ihn zu und nahm ihn bei den Händen. »Das ist es. Wenn du möchtest, können wir bis morgen früh hierbleiben. Du und ich.«

Sie war rot geworden, als sie zu ihm aufschaute, und ihre Stimme hatte leicht gezittert, vielleicht, weil sie sich seiner Reaktion nicht ganz sicher war. Natürlich war er geblieben. Er wusste nur noch wenig von dem, worüber sie an diesem Nachmittag und Abend gesprochen haben, aber er erinnerte sich, dass Rosa von einem Optimismus beseelt gewesen war, der ihre Augen zum Glänzen brachte. Die Alliierten waren gelandet, Rom hatte man einige Tage zuvor befreit, und die Rote Armee konnte in Osteuropa einen Sieg nach dem anderen verbuchen. Hin und wieder hatte der Wind die Gardine aufgebläht, und ein Hauch warmer Luft kam nach drinnen. Sicher würde es ein prächtiger Sommer werden, und sie hatten darüber spekuliert, wie lange es noch dauern würde, bis auch die Niederlande befreit wären. Vielleicht würde man sie nicht mehr einsetzen müssen. Sie hatten zusammen gekocht und bei Einbruch der Dämmerung die Vorhänge geschlossen, das Bett heruntergeklappt und eine Kerze angesteckt. Ihr Licht reichte kaum weiter als bis zum Bett, und damit war auch die bedrückende Atmosphäre des Zimmers verschwunden.

Soweit er sich erinnerte, war es ihnen gelungen, kurz den Krieg zu vergessen, jedenfalls bis zum nächsten Tag. Damals hatten sie zum ersten Mal miteinander geschlafen. Beim Ausziehen waren sie beide verlegen gewesen. Mit dem Rücken zu ihm hatte sie ihren BH geöffnet und behielt ihre Unterhose an, als sie ins Bett kroch. Noch immer machte es ihn traurig, dass sie so verunsichert gewesen war, was ihren eigenen Körper betraf. Dieselbe Rosa, die so energisch handelte, sich mit solcher Überzeugung für den Widerstand einsetzte, und die, obwohl sie genauso viel Angst hatte wie alle anderen, sich davon nicht zurückhalten ließ.

Ganz bewusst hatte er es ausgesprochen: »Du bist schön.«
»Und du bist lieb, Siem.«
»Ich meine das wirklich. Ich sollte dir vorhin doch glauben? Dann musst du mir jetzt auch glauben. Du bist schön, Rosa.«
»Gut, gut.«

Nachdem sie miteinander geschlafen hatten, hatte er die Hände über ihren Körper gleiten lassen, langsam und andächtig, damit sie begreifen sollte, dass es für ihn nichts an ihr gab, was nicht schön war. Gesicht, Hals, Schultern, Arme und Hände, ihr Busen, Bauch, die Konturen ihrer Hüften, bis hin zu ihren Füßen. Er hatte die Bettdecke zurückgeschlagen, weil er ihren Körper auch sehen wollte, aber sie hatte sie wieder über sich gezogen. »Nicht«, hatte sie gesagt, als er es noch einmal versuchte. Er hatte ihr beschrieben, wie er sie irgendwann mit in die Dünen nehmen würde, an einem schönen Sommertag, wie sie dann nackt zwischen den Dünen liegen würden. Als wären sie allein auf der Welt, unter der Sonne, mit dem Meeresrauschen im Hintergrund.

Und in dieser Nacht hatte er ihr von seinen Eltern erzählt, aus sich selbst heraus. Er war zu jung gewesen, um sich zu erinnern, doch Maria sprach gern über die Jahre in Heidelberg. Nach dem Ersten Weltkrieg war der Handel mit Deutschland langsam wieder in Schwung gekommen, und sein Vater erhielt den Auftrag, diese Beziehungen auszubauen. Bei ihrer Mutter hatten sich kurz vorher erste Symptome ihrer Geisteskrankheit gezeigt, aber sie hatten noch die Hoffnung, der Wegzug aus den Niederlanden würde ihr guttun. Gesunde frische Luft, Schwimmen im Fluss, Badeseen, Spaziergänge in den Bergen der Umgebung, Skifahren im Winter. Es hatte vielversprechend begonnen: ein Haus in Hanglage, mit Aussicht über die Stadt und den Fluss, Personal, ein hoffnungsvoller Vater und eine Mutter, die noch daran glaubte, ihr Zusammenbruch wäre eine einmalige Sache. So war es Maria zufolge gewesen. Coburg erzählte Rosa, dass sein Vater in Heidelberg dem Kunstkenner und Psychiater Hans Prinzhorn begegnet war. Maria wusste nicht mehr, ob sein Vater Prinzhorn wegen der Krankheit seiner Frau konsultiert hatte oder ob er sich schon damals für Prinzhorns Sammlung interessierte. Wie auch immer, von diesem Moment an gab es etwas, das seinen Vater wirklich faszinierte. Von 1920 bis 1922 hatten sie in Heidelberg gewohnt, und in den Niederlanden hatte sein Vater fortgesetzt, was Prinzhorn begonnen hatte. Es war einfach unglaublich. Während seine Mutter von Behandlung zu Behandlung und von Einrichtung zu Einrichtung zog, mit immer kürzeren Zwischenphasen daheim, suchte ihr Mann nach Zeichnungen, Malereien, Töpferarbeiten und Holzschnitzereien von den Patienten, von denen sie sich umgeben wusste.

Coburg hatte auf dem Bettrand gesessen, als er es Rosa erzählte, den Rücken ihr zugewandt, weil ihm das Reden so leichter fiel. Die Enden der Zigaretten, die er rauchte, erleuchteten das ansonsten dunkle Zimmer, wenn er daran zog.

»Kannst du dir das vorstellen? Erst hat er seine Frau besucht, dann hat er nachgefragt, ob irgendwelche interessanten Werke entstanden waren.«

Sein Vater hatte die Wände seines Arbeitszimmers mit dem bedeckt, was er zusammensuchte. Offensichtlich wollte er alles erst selbst gründlich betrachten und eine Auswahl treffen, bevor er etwas nach Heidelberg schickte. Versuchte er, Verbindungen zwischen diesen Werken und dem herzustellen, woran seine Frau litt? Saß er vielleicht stundenlang da und starrte alles an, auf der Suche nach Erklärungen? Oder hoffte er, auf einen bisher unentdeckten großen Künstler zu stoßen, um damit seinen älteren Bruder zu übertrumpfen?

»Er hatte nichts dagegen, wenn ich mich zu ihm auf den Schoß setzte und auch schaute, er forderte mich sogar dazu auf, etwas über die Bilder zu sagen. ›Wie findest du das hier? Wonach sieht das aus? Schau mal, da hat jemand eine ganze Geschichte dazugeschrieben.‹ Es waren sporadische Momente der Intimität zwischen uns. Erst später wurde mir klar, dass es ziemlich seltsam war, ein zehnjähriges Kind zu fragen, was es von Zeichnungen und Gemälden hielt, die von Geisteskranken angefertigt worden waren. Ein Kind, das darüber hinaus seine eigene Mutter schon mehrfach in aufgelöstem Zustand durchs Haus hatte irren sehen. Aber vielleicht hat er mich so deutlich einbezogen, weil er gerade auf der Suche nach der Kinderperspektive war. Nach dem Blick eines Kindes, das noch nicht voller Überzeugungen und Meinungen war, sondern unmittelbar auf das reagierte, was es vor sich hatte.«

Er hatte die Zeichnungen wieder vor sich gesehen. Eine mit Bleistift gezeichnete Geschichte, in der eine Armee durch einen Wald zog: kindlich dargestellte Soldaten zu Fuß und zu Pferd, Lanzen mit im Wind wehenden Fahnen, Kanonen, lichterloh brennende Häuser. Ein verzerrtes Gesicht mit einem Bart, das aus Dutzenden winzigen Püppchen gebildet wurde, so klein, dass man eine Lupe brauchte, um sie gut erkennen zu können. Oder Stücke

Zeitungspapier, auf die Figuren gemalt worden waren; Blätter aus einem Schulheft, auf denen kein einziger Fleck leer geblieben war. Ein Krankenhausbett mit einer Figur darin, hochgehoben durch einen Engel mit Flügeln. Ein Männchen mit einer Schachtel, die Strahlen aussandte, die durch Köpfe und Körper anderer Figuren drangen. Eine liegende nackte Frau, schwebend, mit auffallend langem Haar, das nach unten hing, und auf ihrem Bauch ein Tier, das den ägyptischen Hieroglyphen von Katzen sehr ähnlich sah. Auffällig viele Zeichnungen mit Kommentaren, manchmal leserlich, aber noch öfter unleserlich; manchmal, weil die Wörter übereinander geschrieben worden waren.

Er hatte sich zu Rosa umgewandt und gesagt: »Mit Ausnahme dieser Momente auf seinem Schoß kann ich mich an nichts mehr von damals erinnern. Die gezeichneten, gemalten und hingekritzelten Darstellungen dieses Leidens der Menschen sind das Einzige, was Wärme in mir auslöst, wenn ich an die Vergangenheit denke. Ist das nicht seltsam?« Er wusste noch genau, dass er darauf geachtet hatte, nicht verbittert oder so zu klingen, als hätte man ihm Unrecht getan, sondern einfach nur verwundert.

Am Morgen waren sie beide still und bedrückt gewesen. Aber wie aus dem Nichts sagte Rosa, er müsse etwas an seinem Äußeren verändern. Sie fand, er solle sein blondes Haar dunkel färben, und als er sich weigerte, drängte sie ihn, sich dann wenigstens einen Bart wachsen zu lassen. Und warum sollte er keine Brille tragen?

Zusammen zwischen den Dünen liegen, in einem freien Land, ohne Angst. Dazu war es nie gekommen. Woher hätten sie wissen sollen, dass ihre Beziehung nicht länger als zehn Monate dauern und mit Rosas Tod enden würde? Während der Matrose auf der Pritsche über ihm im Schlaf ruhig Atem holte, spürte Coburg, wie sich sein Körper versteifte. Sein Blut musste schwarz sein, so viel Hass und Bitterkeit erfüllten ihn. Der Krieg hatte noch fast ein Jahr gedauert, und sie flüchten lassen, dafür gesorgt, dass sie in Angst lebten, Hunger und Kälte litten, und während sie ihr Leben riskierten, trieb der Abschaum nach oben. Rosa erzählte ihm, sie habe von ihrem Vater gehört, wie Königin Wilhelmina von den Niederlanden als einem Land träumte, in dem das Haus von Oranien wieder das Sagen hatte. Wie sie versucht hatte, ihrem Schwiegersohn die Leitung über das Heer zu übertragen. Das war nicht geglückt, doch als Befehlshaber der Inländischen Streitkräfte hatte Bernhard* einen dubiosen Anführer nach dem anderen eingesetzt. Das war derselbe Bernhard, der, während in den Niederlanden niemand mehr echten Kaffee bekommen konnte, dafür sorgen ließ, dass seine Mutter in Deutschland sehr wohl noch echten erhielt, der extra dafür aus Brasilien verschickt wurde. Seiner Königlichen Hoheit zufolge brauchte Ihre Hoheit den Kaffee aus gesundheitlichen Gründen. In den Niederlanden dagegen war alles nur noch über Lebensmittelmarken erhältlich, und die Menschen litten Hunger.

40

Bruder Felix erwachte müde und bedrückt und musste sich zum Aufstehen und Anziehen zwingen. Am Fenster hellte sich seine Stimmung auf, als er bemerkte, wie prächtig weiß alles wieder aussah, denn frischer Schnee war gefallen. Vielleicht fühle ich mich besser, wenn ich kurz rausgehe und frische Luft schnappe, dachte er, und nachdem er sich warm angezogen und einen Schal umgelegt hatte, war er nach draußen gegangen. Der frische Schnee knirschte unter seinen Schuhen und klebte ihm an den Sohlen, während er eine Runde über das Gelände machte. An einer Stelle, an der die Sonne hinter einem Gebäude hervorkam, blieb er stehen, und während er mit geschlossenen Augen Wärme und Licht genoss, wurde er von einem Gefühl überwältigt, das ihm Tränen in die Augen steigen ließ. Hier stehe ich als alter Mann in derselben Sonne, die ich als Kind auf mir gespürt habe. Ist es wirklich so schnell gegangen? Er dachte an all die Sehnsüchte zurück, die er damals gehabt hatte, oft ohne sie genau benennen zu können. Das war egal und hatte es vielleicht sogar schöner gemacht. Das Leben hatte damals noch vor ihm gelegen.

Er wurde aus seinen Gedanken gerissen, als ihn jemand beim Namen rief. Er schirmte mit einer Hand die Augen ab und sah Bruder Fidelus aus der geöffneten Küchentür winken. Wenig später saß er mit einer Tasse Kaffee und einer Scheibe frischem Brot mit Butter und Zucker an dem großen Küchentisch, an dem vier seiner Mitbrüder standen. Einige Jungen halfen ihnen bei der Zubereitung eines warmen Mittagessens. Auf dem Tisch standen ein

Zuber mit Eis und einem stark riechenden Berg Kabeljau darin. Einer nach dem anderen wurden die zur Begutachtung von Fidelus hochgehalten, der sie anschließend mit großem Geschick filetierte und an die Jungen weitergab. Reihum durften sie die Stücke durch eine Mischung aus Ei, Mehl und Panierbrot ziehen und sie so mit einem »Mäntelchen« umhüllen. Fidelus betrachtete jeden Fisch unter bewundernden Ausrufen über Gottes Schöpfung, und die Jungen hatten ganz offensichtlich ihre Freunde daran und gingen in ihrer Arbeit auf.

In jüngeren Jahren hatte Felix nie hier gesessen, ohne mitzuhelfen, oft mit genauso großer Freude, aber jetzt, wo er älter war, schaute er zu und ließ es sich gefallen, dass er umsorgt wurde. Auch jetzt verspürte er Wärme für den tatkräftigen und munteren Fidelus. Er hörte mit halbem Ohr den bekannten Unterhaltungen von Leuten zu, die schon seit Jahren zusammenarbeiten und nicht mehr brauchten als ein halbes Wort. Sicher und vertraut, und als würde es immer so bleiben. Auch ich habe mich an meine tägliche Routine gewöhnt, dachte er. Ich würde nicht mehr anders können.

»Wie geht es Anselmus?«, fragte ein jüngerer Mönch.

»Gut. Bald ist er wieder der Alte.«

»Hilfst du ihm noch regelmäßig?«

»Hin und wieder.«

Nach dem letzten Fisch schrubbte sich Fidelus die Hände unter dem Wasserhahn, holte die Kanne mit Kaffee vom Feuer, goss sich selbst eine Tasse ein und setzte sich zu Felix. Die Schürze, die er umgebunden hatte, war voller Blutflecken und glänzender Schuppen, und aus dieser Nähe war der Fischgeruch noch stärker. »Jetzt trinke ich Kaffee mit dir, alter Freund.« Fidelus rieb sich die Hände, streckte die Finger und sagte: »Früher hatte ich damit keine Probleme, aber jetzt werden sie schneller steif.« Dann legte er Bruder Felix eine Hand auf den Arm. »Du siehst müde aus.«

»Ich habe vielleicht eine leichte Grippe.«

»Je älter wir werden, desto länger dauern die Winter, findest du nicht auch? Wir brauchen alle den Frühling. Ich werde gleich eine Brühe kochen. Die tut dir sicher gut.«

Fidelus nahm sich eine große Kartoffel vom Tisch, hielt sie erst in der einen und dann in der anderen Hand und nickte in Richtung der Lebensmittel: Butter, Eier, Brot, Mehl, Einmachgläser mit Sauerkraut, große Konservendosen mit Erbsen und die Reste des Frühstücks. »Wie gut es uns doch geht. Weißt du noch, wie schwer wir es am Ende des Krieges hatten? Und trotzdem ist es uns gelungen, alle unsere Kinder durchzubringen. Nicht eines ist vor Hunger umgekommen.«

Felix lächelte. »Und aus dem Wenigen, was wir hatten, konntest du immer noch etwas Leckeres zaubern. Weißt du noch, wie dich der Bischof zu sich ins Haus holen wollte?«

»Ja, und als ich mich geweigert habe, hat er Podocarpus unter Druck gesetzt, er solle mich überreden.«

Felix klopfte Fidelus kurz aufs Knie und sagte: »Vergeblich, zum Glück. Du hättest mir gefehlt, uns allen, und das nicht nur wegen deiner Kochkünste.«

»Ich habe das dankbarste Publikum, das sich ein Koch nur wünschen kann, das vermag kein Bischof zu überbieten.«

Fidelus hatte die Angewohnheit, zwischen den langen Tischen herumzugehen, während die zahlreichen Esser die warme Mahlzeit zu sich nahmen. Mit seiner Schürze und dem großen Löffel an seiner Seite schaute er sich an, ob auch allen schmeckte, was er zubereitet hatte. Ein mündliches Kompliment hatte er nicht zu erwarten, denn dazu waren die meisten Kinder nicht in der Lage, aber die Geschwindigkeit, mit der sie über das Essen herfielen und kaum etwas auf den Tellern zurückließen, zeigte deutlich, wie lecker sie es fanden.

»Seit ich dich kenne, tust du das«, meinte Felix. »Du schaust, ob den Leuten dein Essen auch schmeckt. Wie soll das werden, wenn du nicht mehr da bist?«

Fidelus schaute ihn prüfend an und erwiderte: »So weit ist es noch nicht. Dir geht es nicht gut, das sehe ich, und dann fühlst du dich verbraucht und alt, und das ruft düstere Gedanken hervor. So ergeht es einem eben manchmal, aber es gibt sich auch wieder. Noch ein Weilchen, dann kommt der Frühling, und wir fahren mit dem Motorrad herum.«

Draußen ging Bruder Felix noch ein Stück, aber er fühlte sich immer schlapper und entschied sich dafür, in sein Zimmer zurückzukehren. Das Treppensteigen fiel ihm so schwer, dass er sich oben an die Wand lehnen musste. Erst, als ihm weniger schwindlig und er wieder einigermaßen zu Atem gekommen war, schlurfte er weiter. Im Bett verspürte er Erleichterung und musste bei dem Gedanken, dass er bald wieder im Beiwagen sitzen würde, sogar lächeln. Eines Tages war Fidelus mit einem Zündapp-Armeemotorrad angefahren gekommen, das er kurz hinter der Grenze erworben hatte. Podocarpus hatte heftige Einwände erhoben, aber Fidelus war ihm nur darin entgegengekommen, dass er dem Motorrad eine andere Farbe verliehen hatte. Als der Winter vorbei war, holte er die Maschine aus dem Schuppen, staubte sie ab, und nachdem der Motor mit einem mächtigen Knattern angesprungen war, musste er mit den Kindern im Beiwagen endlose Runden über das Gelände fahren. Alle wollten sie dann die Motorradbrille und den Helm aufsetzen, die Handschuhe anziehen, und für viele von ihnen war es sehr schwer, auch die anderen an die Reihe zu lassen. Felix hatte schöne Erinnerungen an ihre Ausflüge: der blaue Himmel mit Sonnenschein, der Wind in seinem Gesicht, alles, was es zu sehen gab, die Zigarre unter Bäumen auf einem Dorfplatz, die Menschen, die sie erstaunt ansahen, um dann freundlich zu winken, und Fidelus, mit dem zusammen alles sorglos erschien.

Er wurde von Fidelus geweckt, der mit einer dampfenden

Schale in der Hand an seinem Bett stand und ihn drängte, die Suppe zu essen, solange sie noch warm war. Felix setzte sich auf und aß, während Bruder Fidelus darauf achtete, dass er nichts übrig ließ.

»Weißt du noch, wie du mich einmal mit nach Ypern genommen hast?«, fragte Felix, als er seinem Mitbruder die Schale überreichte.

»Ja, natürlich. Das war ein ganz besonderer Tag.«

»Dafür bin ich dir immer noch dankbar.«

»Möchtest du da noch einmal hin?«

»Nein, das eine Mal war genug.«

Mit einem Nicken sagte Fidelus: »Ruh dich weiter aus. Die Suppe wird dir guttun, warte nur ab.«

Felix war wieder eingedöst und wurde wach, weil er zur Toilette musste. Danach ging er ans Fenster. Es war inzwischen dunkel, doch der Mond erhellte das Gelände. Das erinnerte ihn an eine ähnlich helle Nacht während des Krieges. Er war erschöpft, schlaftrunken wach geworden, weil feindliches Kanonenfeuer zu hören war, und hatte kurz gedacht, das Mondlicht falle auf bleiche Pilze, die aus den Schützengräben wuchsen, bis sich ihm die Wirklichkeit aufdrängte: Es waren die Schädel von Männern, die im Vorjahr umgekommen waren, die da aus der Grabenwand hervorragten. Wie sehr waren er und die anderen Männer abgestumpft durch alle Gräuel, dass sie nicht einmal mehr bemerkten, dass sie sich tagein, tagaus in solcher Gesellschaft befanden? Er setzte sich an den Schreibtisch und ließ die Familienfotos durch die Hände gleiten. All diese Leben, die schon vorbei waren, Menschen, die ihm vorangegangen waren. Er erhob sich wieder, löschte das Licht, stand vor dem Bett, ohne einen Entschluss fassen zu können. Tränen stiegen in ihm auf, und er war überrascht über seine eigene Emotionalität. Das kommt daher, dass es mir nicht gut geht, dachte er, genau wie Fidelus gesagt hat. Morgen fühle ich mich sicher besser. Es gibt doch gar nichts, worüber ich weinen müsste, ich bin dankbar für das Leben, das ich gehabt habe. Ich habe ein langes Leben führen dürfen und wurde nicht, wie so viele andere, vorzeitig daraus weggerissen. Das ist der Weg, den ich gegangen bin; ein Mensch kann nur einen einzigen Weg gehen, so ist es. Und trotzdem spürte er gleichzeitig eine Traurigkeit, weil der größte Teil hinter ihm lag und es innerhalb von nicht allzu viel Zeit vorbei sein würde. Ob nicht jeder Mensch eine solche Traurigkeit verspürte, wenn das Ende sich näherte? Weil alles, was irgendwann einmal noch geschehen sollte, nicht nur vorübergegangen war, sondern auch noch so schnell? Es schien ihm wie gestern, dass er Morellis Rücken und Hinterkopf vor sich gehabt hatte, während sie mit der Trage zwischen sich einen Weg durch die Kraterlandschaft suchten, doch in Wirklichkeit war das gut ein halbes Menschenleben her. Und die Jahre, die er hier zugebracht hatte, waren wie im Fluge vergangen. Anfangs hatte er es schwer gehabt und ernsthaft erwogen wegzugehen. Was wäre dann aus ihm geworden? Davon hatte er überhaupt keine Vorstellung. Nein, es war gut, dass er geblieben war, es hätte gar nicht anders ablaufen können.

Er zitterte vor Kälte, legte sich ins Bett, drehte sich auf die Seite und zog sich die Decken bis unter das Kinn. Es ist schön, sich so aufzuwärmen, dachte er, und zu wissen, dass ich hier sicher bin. Morgen fühle ich mich bestimmt besser, jetzt muss ich zusehen, dass ich eine gute Nacht habe. Dann gehe ich jedenfalls kurz bei Anselmus vorbei. Sicher ist er nicht mehr so böse, und ich will, dass er weiß, dass ich ihm nichts übel nehme.

Bruder Felix' Abwesenheit wurde erst am späten Vormittag des nächsten Tages bemerkt. Man fand ihn in seiner Zelle, im Bett, auf dem Rücken, mit offenen Augen, die nichts mehr sahen. Er war im Schlaf gestorben, doch trotz dieses gnädigen Todes durchlief ein großer Schock das Sint Norbertus. Bruder Felix war bei seinen

Mitbrüdern beliebt gewesen, und sein Hinscheiden löste in einigen das Gefühl aus, allein in einer Welt zurückgeblieben zu sein, die ohne ihn kälter geworden war. Als die Glocke der Kapelle zu einer ungewöhnlichen Uhrzeit zu läuten begannen, begriffen die Einwohner von Wercke, dass etwas geschehen war. Das galt auch für Anselmus, der für einen Augenblick seine Kinder unter Fakes Obhut zurückließ, um aufgewühlt zurückzukehren. Felix hatte sich zwar nicht als Freund erwiesen, doch Anselmus fühlte sich nun, wo er ihn nie wiedersehen würde, einsamer als je zuvor.

Später erschien Bruder Primus. Er nahm Anselmus an beiden Händen und hielt sie kurz gut fest. »Es ist ein großer Verlust für uns alle. Er hat immer voller Respekt über dich und die schwere Aufgabe gesprochen, die du mit so viel Hingabe erfüllst. Ihr wart doch Freunde?«

»Ja, ja.« Doch die Worte erklangen ohne Überzeugung. Primus schaute ihn prüfend an, und Anselmus spürte, wie er rot anlief.

»Willst du ihn sehen? Er liegt noch in seiner Zelle.« Und auf Anselmus' Zögern reagierte er mit Ermutigung: »Mach das nur, ich bleibe kurz hier. Wenn du nicht gehst, tut es dir später sicher leid.«

Die Tür stand offen, aber es war niemand im Raum, als Anselmus ihn betrat. Was wurde jetzt von ihm erwartet? Er betrachtete den Toten, um wieder das Gefühl zu verspüren, das ihn nach dem Ableben eines Kindes schon so oft überkommen hatte: Unbehagen, Angst. Für gewöhnlich tat er etwas, sobald das Kind abgeholt worden war; er reinigte das Bettzeug und überlegte sich, was diese Änderung für die Ordnung im Saal bedeutete. Nun, an Bruder Felix' Bett, fragte er sich, was Gott in diesem Moment von ihm erwartete. Er schaute wieder in das Gesicht des Toten, doch daraus ließ sich keine besondere Emotion ablesen. Felix hatte schlafend dieses Leben verlassen. Das hier ist nur der Körper, dachte Anselmus, der Geist ist schon weg. Dieser Gedanke schenkte ihm den Mut, einer Eingebung zu folgen. Er schaute sich prüfend um, sank in die Knie, schaute unter das Bett, und als er dort nicht sah, was er suchte, öffnete er den Kleiderschrank. Sein Blick fiel sofort auf das Tagebuch, und während ihm der Angstschweiß ausbrach und sein Herz wie wild zu klopfen begann, schob er es unter sein Habit. Er hatte die Tür noch nicht wieder geschlossen, als er Stimmen auf dem Flur hörte. Als Reaktion sank er neben dem Bett auf die Knie und faltete ergeben die Hände.

Er schaute zu Boden, als ihm Damianus auf dem Flur entgegenkam, und wollte so schnell wie möglich an dem anderen vorbeigehen, doch der Weg wurde ihm versperrt. »Jetzt, wo dein Freund tot ist, Geerbex, wirst du dir wohl oder übel die Frage stellen müssen, was du hier noch zu suchen hast. Er war ein echter Mönch, du bist keiner. Hast du mich gehört? Du hast hier nichts zu suchen. Deine Tage sind gezählt. Bald komme ich zu dir, um dich zur Vernunft zu bringen.«

Aus Angst, Damianus könnte seinen Diebstahl bemerken, hatte Anselmus die Worte kaum zu sich durchdringen lassen; ein Gefühl der Erleichterung herrschte vor, als er weitergehen konnte. In seinem Zimmer versteckte er das Tagebuch unter der Matratze, und dann widmete er sich mit so großer Hingabe seinen täglichen Aufgaben, dass es schien, als versuche er, das soeben Getane wiedergutzumachen. Doch bei der Vorstellung, wie jemand nach dem Tagebuch suchte und man ihn entlarvte, brach ihm der Angstschweiß aus. Auf Ersuchen von Primus wurde er abends gerufen, um dem Gottesdienst für Bruder Felix beizuwohnen. Bruder Domitianus war in der Baracke zurückgeblieben und hatte ihn beruhigt: Auch bei ihm befanden sich die Kinder in guten Händen. Er solle sich vor allem nicht beeilen und sich Zeit nehmen, den Verstorbenen voller Liebe und würdig zu ehren und seiner zu gedenken.

Als Anselmus die Kapelle betrat, waren sämtliche Bänke besetzt: Seine Mitbrüder, Laien, die im Internat arbeiteten, Dorfbewohner, und trotz der durch die Witterung nur schwer befahrbaren

Straßen waren sogar Mönche aus Styl gekommen. Bruder Felix lag in einem offenen Sarg, in einem Kreis brennender Kerzen, daneben stand der Abt und sprach lobende Worte, doch nachdem er einen Platz gefunden hatte, drang kaum etwas zu Anselmus durch. Er sah ständig vor sich, wie Domitianus beim Herumschnüffeln in seinem Zimmer das Tagebuch entdeckte, und wäre am liebsten in seine Baracke zurückgekehrt. Kurz zog er in Erwägung, eine Krankheit vorzutäuschen. Die Zeit verstrich quälend langsam, und immer wieder hoffte er vergebens, der nächste Sprecher werde der letzte sein, doch es schien, als wolle jeder das Wort ergreifen. Er stimmte in den Gesang ein, ohne die Worte zu registrieren, kniete und betete mit und lauschte den Worten anderer Brüder, die endlos lange Abschied nahmen. Hätte er das Tagebuch doch nie genommen! Er überlegte sich Ausreden, die er verwenden würde, wenn es entdeckt wurde. Bruder Felix hatte ihn besonders gemocht, hatte ihn unter seine Obhut genommen und gewollt, dass er, Anselmus, sein Tagebuch bekam. Aber warum hatte er es dann versteckt?

Schließlich war es vorbei, auch er erhob sich und stand kurz vor dem Sarg. Felix lag friedlich da, ein Kreuz in den gefalteten Händen, die auf seiner Brust ruhten. Er war still und leise von dieser Welt gegangen, und es sah noch immer so aus, als schlafe er. Trotzdem konnte ihn Anselmus nicht ansehen, und er schloss die Augen. Straft mich Gott, indem er mich dem hier aussetzt?, fragte er sich. Als er glaubte, lange genug vor dem Sarg gestanden zu haben, öffnete er die Augen, schlug ein Kreuz, machte dem Mönch hinter ihm Platz und ging auf die Tür zu.

41

Erst nach dem Begräbnis wagte Anselmus, das Tagebuch zum Vorschein zu holen. Weil er wusste, dass das darin Niedergeschriebene nicht für seine Augen bestimmt war, fühlte er sich anfangs unbehaglich. Dann erinnerte er sich an die Nacht, in der er zum ersten Mal in das Tagebuch geschaut hatte, und begriff, dass ihm etwas offenbart wurde. Und sobald er die Augen schloss, erinnerte er sich noch deutlicher daran, wie er den ausgemergelten Körper von Hero Spoormaker liebevoll und voller Hingabe, ohne jede Hemmung wegen dessen Missbildungen, an die Brust gedrückt und gehalten hatte, bis der letzte Atemzug ruhig aus ihm herausströmte. Es hat lange gedauert, sehr lange, dachte er, aber jetzt, wo ich die Dinge sehe, wie sie wirklich sind, ist es hell in mir.

Es blieb in dieser Nacht auffällig still im Schlafsaal, als spürten selbst die Kinder, dass er nicht gestört werden durfte; er musste nur einmal zu ihnen hinaus. Während er in Gedanken versunken am Fenster in die Dunkelheit hinausstarrte, stand sein Herz kurz still, als ihn plötzlich ein Hirsch von ganz nahe mit dem Blick fixierte. Im Bett las er, dass man Morelli zur Strafe als Sanitäter an die Front geschickt hatte und dass sich Felix entschied, ihn zu begleiten. Manche Teile ging er mehrmals durch, weil er spürte, dass sie sich besonders an ihn richteten.

Zum Morgengrauen hin hat sich Morelli über den Rand gewagt. Nicht für einen von uns, sondern für einen Deutschen. Tagelang haben wir einen Sturm aus Staub, Rauch,

Schmutz und donnerndem Lärm ertragen müssen. Luft und Erde bebten unaufhörlich, zerfetzt von den Bomben, die auf uns herabregneten. Unter einem solchen Trommelfeuer blieb uns nichts anderes übrig als abzuwarten. Tausende Männer klammerten sich in Todesangst aneinander fest, manche von ihnen am Rande des Wahnsinns, den Rücken gekrümmt in diesem apokalyptischen Sturm. Als das Schlimmste vorbei war und vorsichtige Bewegung in die zusammengepferchte Männermenge kam, dauerte es nicht lange, und das Stöhnen begann. Weniger als fünfzehn Meter von uns entfernt lag ein Deutscher in einem Bombenkrater. Sehen konnten wir ihn nicht, aber wenn der Wind in unsere Richtung wehte, war jedes Röcheln, jeder Seufzer, sein Geflüster und das, was ein flehentliches Bitten um Erlösung sein musste, so gut zu hören, dass es schien, als läge er zwischen uns. Das Deutsch war kaum zu verstehen, und manchmal lief sein Mund wohl voll Blut oder Speichel, dann kamen die Worte als Blubbern hoch, aber ich erkannte die immer wiederkehrenden Wörter »Gott«, »Mutter«, »Liebling« und »Hilfe«. Einige steckten sich die Finger in die Ohren, andere versuchten, sich weiter weg einen Platz zu suchen, und ich sah geballte Fäuste. Manche schlugen ein Kreuz, jemand schrie, er solle das Maul halten, aber von den Gesichtern der meisten war abzulesen, dass sie sich diesem Leiden nicht entziehen konnten, so nahe bei uns. Wir beschimpften sie als Hunnen und Barbaren, aber inzwischen wussten wir, dass der Soldat dort genauso Kanonenfutter war wie wir selbst. Gott, Mutter und Liebling gibt es hier nicht, dachte ich bitter, kurz bevor Morelli über den Rand kroch. »Bevor es hell wird«, mehr sagte er nicht. Danach klemmte er sich sein Messer zwischen die Zähne und verschwand. Das Messer hatte er vorher einem toten Deutschen abgenommen und betrachtete es immer wieder bewundernd. Als sähe er schon vor sich, wie er damit zu Hause fachkundig ein Schwein oder ein Schaf schlachten würde. Als das Stöhnen abrupt endete, wussten wir, was geschehen war. Viele bekreuzigten sich. Als kurz darauf ein einziger, einsamer Schuss erklang, fluchten viele aus tiefem Herzen. Scharfschützen werden gefürchtet und gehasst, selbst unseren gehen wir lieber aus dem Weg, doch vor allem dieser wurde mit den übelsten Formulierungen zum Teufel gewünscht. Ich saß still da und betete, dass die Kugel Morelli nicht getroffen hatte, fürchtete jedoch das Schlimmste, weil es bei einem einzigen Schuss blieb. Wie viele Männer wurden von einer solchen tödlichen Kugel getroffen, wenn sie einen Augenblick lang nicht aufpassten, während ihr Kopf über den Schützengraben hinausragte? Die Erleichterung war riesig, als Morelli kurz darauf über den Rand nach drinnen glitt. Es wurde geschrien und gejauchzt, man klopfte ihm auf die Schulter, Männer boten ihm Zigaretten an und dankten ihm. Trotz unserer Erschöpfung und dem Abgestumpftsein gegenüber diesem Gräuel, trotz allem, was uns angetan wird, sind wir Menschen geblieben. Ja, wir sind immer noch Menschen. Trotz der Generäle, die weit weg von hier über ihre Landkarten gebeugt stehen und uns in den Tod jagen. Als ich Morelli später nach dem Scharfschützen fragte und sagte, wie froh wir alle darüber waren, dass er ihn verfehlt hatte, schüttelte er langsam den Kopf. »Wir haben uns angesehen«, sagte er. »Er war so dicht bei mir, dass wir einander in die Augen schauen konnten. Die ganze Zeit hatte er mich im Visier, er hätte mich ohne Probleme töten können. Aber er hat genickt und danebengeschossen. Verfehlt hat er mich nicht.«

Anselmus war nun erstaunt über seine eigene Blindheit, die ihn jahrelang voller Bitterkeit hatte glauben lassen, er wäre zur Strafe in dieser Baracke gelandet. Auch glaubte er mit Sicherheit sagen zu können, dass Morelli Felix' Anwesenheit geduldet hatte, jedoch nicht mehr als das. Wie hatte Felix Morelli ein Freund sein können, wenn er so wenig begriff? Ich, der ich ihn nicht gekannt habe, begreife ihn besser, dachte Anselmus. Felix musste das auch gespürt haben: Hatte er nicht selbst gesagt, dass ihm Morelli wahrscheinlich ein besserer Freund gewesen war als umgekehrt?

Als wir den Jungen finden, ist er schon bis zur Brust im Schlamm versunken. Der Granattrichter ist so steil und glatt, dass wir nicht hinabsteigen können, ohne auch hineinzufallen, und selbst dann bleibt er außer Reichweite, auch ein ausgestrecktes Gewehr wäre nicht lang genug. Seine linke Gesichtshälfte ist größtenteils verschwunden. Die Wange, das Ohr, die Lippen, die auseinanderklaffen, weil Mundwinkel und Kiefer darunter weg sind. Der zerstörte Mund versucht vergeblich, Wörter zu formen, aber der Blick ist ganz klar. Er schaut uns an, folgt wie ein in die Enge getriebenes wildes Tier jeder unserer Bewegungen. Er will leben, und seine Hoffnung ist auf uns gerichtet, aber wir sind machtlos. Gott weiß, dass wir machtlos sind, dass wir nichts tun können, um ihn zu retten. Ich schaue zur Seite, zu Morelli hin, und hoffe, er wird uns von hier wegführen, weg von diesem sterbenden Jungen, der so verzweifelt leben will, zu jemandem, dem wir noch helfen können. Der Junge ist auch zu weit weg für das Messer und eine letzte tröstende Umarmung. Doch Morelli holt seine Pistole hervor und läuft auf dem Rand des Kraters entlang, bis er hinter dem Jungen steht. Als der begreift, was geschehen wird, folgt er der Bewegung mit dem Kopf, so weit er nur kann. Als Morelli aus seinem Blickfeld verschwunden ist, dreht er mit einem Ruck den Kopf wieder zu mir und schaut mich mit Todesangst in den Augen an. Er bittet mich um Hilfe, und es scheint eine Ewigkeit zu dauern, bis ihn die Kugel in den Hinterkopf trifft. Mein Gott, wenn ich die Augen schließe, sehe ich seine wieder vor mir, diesen flehenden Blick, die Verzweiflung. Zu welchen Gräueltaten sind wir verurteilt? Gott muss doch wissen, dass wir nicht anders handeln konnten, dass wir das Richtige getan haben. Wir tun das Richtige, ja, wir tun das Richtige, wir können nicht anders, aber was für eine Prüfung ist uns auferlegt worden?

Anselmus schüttelte missbilligend den Kopf. Woher kam eine solche Klage? Er blätterte weiter. Seite um Seite war mit Grausamkeiten gefüllt.

Es gibt so viele Tote, dass sie nicht begraben werden können, und wenn das doch geschieht, werden sie während des nächsten Bombardements wieder freigelegt. Um Epidemien zu verhindern, haben die Begräbniskommandos den Auftrag, die Leichen deutscher Soldaten, die nicht von ihren eigenen Leuten geborgen worden sind, aufzustapeln und zu verbrennen. Es sind so viele, dass ich einen der Männer sagen höre: »Das wird eine Zeit lang dauern, bis wir die abgefackelt haben.« In einem Tonfall, als wäre es die gewöhnlichste Sache der Welt, wie ein Gärtner, der Blätter verbrennt.

Ich kann begreifen, dass er zusammengebrochen und krank geworden ist, dachte Bruder Anselmus, aber kam es nicht auch daher, dass er nicht begriff, was Morelli sehr wohl erfasst hatte? Es gab keinen Absatz, aus dem hervorging, Morelli hätte sich beklagt. Natürlich nicht. War es also nicht traurig, dass Morelli jemanden wie Felix an seiner Seite gehabt hatte? Du musst einsam gewesen sein, Morelli, genau wie ich, durch so viele Jahre voneinander getrennt, aber sind unsere Seelen nicht verwandt?

Das Niemandsland, in dem wir unsere Arbeit verrichten müssen, ist so zerklüftet und unbegehbar geworden, dass wir es zu zweit nicht mehr schaffen. Im Schlamm brauchen wir meistens vier, manchmal sogar acht Leute für den Abtransport eines Verwundeten. Was hat es um Gottes willen für einen Sinn, diesen einen Soldaten zu retten, inmitten von so vielen Leichen und abgetrennten Gliedmaßen, dass wir nicht anders können, als über sie hinwegzulaufen und zu rutschen. Vernichtung, so weit das Auge reicht. Die Welt ist verrückt geworden. Verrückt, verrückt, verrückt. Mehr als je zuvor muss ich daran glauben, dass Morelli das Richtige tut. Ich verspüre keinen Zweifel, aber er hat sich verändert. Er schneidet mir das Wort ab, wenn ich davon anfange. Manchmal denke ich, er hätte mich lieber nicht länger dabei, aber er kann nun einmal nicht allein eine Trage transportieren. Sie ist es, die uns verbindet. Er spricht kaum noch, und obwohl er sich früher dafür interessiert hat, was ich schreibe, schaut er nicht einmal mehr in meine Richtung. Er kriecht in ein Loch, macht sich so klein wie möglich wegen der Kälte und der Feuchtigkeit und bleibt unbeweglich liegen, bis wir wieder in Aktion treten müssen. Ich verurteile ihn nicht, oder tue ich das doch, weil ich nicht vermag, was er kann? Weil er Männer von ihrem Leiden erlöst, während ich wegschaue? In einem Feldlazarett bekommen wir von einem Arzt zu hören: »Bringt nur die Männer zurück, von denen ihr glaubt, dass man sie noch retten kann. Lasst einen Schwerverwundeten ruhig sterben. Ihr bringt zu oft Männer, die sterben, bevor wir ihnen helfen können, und auf diese Weise verschwendet ihr sowohl eure Zeit als auch unsere.« Das wurde uns gesagt! Lasst sie ruhig sterben. Ruhig sterben?

Bruder Anselmus schloss das Tagebuch, schob es unter sein Kissen, stand auf und ging zum Spiegel. Es ist seltsam, dass es so kommen muss, dachte er, während er sich selbst betrachtete. Morelli hatte begriffen, dass er seinen Weg allein gehen musste, und wer ist besser als ich dazu in der Lage, das zu erfassen? Unansehnlich, hässlich, wie ein Mädchen. Die Menschen gehen mir am liebsten aus dem Weg, Kinder starren mir nach, und noch bevor ich ein Wort gesagt habe, herrscht schon Misstrauen. Ich bemerke das, bin dieser Tatsache nie aus dem Weg gegangen, verhalte mich mir selbst gegenüber unbarmherzig.

42

Rosa und er arbeiteten noch bei einigen Beschaffungsaktionen für Lebensmittelmarken zusammen, zum letzten Mal bei dem erfolgreichen Überfall auf ein Verteilungszentrum in Alkmaar. Sie hatten nicht nur Tausende von Marken erbeutet, sondern auch eine große Anzahl Feuerwaffen. Vorher hatte man ihn für Liquidierungen eingesetzt, nun hatte er Wache stehen müssen. Einem anderen, der entkommen war, hätte man schneller wieder vertraut, dachte er. Wenn sie mich jetzt anschauen, tun sie das ein klein wenig länger, als eigentlich normal wäre. Rosa meinte, das bilde er sich nur ein, doch er wusste es besser.

Danach hätten sie an verschiedenen Stellen untertauchen sollen, aber sie hatten die Anweisungen ignoriert. Sie waren zusammengeblieben und bei einer Bildhauerin in Bergen gelandet. Sie wohnte in einem frei stehenden Haus mit Reetdach, der Villa *Habeo horam*, in einem dicht bewachsenen Garten, den eine niedrige weiße Mauer umschloss, von der sich der Verputz löste. An der Vorderseite lag Weideland, an der Rückseite ein Erlenwäldchen. Der größte Teil des Wohnzimmers diente als Atelier und stand voller Bilder in verschiedenen Entwicklungsstadien, voller Gerätschaften und Materialien, an den Wänden hingen mit Reißnägeln befestigte Skizzen. Am Fenster hatte man eine Ecke für einen Tisch, Stühle und ein Bett frei gelassen. Sie war ihnen voraus nach oben gegangen, ins Schlafzimmer von ihr und ihrem verstorbenen Mann. Dort konnten sie schlafen. Sie selbst ging schon seit Jahren kaum noch nach oben. Danach hatte sie die großen

Türen auf der Rückseite geöffnet, und sie hatten stundenlang in der Nachmittagssonne gesessen. Sie schauten in den verwilderten Garten hinaus, ein Paradies für Bienen, Schmetterlinge und Vögel, die sich an den Beeren der Sträucher gütlich taten, deren Zweige in alle Richtungen wuchsen. Die alte Frau trug das graue Haar in einem unordentlichen Knoten, aus dem ihr einzelne Locken ins Gesicht fielen. Die dunkle Hose umspielte locker ihre Beine, und das ärmellose weiße Unterhemd hatte wahrscheinlich ihrem Mann gehört. Weil sie keinen BH anhatte, hingen ihre Brüste herab, genau wie die Haut an ihren Oberarmen. Hals, Schultern und Arme waren gebräunt, und an Unterarmen und Händen klebte der Gips. Am deutlichsten erinnerte sich Coburg an die Ungezwungenheit, mit der die Künstlerin sie empfangen und mit ihnen gesprochen hatte. Er hatte sich an besorgte, ängstliche Gesichter gewöhnt, doch diese Frau schien das Leben anders zu erfahren. Bis zum heutigen Tag empfand er Dankbarkeit für die Wirkung, die das auf ihn gehabt hatte. Für einen Moment waren seine Sorgen von ihm abgefallen. Seiner Erinnerung nach waren er und Rosa dort kurz glücklich gewesen. Und ihm schien, dass die Frau trotz ihrer Unabhängigkeit ihrerseits froh über ihre Gesellschaft gewesen war.

Als er und Rosa abends nach oben gegangen waren, hatte er aus Neugierde die Türen auf dem Flur geöffnet. Hinter einer befand sich die Toilette, hinter einer anderen das, was früher ein Schlafzimmer gewesen sein musste, nun jedoch offensichtlich als Abstellraum diente. Das Zimmer stand voll mit Pappkartons, auf dem Boden lagen Papierstapel und auf dem Bett wohl zusammengerollte Gemälde. Als er eine der Schachteln öffnete, fand er lauter Zeichnungen. Einige davon betrachtete er mit wachsendem Erstaunen. Bei manchen meinte er, sie wären von Kindern gemalt, denn die Proportionen von Gliedmaßen und Köpfen stimmten nicht, und sie waren ohne Sorgfalt gemacht, als hätte die betreffende Person das Zeichnen an sich erst noch lernen müssen. Aber es gab auch ein Blatt mit Hunderten winziger Fantasietiere, mit großer Präzision gezeichnet. Bei einigen Arbeiten hätte er beim besten Willen nicht sagen können, was sie darstellten, andere wirkten wie bloßes Gekritzel, manchmal standen Wörter und Buchstaben darauf, auf anderen waren Köpfe aus Zeitungsfotos geklebt. Es gab eine Serie, deren Schöpfer offensichtlich fasziniert von Straßenbahnschienen und verlassenen Bahnhöfen war, alles in Schwarz-Weiß. In manchen Fällen war keine noch so winzige Stelle auf dem Papier unbedeckt geblieben, in anderen gab es nur einige Striche, und manche der Zeichnungen schienen unvollendet. Meistens hatte man normales Papier benutzt, in verschiedenen Formaten, aber es gab auch bemaltes Toilettenpapier und sogar ein Stück Holz, das als Unterlage verwendet worden war. Er öffnete eine weitere Schachtel und fand den gleichen Inhalt darin vor. Dann nahm er einige der Rollen vom Bett und sah sie sich an. Auf einer davon waren in grellen Farben kindlich anmutende feuerspeiende Drachen gemalt, die einander mit in der Luft gespreizten Klauen angriffen. Ein anderes Bild war lückenlos übersät mit Kreuzen in allerlei Formaten, und wo normalerweise Name und Datum standen, hatte man mit Leim inzwischen verdorrte Blütenblätter geklebt.

Er holte Rosa dazu. Ihm hatte die Stimme gezittert, und er bemühte sich nicht, die Heftigkeit seiner Emotionen zu verbergen. »So etwas hat mein Vater nach Deutschland geschickt. Solche Gemälde und Zeichnungen. Ich erkenne nicht eine davon wieder, aber sie ähneln sehr dem, was ich kenne.«

Zusammen waren sie nach unten gegangen. Die alte Frau hatte ihm mit wachsendem Erstaunen zugehört und dann bestätigt, was er schon wusste: »Dein Vater hat also Prinzhorn gekannt.«

Als Antwort auf seine Frage, ob sie auch solche Arbeiten sammele, hatte sie den Kopf geschüttelt. »Was da oben steht, gehört nicht mir, ich passe nur darauf auf. Es ist ein Teil der Sammlung

Prinzhorn. Fast alles in diesen Schachteln betrachten die Nazis als entartete Kunst, und es soll vernichtet werden. Um das zu verhindern, hat man die Sammlung außer Landes geschmuggelt. Hier steht ein kleiner Teil. Er muss bewahrt bleiben, weil die Sammlung einzigartig ist, aber es gibt noch einen Grund. Ich kann sie mir nicht ansehen, ohne dass ich denke: Leben die Künstler noch, die das gemalt haben? Wie viele von ihnen wurden wohl von den Nazis ermordet; ›euthanasiert‹. *Gnadentod* nennen die Nazis das selbst, weil es sich angeblich um *Untermenschen* handelt. Begreifst du, dass sie allein deswegen nicht verloren gehen dürfen?«

Ein Schweigen trat ein, und keiner von ihnen schien es brechen zu wollen. Coburg hatte Mühe, seine Gedanken zu ordnen. Was sein Vater getan hatte, war also durchaus von Bedeutung gewesen. Nicht nur eine Aufwallung, eine Flucht, weil er die Erwartungen seiner Familie nicht hatte erfüllen können.

»Kommt mit, ich will euch etwas zeigen.«

Sie war ihnen voraus nach oben gegangen, und während sie in den Schachteln nach etwas suchte, sprach sie weiter: »Die Nazis hatten es sich in den Kopf gesetzt, dem deutschen Volk in einer Ausstellung zu zeigen, was entartete Kunst ist. Die Ausstellung zog 1937 durch das Land und hat sehr viel Publikum angelockt. Ihr müsst euch bewusst machen: Es wurden Gemälde von vielen bekannten und bis zu diesem Zeitpunkt respektierten, anerkannten Künstlern gezeigt – von Klee, Munch, Kandinsky, Dix, Kokoschka, Nolde und sehr vielen anderen. Die Gemälde hingen schon in Museen, aber man hat sie herausgeholt. Ein Teil wurde verkauft und mit dem Erlös sogenannte arische Kunst gekauft, den Rest hat man verbrannt. In der Ausstellung wurden diese Werke übrigens mit denen von geistig Behinderten verglichen, um zu unterstreichen, welch geringen Wert sie hatten. Schaut, hier sind sie.«

Sie legte fünf Zeichnungen nebeneinander und sagte: »In dieser ›bunten Sammlung‹, wie du sie nennst, befinden sich Stücke von sehr hoher Qualität. Diese hier sind während des Ersten Weltkrieges entstanden. Ich weiß nicht, ob der Künstler sie als Anklage gegen den Krieg gemeint hat, vielleicht ging es ihm einfach nur darum, seine eigenen Erfahrungen zu verarbeiten, aber schließlich sind sie zu einer wichtigen Anklage geworden. Schau dir nur genau die Gräuel an, die er miterlebt hat. Daran ist nichts Heroisches. Von solchen Anklagen wollten die Nazis auch nichts wissen, im Gegenteil, der Krieg sollte verherrlicht werden.«

Sie deutete auf den Namen, der auf die Zeichnung gekritzelt worden war, und drehte den Bogen um. »Dieser Morelli hat auf die Rückseite von Briefpapier der Dr.-Guislain-Klinik in Gent gezeichnet. Offenbar hatten sie dort kein normales Zeichenpapier, aber es kann auch sein, dass er die Zeichnungen heimlich angefertigt hat.«

Sie legte das Blatt wieder neben die anderen. »Schaut sie euch nur gut an, das hier ist so stark, dass ich es nicht ansehen kann, ohne dass es mich berührt. Was müssen diese Männer gelitten haben. Die meisten waren übrigens Jungen von sechzehn oder siebzehn Jahren.«

Die fünf Blätter waren mit Kohle fast schwarz gemacht. Es gab keinen Himmel, alles spielte sich im Dunkeln ab. Die Grundierung mit Kohle hatte man offensichtlich schnell angebracht, denn sie war nicht gleichmäßig; teilweise sah man die Streifen noch, teilweise hatte man darübergewischt, um sie grau zu machen, an anderen Stellen war sie gleichmäßig schwarz. Dieser Morelli hatte in die Kohleschicht hineingezeichnet und – gekratzt – ein Chaos aus menschlichen Formen, Jackenfetzen, Stücken von Gamaschen, kaputten Stiefeln, Helmteilen, krumm und schief aufragender Stacheldrahtverhaue, eingestürzten Schützengräben voller Körper in grotesken Haltungen. Die Soldaten mit ihren kaputten, halben Gesichtern, den seltsam verformten und aufgeblähten Körperteilen und hervorquellenden Augen waren kaum noch als Menschen zu erkennen. Einige waren nur noch von Lumpen umhüllte Skelette, in denen sich überproportional große Ratten mit langen Schwänzen tummelten. Auf allen fünf Zeichnungen stand ein Mann mit einer Binde um den Oberarm, auf der ein quadratisches Kreuz abgebildet war.

Sie deutete darauf und sagte: »Ich vermute, er war Sanitäter. Wahrscheinlich wurde er mit Granatschock in der Einrichtung aufgenommen.«

»Weiß man denn nicht mehr darüber?«, fragte Coburg.

»Ich vermute schon, aber ich habe nur diese Zeichnungen. Prinzhorn hatte als Psychiater auch Interesse an der Krankheit dieser Menschen.«

»Ob wohl noch jemand von ihnen lebt?«, fragte Rosa.

»Vielleicht, aber in diesen Zeiten brachte man bei dieser Art Patienten nicht viel Geduld auf. Am liebsten hat man sie so schnell wie möglich wieder zurück an die Front geschickt.«

43

Der schwer atmende Matrose auf der Pritsche über ihm verströmte noch immer einen starken Alkoholdunst, als Coburg am nächsten Morgen aufwachte. Weil es kein Fenster nach draußen gab, wusste er nicht, wie spät es war, doch um ihn herum erklang das Gepolter anderer Menschen. Als er im Flur die Schlange vor der einzigen Toilette mit Waschbecken sah, ging er zurück in sein Zimmer, zog sich an und lief nach draußen. Der Wind hatte sich gelegt, und am Himmel wurde es heller. Er bog in eine Gasse ein und entleerte dort seine Blase. Einige Meter weiter entdeckte er ein unberührtes Stück Schnee. Davon nahm er sich mehrfach eine Handvoll, schrubbte sich Gesicht, Hals und Hände und strich sich die Haare glatt. Danach kehrte er zur Straße zurück.

In dem Lokal, das er betrat, herrschte bereits ein so großer Betrieb, dass die Fensterscheiben von der feuchten Wärme beschlagen waren. In dem großen Raum saßen an Dutzenden von Tischen Männer beim Frühstück; auf der hinteren Seite lag eine offene Küche, aus der in hohem Tempo ein Teller nach dem anderen gereicht wurde, den dann einige Kellnerinnen fast sofort einem der Gäste brachten. Eine Auswahl gab es nicht: Auf jedem Teller lagen ein Flatsch Kartoffelbrei, eine Scheibe Brot, zwei Spiegeleier und ein fettglänzendes Stück Speck.

Eine Kellnerin ging ihm voraus zu einem Tisch, an dem bereits einige Männer saßen. »Hier«, bedeutete sie ihm und fragte im selben Atemzug: »Frühstück?«

»Ja. Und Kaffee.«

Ohne ein weiteres Wort ging sie wieder. Am Tisch saßen vier dunkelhäutige amerikanische Soldaten. »MP«, Military Police, stand in großen schwarzen Buchstaben auf den weißen Binden um ihre Oberarme und auf den Helmen, die sie auf dem Tisch abgelegt hatten. Sie hatten ihm zugenickt und sich dann wieder über ihre Teller gebeugt. Mit der Gabel in der Faust beförderten sie mit großer Geschwindigkeit alles in sich hinein, wischten dann mit einem Stück Brot den Teller sauber. Danach schoben sie das Geschirr von sich und sprachen miteinander, aber Coburg konnte kaum etwas verstehen. Einer von ihnen reichte eine Schachtel Lucky Strike herum. Als er bemerkte, dass Coburg die Zigaretten betrachtete, bot er ihm eine an und erkundigte sich: »Sie sind von hier?«

»Ja.«

»Gratulation, Sie Glückspilz. Sie wissen ja wohl, wie gut Sie damit dran sind, oder? Verglichen mit dem Moffenland ist das hier das Paradies. Fucking Nazis.«

Ein anderer Soldat stimmte seinem Kameraden zu: »Sie hassen die Neger genauso wie wir. Sie sind noch schlimmer als unsere eigenen Rednecks. Sie hassen uns und haben gleichzeitig Angst vor uns, als hätten wir eine ansteckende Krankheit. Am liebsten würden sie uns auch vergasen.«

»Jetzt vergesst doch die verdammten Nazis«, mischte sich ein Dritter ein. »Das hier ist eine wunderbare Stadt. Und die Frauen, Mensch noch mal!« Alle mussten lachen. »Eure Frauen, die mögen Neger. Mann, die mögen uns! Sogar den da!« Er nickte zu dem Kameraden hinüber, der neben ihm saß. Der hob daraufhin die Hand. Einen Augenblick lang glaubte Coburg, er hätte sie zur Faust geballt, aber dann sah er, dass bis auf den Daumen alle Finger fehlten.

»Weißt du, wo er die verloren hat?« Ohne Coburgs Antwort abzuwarten, machte er eine Schnipsbewegung und sagte: »In einem deutschen Bordell, aber eine Schere war es nicht!«

Jetzt lachten alle laut, und einer von ihnen schlug mit der flachen Hand auf den Tisch. Der Soldat, der Coburg als Erster angesprochen hatte, schob die Zigarettenschachtel in seine Richtung und sagte: »Behalte sie nur.«

Nachdem sie einige zerknitterte Dollarscheine hervorgeholt hatten, winkten sie die Kellnerin heran, zahlten und erhoben sich, ohne Coburg weiter zu beachten, nahmen ihre Seesäcke und verschwanden.

Als Coburg sein Frühstück aufgegessen hatte, steckte er sich eine Lucky Strike an und trank von seinem Kaffee. Die Männer an den Tischen um ihn herum waren alle auf Reisen. Bei den Tischen und am Eingang standen Seesäcke, mit Schnüren zusammengehaltene Schachteln, Holzkisten und sogar einige in Zeitungspapier verpackte Gemälde. Das würde bald alles an Bord gebracht werden und sich zu seinen Zielen aufmachen. In dieser Runde hatte er nicht das geringste Bedürfnis, nach Gradus Franko zu fragen, und die Kellnerinnen hatten so viel zu tun, dass die kurzen Wortwechsel, mit denen sie die Gäste bedienten, schon zu ausführlich schienen.

Er beschloss, es zuerst am Hafen und bei den dort ansässigen Firmen zu versuchen. Er zog los, vorbei an Brennstoffhandlungen, Metallwerkstätten, einem Eisenwarenladen, einer Maschinenfabrik, einem Waschsalon, einem Lager für Schuhe und Stiefel, einem Tauhandel, wo es auch Segeltuch und anderen Schifffahrtbedarf gab. Zwischen einer Kohlenhandlung und einem Werkzeuggeschäft entdeckte er eine winzige Tierhandlung, in der ein Äffchen an einer Kette in einem ansonsten leeren Schaufenster zwischen seinen eigenen Ausscheidungen saß. Coburg traf auf trotzig stummes, wenig gesprächiges Volk, das ihn misstrauisch beäugte. Da gab es Arbeiter in Overalls, die schwarz waren vor Öl und Fett, Berge von rostigen Schiffsteilen. Man hörte das Hämmern von Eisen auf Eisen, alles klebte von Öl, Fett und Eisenspänen; das grelle, flackernde Licht von Lötapparaten in ansonsten nur dürftig erleuchteten Hallen: Das Geld, das man nachts so mühelos ausgab, verdiente man tagsüber in der grauen Wirklichkeit durch harte Knochenarbeit.

Der Mann, den er an der offen stehenden Schiebetür eines Schiffsausrüsters ansprach, nickte zu einem kleinen Holzkabuff hinüber, das hoch oben an der Seitenwand der Lagerhalle klebte und von dem aus man einen Ausblick auf den Lagerraum darunter hatte.

»Frag einfach im Büro oben nach, der Alte hat dich bestimmt schon gesehen.«

Coburg suchte sich einen Weg zwischen den aufgetürmten Paletten mit Frittieröl, Margarine, Gemüsekonserven, Fleisch und anderen Lebensmitteln hindurch und stieg die Treppe hinauf. Noch bevor er die letzte Stufe erreicht hatte, öffnete sich die Tür.

»Ja?«

Coburg schaute hoch, wurde aber vom Licht oben geblendet und sah kaum mehr als die dunkle Silhouette des Mannes.

»Ich suche jemanden. Vielleicht können Sie mir helfen.«

Kurz blieb es still, dann streckte der Mann seinen Kopf seitlich vor. »Ich kenne dich«, sagte er. »Verdammt noch mal, ich kenne dich. Komm mal her.«

Coburg ging die letzten Stufen hoch, und der Mann trat einen Schritt zurück, sodass auch Coburg den Schuppen betreten konnte.

In einer Ecke des kleinen Raumes saß ein alter Mann auf einem Stuhl am Fenster. Seine Hände ruhten auf einem Spazierstock, den er zwischen die Knie geklemmt hielt, und eine seiner Wangen wirkte dick geschwollen, weil er Kautabak im Mund hatte. Dort am Fenster musste sein fester Platz sein; an seinen Füßen stand ein Spucknapf, der schon so lange in Verwendung war, dass der Boden darum ganz braun vom danebengelandeten Speichel war. Ohne zu grüßen, schaute er kurz auf und richtete den Blick dann wieder auf die Arbeiter unter sich.

Coburg schaute nun zu dem Mann, der ihm vorausgegangen war, erkannte ihn jedoch nicht. Der andere hingegen war sich sicher. »Ich kenne dich. Lager Nieuwersluis. Erkennst du mich denn nicht? Nein? Ich war auch dort.« Er wandte sich dem alten Mann zu und sagte: »Pa, hier ist noch jemand, der nicht nach Indien wollte.«

Der alte Mann sagte nichts und schaute weiter aus dem Fenster.

»Du warst doch in der Baracke, wo dieser SS-Mann ermordet worden ist.«

Coburg zögerte kurz, doch der Mann schien damit nichts weiter andeuten zu wollen. »Ja.«

»Na, wir haben jedenfalls Recht behalten. Völliger Wahnsinn, da hinzugehen. Jeder Soldat, der da noch umkommt, ist einer zu viel. Komm, setz dich.«

Er zog einen Stuhl heran und setzte sich selbst hinter den Schreibtisch, auf dem sich die Unterlagen stapelten. An den Wänden standen Aktenschränke, und überall hingen Bilder von Seeschiffen. »Also, was führt dich hierher? Du suchst jemanden?«

»Ja, einen Mann namens Gradus Franko.«

»Gradus Franko? Der Name sagt mir nichts. Kommt der Mann von hier?«

Der Sohn gab zwar nichts preis, doch als der Name fiel, bemerkte Coburg eine Veränderung in der Haltung des Vaters. Er schaute weiterhin nach draußen, aber das unerschütterliche Kauen hatte kurz aufgehört.

»Er hat bis 1935 hier gewohnt.«

»Bis 1935? Das ist schon lange her. Pa, sagt dir der Name irgendwas?«

Der Sohn wandte den Blick von seinem Vater ab und schaute Coburg wieder an: »Das Geschäft hier gehört meinem Vater. Ich habe es übernommen, aber er kommt immer noch jeden Tag.« Mit einem Grinsen fügte er hinzu: »Solange er hier sitzt, wird nichts gestohlen. So ist es doch, Pa? Und warum suchst du nach diesem Franko?«

»Ich will wissen, wer er ist.«

»Ach, und warum?«

Coburg entging der Notwendigkeit, eine Antwort zu geben, weil sich der Vater einmischte. Er richtete den Blick nicht länger nach draußen, sondern betrachtete Coburg mit größerer Aufmerksamkeit, spie den Speichel, der sich in seinem Mund angesammelt hatte, in den Napf, räusperte sich und sagte: »Der Gradus Franko, den ich kannte, ist vor langer Zeit nach Amerika gegangen.«

»Sie haben ihn gekannt?«

»Ja, sicher. Er hat hier gearbeitet, aber ich habe ihn rausgeworfen. Diebstahl. Er hatte Medikamente gestohlen und glaubte, ungestraft davonzukommen. Mein Sohn macht darüber Witze, aber es wird nirgendwo so viel gestohlen wie im Hafen. Und nicht nur beim Löschen von Ladungen. Franko war nicht der Einzige: Über die Jahre habe ich Dutzende von Männern rausgeschmissen. Nichts ist so verführerisch wie die ganzen Paletten und Dosen mit Lebensmitteln, jedenfalls für die Männer, die viele Münder zu stopfen haben und am Zahltag das meiste schon durchgebracht haben, bevor sie wieder zu Hause sind. Wenn ich ihnen am Samstagnachmittag ihren Lohn ausbezahlte, habe ich immer gesagt, sie sollen direkt heimgehen. Dann haben sie genickt, aber in ihren Augen konnte ich lesen, was sie wirklich vorhatten. Mit einem Glas fängt es an, in einer warmen Kneipe, wo die Huren um einen herumscharwenzeln, und noch in derselben Nacht kehren sie mit leeren Taschen nach Hause zurück. Das haben nicht alle Frauen einfach so mitgemacht: Manche standen am Samstag am Tor. Gib schon her, Mann, hieß es dann.«

»Pa, er will mehr über diesen Franko wissen.«

»Ja, ja, Junge, das habe ich mitbekommen.«

Der alte Mann kaute ein paarmal und drückte mit der Zunge

den Tabakklumpen gegen das Innere seiner Wange. »Warum fragst du eigentlich nach ihm? Er ist in Amerika, schon fast fünfzehn Jahre. Den findest du nie wieder. Andere haben das auch schon versucht.«

Als er das hörte, entschied sich Coburg dafür, mehr von dem preiszugeben, was er wusste: »Er ist nicht in Amerika. Dort ist er auch nie gewesen. Er ist noch hier in den Niederlanden.«

»In den Niederlanden?« Der alte Mann schaute eher ungläubig als erstaunt drein. »Woher willst du das denn wissen?«

»Ich habe ihn vor einigen Tagen noch gesehen. Ich weiß, *wo* er ist, aber nicht, *wer* er ist. Können Sie mir vielleicht helfen, was das angeht? Sie haben gesagt, auch andere haben versucht, ihn zu finden. Warum genau?«

Der alte Mann schien noch nicht überzeugt und sagte: »Beschreibe ihn mir doch mal.«

»Groß und breit ist er, ungewöhnlich groß und breit. Bedrohlich, aggressiv, schlägt gerne zu.«

»Ja, das ist er. Hat er einen Bart?«

»Nein.«

»Dann hat er sich den abnehmen lassen. Er hatte früher einen langen Bart. Als er noch hier predigte. Das tut er nicht mehr?«

»Predigen? Nein.«

»Du weißt also, wo Gradus Franko ist. Nach all den Jahren.« Er schüttelte den Kopf, als könnte er das Ganze nur mit Mühe glauben.

»Hier auf der Halbinsel passiert alles Mögliche. Franko hat das Seine dazu beigetragen, aber es wird nicht viele geben, die ihn unter diesem Namen gekannt haben. Hier nannte man ihn den Prediger. Er war sehr gläubig, da können Ihnen die in der Kirche sicher mehr erzählen. Allerdings glaube ich nicht, dass sie dort gern an ihn erinnert werden. Was diese Leute betrifft, hätte Franko gerne weiter als bis nach Amerika ziehen können. Er behauptete,

Maria sei ihm erschienen, und hielt bei sich zu Hause Séancen ab. Das Haus haben übrigens die Deutschen in die Luft gejagt. Weißt du, was sie unter dem Kellerboden vorgefunden haben? Das Skelett einer Frau, mit eingeschlagenem Schädel. Das war die Chinesin, die ihn aushielt.«

Der Sohn bemerkte Coburgs hochgezogene Augenbrauen. »Pa, wenn du es so erzählst, begreift er nichts davon. Du musst das erklären.«

»Warum nannte man ihn den Prediger?«, wollte Coburg wissen.

»Weil er gepredigt hat. Mit einer kleinen Kiste unter dem Arm ist er durch die Straßen gezogen, und wenn er einen guten Platz gefunden hatte, stieg er auf die Kiste und fing an, Hölle und Verdammnis zu verkünden. Dann hat er sich in Rage geredet, war wie von Sinnen, hatte Schaum vor dem Mund. Später bekam man ihn weniger zu Gesicht, da hatte er mit diesen Séancen bei sich zu Hause angefangen. Dort hing ein großes Marienbildnis an der Wand, und angeblich hat das irgendwann zu bluten angefangen. Wie er das hinbekommen hat, weiß ich nicht, aber das war natürlich völliger Blödsinn. Er hatte ein paar Anhängerinnen um sich gesammelt, alles Frauen aus irgendwelchen verlassenen Nestern in Zuid-Beveland, tiefgläubige Katholikinnen, umringt von Protestanten, denn die meisten Leute dort sind Protestanten. Die Frauen haben sich sicher bedrängt gefühlt. Keine große Gruppe, nicht mal zwanzig. Ganz in Schwarz waren sie gekleidet, mit langen Röcken, Hauben auf dem Kopf: Für sie muss das hier Sodom und Gomorrha gewesen sein, aber für ihn haben sie sich in die Höhle des Löwen gewagt. Während dieser Zeit empfing er angeblich Botschaften der Jungfrau Maria. Dahinter wird nicht viel gesteckt haben, aber es gab Unruhe, als eine Mutter und ihre Tochter Selbstmord begingen. Angeblich war das Mädchen schwanger. Von ihm. Das hat man ihm nie nachgewiesen, aber die Polizei hat dafür gesorgt, dass er nicht mehr so weitermachen konnte. Kurz darauf ist er nach Amerika ausgewandert. Und du sagst also jetzt, er ist gar nicht gegangen.«

»Sie haben gesagt, andere haben versucht, ihn zu finden.«

»Diese Frau und ihre Tochter hatten natürlich Angehörige. Die gaben sich nicht damit zufrieden, dass er einfach so davonkommen sollte. Das Mädchen war vierzehn. Diese Leute waren sogar hier; überall haben sie nach ihm gesucht. Zu allem entschlossene Männer. Das Recht musste walten. Weißt du, wie es läuft bei solchen Gläubigen? Die scheren sich nicht so sehr darum, was du oder ich oder die Polizei davon halten. Die richten sich nach dem, was dazu in der Bibel steht. Bist du gläubig?«

»Nein.«

»Ich auch nicht, aber wenn du eine Arbeit hast wie ich, triffst du Menschen aus der ganzen Welt. Alle haben ihre eigenen Götter, aber in unserer Bibel fließt ziemlich viel Blut. Mord und Totschlag, Kain und Abel, Auge um Auge, Zahn um Zahn, eingeschlagene Schädel, blitzende Schwerter, Blut in Strömen – was du dir nur vorstellen kannst.«

»Gut, Pa, und dann?«

»Und dann, und dann?« Verärgert spuckte der alte Mann mit solcher Wucht einen Schwall braune Flüssigkeit in den Napf, dass er sich über den Boden verschob.

»Zehn Jahre später ist die Polizei bei mir aufgetaucht. Die wollte wissen, ob Franko gesagt hatte, wohin genau in Amerika er gehen wollte.«

»War das wegen dem Skelett?«, fragte Coburg.

»Ja, Franko war kein Freund von anständiger Arbeit. Das habe ich schon gemerkt, bevor ich ihn rausgeworfen habe. Arbeit war etwas für Dumme und ganz bestimmt nicht für jemanden, den Gott mit einer Botschaft auf die Erde gesandt hatte. Wie er das angestellt hat, weiß ich nicht, aber damals hat er eine Chinesin aufgetan, die ihn aushielt. So konnte er sich ganz und gar seinem Glauben und seinen Wundern widmen.«

»Und die Polizei dachte, er hätte sie ermordet?«

»Zumindest hat sie das vermutet. Das liegt doch auch auf der Hand. Sehr intensiv hat man sich übrigens nicht um die Sache gekümmert. Im September 1944 haben die Deutschen das Haus in die Luft gesprengt, also noch mitten im Krieg. Erst gut ein Jahr später schaute die Polizei dort vorbei, aber man bekam nicht gerade den Eindruck, dass es besonders dringend war. Sie hatten in der Zeit natürlich auch wirklich anderes zu tun. Auf dem Kap gab es schon immer einige raue Kerle, aber kurz nach der Befreiung ging es dann wirklich rund. Wenn du sagst, dass du weißt, wo er ist, wollen sie sich aber ganz bestimmt einmal mit ihm unterhalten.«

44

An jenem Tag regnete es so heftig, dass die dicken Tropfen kleine Krater in den weichen Erdboden schlugen. Die aufspritzende Erde landete auf dem armseligen, verschlissenen Schuhwerk der Männer und Frauen, die um das offene Grab standen. Wenn der raue Wind, der an den Ästen der Bäume rüttelte, kurz innehielt, hörte man, wie die Regentropfen auf den Sargdeckel prasselten. Der Duft nach Erde vermischte sich mit dem des weißen Flieders auf dem Sarg. Coburg hatte nicht im Vordergrund stehen wollen, aber als er sah, wie Rosa nach der Hand ihres Vaters suchte, während dieser sie dicht an den Körper gepresst hielt, löste er sich aus der Gruppe, stellte sich neben sie und verschränkte seine Finger mit ihren. Sie schaute mit einem traurigen Lächeln zu ihm auf, während sich die Tränen auf ihrem Gesicht mit dem Regen vermischten; dann wandte sie den Blick wieder dem Sarg zu, in dem ihre Mutter lag.

Coburg wich den Blicken der Menschen, die ihn ansahen, nicht aus. Es ging niemanden etwas an, aber nun war für jeden sichtbar, dass er und Rosa eine Beziehung hatten. Als er auf Vater und Tochter zutrat, hatte Marinus Barto kurz die Stirn gerunzelt. Wusste er von ihrer Liebschaft? Was wusste er denn überhaupt von seiner eigenen Tochter? Ja, dass sie im Widerstand aktiv war, wie er selbst, so wie es sich gehörte – eine bessere Welt entstand schließlich nicht einfach so. Falls Marinus Barto um seine geschiedene Frau trauerte, sah man ihm das nicht an. Mehr als je zuvor strahlte er Verbissenheit und Entschlossenheit aus. Als wäre ihr Tod ein weiteres Opfer in einem Kampf, der noch in vollem Gange war und den er gewinnen wollte.

Um sie herum hatten sich die Männer und Frauen versammelt, die ihm in diesem Kampf zur Seite standen. Coburg sah, wie Regen und Kälte sie erschaudern ließen, wie erschöpft sie waren, weil man sie immer wieder aufscheuchte, weil sie ständig Angst litten, weil Hunger an ihnen nagte, weil sie Trauer um bereits verstorbene Genossen mit sich trugen und weil es sie mit Verzweiflung erfüllte, dass das Kriegsende einfach nicht kommen wollte. Und nun waren sie zusammengekommen, um eine der Ihren zu begraben, die nicht durch die Hand der Moffen zu Tode gekommen war, sondern durch eine verirrte Bombe der Alliierten. Wie viel schlimmer soll es denn noch werden?, dachte Coburg. Wie lange können wir noch durchhalten? Sind wir bereits unten angekommen, oder sinken wir noch tiefer? Und wie sollen wir aus diesem Elend wieder den Weg nach oben finden? Als Rosa seine Hand noch fester umklammerte, überlegte er sich, sie unbedingt zu überreden, in den bereits befreiten Teil der Niederlande zu gehen. Sie hatte schon mehr als genug getan. Jemand anders würde ihren Platz einnehmen müssen. Mit diesem Gedanken kam auch die Abneigung gegen all die Menschen, die nichts taten, die nur darauf warteten, ihr gewöhnliches Leben wieder unbeschädigt aufnehmen zu können, sobald man die Moffen verjagt hatte.

Seine Gedanken wurden unterbrochen, als man Rosa eine Schaufel reichte und sie Anstalten machte, als Erste Sand auf den Sarg zu werfen. Sie wurde in der Bewegung unterbrochen, weil ihr Vater sie am Handgelenk packte. Er richtete sich zu seiner vollen Größe auf, wischte sich mit einer großen Geste die Regentropfen aus dem Gesicht und begann zu singen: »Wacht auf, Verdammte dieser Erde, die stets man noch zum Hungern zwingt!« Die Ersten stimmten kurz darauf mit ein: »Reinen Tisch macht mit dem Bedränger«, und bei »Völker, hört die Signale! Auf zum letzten

Gefecht! Die Internationale erkämpft das Menschenrecht« schwieg niemand mehr. Coburg spürte, wie ihn ein Schauder überlief, als Barto beim Wiederholen des Refrains die geballte Faust in die Luft reckte und auch diese Geste von allen Anwesenden nachgeahmt wurde. Die Kraft ihrer Stimme und die der Fäuste in der Luft zeigte es: Sie waren müde, aber noch lange nicht am Ende ihrer Kampfbereitschaft.

Er selbst und Rosa hatten als Einzige nicht mitgesungen und auch nicht die Fäuste in die Luft gereckt. Sie, weil die Trauer um den Tod ihrer Mutter zu groß gewesen sein musste, er, sollte er jemals die Faust für eine Sache ballen, würde das dann allein tun.

Nach dem Begräbnis war er bei ihr geblieben. Still und in sich gekehrt ließ sie zu, dass er ihr die durchnässte Jacke, Schuhe und Socken auszog, eine Decke um sie legte und ihr so lange die Füße rieb, bis sie sich wieder einigermaßen warm anfühlten. Er hielt ihr einen Becher mit warmer Milch an die Lippen und drängte sie so lange, bis sie ihn Schluck für Schluck ausgetrunken hatte. So kümmerte er sich um sie, weil er keine Worte des Trostes finden konnte. Was hätte er auch sagen sollen? »Sie hätte gewollt, dass du weitermachst, die Trauer wird weniger werden.« Oder was man am Grab seiner eigenen Eltern von sich gegeben hatte: »Denn Staub bist du, und zum Staub kehrst du zurück.« All diese Worte waren zu wenig. Während sie in seinen Armen schlief, streichelte er ihr das Haar. Das Einzige, was ich für sie tun kann, ist, sie zu lieben, dachte er.

Als sie aufwachte, fing sie an zu sprechen.

»Die beiden haben einander geliebt, aber sie hat ihm nicht verzeihen können, dass er uns einfach so allein gelassen hat und nach Spanien gegangen ist. Nein, verzeihen ist nicht das richtige Wort. Wenn ihm nichts mehr an uns gelegen war, wollte sie nicht mehr mit ihm zusammenleben. Er warf ihr vor, dass sie etwas von ihm forderte, während er für andere kämpfte. ›Wie kannst du nur so egoistisch sein?‹, hat er ihr immer wieder vorgeworfen. Dann wurde sie wütend. ›Egoistisch, egoistisch?‹, hat sie geschrien. ›Du tust doch einfach nur das, worauf du Lust hast!‹ Sie konnte wirklich sehr wütend werden! Mein Vater musste gegen etwas kämpfen, er musste sich einsetzen, mit Genossen um sich herum. Als sie noch zusammen waren, saßen bei uns oft arme Schlucker am Tisch, weil meine Mutter wollte, dass sie mit uns essen. Sie hatte immer Untergetauchte im Haus. Siehst du den Unterschied? Er kämpft für andere, sie hat sich um andere gekümmert. Um diese armen Leute. Vielleicht hätten sie nicht heiraten dürfen. Aber sie war stark, genau so stark wie er. Und genauso tapfer. Sicher war sie deswegen sehr traurig, aber das hat sie mir gegenüber nicht gezeigt. Ich kann mich auch nicht erinnern, dass sie jemals schlecht über ihn gesprochen hätte. Es war einfach unmöglich, mit ihm zusammenzuleben. Meine Mutter und ich mussten gemeinsam über die Runden kommen, und das ist uns auch gelungen. So war sie für mich Vater und Mutter zugleich. Als die beiden sich getrennt hatten, hat sie auch nie versucht, ihn von mir fernzuhalten. Als er aus Spanien zurückkam, hatte er viel zu erzählen. Er hatte einen Trinkbeutel aus Leder mitgebracht, so einen Weinschlauch, wie ihn die Schafhirten dort haben. Ich sehe noch vor mir, wie er uns vormachte, wie gut er jetzt damit umgehen konnte. Er hielt den Schlauch hoch, legte den Kopf in den Nacken und spritzte sich einen Strahl Wein in den Mund. Er erzählte, und ich hörte zu. Wie Menschen aus aller Herren Länder dort zusammen kämpften. Wie er auf einem Pferd durch die Berge geritten war, wie er in Höhlen schlief oder unter freiem Himmel, wie er alles über Sprengstoff gelernt und dabei geholfen hatte, eine Brücke in die Luft zu jagen, wie ihm eine Zigeunerin aus der Hand gelesen hatte. Ich hing ihm an den Lippen, aber er hat mich nie etwas gefragt. Es hat ihn nicht interessiert, was ich erlebt hatte; ich glaube nicht einmal, dass ihm das überhaupt bewusst war. Ich traute mich auch nicht, irgendetwas zu erzählen. Was hatte ich denn verglichen mit ihm schon erlebt? Ich war stolz auf ihn, aber als er wieder ging, wurde ich traurig, weil mein eigenes Leben so langweilig wirkte. Meine Mutter achtete aber sehr wohl darauf, wie es mir ging; sie fragte mich immer, was denn los sei, wenn ich still wurde. Ich glaube nicht, dass sie ihre Ehe bereute, das habe ich sie auch nie sagen hören. Sie war noch genauso stark wie vorher, und es gab nichts Tragisches an ihr. Es war ihr auch egal, wenn die Leute ihr aus dem Weg gingen, weil sie geschieden war. Sie war stark genug für das Leben. Ja, wirklich.«

Während sie sprach, lag sie mit dem Kopf in seinem Schoß da und starrte vor sich hin. Er streichelte ihr über die Wange und übers Haar. Plötzlich schaute sie mit einem Lächeln zu ihm auf.

»Manchmal kamen Männer zu uns nach Hause. Die waren an ihr interessiert, aber sie hat sie sich alle vom Leib gehalten. ›Es gibt nicht viele wie deinen Vater‹, sagte sie dann. ›Nun, wer weiß. Bis dahin müssen wir es zusammen schaffen.‹ Und dann kam der Krieg. Sie hat mich nie daran gehindert, im Widerstand aktiv zu sein. Sie hat mich auch nie gefragt, ob ich das für meinen Vater oder aus freien Stücken tue. Sie hat selbst schon bald Untertaucher aufgenommen. Aber ich habe ihr versprechen müssen, vorsichtig zu sein, und sie hat darauf bestanden, mich bei jedem Abschied zu umarmen.«

Sie nahm seine Hand und legte sie sich auf ihre Brust. »Das müssen wir auch tun, Siem. Nie einfach so Abschied nehmen. Und nicht nur, solange noch Krieg ist, auch danach.«

Manchmal sahen sie einander wochenlang nicht, dann gab es Zeiten, in denen sie sich verabreden wollten, aber etwas dazwischenkam. Einmal hatten sie einander sogar verpasst. Das war am schlimmsten: Er hatte sich so sehr darauf gefreut, nicht gewusst, warum sie nicht erschien, Angst gehabt, sie wäre gefasst worden; die Unsicherheit, bis er wieder etwas hörte, nur um danach wieder zu versuchen, mit ihr in Kontakt zu kommen. Wenn er sie sah, empfand er Erleichterung, und es stand nichts zwischen ihnen, wenn sie einander umarmten, aber der Abschied verlief nie so, wie sie es sich vorgenommen hatte. Dann drückte er sie zwar an sich, machte sich dann jedoch so große Sorgen, dass es kein schöner Moment war. Wie anders wäre das gewesen, wenn er sie in einer sicheren Umgebung hätte zurücklassen können! Er hatte auf sie eingeredet, ihr erklärt, sie habe seiner Ansicht nach schon mehr als genug getan, doch vergeblich: Sie war der Ansicht, gerade jetzt, wo der Sieg so nahe schien, dürften sie nicht nachlassen. Dass der Sieg nahe war, glaubte auch er, aber das Chaos und die Unübersichtlichkeit der Situation hatten genauso zugenommen. Überall gab es Verrat, immer mehr Fehler wurden begangen, und seit der Anweisung aus London, auch der Widerstandsrat solle sich den Inländischen Streitkräften anschließen, gab es viel zu viele Menschen, die er nicht kannte und denen er noch weniger vertraute. Er hatte ihr erzählt, dass Ashoff zurück war, dass er ihn in Hejbroeks Haus gesehen hatte. All die Menschen, denen er nicht vertraute – sie durften sich nicht mit diesen Leuten einlassen, mussten sich von ihnen fernhalten, ihnen aus dem Weg gehen. »Entweder wir arbeiten allein, oder wir hören auf«, diese Ansicht vertrat er, aber weder in Bezug auf das eine noch auf das andere fand er bei ihr Gehör. Sie hatte den Dickkopf ihres Vaters geerbt, und außerdem: Wenn ihr Vater weiterkämpfte, wie sollte sie sich dem Ganzen dann entziehen können? Das führte zu so viel Spannungen zwischen ihnen, dass er begriff, er würde auf diese Weise nichts erreichen. Daraufhin drängte er sie, wenigstens nichts ohne ihn an ihrer Seite zu unternehmen, aber auch das lehnte sie ab.

Am 10. März 1945 war es schiefgegangen. Auf seine Dienste legte man keinen Wert mehr, aber Rosa war eingesetzt worden, um bei einem großen Beratungstreffen der verschiedenen Widerstandsgruppen im Hotel De Bosrand in Bloemendal Wache zu halten.

Barto und Schaberg konnten entkommen, weil sie eine Autopanne hatten und deswegen erst eintrafen, als bereits alles vorbei war, aber Rosa und zwölf Männer wurden schon am nächsten Tag erschossen und in einem Massengrab verscharrt. Dass Ashoff sie verraten hatte, stand ganz außer Frage. Er war vom Personal erkannt worden und hatte kurz vor dem Überfall des Sicherheitsdienstes das Hotel verlassen.

45

Coburg hatte vor dem Polizeirevier gestanden, im Begriff hineinzugehen. Ein unterm Keller vergrabenes Skelett in Frankos Haus. Mit eingeschlagenem Schädel. Vor langer Zeit, aber er ging davon aus, dass die Polizei trotzdem daran interessiert wäre, von ihm zu erfahren, wo sich der mutmaßliche Täter aufhielt. Letzten Endes betrat er das Gebäude nicht. Eine Mutter und eine Tochter, die Selbstmord begangen hatten. Der alte Mann wusste nicht mehr, aus welchem Dorf sie stammten, doch Coburg hatte nach einigem Suchen in alten Zeitungen etwas über das Drama gefunden. Die Frauen, mit denen sich Franko umgeben hatte, kamen aus Den Heerenhoek. Er war hingefahren, durch eine Landschaft, die, wenn das überhaupt möglich war, noch leerer und unendlicher schien als der hohe Norden, wo ein alter Bauer auf seine Antwort wartete. Er hätte sich im Dorf, das wenig mehr als ein Weiler war, erkundigen können, ließ sich stattdessen jedoch den Friedhof zeigen. Der lag ein wenig außerhalb auf einer leichten Anhöhe in der Landschaft, unter einigen Bäumen, gezeichnet vom Wind, der hier ewig zu wehen schien, hinter einem niedrigen Eisenzaun, der die Gräber von dem flachen Land ringsherum trennte. Schon beim Betrachten des Doppelgrabes begriff er, dass man die Sache hier noch nicht vergessen hatte. Während alles unter dem frischen Schnee der letzten Nacht bedeckt war, hatte sich jemand die Mühe gemacht, diesen Grabstein freizulegen. Mutter und Tochter, mit demselben Todesdatum, das Mädchen war gerade vierzehn Jahre alt geworden, begraben unter demselben Stein, auf dem die Worte AUFGENOMMEN IN DIE HERRLICHKEIT GOTTES standen.

Er schaute den Stein lange an und fragte sich, wie lebendig diese beiden Menschen in den Gedanken ihrer nächsten Angehörigen wohl noch waren und welche Gefühle sich hinter diesen fünf Worten verbargen. Während sich am Horizont wieder dunkle Wolken sammelten, die noch mehr Schnee ankündigten, überkamen ihn Zweifel. »Aufgenommen in die Herrlichkeit Gottes« – hieß das, man hatte das Schicksal akzeptiert? Hatte die Familie ihren Frieden damit gemacht? Stand es ihm zu, in dieser Vergangenheit zu wühlen? Er blickte sich um, doch die Schneeschicht hatte den Unterschied zwischen gepflegten und vernachlässigten Gräbern dem Auge entzogen. Ich kann noch von hier weg, als wäre nichts passiert, sagte er sich. Was wollte dieses Dorf noch von dieser Tragödie wissen? Die Frauen, die sich damals hatten mitreißen lassen, wollten daran bestimmt nicht mehr erinnert werden. Scham. Schweigen. Etwas, das man besser ruhen ließ. Der Pastor der Kirche in Katendrecht, der mehr gewusst haben musste, jedoch nur hatte preisgeben wollen, dass Franko vor langer Zeit nach Amerika gegangen war. Das Schweigen eines Abtes über einen erschlagenen Jungen. Lass es ruhen; auch Siebold war »aufgenommen in die Herrlichkeit Gottes« und hatte es dort sicher besser als hier. Genau wie seine Rosa waren sie viel zu früh aus dem Leben gerissen worden. Rosa und er hatten Augenblicke der Herrlichkeit gekannt. Wartete sie irgendwo auf ihn? Am Horizont zeichneten sich die Konturen eines Schwarms Stare gegen ein helleres Stück Himmel ab. »Das ist alles, mehr nicht. Das und Erinnerungen.«

Er hockte sich hin und fuhr mit der Hand über die beiden Namen, genau wie die Person, die früher an diesem Tag den Schnee weggefegt hatte. Mit den Fingern vollzog er das eingelassene Datum nach: 10. MÄRZ 1935. Das Ende von allem. Viel zu früh, abrupt. Plötzlich wurde ihm bewusst, dass hier nicht nur zwei Menschen lagen, sondern auch noch ein dritter. Namenlos, ungeboren, im Bauch seiner toten Mutter, aber mit einem Vater, der noch lebte.

46

Es war ein hohes, stattliches Herrenhaus mit einer imposanten Vortreppe, an einer der Grachten gelegen. Es erinnerte ihn an das Haus, in dem er aufgewachsen war, bevor das Schicksal zugeschlagen hatte. Dieses riesige Gebäude wurde von einem einzigen Mann bewohnt, einem sehr alten Notar, der wegen seiner Behinderung zum Leben in einem Erdgeschosszimmer verurteilt war. Schon jahrelang war niemand mehr oben gewesen, und mit Rosa vor sich stieg er die Treppen in den ersten und zweiten Stock und ins Dachgeschoss hinauf. Dort befand sich an der Vorderseite des Gebäudes ein großer, sparsam möblierter Raum. Er drehte den Schalter um, doch nichts geschah. In dem Licht, das aus dem Flur nach drinnen fiel, sah er auf dem Boden mit den breiten Dielen ein Bett mit Nachttisch, einen Holztisch und einen Stuhl. Auf dem Tisch stand ein Petroleumkocher mit einem Emailtopf und einer abgestellten Tasse. Daneben befand sich ein runder Petroleumofen. In Türnähe hing eine Glocke mit einer Schnur, die bis ganz nach unten ins Wohnzimmer im Erdgeschoss führte. An der Wand neben der Tür stand das größte Möbelstück: ein dunkler, breiter Kleiderschrank, dessen Spitze der verzierten Vorderseite beinahe die Decke berührte. Der Petroleumkocher und der Topf legten die Vermutung nahe, dass die Haushälterin hier regelmäßig etwas zubereitet hatte, doch bis auf ein paar staubige, dunkel gewordene Santé-Tabletten waren nirgendwo Esswaren zu entdecken.

Rosa fühlte sich vom Treppensteigen so erschöpft, dass sie sich sofort aufs Bett gesetzt hatte. Er ging auf sie zu, und nachdem er festgestellt hatte, dass das Bettzeug unter der Überdecke sauber war, half er ihr beim Entkleiden. »Du bist ja ganz durchweicht. Zieh nur alles aus.«

»Alles?«, fragte sie mit einem müden Lächeln.

»Ja, alles.«

Er nahm die Überdecke vom Bett, drehte das Kissen um und deckte das Bett für sie auf. Als er sah, wie mager sie war, bekam er einen Kloß im Hals. Er zog ihr die Decke bis ganz unters Kinn und setzte sich neben sie.

»Bleibst du bei mir?«, bat sie und nahm seine Hand.

»Natürlich. Versuch jetzt zu schlafen.«

»Legst du dich dann gleich zu mir?«

»Ja, gleich.«

Er streichelte ihr die Hand, bis sie eingeschlafen war. Die nassen Haare klebten ihr auf der Stirn und ließen ihr Gesicht noch schmaler wirken. Es war kalt im Zimmer, und er beugte sich über den Petroleumofen, schaute ins Reservoir und stellte erleichtert fest, dass es vorläufig noch für sie reichen würde. Als er den Ofen anzündete, roch es kurz nach verbranntem Staub, doch gleich darauf entfaltete sich der bekannte Geruch. Als sich die erste Wärme im Zimmer ausbreitete, schob er den Ofen näher ans Bett. Er stellte Rosas Schuhe daneben und drapierte ihre Kleidungsstücke über dem Stuhl. Dann ließ er das Wasser aus dem Hahn über dem Waschbecken eine Weile laufen. Ein Ofen, Wasser, ein Bett, eine Tasse heißen Tee, und wenn alles gut ging, würde ihnen später jemand etwas zu essen bringen. Er ging aus dem Zimmer und entdeckte auf dem Flur eine Toilette und auf der Rückseite des Hauses ein großes Zimmer, das als Abstellraum diente. Er lief hindurch, entdeckte jedoch außer einigen Büchern nichts Interessantes. Er blätterte darin und nahm eines mit, drehte sich eine Zigarette und öffnete das Gaubenfenster auf der Gebäuderückseite. Er schaute sich um und drückte mit beiden Händen gegen den Rand der breiten

Dachrinne, um zu sehen, wie viel sie aushalten würde. Kurz zog er in Erwägung, sofort auszuprobieren, ob sie sich als Fluchtweg eignete, aber es regnete noch immer heftig, und der nasse Brei halbverrotteter Blätter in der Dachrinne hielt ihn davon ab. Er schaute nach unten. In dem von Häusern umgebenen Garten war es still. Er überlegte sich, dass das Fenster in ihrem Zimmer zur Sicherheit verdunkelt werden musste. Wieder ging er in den Abstellraum und suchte, bis er etwas Brauchbares fand.

Im Zimmer öffnete er das in Leder gebundene Buch. *Kara Ben Nemsi* von Karl May. Als Kind hatte er alle Bücher von Karl May gelesen. Davon geträumt, Old Shatterhand zu sein, und geweint, als Winnetou starb. Wenn das hier vorbei war, würde es dann wieder eine Zeit geben, in der er sich so in einem Buch verlieren konnte? Nun riss er Seiten aus dem Buch und stopfte ihre Schuhe zum Trocknen damit aus. Barfuß ging er zum Kleiderschrank. Unten gab es eine über die ganze Breite reichende Lade, die klemmte; er musste kräftig daran ziehen. Darin befanden sich vier unbenutzte Kerzen und eine Schachtel Streichhölzer. Er legte sie neben sich auf den Boden. Als er die Türen über der Lade öffnete, kam ihm ein starker Geruch nach Mottenkugeln entgegen, doch bis auf ein paar Kleiderbügel war der Schrank leer. In der linken Schranktür hing ein Spiegel. Er betrachtete sich kurz und schloss den Schrank dann wieder. Danach stieg er die Treppe hinunter und spannte einen Draht über eine der ersten Stufen, band ihn an der Schnur fest, die an der Wand entlang nach oben lief. Viel Zeit würde er damit nicht gewinnen, aber wenn die Glocke klingelte, hätte er zumindest genug Zeit, um nach seiner Pistole zu greifen.

Er ging wieder nach oben ins Zimmer, legte sich neben dem Ofen auf den Boden und schloss die Augen.

Er wachte auf, weil die Glocke klingelte. Bevor der Schrecken sich in ihm ausbreiten konnte, wurde er dadurch beruhigt, dass das Klingeln in regelmäßigen Abständen und dreimal ertönte. Er stand auf und ging auf den Flur hinaus. Er erkannte das Keuchen und Fluchen des Mannes, der da zu ihm hinaufkam. Sie begrüßten einander mit einem kräftigen Händedruck.

»Wir müssen leise sprechen, sie schläft.«

»Wie geht es ihr?«

»Nicht gut. Der Durchfall will einfach nicht aufhören.«

Mit seiner Taschenlampe leuchtete der Mann ins Zimmer. »Nicht schlecht, hier könnt ihr es eine Weile aushalten.« Er richtete den Lichtstrahl auf den Ofen. »Prima. Hast du genug Petroleum?«

»Ja. Ich gehe nicht davon aus, dass wir lange hierbleiben werden.«

Der Mann holte ein in Zeitungspapier gewickeltes Päckchen unter der Jacke hervor. »Eintopf. Sogar mit etwas Fleisch drin. Du musst ihn nur noch aufwärmen.«

»Danke. Was gibt es Neues?«

»Nicht mehr lange, dann ist Deutschland völlig plattbombardiert. Hitler ist in Berlin und wird von allen Seiten umzingelt. Es kann nicht mehr lange dauern, Siem, aber hier sind die Moffen nach dem Anschlag auf Rauter* wahnsinnig geworden. Ich habe gehört, dass das ganz und gar nicht die Absicht war. Rauter war zum falschen Augenblick am falschen Ort. Es gibt Gerüchte, dass Königin Wilhelmina* zurückkommt. Wohl zusammen mit Bernhard. Um uns anzuführen! Wir haben hier die ganze Zeit den Kopf hingehalten, und jetzt will er vorneweg paradieren. Pass nur auf: Bald wird es sein, als hätte es uns gar nicht gegeben; sie mögen hier keine Kommunisten. Ihr Vaterland ist ein Land, in dem sie wieder die Herren sind.«

Mit dem Ärger des Mannes hatte auch die Lautstärke seiner Stimme zugenommen.

»Leise.«

Der Mann nickte und sagte: »Ich komme morgen wieder. Brauchst du noch etwas?«

»Einen Arzt. Ich will, dass ein Arzt sie untersucht.«

»Gut, wir werden es versuchen.«

Coburg wartete, bis er die Haustür zuschlagen hörte, und ging wieder ins Zimmer. Rosa schlief immer noch. Je mehr Schlaf sie bekommt, desto besser, dachte er. Das Wasser lief ihm im Mund zusammen, als er das Päckchen öffnete und ihm der Essensgeruch entgegenkam. In den letzten Tagen hatte sie kaum gegessen, und danach folgte immer dasselbe: Bauchkrämpfe und Durchfall. Er würde sie Bissen für Bissen füttern, vielleicht konnte sie es dann bei sich behalten.

Erst verdunkelte er das Fenster, dann steckte er eine der Kerzen an und blätterte in dem, was von dem Buch übrig geblieben war, doch seine Gedanken schweiften immer wieder ab, und um die Unruhe zu vertreiben, stand er mehrmals auf und hängte die nasse Kleidung um. Er schloss die Augen und versuchte, seine Gedanken zu ordnen. Ein Arzt musste kommen, und dann mussten sie weg aus der Stadt, an einen sicheren Ort, in dem es noch gut zu essen gab, wo sie sich erholen konnte und nicht in der ständigen Anspannung leben musste, jederzeit aufgescheucht werden zu können.

Ihre Stimme ließ ihn aus seinen Gedanken aufschrecken. »Siem?«

Er schaute auf und sah die Tränen in ihren Augen.

»Ich schaue dich schon eine ganze Weile an. Du wirkst so traurig. Liegt das an mir?«

Er lächelte, stand auf und setzte sich zu ihr auf den Bettrand. »Wie fühlst du dich?«

»Ach, besser. Habe ich lange geschlafen? Wie spät ist es?«

»Halb zehn. Man hat uns etwas zu essen gebracht. Das wärme ich auf, und dann mache ich dir auch eine Tasse Tee.«

Eine Windböe ließ den Regen gegen das Fenster schlagen.

»Schön, dass wir hier drinnen sind«, sagte sie, und jetzt streichelte sie ihm ihrerseits die Hand. »Hast du den alten Mann schon gesprochen?«

»Nein. Je weniger er weiß, desto besser.«

»Wie lange, glaubst du, können wir hierbleiben?«

»Nicht lange.«

»Schade. Hier ist es, als wären wir allein auf der Welt.«

Sie stand auf und hielt sich einen Arm vor die Brust. »Sind meine Kleiderstücke schon trocken?«

»Noch nicht alles.« Er stand auf und holte ihre Unterwäsche. »Die hier schon.«

Trotz ihrer Verlegenheit wandte er den Blick nicht ab, sondern schaute zu, wie sie Unterhose und Unterhemd anzog.

»Sag nichts, Siem. Bitte nicht.« Die Verletzlichkeit ihrer Bitte machte ihn noch trauriger.

»Ein Arzt muss her. So kannst du nicht weitermachen.«

»Das geht vorbei, wirklich, ich fühle mich schon besser. Lass uns essen. Ein Diner bei Kerzenlicht, nur für uns. Warte, ich helfe dir.«

Er sorgte dafür, dass sie aß, einen Bissen nach dem anderen, dazwischen Schlucke Tee, und egal, wie groß sein eigener Hunger war, er richtete sich nach ihrem Tempo. Als sie fertig waren, krochen sie zusammen ins Bett. Er hatte den Ofen noch ein Stück näher herangeholt und spürte die Wärme auf dem Gesicht. Sie lagen auf der Seite, in Unterwäsche, eng aneinandergeschmiegt. In einer Hand hielt er eine ihrer Brüste, den anderen Arm hatte er ihr um die Taille geschlungen. Als der Wind mit voller Kraft gegen das Fenster blies, flackerte die Kerzenflamme.

»Es wird doch nicht mehr lange dauern?«, fragte sie. »Warum ergeben sie sich nicht, der Krieg ist doch schon längst verloren?«

»Hitler ist wahnsinnig. Er reißt alle mit in den Untergang.«

»Ob sie wohl immer noch so sehr nach uns suchen?«

Er hörte die Hoffnung in ihrer Stimme, aber es waren nicht die Deutschen, die er nun am meisten fürchtete.

»Ich weiß es nicht. Die größte Angst habe ich davor, dass wir verraten werden.«

»Ich will nicht daran denken, nicht jetzt. Lass es uns versuchen, bitte.« Um ihre Worte zu bekräftigen, presste sie seine Hände noch fester an sich. Sie war so mager geworden, dass er ganz deutlich ihr Becken spüren konnte, und als er die Augen öffnete, sah er, dass ihre Schulterblätter noch schärfer hervorstachen als vorher.

»Ich liebe dich«, sagte er, und dabei traten ihm die Tränen in die Augen.

»Auch wenn ich so bin?«

Er richtete sich leicht auf und beugte sich über sie. »Weinst du?« Als sie nicht antwortete, sagte er: »Komm, komm aus dem Bett.«

Er nahm sie bei der Hand und führte sie vor den Kleiderschrank, öffnete die Tür und bekam sie durch sanftes Drängen dazu, sich neben ihn vor den Spiegel zu stellen, im schwachen Kerzenschein. In ihrer verschlissenen Unterwäsche, mit den Socken an: ihre abgemagerten, bleichen Körper, ihre eingefallenen Gesichter mit den tief in den Höhlen liegenden Augen.

»Ich sehe dich so, Rosa. Hörst du mich? Ich sehe dich so, wie du bist, und ich liebe dich. Auch so bist du schön. Für mich wirst du immer schön sein.« Als sie so sehr zu weinen begann, dass ihre Schultern bebten, zog er sie an sich.

Im Bett hörten sie dem Regen zu, der gegen das Fenster prasselte. Er streichelte ihren Körper, bis ihn der Schlaf überwältigte.

Als sie aus dem Bett stieg, wurde er wach. Er hörte sie in der Toilette. Als sich das mehrfach wiederholte, stand er auf und kochte eine Tasse Tee. Er hatte wider besseres Wissen gehofft. Nur mit Flüssigkeit kam sie nicht aus.

»So geht es nicht weiter. Du kannst nichts mehr bei dir behalten. Du musst weg aus der Stadt. Ich will, dass du auf dem Land untertauchst. Vielleicht können wir dich in den Süden bringen. Du brauchst Ruhe und musst wieder zu Kräften kommen.«

Noch bevor er seinen letzten Satz beendet hatte, schüttelte sie den Kopf. »Wie stellst du dir das denn vor? Überleg doch mal: Ich bin da schon frei, und du befindest dich hier noch in Gefahr. Glaubst du wirklich, ich könnte damit leben? Ich mache mir keine Sorgen deswegen. Die letzten Tage schaffen wir auch noch, zusammen. Hörst du mich? Zusammen.«

47

Bruder Anselmus bewegte sich langsam an der Fensterbank entlang und überprüfte, ob alles noch an der richtigen Stelle lag. Danach ging er von Bett zu Bett, achtete darauf, dass sie gerade und im richtigen Abstand zueinander standen. Noch immer war von allergrößter Bedeutung, dass Ordnung herrschte, aber jetzt wurde mehr von ihm erwartet. Anfangs kostete es ihn Mühe, die Kinder auf eine andere Art und Weise anzufassen, als er es gewohnt gewesen war. Er legte sie gerade ins Bett, stützte ihnen den Kopf und hielt ihnen das Glas an die Lippen, wischte ihnen den Mund ab, machte sie sauber, wenn sie sich übergeben oder in die Hose gemacht hatten. Aber dass er seinen Ekel überwunden, zur Geduld gefunden hatte und dass der Ton seiner Stimme freundlicher geworden war, reichte nicht länger aus, um auf Seine Zustimmung vertrauen zu können. Wenn er diese Kinder anfasste, musste das mit Liebe geschehen. Nichts konnte mehr so sein, wie es war. Er schämte sich dafür, dass gerade er, der auch so unvollkommen war, diesen Kindern gegenüber Abscheu empfunden hatte. Wie blind bin ich gewesen, ich, der ich glaubte, ich würde gestraft, statt zu erkennen, was Er wirklich mit mir vorhatte. Und während er vorher seine Arbeit immer in Stille getan hatte und, wenn überhaupt, meistens in ermahnendem Tonfall sprach, begann er nun ohne Anlass mit den Kindern zu sprechen, ungeachtet dessen, ob sie etwas davon begriffen oder nicht. Fake half ihm noch immer, und auch für ihn wollte er ein anderer sein. Der Junge hatte während dieser ganzen Jahre Abstand gehalten, aus Angst vor den unvermeidlichen Schlägen, aber nun wagte er sich in seine Nähe. Erst hatte Fake ihm nicht getraut, doch schließlich hatte er seine Angst überwunden und wagte es sogar hin und wieder, wie Anselmus am Bett eines der kleinen Patienten zu stehen.

Am Abend blätterte Anselmus in Felix' Tagebuch. Es endete damit, dass Morelli den Tod fand.

> *Morelli ist tot! Ich habe nach ihm gesucht, aber da war nichts weiter als ein Krater, so groß, dass ein ganzer Bahnhof hineinpassen würde. Das hier muss meine dunkelste Stunde sein. Was erwartet mich jetzt, wo ich hier ohne ihn zurückgeblieben bin?*

Er glaubte das Meiste zu begreifen, jedenfalls das, was für ihn bestimmt war. Nachts träumte er jetzt. Immer wieder dasselbe. Er stand in einem Bombenkrater, in einer zerstörten Landschaft mit umgepflügtem Erdreich und zersplitterten Baumstämmen. Über ihm am Rand stand jemand, dessen Konturen sich gegen den Himmel abzeichneten, dessen Gesicht jedoch nicht zu erkennen war. Trotzdem wusste er, dass ihn der Mann ansah, und so hielten sie einander mit dem Blick gefangen, regungslos, nur sie beide, als gäbe es niemanden sonst auf der Welt. Als er aufwachte, fragte er sich, was das bedeutete. Ich stehe am Boden der Grube, aber wer befindet sich dort über mir? Morelli? Bruder Felix? Es war kein Albtraum; er hatte keine Angst, und von dem Mann, der da auf ihn herabschaute, ging keine Bedrohung aus. Ich muss mich hier ebenfalls in Geduld üben, dachte er, dann wird sich mir auch das offenbaren.

Bevor abends das Licht gelöscht wurde, ging Anselmus an den Betten entlang und betrachtete eines der Kinder nach dem anderen.

Die sechs Betten am Fenster, die sechs daneben und die Reihe am Gang. Dann die anderen drei Sechserreihen. Es waren neue Kinder hinzugekommen, alle Betten waren belegt. Dreimal sechs Reihen auf der linken und dieselbe Anzahl auf der rechten Seite. Sechsunddreißig Kinder. Immer sechs. Wer hatte sich damals dieses System überlegt? Sechs war weniger als Sieben, das Symbol der Vollständigkeit aus Gottes Sichtweise. Wurde nicht mit einer Verdreifachung der Zahl Sechs auf weitgehende Unvollkommenheit hingedeutet? Er grübelte darüber nach, wie er die Anordnung der Betten so verändern konnte, dass sich darin die Zahl Sieben finden ließ.

Eines der Kinder, die man zuletzt hereingebracht hatte, musste festgebunden werden, weil es sich sonst blutig kratzte und biss. Seine deformierten Arme und Beine waren von Wunden und Schorf bedeckt, und auf seinem Gesicht lag eine ständige Todesangst vor seiner Umgebung. Kein noch so sanftes Wort konnte das ändern. Anselmus hatte versucht, das Kind zu berühren, doch die Reaktion darauf war ein fast unmenschlicher Schrei, der bei den anderen Kindern eine Welle der Unruhe auslöste und auch draußen zu hören gewesen sein musste. Die Mönche, die den Jungen hereingebracht hatten, hatten das mit der Nachricht getan, er sei nicht länger zu kontrollieren, und sichtlich erleichtert gewirkt, das Kind los zu sein. Anselmus hasste sie deswegen.

Er saß auf dem Bettrand. Der Kopf des Jungen ruhte in seinem Schoß. Er hatte ihn gestreichelt und mit aller Liebe, die er in seine Worte hatte legen können, zu ihm gesprochen. »Jetzt, wo es so weit ist, gehst du mit meiner Liebe, dazu bin ich von Ihm auserwählt, und wenn du dann still bist, wird Er auf dich warten.« Es war, als werde er kurz selbst erleuchtet, als der Augenblick kam. Er hatte den Jungen kurz an sich gedrückt, sich vergewissert, dass kein Atemzug die schmächtige Brust auf und nieder gehen ließ.

Die Emotionen, die sich seiner bemächtigten, waren so heftig, dass ihm die Tränen über die Wangen liefen. Als er sah, wie Fake deswegen erschrak, lächelte er. »Hab keine Angst. Es sind Tränen des Glücks.« Er schaute auf den Kopf in seinem Schoß herunter und sagte: »Er ist nun in Gottes Reich.« Er fuhr sich mit den Fingerspitzen über die nassen Wangen und hielt sie dann an Fakes Stirn: »Spürst du es, Junge? Auch das sind die Tränen Jesu. Aber wir kennen seine Worte: ›Wer an mich glaubt, der wird leben, auch wenn er stirbt.‹

48

Einige Tage später erschien Bruder Damianus. Er schlug harsch die Tür hinter sich zu, stapfte in den Schlafsaal und blieb im Türrahmen stehen. Dort sah er Anselmus und Fake auf dem Bett eines der Kinder sitzen. Er winkte ihn gebieterisch heran und sagte: »So, Geerbex, komm einmal her.«

Erschrocken richtete sich Anselmus auf, und als er vor Bruder Damianus stand, sagte der: »Wie ich sehe, bist du noch immer hier. Du hast sicher über meine Worte nachgedacht? Nun? Wusstest du, dass dein Felix sich einmal bei unserem Abt über mich beschwert hat? Hast du ihm das eingeflüstert?«

Anselmus zitterten die Beine, doch gleichzeitig überkam ihn eine Entschlossenheit, die er noch nie zuvor verspürt hatte. Ich werde gestützt, dachte er, ich bin ein Werkzeug in den Händen von etwas Größerem als diesem Ungeheuer. Diese Überzeugung verlieh ihm die Kraft, seine Angst zu überwinden.

»Lass mich in Ruhe.«

Bruder Damianus wirkte kurz erstaunt wegen des Tons, in dem diese Worte ausgesprochen worden waren, doch dann erschien ein Grinsen auf seinem Gesicht. »So, na wunderbar. Das hast du sicher lange üben müssen. Mann, du solltest dich mal hören, diese Stimme. Eigentlich müsste ich dir eine langen, damit dein weißes Gesicht ein bisschen Farbe bekommt.« Er beugte sich vor und sagte: »Ich bin mir zu gut dafür, einem Wrack wie dir eine Tracht Prügel zu verpassen.«

Kurz schaute er Bruder Anselmus zwischen die Beine. »Ist da

überhaupt was? Was bist du eigentlich für ein Wesen: kein Mann, keine Frau? Ich finde dich einfach widerwärtig.« Er streckte den Rücken wieder, schaute über Anselmus in den Schlafsaal und sagte: »Der Kerl da geht dir doch zur Hand? He du, hierher!«

Anselmus wandte sich um und sah, dass diese Worte Fake galten. Der Junge saß immer noch auf dem Bett und schien nicht dazu in der Lage, sich zu bewegen, doch in dem Augenblick, als Damianus sich erhob, ließ er sich vom Bett fallen und verkroch sich schnell darunter.

»Hierher mit dir!«

Statt dem Befehl zu gehorchen, kroch Fake über den Boden von einem Bett zum anderen, um die Distanz zwischen sich und dem, was ihn da bedrohte, so groß wie möglich zu halten.

Damianus schrie wieder auf und löste damit eine Reaktion bei den Kindern aus, die dazu noch in der Lage waren: Einige versuchten sich unter den Decken zu verstecken, andere hingegen kamen darunter hervor und stellten sich sogar hin, und fast alle stießen ängstliche, aufgeregte Schreie aus. Damianus war zu breit für den schmalen Gang zwischen den Bettenreihen und ließ wie ein Eisbrecher eine Spur kreuz und quer stehender Betten hinter sich zurück, während er Jagd auf Fake machte. Der wurde immer mehr in die Enge getrieben, zum Fenster hin. Bei seinem Fluchtversuch sprang er über die Fensterbank, verlor das Gleichgewicht und riss dabei einen Großteil der dort so sorgfältig ausgestellten Dinge mit. Voller Entsetzen sah Anselmus, wie in weniger als einer halben Minute ein riesiges Chaos entstanden war – in einem Raum, den er so penibel geordnet und über den er während all dieser Zeit mit so viel Aufmerksamkeit gewacht hatte. Er war so von Abscheu erfüllt, dass er wie am Boden festgenagelt dastand. Erst als er sah, wie Damianus Fake an den Haaren hochzog, und ihm der Schrei des Jungen durch Mark und Bein ging, erwachte in seinem Innersten etwas. Er spürte einen abgrundtiefen Hass in sich aufsteigen und schrie: »Genug!«

Anselmus sollte nie erfahren, wie weit er gegangen wäre, um sich gegen Damianus zu erheben, denn in dem Augenblick, als dieser ihn keuchend ansah, biss ihn Fake in die Hand. Damianus schrie vor Schmerz und schlug mit der freien Hand auf den Kopf des Jungen. Der jedoch hatte sich so sehr an dem Mönch festgebissen, dass sich der Mann anspannen musste, um nicht hinzufallen; erst nach einem Stoß ins Gesicht ließ der Junge los. Durch den ganzen Lärm hindurch hörte Anselmus ein widerwärtiges, reißendes Geräusch: Aus Fakes blutigem Mund hing ein Hautfetzen. Damianus schaute erschrocken auf seine Hand, aus der das Blut spritzte, war einen Moment lang unentschlossen, griff sich dann ein Kissen, riss den Bezug herunter und wickelte ihn sich um die Wunde. Er suchte nach Fake, um seine Wut an ihm auszulassen, doch der war unter den Betten verschwunden. Die Lust, den Jungen weiterzuverfolgen, war dem Mönch vergangen. Stattdessen schaute Damianus auf seine Hand und auf den Stoff herunter, den schon das Blut durchtränkte. Jetzt schien er besorgt, und in einem Versuch, die Blutung zu stillen, bewegte er die Hand nach oben, ging auf Anselmus zu und hielt ihm den blutigen Stoff vors Gesicht.

»Er hat ein ganzes Stück rausgebissen. Rausgerissen, wie ein wildes Tier. Was glotzt du denn so dämlich? Ich komme wieder, und dann seid ihr dran, hörst du? Deine Tage hier sind gezählt.«

Bruder Anselmus ging ans Fenster und sah zu, wie Damianus davoneilte. Seine ersten hastigen Schritte verwandelten sich in ein Rennen, als bemächtige sich erst jetzt die Panik seiner. Anselmus schaute ihm nach, bis er verschwunden war, und drehte sich um. Er ignorierte das Chaos und suchte nach Fake. Dann ging er in die Knie und kroch auf Händen und Füßen auf den Jungen zu, während er beruhigende Worte von sich gab. Fake war zu sehr außer sich, um reagieren zu können, und nur mit der größten Mühe brachte ihn Anselmus dazu, sich aufs Bett zu setzen. Er wusch Fake das Gesicht und gab ihm eine schwache Dosis Luminal, woraufhin der Junge einschlief.

Kurz darauf erschien Bruder Primus, der wissen wollte, was vorgefallen war, und ihm dabei half, die Kinder zu beruhigen. Als der andere wieder gegangen war, richtete Anselmus seine Aufmerksamkeit auf das Wiederherstellen der ursprünglichen Ordnung, als könne er das Geschehene so ungeschehen machen. Währenddessen wirbelten ihm alle möglichen Gedanken durch den Kopf. Angst und Sorge wegen dem, was ihn und Fake erwartete, wichen Erleichterung und Euphorie darüber, dass er sich gegen den Grobian zur Wehr gesetzt hatte. Doch als es dunkel wurde und er im Bett lag, überwältigte ihn eine düstere Stimmung. In dieser Nacht bekam er kaum ein Auge zu, dämmerte hin und wieder kurz weg, schrak hoch, als er fürchtete, Damianus werde noch in dieser Nacht kommen, um mit ihm abzurechnen. Er stand auf, verschloss die Haustür und schob zur Sicherheit sogar die Rückenlehne eines Stuhls unter die Klinke. Als er es nicht mehr aushielt, betete er auf den Knien zu Gott und fragte ihn nach der Bedeutung von alldem, gerade jetzt, wo er begriffen hatte, welchen Weg er gehen sollte. Warum wurde ihm ausgerechnet jetzt dieses Hindernis in den Weg gelegt?

In dieser Nacht sah er immer wieder den blutenden Damianus vor sich und hörte dessen Worte: *Deine Tage hier sind gezählt.*

49

Coburg erkannte Erstaunen und Widerwillen im Gesicht des Wirts, doch als er um einen Kaffee bat, wurde ihm der nicht verweigert. Er wählte einen Tisch am Fenster und setzte sich mit dem Rücken nach draußen hin, sodass das Licht auf das Gesicht des Mannes fallen würde, von dem er hoffte, er werde bald ihm gegenüber Platz nehmen.

»Sie sind zurück«, sagte der Wirt, als er den Kaffee vor Coburg hinstellte.

»Ja.«

Als darauf nichts mehr folgte, ließ ihn der Wirt allein. Coburg rauchte eine Zigarette und trank in kleinen Schlucken seinen Kaffee. Nur sehr wenig später wurde an die Scheibe geklopft. Er wandte sich um und schaute in das ängstliche Gesicht des Sohnes seiner Wirtin. Coburg erhob sich und ging nach draußen.

Der Junge stolperte beinahe über seine eigenen Worte: »Sie haben gesagt, sie werden die Polizei rufen!«

Coburg lächelte ihn beruhigend an. »Das macht nichts. Geh nur nach Hause, ich warte hier auf sie.« Er betrat wieder das Lokal, bat um eine weitere Tasse Kaffee, drehte sich eine Zigarette und überlegte sich, was er sagen wollte. Gestern hatte er mit Tammens gesprochen. Die Gesundheit des alten Bauern hatte sich so sehr verschlechtert, dass er die ganze Zeit im Bett liegen musste. Die Haushälterin war Coburg voran nach oben ins Schlafzimmer gegangen. Tammens lag unter der Decke, mit Kissen im Rücken und dem Gesicht zum Fenster, sodass er Aussicht in den Himmel hatte. Neben ihm auf dem Nachttisch lag eine aufgeschlagene Bibel, und als Coburg seine Geschichte erzählt hatte, hatte Tammens das Buch in die Hand genommen und dem anderen hingestreckt.

»Das ist kein Zufall oder Glück, Junge. Das ist die Hand Gottes. Niemand entgeht seinem Urteil. Auch dieser Teufel bleibt nicht ungestraft. Ein Mörder und ein falscher Prophet. Es tut mir leid, dass ich nicht bei dir sein kann, wenn du Sein Urteil vollstreckst. Du bist Sein Gesandter, Junge, begreifst du das?«

Coburg hatte das bekräftigt, und jetzt saß er hier.

Als es so weit war, betrat als Erster der Polizeibeamte den Raum, der ihn beim letzten Mal mitgenommen hatte. Hinter ihm erschien der Abt und wiederum dahinter Bruder Damianus. Sie blieben vor seinem Tisch stehen, der Polizist in der Mitte.

»Ich habe Ihnen doch gesagt, Sie sollen nicht mehr herkommen.«

Coburg sah auf, nickte und sagte: »Das hier ist das letzte Mal.«

»Das letzte Mal, was heißt das? Die Leute hier wollen ihre Ruhe.«

Coburg ignorierte diese Worte, richtete den Blick auf Damianus und dann wieder auf den Polizisten. »Ich wusste nicht, wer er war. Jetzt weiß ich es. Am besten setzen Sie sich hin und hören mir zu.«

»Das kommt gar nicht infrage«, protestierte der Abt. »Sie glauben doch nicht etwa, dass ...«

Der Polizist unterbrach ihn mit einer verärgerten Handbewegung, zog sich einen Stuhl heran und setzte sich. »Einmal noch, und dann ist hier Schluss.«

»Ich weiß nicht, was er glaubt, Ihnen weismachen zu können, aber ich will dabei sein«, erklärte der Abt, woraufhin auch er und Bruder Damianus Platz nahmen. Erst da bemerkte Coburg, dass die rechte Hand des Mönchs in einem dicken Verband steckte. Kurz war er versucht zu fragen, ob er sich diese Wunde beim

Misshandeln eines Kindes zugezogen hatte, doch er hielt sich zurück. Ich bin nicht hier, um dich zu quälen, sagte er sich.

Der Polizist legte seine Mütze vor sich auf den Tisch. »Und?«

Coburg schaute ihn an, dann die Mönche, die ihn flankierten, rechts der Abt und links Bruder Damianus. Sein Blick blieb an Letzterem hängen. »In Rotterdam glaubt man, dass Sie in Amerika sind.«

Seit dem Augenblick, als er den Raum betreten hatte, war der Hass in Damianus' Gesicht zu lesen, aber er musste die Anweisung erhalten haben, die Fassung zu bewahren.

Coburg wandte sich an den Polizisten: »Sein richtiger Name ist Gradus Franko, aber in Rotterdam kannte man ihn als ›den Prediger‹. Er hat den Tod einer Frau und ihrer Tochter auf dem Gewissen. Das Mädchen war vierzehn und schwanger von ihm.« Er nickte in Richtung von Damianus. »Als Mutter und Tochter Selbstmord begingen, wurde ihm der Boden zu heiß unter den Füßen, und er ist angeblich nach Amerika gegangen. Er hat sich sogar eine Karte für das Schiff gekauft, mit dem er fahren sollte.«

»Lügen!«, rief der Mönch. »Dreckige Verleumdungen!«

Der Polizist legte Damianus die Hand auf den Jackenärmel und ermahnte ihn, er solle ruhig bleiben.

»Was Sie da sagen, ist sehr ernst.«

»Man hat damals Anzeige gegen ihn erstattet. Ich bin in dem Dorf gewesen, aus dem die betreffenden Frauen kommen.«

»Lügen«, zischte Damianus.

Der Polizist zögerte kurz und wandte dann das Gesicht dem Mönch zu. »Kannten Sie diese Frauen?«

»Ja, aber mit ihrem Tod habe ich nichts zu tun.«

»In welcher Beziehung standen Sie zu diesen Frauen?«

»Zu dieser Zeit habe ich gepredigt, das ist das Einzige, was an diesen dreckigen Verleumdungen stimmt, und sie haben mir manchmal zugehört. Schon lange, bevor ich in den Orden eingetreten bin, hatte der Herr mich gerufen. Ich verkündete seine Botschaft in diesem Sündenpfuhl, mitten zwischen all der Hurerei.«

Der Beamte wandte den Blick wieder Coburg zu, diesmal mit hochgezogenen Augenbrauen.

»Er hat verkündet, Maria sei ihm erschienen, und bei sich zu Hause Séancen abgehalten. Eine Gruppe Frauen aus diesem Dorf war sehr beeindruckt von ihm, man könnte sogar sagen, er hatte sie in seinen Bann geschlagen, und das hat er ausgenutzt. Er hat ihnen Geld abgeknöpft und dieses Mädchen geschwängert.«

»Das sind sehr schwerwiegende Beschuldigungen. Wann soll das vorgefallen sein? Und Sie sagen, damals wurde Anzeige erstattet?«

»Mutter und Tochter haben 1935 Selbstmord begangen, und ja, damals wurde Anzeige erstattet. Die Rotterdamer Polizei kann das bestätigen.«

»Und?«

»Die Polizei hat nichts unternommen, doch wie schon gesagt war das offensichtlich Grund genug für ihn, die Beine in die Hand zu nehmen.«

»Sehen Sie?«, sagte Bruder Damianus triumphierend. »Alles Lügen, auch das über meine sogenannte Flucht. Ich hatte schon länger vor, nach Amerika zu gehen, habe mich jedoch dagegen entschieden. Zum Glück. Ich habe hier meine Berufung gefunden.«

»Und dafür sind wir sehr dankbar«, kam ihm der Abt zu Hilfe. »Schon seit fast fünfzehn Jahren setzt er sich mit Herz und Seele für unsere Kinder ein. Jemand mit der Gesinnung eines Apostels soll diese schrecklichen Dinge getan haben? Unmöglich.«

»Unmöglich?« Coburg richtete den Blick auf Damianus. »Ich habe den Vater und die Brüder dieses Mädchens gesprochen. Sie zweifeln nicht im Geringsten an Ihrer Schuld, Sie haben das auf dem Gewissen. Und ich glaube den Leuten.«

»Die Polizei aber offensichtlich nicht«, spottete der Abt.

Wieder machte der Polizeibeamte eine ärgerliche Handbewegung und sagte: »Bitte, ich führe hier das Wort«, woraufhin er Coburg fragte: »Warum glauben Sie ihnen?«

»Das Mädchen hatte zunächst geschwiegen, weil sie schwanger war, aber als sich herausstellte, dass sie ein Kind erwartete, hat sie ihren Eltern gegenüber seinen Namen genannt. Ich habe versucht, mir vorzustellen, wie das gewesen sein muss: ein vierzehnjähriges Kind, das seiner Mutter und seinem Vater erzählen muss, dass es schwanger ist. Schrecklich.«

Der Beamte schwieg kurz und schüttelte dann langsam den Kopf. »Was auch immer da geschehen ist, die Polizei hat keine Veranlassung gesehen, sich weiter damit zu befassen. Deswegen begreife ich auch nicht, was Sie hier wollen.«

Coburg hörte die Worte, doch sein Blick blieb auf Bruder Damianus gerichtet, und an ihn wandte er sich: »Die Polizei will sich nicht damit befassen, nein, aber die betreffenden Männer schon. Ich habe ihnen gesagt, wo sie dich finden können: nicht in Amerika, sondern hier.«

Die Wut und der Hass auf Damianus' Gesicht wichen der Besorgnis. Der Abt hingegen lief rot an, doch noch bevor er seinem Unmut Ausdruck verleihen konnte, erhob der Polizist die Stimme: »Wollen Sie damit andeuten, dass hier bald ein Akt der Selbstjustiz stattfinden wird? Was glauben Sie eigentlich, wer Sie sind? Wenn diese Leute hier erscheinen, werden sie verhaftet. Hier befolgen wir das Gesetz. Genug, ich habe mehr als genug gehört. Dieses ganze Gewühle, das Sie betreiben, führt nur zu Unruhe, dem muss ein Ende gesetzt werden. Sie fahren wieder mit mir, und diesmal kommen Sie nicht so glimpflich davon. Ich habe wirklich genug.«

Es war, als hätte Coburg diese Worte überhaupt nicht gehört. Er schaute immer noch Damianus an. »Das Haus, in dem du gewohnt hast, steht nicht mehr.«

Es wurde still, und auf allen drei Gesichtern ihm gegenüber erschien ein Blick der Verständnislosigkeit.

»Das Haus, in dem du das Mädchen vergewaltigt hast, wurde 1944 von den Deutschen in die Luft gesprengt. Neun Jahre, nachdem du weggegangen warst. Wusstest du das? Nein, natürlich nicht.«

Er schaute Damianus nicht mehr die Augen, sondern wandte sich an den Beamten.

»Ich bin nicht zum Polizeirevier gegangen, um zu erfahren, was mit dieser Anzeige passiert ist, weil ich schon wusste, dass er mit der Vergewaltigung des Mädchens davongekommen war. Genauso, wie er hier damit davonkommt, dass er einen schwachsinnigen Jungen erschlagen hat. Nein, ich bin hingegangen, weil sie nach all den Jahren immer noch nach ihm suchen. Sie haben sogar in Amerika nach ihm gesucht.«

Coburg beugte sich jetzt zu Bruder Damianus hin.

»Du weißt, warum sie mit dir reden wollen, oder? Die Deutschen waren gründlich. Sie haben das Haus bis auf die Grundmauern gesprengt. Unter dem Kellerboden hat man ein Skelett gefunden, mit eingeschlagenem Schädel. Von der Chinesin, die deinen Lebensunterhalt bestritten hat und die damals so plötzlich verschwunden war. Während dieser ganzen Jahre glaubte die Polizei, dass du, ihr Hauptverdächtiger, nach Amerika geflüchtet und unauffindbar warst.«

Während auf den Gesichtern des Abtes und des anderen Mönchs Verwirrung und Entsetzen miteinander um die Oberhand kämpften, gelang es dem Polizisten zu reagieren: »Wenn es stimmt, was Sie da sagen, warum ist die Polizei dann noch nicht hier? Und zu uns hat man auch noch keinen Kontakt aufgenommen.«

»Weil ich ihnen noch nichts Näheres erzählt habe. Ich wollte als Erster hier sein. Gleich rufe ich dort an, dann werde ich sagen, man soll sich bei Ihnen melden.«

Dann schaute Coburg wieder zu Bruder Damianus. Er hielt den Kopf ein wenig schief, wie die Raubvögel, die er so oft beobachtet hatte, wenn sie unbeweglich in der Luft schwebten, bereit, sich in die Tiefe zu stürzen. So will ich sein, dachte er. Er studierte in aller Ruhe seine Beute, und als er bereit war, sprach er langsam und mit Bedacht: »Ich bin auf den Friedhof gegangen, auf dem sie zusammen liegen, Mutter und Tochter, unter einem Grabstein. Kein Tag vergeht, an dem sie nicht besucht werden. Weißt du, was ich dachte, als ich diesem Vater und seinen Söhnen gegenübersaß? Für sie ist damals die Zeit stillgestanden: Mit dem Tod seiner Frau und seiner Tochter, mit dem Tod ihrer Mutter und ihrer Schwester. Ich sehe noch ihre Gesichter vor mir, als ich ihnen sagte, dass du noch lebst. Du musst dich schnell einsperren lassen, nur dann bist du sicher.«

50

Bruder Anselmus schlief in jener Nacht schlecht. Nach langem Herumwälzen stand er auf, knipste die Leselampe an und vertiefte sich an seinem Schreibtisch wieder in das Tagebuch.

Wie sehr habe ich die Worte »nicht vergebens« und »ruhmreich« hassen gelernt. Die Worte unserer Vorgesetzten, laut ausgesprochen oder aufgeschrieben an aufgehängten Proklamationen. Was ist »nicht vergebens« an all den Toten, an den immer wieder erfolgenden Angriffen, die zu nichts führen? Wenn man wie Schlachtvieh im Schlachthaus stirbt, gibt es keinen Ruhm. Wir können diese Worte nicht mehr ertragen.

Viel erkannte er nicht in dem wieder, was Felix aufgeschrieben hatte, doch die Bitterkeit, die aus diesen Worten klang, verspürte Anselmus nun auch. Wenn ich auserwählt bin, ist das schon schwer genug, wozu dann dieses Hindernis auf meinem Weg? Bin ich nicht schon genug geprüft?

Schließlich hatte er stundenlang gebetet. Auf Knien, unter dem Kreuz mit dem Jesus, der schmerzensreich auf ihn herabblickte. Hin und wieder hatte er zu ihm aufgeschaut, nach einer Antwort gesucht. Die Gedanken wirbelten in seinem Kopf, von der Verzweiflung zur Hoffnung, von der Rebellion zur Beruhigung, von der Verzweiflung zum Vertrauen. Aber die Augenblicke der Kraft, die er brauchte, um Damianus' Zorn etwas entgegensetzen zu können, hielten nur kurz an und wurden immer wieder von Angst, Zweifel und Unsicherheit gefolgt. »Deine Tage hier sind gezählt.« Bruder Damianus und der Abt verstanden sich so gut, dass Anselmus nicht daran zweifelte, was ihn erwartete.

Es waren zwei Laienbrüder, die ihm zusammen mit dem Essen die Nachricht brachten. Hatte er denn schon gehört, was vorgefallen war? Die Polizei aus Venlo hatte Bruder Damianus abgeholt. Angeblich hatte er zwei Frauen ermordet, vor langer Zeit, bevor er in den Orden eingetreten war, und der Mann von der Zeitung hatte es entdeckt. Alle waren entsetzt, der Abt besuchte gerade den Bischof, um zu besprechen, was nun geschehen sollte.

Anselmus fühlte sich so schwindlig, dass all das kaum zu ihm durchdrang. Sie schauten ihn befremdet an, als er in Tränen ausbrach. Sobald er wieder allein war, lief er in sein Zimmer, nahm seine Bibel und suchte fieberhaft nach dem Absatz, in dem geschrieben stand, was wirklich vorgefallen war, mit ihm als einzigen Zeugen. Hebräer 13, Vers 2. Wieder und wieder las er, was die Bibel lehrte: »Vergesst die Gastfreundschaft nicht; denn durch sie haben einige ohne es zu ahnen Engel beherbergt!« Der Journalist hatte sich unter einem falschen Vorwand Zugang zum Internat verschafft, so hatte es der Bruder Abt verstanden. Einen Wolf im Schafspelz hatte er ihn genannt, den Mann, der darauf aus war, ihrem Damianus Schaden zuzufügen. Das glaubte ihr Abt – wie verwirrt und wie unwissend er doch war! Er, Bruder Anselmus, und er allein begriff, dass sie an diesem Tag einen Engel beherbergt hatten, einen Engel, der Damianus weggeholt und damit den Weg für das geebnet hatte, was nun unvermeidlich und über jeden Zweifel erhaben war.

Ganz kurz, wie einen Schock, verspürte er den Drang, den Journalisten aufzusuchen, ihm dafür zu danken, was er getan hatte, und ihm zu erzählen, dass er durch das Ausschalten von Bruder Damianus den Weg für etwas Größeres bereitet hatte.

Er wollte mit ihm teilen, was nun geschehen würde, schüttelte den Gedanken jedoch ab. Nein, nun war es an ihm allein, und leise murmelte er: »Ich bin auserwählt, ich.«

Er nahm das Kreuz, vor dem er zuvor noch so verzweifelt gebetet hatte, von der Wand, drückte sich den Sohn Gottes an die Brust und vergoss Tränen der Dankbarkeit. Wenn er überhaupt noch irgendwelche Zweifel an dem gehabt hatte, was der Herr mit ihm vorhatte und wozu er auserwählt war, konnte von Zweifeln nun keine Rede mehr sein.

51

12. Juli 1949

Er war wieder weggedämmert. Wie lange, wusste er nicht, aber es war noch hell, als er die Augen öffnete. Abendlicht, noch eine Weile. Es würde bald dunkel sein. Vorher hatte es kurz und heftig geregnet, gefolgt von einer Stille, die ihn Tränen hatte vergießen lassen. Wann war das gewesen? Er wusste es nicht mehr. Die klagenden Schreie von Zugvögeln erklangen hoch am Himmel. Ihm fehlte die Kraft, aufzustehen und zuzuschauen, wie die letzten Sonnenstrahlen auf ihre Flügel fielen. Wieder diese Stille. Er lag auf dem Rücken im Bett, den Blick auf das Holzgebälk über sich gerichtet. Ich sterbe, dachte er. Wie friedlich mir zumute ist. Er hörte, wie in der Nähe ein Vogel auf dem Wasser landete.

Er dachte an das eine Mal zurück, als er nach Halfweg zurückgekehrt war. Nach einigem Suchen hatte er die Wohnung über dem Friseurladen gefunden. Dort erhielt er einen Schlüssel, und diesmal stieg er allein die steile Treppe hinauf. Das Haus stand noch immer leer, und während er herumlief, drang zu ihm hindurch, dass Rosa und er vielleicht die Letzten gewesen waren, die diese Versteckadresse genutzt hatten. Über den Möbeln lagen immer noch Laken. Damals waren sowohl die Gardinen als auch die Vorhänge geschlossen gewesen, doch nun waren Letztere geöffnet. Das leere Aquarium und der leere Vogelkäfig, das Klappbett in der Nische. In der Küche fand er die Bestätigung seiner Vermutung, dass sie damals die Letzten gewesen waren, die hier übernachtet hatten: Auf der Anrichte aus Granit lagen die Stummel der Kerzen, die sie angezündet hatten, und im Abfluss standen die zwei Tassen, aus denen sie den alten Kaffee getrunken hatten. Wie versteinert hatte er dagestanden und sich alles angeschaut: Wie grausam war eine so greifbare Erinnerung. Er war in das andere Zimmer zurückgegangen, hatte das Bett heruntergeklappt, sich hingekniet und mit den Händen über die Laken gestrichen, am Kissen gerochen. Nichts. Natürlich nicht, nach so vielen Monaten.

Er drehte den Kopf zur Seite und bewegte den Arm, der neben seinem Körper lag, ein wenig seitwärts, sodass er mit der Hand die Wand berühren konnte. Verwundert sah er, wie seine Finger langsam die Vertiefungen im Holz betasteten. Sie erschien ihm nicht länger wie seine eigene Hand. Trete ich gerade aus mir selbst heraus?, fragte er sich, aber er war nicht länger klar genug im Kopf, um das beurteilen zu können. Als sich sein Magen zusammenkrampfte, stöhnte er leise. Danach wieder die tiefe Stille.

Es war dunkel. Ein warmer Windstoß trug den Duft von Heu zu ihm heran. War es eine wolkenlose Nacht? Rosa und er auf dem Rücken im warmen Sand, über sich einen Himmel voller Sterne. Er hatte das Land vor sich gesehen, als sie erzählte, dass sie nach dem Krieg Landbauingenieurin in Russland werden wollte: eine bis an den Horizont reichende Steppe, schnurgerade Bewässerungskanäle mit klarem Wasser, darüber ein strahlend blauer Himmel. Wie sie sich ein wenig auf die Zehenspitzen gestellt hatte, als sie ihn zum ersten Mal küsste. Wie er auf dem Fahrrad nach unten schaute, auf ihre ineinander verschränkten Finger über seinem Bauch; wie sie sich später stärker an seinen Rücken geschmiegt hatte.

Es ist gut, so zu sterben, langsam, dachte er. Dass ich mich noch einmal an alles erinnere, in dem Wissen, dass es bald vorbei ist, dass es nicht mehr länger dauert. Du bist tot, Rosa, und ich auch bald. Ich leide nicht mehr, so kurz vor dem Ende. Dass ich dich so sehr vermissen muss, das ist bald vorbei. Du wolltest doch auch nicht weg in den befreiten Teil der Niederlande, so sehr ich dich auch gedrängt habe. Das hier ist jetzt meine Entscheidung.

Desorientiert und mit einem Gefühl der Beklemmung wachte er auf. Die Verletzlichkeit der in ihrem Wachstum gehemmten Zwillinge. Der nackte behinderte Junge, der sich auf Händen und Füßen fortbewegte und den Kopf zu ihm hochdrehte. Nein, nein, das war noch erträglich. Dann schoben sich ihm die Bilder vor die Augen. Er wusste nicht mehr, wo er es gehört hatte: Dass die Henker ihren Opfern weismachten, sie gingen duschen, dass sie sie aufforderten, sich nur gut zu merken, wo sie ihre Kleidungsstücke ablegten. Menschen, die sich hastig, gehetzt unter den Schreien der Soldaten auszogen, dabei so gut es ging ihre Kleidungsstücke auf einen Stoß legten und die Schuhe darauf abstellten. Die sich umschauten, sich zu orientieren versuchten, um nach dem Duschen inmitten des Chaos ihre Kleidungsstücke wiederzufinden. Nur das: Diese nackten, aufgescheuchten Menschen, die sich, weil sie nichts von ihrem nahen Tod ahnten, Sorgen machten, sie könnten womöglich ihre Kleidungsstücke nicht mehr wiederfinden, oder dass ein anderer sie anzog. Nur das, nur das. Es ging ihm so nahe, dass ihm die Tränen in die Augen traten.

Er zitterte vor Kälte und zog die Decke weiter über sich. Es musste eine klare Nacht sein, vielleicht gab es ein wenig Nebel über dem Weideland und über dem Wasser. Plötzlich erfüllte ihn Angst davor, es könnte hell werden, es könnte ein weiterer Tag folgen, der sich durch das emsige Singen und Zwitschern der Vögel ankündigte, durch das Brüllen einer Kuh in der Ferne oder das Ertönen einer Kirchenglocke. Lass mich gehen, dachte er. Wieder stöhnte er leise, als sich sein Körper zusammenzog. Jetzt, wo er wusste, dass es nicht mehr lange dauern konnte, verspürte er auch keine Traurigkeit mehr. Er hatte dem Tod den Rücken zugewandt und betrachtete sein Leben. Das hier ist es gewesen. Er schaute sich alles an, und da gab es nichts mehr, was ihm Schmerzen bereitete, nichts, von dem er wollte, es wäre anders gewesen. Nichts ist ungesagt geblieben, dachte er. Ich habe dich angesehen und dir gesagt, wie sehr ich dich liebe. Weißt du noch, wie ich das sagte, als wir in all unserer Kümmerlichkeit vor diesem Spiegel standen? Er spürte, wie sich seine aufgerissenen Lippen gegen das Lächeln wehrten. Du bist in mein Leben getreten, und das habe ich nicht an mir vorbeiziehen lassen, wir hätten nichts besser machen können. Du bist doch erhobenen Hauptes in den Tod gegangen?

Eine von Schwielen bedeckte, staubige Hand, die eine Flasche Buttermilch ausgräbt und ihm reicht. Das Erstaunen über die Frische beim ersten Schluck. Hat jemals etwas so gut geschmeckt? Der Geruch nach warmer, trockener Erde, als er sich unter den seltsam geformten Zweigen eines Kiefernwaldes ausruht. Die raue Baumrinde an seinem entblößten Rücken. Die Sonne auf seinen Füßen, als er Schuhe und Socken auszieht.

Als er wieder zu sich kommt, sieht er die geballten Fäuste gegen einen dunklen, bedrohlichen Himmel vor sich, an dem Tag, an dem Rosas Mutter begraben wurde. Menschen, die sich quälten, und nichts konnte sie besiegen. Rosa und er, die sich an den Händen hielten. Er weiß nun, dass das Ende nahe ist. Was hat der alte Bauer auch wieder gesagt: Hier beginnt das Leben?

»Verdammt noch mal«, murmelt er. Er hebt den Arm mühsam in die Höhe, und als ihm das gelungen ist, hat er kaum die Kraft, ihn stillzuhalten. Trotzdem ist es eine Gebärde des Triumphs. Dann ballt er die Faust, flucht wieder und entblößt in einem Grinsen die Zähne.

†
Siebold Tammens
17. Mai 1932 – 20. Januar 1949

†
Walter Smeets
24. Mai 1942 – 22. Januar 1949

†
Hero Spoormaker
12. November 1940 – 10. Februar 1949

†
Pier Diggers
4. März 1936 – 25. Februar 1949

†
Kees Saalborn
30. September 1938 – 12. April 1949

†
François Dupois
1. März 1941 – 14. Mai 1949

†
Willem Schuur
14. April 1937 – 4. Juni 1949

†
Paulus Johannes Salm
25. März 1930 – 28. Juli 1949

†
Charles Remmelts
23. Dezember 1942 – 2. September 1949

†
Fokke Rooker
12. Oktober 1934 – 3. Oktober 1949

†
Danny Boex
23. März 1932 – 18. Oktober 1949

†
Paulus Debrot
23. Dezember 1942 – 12. Januar 1950

†
Rudie van Straten
12. Juni 1938 – 27. Februar 1950

†
Koos Vroomans
23. April 1932 – 14. März 1950

†
Max Bekker
2. September 1936 – 30. März 1950

†
Huke Jonkman
12. Mai 1942 – 14. Juni 1950

†
Jaapje Prins
6. November 1940 – 12. Juli 1950

†
Jan Hendrik Eggelte
24. Mai 1941 – 20. Juli 1950

†
Anton van Durkheim
8. April 1943 – 14. September 1950

†
Arthur Asperen van der Velde
31. Januar 1935 – 15. September 1950

†
Fred Bakker
14. Oktober 1938 – 30. Oktober 1950

†
Hugo Colenbrander
3. Februar 1934 – 24. November 1950

†
Emile Eggelte
23. Juli 1931 – 25. Dezember 1950

†
Antoon Delfgaauw
4. September 1937 – 31. Dezember 1950

†
Albert Potgieter
12. März 1939 – 18. Januar 1951

†
Jan Roegholt
9. September 1934 – 2. April 1951

†
Adriaan van der Pek
23. Februar 1943 – 14. Mai 1951

†
Martinus Roeloff
6. Oktober 1942 – 30. Juni 1951

†
Gino Tielrooy
1. Dezember 1935 – 14. August 1951

†
Frits van Tellingen
8. April 1943 – 23. September 1951

†
Pierre van den Ulfers
7. November 1940 – 30. September 1951

†
Fake Heemstra
26. Juni 1933 – 1. Oktober 1951

VERBLIEBENE SPUREN

Aus dem Nachlass von Marinus Barto

Nach seinem Tod im Jahr 1988 wurde im Nachlass von Marinus Barto der Beginn einer Biografie vorgefunden. In der Kommunistischen Partei der Niederlande bestand in den Fünfzigerjahren des vergangenen Jahrhunderts der Wunsch, die bis dahin unzureichend erforschte, aber wichtige Rolle des kommunistischen Widerstandes während des Krieges besser zu dokumentieren und in das Bewusstsein der Öffentlichkeit zu rücken. Zu diesem Zweck sollten einige Biografien von bedeutenden kommunistischen Widerstandskämpfern publiziert werden, darunter die von Marinus Barto. Seine Biografie wurde allerdings nie veröffentlicht: Während des Verfassens kam es zwischen Barto und der Parteispitze zu einem Konflikt über die Haltung im Hinblick auf den Einfall der Russen in Ungarn im Jahr 1956. Diese unvollendete Biografie, die sich nun im Besitz des Niederländischen Instituts für Kriegsdokumentation (NIOD)* befindet, behandelt unter anderem Bartos große persönliche Opfer. Seine Frau kam bei einer Bombardierung ums Leben, und Rosa, die einzige Tochter der beiden, wurde kurz vor der Befreiung bei einer Aktion des Widerstandes verhaftet und hingerichtet.

Im Folgenden wird ein Ausschnitt aus einem Interview mit Barto wiedergegeben, in dem er über Siem Coburg spricht.

»Ich begegnete Coburg am Grab meiner Frau und meiner Tochter. An das genaue Datum erinnere ich mich nicht mehr, aber es muss irgendwann 1947 gewesen sein. Er sah schlecht aus: abgemagert, heruntergekommen, äußerst angespannt. Ich bin natürlich kein Psychiater, aber gut ging es ihm nicht. Anfangs sprachen wir ruhig miteinander, doch schon bald äußerte er seine Verbitterung. Wie konnte es sein, fragte er mich, dass wir noch lebten und Rosa tot war? Er nahm sich das selbst übel, aber mir ebenfalls, das zeigte er ganz deutlich.

Coburg war ein schwieriger Mensch, und im Widerstand gab es einige Leute, die ihn nicht besonders mochten. Er besaß eine ganz eigenartige Kaltblütigkeit, und zusammen mit seiner Schweigsamkeit löste das bei ziemlich vielen ein unbehagliches Gefühl aus. Ich habe aber immer eine schützende Hand über ihn gehalten. Warum? Weil ich gespürt habe, dass er auf der richtigen Seite stand, aber auch, weil Rosa nicht den geringsten Zweifel hatte, was ihn betraf. Sie hat ihn geliebt. Ja, das habe ich gesehen, und sie hatte vielleicht eine noch größere Menschenkenntnis als ich. Sie vertraute ihm, und ich habe das auch getan. Bis zum heutigen Tag. Trotz allem, was man über ihn gesagt hat.

Kurz nach dem Krieg hatte er eine Zeit lang im Gefängnis gesessen, weil man ihn des Verrats verdächtigte, aber schließlich musste man ihn freilassen. Es gab keine Beweise. Dahinter steckte Heijbroek. Das war ein Polizist, der auf der Seite der Nazis stand und nach dem Krieg trotzdem eine hohe Funktion beim Verfolgen von Kriegsverbrechen innehatte. Er gehörte zu diesem korrupten Polizeirevier in Velsen, und von denen gab es noch mehr. Heijbroek hasste Coburg, er muss ihn gehasst haben, weil Coburg ihn während des Krieges einmal fast totgeschlagen hat. Das hatte mit Rosa zu tun. Heijbroek hatte sie benutzt, für Kurierdienste eingesetzt, die nichts mit dem Widerstand gegen die Moffen zu tun hatten. Als Coburg das erfuhr, hat er Heijbroek fast umgebracht.

Aber gut, ich wollte eigentlich erzählen, dass er und ich uns an diesem Tag gegenüberstanden und mir das bis heute nachgeht. Coburg ist schon lange tot, er ist irgendwann 1949 gestorben.

Wahrscheinlich war es Selbstmord, auch wenn ich glaube, dass Heijbroek oder irgendeiner von seinen Leuten durchaus dazu in der Lage gewesen wären, ihn umzubringen.

Coburg stand jedenfalls vor mir und sagte: ›Warum hast du nicht mich geschickt, dann würde sie jetzt noch leben.‹ Ich bin von Natur aus ziemlich spontan, aber an diesem Tag habe ich mich zurückgehalten. Fast hätte ich gesagt: ›Eigentlich hättest tatsächlich du an diesem Tag gehen sollen, nicht Rosa, aber sie hat darauf bestanden, an deiner Stelle zu gehen.‹ Warum, wird man sich fragen. Nun, Rosa hatte Magenkrebs, es gab verdammt noch mal keine Rettung für sie. Ich wusste das, aber sie wollte das Coburg nie erzählen. Hat sie gespürt, dass die Sache schiefgehen würde? Mit einer Art weiblicher Intuition? In diesen letzten Kriegsmonaten gab es viel Verrat. Das wurde immer schlimmer, durch diesen Wahnsinnigen Bernhard* und das Gesocks, das er sich ausgesucht hat, um die Inländischen Streitkräfte zu leiten. Ja, schreiben Sie das nur auf, so denke ich darüber. Aber das macht man dann doch nicht, oder?

Aber zu meiner Rosa: Sie wollte ihm nie sagen, wie schlimm krank sie war. Sie wollte, dass sie zusammen glücklich waren, in den Tagen, die sie miteinander verbringen konnten. Ich konnte Coburg nicht in den Kopf schauen, aber ich konnte deutlich sehen, dass er sie nie hat vergessen können; er ist nie über ihren Tod hinweggekommen. Er muss unter der Vorstellung gelitten haben, dass sie zusammen eine so prächtige Zukunft hätten haben können. Die war zum Greifen nahe, stand so unmittelbar bevor – das muss ihm schlaflose Nächte bereitet haben. Hätte ich ihm denn sagen sollen ›Junge, dazu wäre es nie gekommen. Sie hatte nur noch ein paar Monate zu leben‹? Ich habe mich damals entschieden, den Mund zu halten, um ihm nicht die Illusion zu rauben. War das richtig? Verstehen Sie, was ich meine? Er litt mit diesem verlorenen Bild der Zukunft vor Augen, aber was, wenn ich ihm das auch noch genommen hätte? Hätte er dann weniger gelitten? Und was, wenn ich ihm gesagt hätte, dass er wegen Rosa noch lebte? Er hätte sein Leben für sie geben wollen, daran besteht kein Zweifel, aber es ist genau andersherum gekommen. *Sie* ist für *ihn* gestorben. Hätte ich ihm also sagen sollen ›Junge, so ist es am besten, sie wäre ja doch gestorben?‹ Das hätte Rosa doch auch nicht gewollt.«

Ergänzende Informationen zur Sint-Norbertus-Affäre

Mit Ausnahme des Briefes von Doktor van Waesberghe wurden sämtliche Quellen anonymisiert.

Brief vom 27. April 1953, verfasst von Doktor van Waesberghe, an die Inspektion für die Volksgesundheit. Vorgefunden im Archiv der Gemeinde Sint Norbertus in Wercke.

Sehr geehrter Herr Kollege,
im Anschluss an unser Gespräch vom 20. April 1953 kann ich Ihnen die nachstehenden Fakten vorlegen. Während sich bis 1949 die jährliche Zahl der Sterbefälle auf sechs belief, war diese in der Zeit zwischen 1949 und 1951 mit jeweils elf, dreizehn und acht deutlich höher. Ab 1952 sanken diese Zahlen wieder auf durchschnittlich vier Sterbefälle im Jahr. Die hohe Sterberate von 1949 bis 1951 lässt sich durch einen Ausbruch von Tuberkulose im »Pavillon« erklären, der unter diesem Namen bekannten Holzbaracke, in der die schlimmsten Fälle untergebracht waren. Der ernste und hartnäckige Charakter dieses Ausbruchs ist vornehmlich durch die primitiven Umstände zu erklären, in denen diese Kinder verblieben (die Baracke war ursprünglich als Übergangslösung gedacht, wurde dann jedoch aus Platzmangel dauerhaft genutzt), und durch das Fehlen eines medizinischen Hintergrundes bei den ansonsten sehr willigen Mönchen. Im Sint Norbertus gab es kein dazu ausgebildetes Pflegepersonal: Die Sorge lag gänzlich in

den Händen der Mönche. Die Pflegetätigkeit war mühsam, da man die Arbeit mit ganz und gar invaliden Kindern noch nicht gewohnt war; hinzu kam, dass viele der Patienten von vornherein eine schwache oder sehr schwache Gesundheit hatten. Außerdem ergab sich als Komplikation, dass der Mönch, der mit der Pflege dieser Kinder betraut wurde, auch selbst an Tuberkulose erkrankte, und während seines zeitweisen Ausfalls wurde er nur unzureichend vertreten. Ich habe zu allen Tageszeiten Visiten durchgeführt, in einigen Fällen sogar nachts, und dabei gab es keine Unregelmäßigkeiten festzustellen. Ich lege Wert darauf, nachdrücklich anzugeben, dass gerade die Sorge für diese so stark betroffenen Kinder bei mir immer eine sehr wichtige Stellung eingenommen hat. Plötzliche Sterbefälle gab es nicht, doch weil mir einige Umstände nicht ganz deutlich waren, habe ich immer wieder darum ersucht, man möge die Pflege verbessern. Insgesamt möchte ich den Schluss ziehen, dass verschiedene, besonders unglücklich zusammentreffende Umstände wie oben dargestellt hier vor allem einen nicht gewollten Effekt hatten.

In der Hoffnung, Sie damit ausreichend informiert zu haben, verbleibe ich hochachtungsvoll und mit koll. Grüßen

Statistiken aus dem Melderegister der Gemeinde Wercke aus den Jahren 1945 bis einschließlich 1956. Zusammenfassend lässt sich festhalten, dass in den Jahren 1949, 1950 und 1951 die Anzahl der Sterbefälle deutlich höher ist als in den Jahren davor und danach. Respektive elf, dreizehn und acht Jungen im Gegensatz zu fünf bis sechs Jungen in den Jahren davor und danach.

██████ erinnert sich, dass die Mönche bei Weitem nicht immer gut miteinander zurechtkamen und dass die älteren Mönche nicht viel für die jüngeren übrighatten. Der Abt führte ein strenges Regiment, und niemand wagte es, ihm zu widersprechen. Er kannte Anselmus, kann sich jedoch nicht entsinnen, jemals mit ihm gesprochen zu haben.

»Ich habe diesen Bruder Anselmus natürlich hin und wieder gesehen, aber er hielt sich immer im Pavillon auf und kam selten nach draußen. Ein schüchterner, scheuer Mann war er. Ich hatte den Eindruck, dass die anderen Mönche ihn ausschlossen und ihm die schwerste Arbeit aufgebürdet hatten. Die anderen Mönche wollten nicht dort arbeiten, weil dort die schlimmsten Fälle untergebracht waren. Dieser Anselmus hatte einen Jungen, der ihm immer half, dem ging es gut, und er arbeitete auch bei mir in der Werkstatt. Ein ruhiger, gehorsamer Junge, der gern lachte. Einer von denen, die nichts Böses tun. An seinen Namen kann ich mich nicht erinnern; in all den Jahren habe ich mit sehr vielen Kindern gearbeitet. Der Junge ist eines Tages vom Dach gefallen und hat sich dabei das Genick gebrochen. Darüber war Bruder Anselmus so schockiert, dass er einen Zusammenbruch erlitt. Danach hat man ihn in ein anderes Haus versetzt.«

Gerüchteweise hatte ██████ immer wieder Dinge über Bruder Anselmus gehört. Im Zusammenhang mit seinem Namen fiel durchaus der Ausdruck »aktiver Befürworter der Euthanasie«: Es hieß, Anselmus habe Mitgefühl für seine Patienten empfunden und sie darum getötet. Anselmus schlief in der Baracke, und die Kinder, die am nächsten bei seinem Zimmer lagen, kamen angeblich als Erste für den Himmel in Betracht. Angeblich hat man ihn versetzt, als eines der Kinder Selbstmord begangen hatte. ▬▬▬▬ konnte sich nicht mehr daran erinnern, wer diese Dinge gesagt und wann und wo er sie gehört hatte.

▬▬▬▬ hat von 1928 bis 1946 in der Wäschekammer gearbeitet. Von den Sterbefällen im Pavillon wusste sie nichts, weil sie zu diesem Zeitpunkt schon nicht mehr im Sint Norbertus tätig war. Obwohl die meisten Mönche gut mit den Kindern umgingen, gab es auch andere, die sie schlugen und misshandelten. Das war allgemein bekannt. Bei Einzelfällen wurden die Mönche zur Buße für einen kürzeren oder längeren Zeitraum in andere Einrichtungen versetzt. Es gab einen, der als besonders böse bekannt war: Bruder Damianus. Dieser Mönch wurde angeblich am Ende zum Austritt gezwungen (Recherchen im Archiv haben tatsächlich ergeben, dass dieser Mönch 1949 die Einrichtung verlassen hat, allerdings ist nicht deutlich, ob es sich um eine Versetzung oder um einen Austritt handelte). Damals hieß es auch, dass Kinder an den Folgen solcher Misshandlungen verstorben waren. Angeblich war Doktor van Waesberghe darüber informiert, jedoch durch den Abt gezwungen worden, es nicht zu melden.

Aus dem Archiv der Abtei Sint Benedictus in Gent (Belgien), wo Bruder Anselmus in den Jahren 1957 bis 1958 lebte. Handschriftliche Notiz aus der Personalakte:

> »Das lag daran, dass ein Krieg kam. Viele versuchten sich in Sicherheit zu bringen, denn in den Niederlanden war man als Klosterbruder vom Militärdienst befreit.

Im Haus Sint Norbertus wurde mir eine Abteilung mit vierzig Patienten zugeteilt, im allerschlechtesten Zustand, viele Hilfsbedürftige. ›Der du hier eintrittst, lasse alle Hoffnung fahren‹, lebenslänglich und drei Tage. Ich hatte noch nie eine solche Arbeit verrichtet. Sie beinhaltete die Zubereitung des Essens, und jede Woche ein Bad für alle. Eine Beschäftigung hatte man in dieser Zeit noch nicht für solche Leute, deswegen musste ich irgendwie sehen, wie ich den Tag herumbekam. Für diese Menschen gab es nichts anderes als gutes Essen und Schlafen, alles andere war für sie Nebensache. In den ersten Wochen musste ich noch hin und wieder bei älteren Mitbrüdern nachfragen, wie alles funktionierte. Wissen Sie, was ich zur Antwort bekam? Bruder, das müssen Sie selbst regeln, das mussten wir damals auch. Von da an bin ich meinen eigenen Weg gegangen. Und bis heute bereue ich das nicht. Natürlich mit Erlaubnis des Obersten vor Ort. In dieser Zeit ist etwas mit mir geschehen, der Herr weiß um das Was und Warum. Ich bin immer ein aufrechter Mensch gewesen, jedem das Seine. Ich bin immer ein freier Mensch gewesen, habe mich an niemanden gebunden. Aber insgesamt ist das manchmal in meinem Verhalten nur äußerlich gewesen. Zuweilen habe ich mich der Scheinheiligkeit oder dem Pharisäertum ergeben, wage ich mit dem Heiligen Paulus zu sagen, und bin eher ein Verfolger von Gottes Kirche gewesen als ihr Mitarbeiter. Aber daran ist damals ein Ende gekommen, der Herr kennt mein Herz und mein Gewissen.«

Pflegeheim »Sonnenstrahl« in Venlo

Bruder Anselmus hat seine letzten Lebenstage im Pflegeheim »Sonnenstrahl« in Venlo verbracht. Er wurde dort am 25. August 1984 aufgenommen und ist am 2. März 1989 verstorben. Bruder Anselmus wurde folgendermaßen beschrieben: negativ, passiv, apathisch und in sich gekehrt. Er wollte alleingelassen werden, in seiner Umgebung war er nicht besonders beliebt. Er strahlte eine negative Einstellung aus. Er hörte nur selektiv zu und nahm nur auf, wofür er sich interessierte; vor dem Rest verschloss er sich. Unter den Besitztümern von Bruder Anselmus wurde ein Tagebuch vorgefunden, das von den Erfahrungen eines Sanitäters während des Ersten Weltkriegs berichtete. Da Bruder Anselmus keine nahen Angehörigen hatte, und da dieses Tagebuch möglicherweise einen historischen Wert besitzt, hat die Direktion es dem In Flanders Fields Museum in Ypern (Belgien) zur Verfügung gestellt. Weitere Untersuchungen vor Ort haben ergeben, dass es sich um das Tagebuch von Silvan de Buyst handelt. Die Frage, wie es in den Besitz von Bruder Anselmus gekommen ist, hat sich klären lassen, als sich herausstellte, dass dieser Silvan de Buyst kurz nach dem Ersten Weltkrieg unter dem Namen »Bruder Felix« in das Haus Sint Norbertus eingetreten ist.

Begriffserklärungen und Notizen zu Personen

S. 11, Seyß-Inquart, Arthur: 1940 von Hitler ernannter Reichskommissar der besetzten Niederlande. Verantwortlich für die Einführung der Zwangsarbeit, Deportation von niederländischen Juden in Vernichtungslager und Erschießung von Widerstandskämpfern. Wurde am 16. Oktober 1946 in Nürnberg hingerichtet.

S. 23, NSB: Nationalsozialistische Bewegung/Nationaal-Socialistische Beweging in Nederland, einzige während der deutschen Besatzung zugelassene Partei. Innerhalb der NSB entstand 1940 die Niederländische SS, gegründet von Anton Mussert.

S. 31, Sicherheitsdienst: Geheimdienst der SS

S. 33, Exilregierung in London: Königin Wilhelmina war im Mai 1940 mit ihrem Kabinett nach Großbritannien geflohen und baute dort eine Exilregierung auf, die bis Juni 1945 bestand.

S. 33, Inländische Streitkräfte (Binnenlandse Strijdkrachten, BS): Zusammenschluss mehrerer Widerstandsgruppen im September 1944. Am 5. September 1944 von Königin Wilhelmina gegründet. Prinz Bernhard wurde zum Befehlshaber der niederländischen Inländischen Streitkräfte (BS) ernannt.

S. 40, Nationaler Jugendsturm (Jeugdstorm): Jugendorganisation der NSB nach dem Vorbild der deutschen Hitlerjugend.

S. 41, *Volk en Vaderland* (Volk und Vaterland): Wochenzeitung der Niederländischen Nationalsozialisten (NSB).

S. 47, Widerstandsrat (Raad van Verzet): Niederländische Untergrundorganisation zur Koordinierung der Widerstandsaktivitäten gegen die deutschen Besatzer; ab September 1944 Teil der Inländischen Streitkräfte.

S. 47, Mof, Plural Moffen: Niederländisches Schimpfwort für Deutsche, im Zweiten Weltkrieg als Synonym für »Nazi« verwendet.

S. 63, Witwen von Putten: Witwen der über 600 Männer aus dem Dorf Putten, die die deutschen Besatzer im Oktober 1944 nach dem Anschlag einer Widerstandsgruppe als Vergeltung abtransportierten.

S. 93, Februarstreik: Generalstreik am 25. und 26. Februar 1941 in Amsterdam als Reaktion auf die ersten Razzien und Massenverhaftungen von Juden, von den deutschen Besatzern gewaltsam niedergeschlagen.

S. 97, Zweite Polizeiaktion: Zweite Militäraktion der Niederländer als Reaktion auf die Entwicklung im indonesischen Unabhängigkeitskrieg, Dezember 1948, um die Kontrolle über ihre ehemalige Kolonie zu bekommen.

S. 97, Sukarno und Hatta: (Achmed) Sukarno, erster Präsident Indonesiens; Mohammed Hatta, Vizepräsident und Ministerpräsident Indonesiens. Während der Zweiten Polizeiaktion von den Niederländern verhaftet.

S. 97, Niederländisch-Indien: unter niederländischer Herrschaft stehender Vorläufer der Republik Indonesien.

S. 115, De Geuzen: erste niederländische Widerstandsgruppe in der Zeit der deutschen Besatzung von 1940 bis 1945 in den Niederlanden, gegründet am 14. Mai 1940.

S. 164, aus der Fünten, Ferdinand: als SS-Hauptsturmführer und Leiter der während des Nationalsozialismus bestehenden Zentralstelle für jüdische Auswanderung in Amsterdam mitverantwortlich für die Deportation niederländischer Juden in deutsche Konzentrationslager.

S. 177, Rost van Tonningen, Meinoud Marinus: niederländischer Finanzpolitiker, seit 1936 Mitglied der NSB und während der Besatzung der Niederlande Kollaborateur mit dem deutschen Regime. Im Krieg unter anderem Generalsekretär des Finanzministeriums und Präsident der Niederländischen Bank.

S. 267, Politischer Ermittlungsdienst (POD): 1945 gegründete Organisation zur Aufklärung von Verbrechen und Kollaboration mit der deutschen Besatzung. Sie unterstand der Militärverwaltung.

S. 270, Geelkerken, Cornelis van: Mitgründer der NSB. Führer des Jeugdstorm. Während der Besatzung Generalinspektor der Nederlandsch Landwacht zur Bekämpfung des niederländischen Widerstands.

S. 307, Prinz Bernhard: Prinzgemahl der seit 1948 regierenden Königin Juliana; in den Dreißigerjahren Mitglied der SA, der Reiter-SS und der NSDAP; erhielt von Königin Wilhelmina das geteilte Oberkommando über die Inländischen Streitkräfte.

S. 353, Rauter, (Johann Baptist) Hanns Albin: Österreichischer SS-General und einer der Führer der deutschen Verwaltung der besetzten Niederlande. Wurde 1945 bei einem Anschlag durch Widerstandskämpfer schwer verwundet.

S. 353, Königin Wilhelmina: flüchtete mit der niederländischen Regierung am 13. Mai 1940 nach London, wo sie eine Exilregierung gründete, und kehrte am 13. März 1945 in die bereits teilweise befreiten Niederlande zurück.

S. 384, NIOD: Niederländisches Institut für Kriegsdokumentation, heute NIOD Institut für Kriegs-, Holocaust- und Genozidstudien.

Nachwort

Form und Inhalt dieses Buches sind während einer großen Anzahl von Gesprächen mit Vincent van den Eijnde entstanden, für dessen kritische Anregungen und dessen Freundschaft ich gar nicht dankbar genug sein kann. Dieses Buch ist auch deines, Vincent.

Über den Ersten Weltkrieg, den »Great War«, ist viel geschrieben worden, Sachbücher und Belletristik, und auch mehr als hundert Jahre nach Ausbruch dieses Krieges hört das nicht auf. Um mich in dieses Thema zu vertiefen, habe ich viel darüber gelesen, vom noch stets unübertroffenen *Im Westen nichts Neues* und *Der Weg zurück* von Erich Maria Remarque über Pat Barkers *Regeneration*-Trilogie mit *Niemandsland*, *Das Auge in der Tür* und *Die Straße der Geister* bis zu *Gesang vom großen Feuer* von Sebastian Faulks und *Zacht en Eervol. Lijden en sterven in een Grote Oorlog 1914–1918* [»Sanft und ehrenvoll. Leiden und Sterben in einem Großen Krieg 1914–1918«] von Leo van Bergen. Besonders habe ich mich dabei auf die Arbeit der Sanitäter auf dem Schlachtfeld und auf die der Ärzte und des Krankenhauspersonals in den Feldlazaretten konzentriert. Ellen la Mottes *The Backwash of War*, Mary Bordens *Die verbotene Zone* und Enid Bagnolds *Diary Without Dates* berichten auf tief berührende Art und Weise davon. Die Radierungen aus dem Zyklus *Der Krieg* von Otto Dix halten die Schrecken des Krieges in Bildern fest. Zum Thema »Krieg und Wahnsinn« sind folgende Veröffentlichungen erwähnenswert: »Krieg und Wahnsinn« mit Zeichnungen und Gemälden aus der Sammlung Prinzhorn (zugänglich in Heidelberg) und »Krieg und Trauma« im In Flanders Fields Museum in Ypern. Wer sich für die Arbeiten von Psychiatriepatienten interessiert, kann auch das Museum Dr. Guislain in Gent besuchen.

Auch über den Widerstand in den Niederlanden während des Zweiten Weltkrieges ist noch längst nicht alles gesagt und geschrieben worden. Als ich am 2. November 2013 im brechend vollen Stadttheater in Velsen der Präsentation des Wissenschaftlers Bas von Benda-Beckmann zur Velsener Affäre beiwohnte, wurde einmal mehr deutlich, wie lebendig dieses Thema noch ist. Weil dieser Teil der Geschichte in meinem Buch einen wichtigen Part einnimmt, habe ich mich auch in diese Themen gründlich vertieft: in den Verrat, das Chaos, die Tapferkeit von Männern und Frauen, die unzählige Male Todesängste ausgestanden haben und von denen viele ihren Widerstand mit dem Leben haben bezahlen müssen. Die Beschreibung von Siem Coburg und Rosa Barto, die da ausgemergelt in ihrer verschlissenen Unterwäsche vor dem Spiegel stehen, erfüllt mich mit einem Gefühl tiefer Verbitterung: Wie kann es sein, dass so viele, die keine Risiken eingingen, sich in der Grauzone von Kollaboration mit den Deutschen bewegten, dass es vielen von ihnen nach dem Krieg so gut ergangen ist?
  Und dann gibt es da Prinz Bernhard. Denen, die etwas über den wahren Charakter dieses Mannes erfahren wollen, empfehle ich das Buch *Niets was wat het leek – Prins Bernhard [Nichts war wie es schien – Prinz Bernhard]* von Gerard Aalders.

Unübertroffen bleibt *Die Dunkelkammer des Damokles* von Willem Frederik Hermans.

Die Beschreibungen, die in dem katholischen Internat in Wercke spielen, sind von einem tatsächlich vorgefallen Skandal inspiriert, der zufällig ans Licht kam, als die Deetman-Kommission zum sexuellen Missbrauch junger Menschen in der römisch-katholischen Kirche recherchiert hat. Bei dieser Affäre geht es ganz ausdrücklich nicht um sexuellen Missbrauch, ein Thema, über das bereits viel gesagt und geschrieben wurde, sondern um Sterbefälle unter verdächtigen Umständen. Die Staatsanwaltschaft hat sie untersucht und die Ergebnisse in einem umfangreichen Bericht zusammengefasst. Davon abgesehen wurde dieser Geschichte im Fernsehen und in Zeitungen immer wieder Aufmerksamkeit geschenkt, ohne dass jedoch deutlich geworden wäre, was wirklich geschehen ist.

Dies alles bildete den Nährboden für das Schreiben dieses Buches. Trotzdem ist es in erster Linie das Produkt meiner Vorstellungskraft; das gilt für die Handlung und im Besonderen für die Figuren und das, was sie antreibt. Siem Coburg, Rosa Barto, Bruder Anselmus, Bruder Felix, Morelli und Doktor van Waesberghe basieren nicht auf Personen, die wirklich gelebt haben. Sie sind aus dem Nichts entstanden, und ich hoffe, dass sie für meine Leser zum Leben erwacht sind.

Voorhout, im April 2016

LESEPROBE

»Meisterhafte Erzählkunst verbindet sich
mit psychologischer Spannung.«
Süddeutsche Zeitung

München, 1944. Die junge Kathrin Mändler tritt eine Stelle
als Krankenschwester an und fühlt sich zum ersten Mal
in ihrem Leben nützlich. Als sie dem charismatischen Arzt
Karl Landmann begegnet, fühlt sie sich unweigerlich zu ihm
hingezogen. Zu spät merkt sie, dass seine Arbeit das Leben
vieler Menschen bedroht – auch ihr eigenes …

2013. Manolis Lefteris erhält den Auftrag, geheimnisvolle
Akten in seinen Besitz zu bringen. Er ahnt nicht,
dass er im Begriff ist, ein Verbrechen aufzudecken,
das Generationen überdauert …

Manolis zog das Smartphone hervor, dessen Nummer außer ihm nur zwei Menschen kannten. Eine leichte Unruhe stieg in ihm auf, als er Bernd Kösters Namen auf dem Display sah. Die Sache mit Huth war reibungslos abgelaufen. Alles eine Frage der Vorbereitung. Er hatte sich keinen Fehler erlaubt. Oder etwa doch?

»Hallo, Bernd. Gibt es ein Problem?«

»Nein, nein. Alles wie erwartet.« Kösters Bariton rollte mit leichtem Frankfurter Dialekt an Manolis' Ohr.

»Ich hätte da einen neuen Auftrag für dich, keine große Sache.«

»Worum geht's?«

»Du sollst nur jemanden für mich im Auge behalten: Christian Wiesinger. Er lebt in München und ist auf der Suche nach Unterlagen, die einem meiner Mandanten gehören. Wenn er sie gefunden hat, nimmst du sie ihm ab. Das ist alles.«

»Klingt nach einem Spaziergang. Gibt's einen Haken?«

»Kein Haken. Ein einfacher Job. Ich schicke dir die nötigen Informationen noch heute per Kurier. Ruf mich an, wenn sie da sind.«

Manolis steckte das Smartphone ein und ging Richtung Ausgang. Seine Wohnung befand sich nicht weit entfernt im Dachgeschoss eines Gebäudes aus der Gründerzeit im schönsten Teil Schwabings, in der Nähe des Englischen Gartens. Hohe Zimmer, große Fensterflächen zur Dachterrasse. Helle Farben und moderne Einrichtung, honigfarbenes Fischgrätparkett und stuckverzierte Decken. Er nahm diesen Luxus nicht als selbstverständlich hin und genoss ihn jeden Tag bewusst. Denn er vergaß nie, wie die Alternative aussehen könnte.

Wenn er vor über zwanzig Jahren nicht Köster über den Weg gelaufen wäre, säße er jetzt vermutlich im Gefängnis oder läge bereits six feet under. Ohne Köster, der ihn unter seine Fittiche genommen hatte und in gewisser Weise die Vaterstelle bei ihm vertrat, hätte er weder seine Wut in den Griff bekommen noch die schönen Seiten des Lebens entdeckt und gelernt, sie zu genießen. Malerei, Musik, das Theater, gutes Essen, Literatur. Auf keinen Fall hätte er es zum eigenen Autohaus gebracht. Ein Zufall hatte seinem Leben eine andere Richtung gegeben.

Mittlerweile regnete es. Rinnsale liefen an den Scheiben hinab. Er machte in allen Räumen Licht, ging in die Küche und bereitete sich ein Kännchen japanischen Sencha zu, bevor er im Arbeitszimmer den PC einschaltete und die versprochenen fünftausend Euro an Christinas Verein überwies. Mit dem Tee kehrte er ins Wohnzimmer zurück, suchte im Regal mit den Vinylplatten nach einem Klavierkonzert von Mozart und legte es auf.

Mozart, Beethoven, Haydn. Er verdankte Köster wirklich viel.

Mit der Tasse in der Hand trat er ans Fenster. Der Wind war stärker geworden, wirbelte altes Laub aus der Dachrinne am Haus gegenüber und ließ es durch die Luft tanzen, wie die Geister längst vergangener Sommer.

Das Summen der Türglocke holte Manolis in die Gegenwart zurück. Einen Augenblick beobachtete er noch den wirbelnden Tanz, dann ging er zur Tür und betätigte die Gegensprechanlage.

»Ja, bitte?«

»Citykurier. Ich habe eine Sendung für Sie.«

Manolis bezahlte den Fahrer und nahm das Päckchen in Empfang. Es trug als Absender die Adresse eines Antiquariats in Frankfurt, von dem sich mit Sicherheit keine Spur zu Kösters Kanzlei zurückverfolgen ließ, falls das überhaupt jemals irgendwer versuchen sollte.

Köster hielt noch immer am bewährten Vorgehen fest. Er war zu alt für die digitale Welt. Er misstraute dem Internet ebenso wie E-Mails und natürlich Smartphones. Was Tor-Server waren und Bitcoins, hatte Manolis ihm mehrfach vergeblich zu erklären versucht.

Im Arbeitszimmer öffnete er das Kuvert. Obenauf lag ein Umschlag, der drei Tagessätze à dreitausend Euro enthielt. Nachdem er nachgezählt hatte, legte er das Geld in den Wandsafe. Manolis war gut in seinem Job als lautloser Problemlöser, und Kösters Mandanten konnten sich ein entsprechendes Honorar leisten.

Aus dem Wohnzimmer klang der dritte Satz des Klavierkonzerts, ein Adagio. Es gab diese eine Stelle im ersten Drittel, die ihm, nicht immer, aber häufig, einen Schauer über die Haut jagte.

Er wartete den Moment ab, doch heute brachte die Musik keine Saite in ihm zum Klingen, und er ging in die Küche, um einen zweiten Aufguss des Tees zuzubereiten. Damit setzte er sich an den Schreibtisch und sah sich die Unterlagen an. Mehrere Schnappschüsse waren darunter. Jemand hatte sie aus einigen Metern Entfernung vor einem Lokal aufgenommen, vermutlich einer der Privatdetektive, mit denen Köster zusammenarbeitete. Der Mann, auf den Manolis ein Auge haben sollte, war Anfang bis Mitte vierzig und sah aus wie ein Arbeiter. Fleckige Hose, eine Jacke aus schwarzem Leder, die ihm zu groß war, strähnige Haare, kantiges Kinn. Etwas an seiner Haltung strahlte Entschlossenheit aus, doch in seinen Augen lag etwas anderes: Furcht.

*

Auf dem Altstadtring stockte der Verkehr. Es ging nur im Schritttempo voran, und Vera trommelte mit den Fingern aufs Lenkrad. Schließlich stöpselte sie den iPod an und wählte die Playlist mit Gipsy-Punk aus. Sie liebte diese Musik. Ziemlich schräg, ziemlich gewöhnungsbedürftig, voller Leidenschaft und Lebensfreude. Doch heute ging sie ihr auf die Nerven, daher schaltete sie die Anlage gleich wieder aus und gestand sich ein, dass sie erbärmliche Angst hatte, Tante Kathrin könnte sterben.

Obwohl diese neunundachtzig Jahre alt war, hatte Vera den Gedanken bis jetzt beiseiteschieben können. Kathrin lebte in ihrer eigenen Wohnung und versorgte sich selbst. Bisher hatte sie keine Unterstützung benötigt, und in vielem war sie Vera mehr Vorbild als ihre eigene Mutter. Kathrin verfügte über das Talent, alles nett herzurichten. Sogar ein belegtes Brot war bei ihr etwas Besonderes, mit Mayonnaisetupfen und Petersilie garniert, die Wurstscheiben üppig drapiert, während ihre Mutter sie Vera beinahe aufs Brot gezählt hatte.

»Deine Mutter hat ein Trümmerfrauensyndrom, obwohl sie bei Kriegsende erst acht war«, hatte Kathrin einmal gesagt.

Rote Lichter leuchteten vor Vera auf. Sie musste abrupt bremsen. Das Kuvert mit der Vorsorgevollmacht rutschte beinahe vom Beifahrersitz. An Ostern – nur zwei Wochen nachdem eine Bekannte von Kathrin während einer Operation ins Wachkoma gefallen war – hatte ihre Tante sie gebeten, ihr diesen Gefallen zu tun und im Falle eines Falles dafür zu sorgen, dass die Ärzte ihr Leben nicht künstlich verlängerten. Pflege war seit jeher Frauensache, daher hatte Kathrin, die selbst kinderlos war, es als selbstverständlich angesehen, ihre Nichte darum zu bitten. Vera hatte das gerne übernommen, auch wenn sie bis jetzt gehofft hatte, die Vollmacht niemals einsetzen zu müssen.

Nach dem Altstadttunnel löste sich der Stau auf. Zehn Minuten später betrat Vera das Krankenhaus und folgte den Hinweisschildern zur Stroke Unit. Sie fuhr mit dem Lift auf die Station und entdeckte Christian in der Besucherecke mit einem Becher in der einen Hand und dem Handy in der anderen. Wenn stimmte, was Kathrin bei ihrem letzten Treffen gesagt hatte, verdiente ihr Cousin sein Geld inzwischen mit Poker. Sehr erfolgreich war er damit offensichtlich nicht. Für seine hohen Ansprüche sah er regelrecht heruntergekommen aus. Als Anlageberater hatte er gut verdient und stets auf seine Erscheinung geachtet. Gute Anzüge, teure Schuhe und immer eine Luxusuhr am Handgelenk. So kannte Vera ihn, und nun kam er daher wie ein Offsetdrucker nach der Schicht. Wie ihr Vater. Es lag vor allem an der Lederjacke. Lederjacken waren für Joachim eine Art Uniform gewesen. Ein Zeichen seiner Männlichkeit, genau wie die Zigarette im Mundwinkel, die bei ihrem Cousin allerdings fehlte.

»Da bist du ja.« Christian hatte sie bemerkt und stand auf.

»Wie geht's Tante Kathrin?«

»Nicht so besonders. Sie ist ohne Bewusstsein.«

»Was ist denn passiert? Und wieso hast du mich nicht gleich angerufen?«

Er schob die Hände in die Hosentaschen. »Hast du nicht erst neulich noch gesagt, dass ich genau das nie wieder tun soll, dich anrufen?«

Der Herr war also beleidigt und hatte sie absichtlich im Unklaren gelassen. Wenn die Ärzte nicht nach der Vollmacht gefragt hätten, hätte sie wohl erst bei ihrem nächsten Besuch bei Kathrin von dem Schlaganfall erfahren. Sie sah sich schon vor der verschlossenen Wohnungstür stehen, während sich die von Kathrins neugieriger Nachbarin öffnete. *Ach, Frau Mändler, Sie wissen es noch gar nicht?*

»Wer hat dich eigentlich informiert?«

Christian zuckte mit den Achseln. »Ich war zufällig bei Tante Kathrin, als es passiert ist. Plötzlich hat sie die Augen verdreht und ist umgekippt. Einfach so.«

Als Christian mit einem Unschuldsblick vor ihr stand, wusste Vera mit einem Mal, was passiert war. Er hatte versucht, Tante Kathrin anzupumpen. Denn Kathrins Sparbuch war gut gefüllt. Ganz sicher hatte sie sich geweigert, ihm einen größeren Betrag zu geben. Sie hielt ihr Geld zusammen, falls sie es mal für ein Pflegeheim benötigte, das hatte sie oft genug betont. Da konnte Christian so charmant tun, wie er wollte, und sie noch so sehr mit Sekt und Likörchen umgarnen. Es hatte Streit geben, sie hatte sich aufgeregt, und dann war es passiert.

»Einfach so also.« Die Bemerkung konnte Vera sich nicht verkneifen. »Wo finde ich den behandelnden Arzt?«

»Ja, einfach so«, entgegnete Chris. »Sie hat Glück gehabt, dass ich gerade da war und den Notarzt rufen konnte. Genau genommen habe ich ihr das Leben gerettet.«

»Ein Platz im Himmel wird dir sicher sein. Wo finde ich nun den Arzt?« Entnervt ließ sie Christian stehen und suchte das Stationszimmer.

*

Kathrin spürte Veras Berührung nicht. Wie ein Stein, der ins Wasser fällt, war ihr Bewusstsein in große Tiefe gesunken, ihre Gedanken und Erinnerungen glitten dahin wie Schwärme von Fischen in einem nicht choreografierten Tanz. Mal springend, mal träge ziehend, dann wieder wogend, ein stetes Auf und Ab, ein Hin und Her.

Gerade noch war sie als Siebenjährige über die Apfelwiese ihrer Großeltern in Pfarrkirchen gelaufen und hatte den ausgebüxten Gockel eingefangen, um kurz darauf als Backfisch die Tanzstunde zu besuchen, in München am Johannisplatz.

»Und eins, zwei, drei und eins, zwei, drei.« Frau Nölle gab mit den Händen den Dreivierteltakt vor, während ihr Mann sich am Klavier abmühte, ihn zu halten und Adele Kathrin führte. Beinahe alle Män-

ner waren im Krieg, die Frauen mussten irgendwie ohne sie zurechtkommen. Kathrin geriet mit der Schrittfolge durcheinander und trat ihrer Freundin auf den Fuß.

»Autsch! Du Trampeltier!«

Adeles Mund war kirschrot, und dieses Kirschrot nahm Kathrin bei der Hand, zog sie mit sich, ein paar Jahre weiter.

Plötzlich war sie wieder zwanzig, und es war Sommer. Im Schutz einer Hecke saß sie mit geschlossenen Augen unter einer Buche und lauschte dem Gesang der Frauen, die jenseits der Hecke in der Gärtnerei die Bohnen hochbanden und in den Gemüsebeeten Unkraut jäteten. Manche waren treuherzig wie Kinder, und ihre unbekümmerte Fröhlichkeit wirkte ansteckend. Andere waren übertrieben ängstlich, mussten beruhigt und behutsam angeleitet werden. Mit den wirklich schlimmen Fällen hatte Kathrin bisher noch nichts zu tun gehabt, da sie für die Arbeitstherapie ungeeignet waren. »Schmarotzer«, hatte Adele die Frauen genannt. Für Kathrin waren sie arme Seelen. Sie mochte ihre Arbeit und verrichtete sie gerne. Dennoch waren die Pfleglinge an manchen Tagen anstrengender als an anderen, und wenn es ihr zu viel wurde, stahl sie sich für ein paar Minuten davon. Dann reckte sie den Kopf der Sonne entgegen und sog den Duft nach Heuwiesen und Getreidefeldern ein, den der Wind über die Mauern trug und der sie an ihre Großeltern denken ließ. Mittlerweile hatte sie auf dem weitläufigen Gelände der Heil- und Pflegeanstalt Winkelberg ein paar Plätze ausfindig gemacht, an denen sie unbehelligt die gestohlene Zeit verträumen konnte.

Über ihr strahlte der Himmel so makellos blau, als wäre Frieden. Doch sie wusste, dass die Angriffe der 8. US-Luftflotte auf München zunahmen, und erst vor ein paar Tagen hatte sie Adele und Gertraud dabei ertappt, wie sie in der Wäschekammer die Laken falteten und mit zusammengesteckten Köpfen tuschelten, dass der Endsieg nicht mehr zu erringen sei. Was würde danach kommen?

Die Turmuhr der Anstaltskirche schlug drei. Kathrin fuhr hoch. Im Haupthaus wartete man auf sie. Sie musste sich sputen.

Vorsichtig lugte sie hinter der Hecke hervor, ob jemand kam. Der Kiesweg lag verlassen im Nachmittagslicht. Mit zügigen Schritten passierte sie das Männerhaus. Es war ihr ein wenig unheimlich, und sie war froh, dass sie dort nicht arbeiten musste, denn darin waren die armen Teufel untergebracht, denen nicht zu helfen war.

Sie war beinahe an dem Gebäude vorbei, als ein Mann herausgeschlurft kam, nur mit einem Unterhemd und einer Schlafanzughose bekleidet, Filzpantoffeln an den Füßen. Eine hagere, unrasierte Gestalt, die vor ihr stehen blieb.

Die Wangen waren eingefallen. Die Augäpfel wanderten unruhig hin und her, doch dann blieb sein Blick an Kathrin haften, und er nahm vor ihr Haltung an, knallte die Hacken mit den Pantoffeln zusammen und salutierte.

»Unteroffizier Franz Singhammer, Veteran des Ersten Weltkriegs, verwundet an Kopf und Seele an der Somme, meldet gehorsamst: Ich bin vollständig zum Essenfassen angetreten.«

Kathrin unterdrückte ein Lachen und griff nach dem Arm des Mannes.

»Abendessen gibt es erst um fünf, Herr Singhammer. Sie sind zu früh angetreten.« Behutsam bugsierte sie ihn zurück zum Hauseingang, in dem eine Schwester auf der Suche nach dem Pflegling erschien.

»Eine Scheibe Brot geben sie uns nur«, flüsterte Singhammer, der sich von ihr widerstandslos führen ließ. »Das ist zu wenig. Eine Mehlspeise wäre schön. Früher haben wir Kaiserschmarrn bekommen, mit Kompott. Ich hätt so gern ein Kompott.«

»Vielleicht gibt es ja heute Abend welches. Lassen Sie sich überraschen.« Kathrin übergab den Mann an ihre Kollegin und ging weiter.

Der Kies knirschte unter ihren Schritten, als sie den Verwaltungs-

trakt ansteuerte und Dr. Ernst Bader um die Ecke bog. Er war der Stellvertreter des Anstaltsleiters Dr. Karl Landmann und ein Hundertfünfzigprozentiger.

Das kurze Haar streng gescheitelt, dazu die schmalen Lippen eines Menschen, der keine Freude kannte, nur Pflicht. Als Zeichen seiner Gesinnung trug er ein Hakenkreuzemblem am weißen Kittel, und über der Oberlippe spross ein Führerbart.

Erst vor ein paar Tagen hatte er Kathrin erwischt, als sie hinter der Wäscherei auf der Mauer saß und die Beine baumeln ließ, und sie angeherrscht, dass sie sich an die Arbeit scheren sollte. »Unsere tapferen Soldaten geben ihr Letztes für den Endsieg, alle geben ihr Letztes und Sie? Sie sabotieren ihn mit Ihrer Faulenzerei.«

Als ob von ein paar gebügelten Laken mehr oder weniger Sieg oder Niederlage abhingen.

Sie wollte schnell an ihm vorbei, doch Bader sprach sie an.

»Schwester Kathrin macht einen Spaziergang, während alle anderen ihre Pflicht erfüllen. Sollten Sie nicht in der Gärtnerei sein?« Ihre Hände wurden feucht und der Mund trocken. Den alten Huber hatten sie abgeholt. »Oberschwester Renate hat mich für die Aufnahme der Neuen angefordert«, brachte sie schließlich hervor.

»Die sind bereits vor einer Viertelstunde eingetroffen.« Baders Stimme war gefährlich ruhig. Er legte ihr einen Finger unters Kinn, hob es an, und sie wäre am liebsten davongelaufen.

Seine Augen wurden so schmal wie seine Lippen. »Ich werde ab sofort ein Auge auf Sie haben. Wenn Sie weiter mit Ihrer Trödelei die Arbeit unserer Anstalt sabotieren, hat das Konsequenzen. Haben Sie mich verstanden?«

Er würde es tun. Er war so einer. Seit der Niederlage bei Stalingrad waren alle gereizt und nervös. Und seit die Alliierten Anfang Juni in der Normandie gelandet waren, lag etwas in der Luft, etwas Vergiftendes. Der alte Huber war nicht wiedergekommen. Nur einen Tag nachdem er einen Witz über den Führer gemacht hatte. Denunziert

und abgeholt, verschwunden in einem Gestapokeller oder KZ. Wer wusste das schon?
　»Haben Sie mich verstanden?«

Kathrin nickte, stammelte eine kurze Entschuldigung und eilte davon. Die Angst saß noch wie ein kalter Stein in ihrer Brust, als sie aus der Sonne in das kühle Foyer des Verwaltungstrakts trat und die Treppe nach oben lief. Auf dem Absatz zum ersten Stockwerk kam ihr Landmann entgegen. Er war allein, und sein Anblick vertrieb jeden Gedanken an die Begegnung mit Bader, wie ein warmer Wind das erste Frösteln an einem Herbstabend, und wieder geriet sie ins Träumen. Er sah gut aus, und auch sie war ihm aufgefallen. »Schwester Kathrin mit dem Schwanenhals.« So hatte er sie während der Visite an ihrem ersten Arbeitstag genannt und hinzugefügt: »Sie werden allen Männern den Kopf verdrehen.« Dabei gab es in Winkelberg kaum Männer, jedenfalls neben den Pfleglingen.

»Ja, wirklich. Sie werden für Furore sorgen. Ich sollte Sie zurück nach München schicken«, hatte Landmann hinzugefügt und sie dabei mit diesem seltsamen Lächeln angesehen. Sie wusste nicht, ob er sich über sie lustig machte oder tatsächlich eine andere in ihr sah als sie selbst. Denn dieses Lächeln war so widersprüchlich. Charmant und zugleich ein wenig anzüglich, als hätten sie beide ein Geheimnis.
　Liebenswert und zugleich ein wenig unheimlich. Wie eine Tür, die sich einen schmalen Spaltbreit öffnete und einen kurzen Blick auf einen anderen gewährte, der dahinter lauerte. Ein Raubtier vielleicht. In diesen strahlenden Augen wohnte etwas Düsteres, etwas, das sie einerseits magisch anzog, andererseits abstieß und restlos verwirrte. Nun stellte er sich ihr in den Weg. Sie verharrte mitten im Gehen, und er sah sie wieder mit diesem Lächeln an. Er sagte nichts. Einfach nichts. Was er ausstrahlte, waren Kraft und Stärke. Macht. Für einen Moment erschien er ihr wie aus Marmor geschlagen. Ein Gott.

Ein Krieger. Ein Satyr. Im Nachtgrau seiner Augen begannen Funken zu tanzen. Sie hielt dem Blick nicht stand, spürte die Hitze, die sich über Brust und Hals auszubreiten begann. Diese Hitze, von der sie wusste, dass sie hektische rote Flecken auf ihrer Haut hinterließ. Er bemerkte sie, lachte, griff nach ihrer Hand und zog sie hinter eine Säule. Sie fühlte den kalten Stein in ihrem Rücken, dazu seine Hand an ihrer Kehle, ganz leicht und sanft und rau und kühl, und sie vergaß beinahe zu atmen.

...

Ein Mord, der eine ganze Stadt entzweit

Am Ufer eines Sees südlich von Leipzig wird ein Politiker tot aufgefunden. Zunächst sieht alles nach Selbstmord aus, aber Indizien am Tatort lassen das Ermittlerduo Hanna Seiler und Milo Novic zweifeln. Durch sein soziales Engagement hatte sich der Tote viele Feinde gemacht, unter ihnen ein Bauunternehmer mit Kontakten zur rechten Szene. Schnell geraten Seiler und Novic unter Druck – sogar ihr Vorgesetzter stellt sich plötzlich gegen sie. Dass im Hintergrund weitaus gefährlichere Kräfte einen perfiden Plan verfolgen, erkennen die beiden Ermittler erst, als es schon fast zu spät ist …

PENGUIN VERLAG

Du glaubst an das Gute. Du kämpfst gegen das Böse. Aber was tust du, wenn die Grenzen verschwimmen?

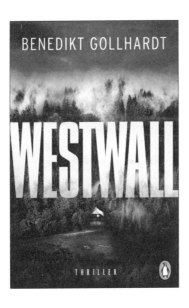

Scheinbar zufällig lernt Polizeischülerin Julia den attraktiven Nick kennen. Nach einer gemeinsamen Nacht entdeckt sie, dass er ihr einen falschen Namen genannt hat und ein riesiges Hakenkreuz-Tattoo auf dem Rücken trägt. Als Julia unter Schock ihrem schwerkranken Vater davon erzählt, gerät dieser in Panik und beschwört sie, eine Weile unterzutauchen. Doch Julia will die Wahrheit wissen: Was hat Nick mit ihr vor? Und warum hat ihr Vater so große Angst um sie? Julia beginnt auf eigene Faust zu ermitteln und folgt einer Spur, die sie in die menschenleeren Wälder der Eifel zum Westwall führt. Und in die dunkle Vergangenheit ihrer Eltern …

Jetzt reinlesen auf www.penguin-verlag.de